DE ERFENIS VAN JEFFERSON

HARVEY BENNETT THRILLERS
BOEK 4

NICK THACKER

VOORWOORD

Dit boek is vanuit het Engels vertaald met behulp van een service, om lezers over de hele wereld geweldige verhalen te bieden. We hopen dat je ervan geniet, en vergeef eventuele taalfouten!

HOOFDSTUK 1

Er is niet veel tijd meer.

Hij *moest* het halen. Er was geen andere optie, of het lot van de hele republiek...

Daar wilde hij niet aan denken. Hij huiverde, en niet alleen vanwege de koele bries van de late herfst die was neergedaald op het beboste pad.

Lucius schopte tegen de flank van zijn paard en spoorde het aan om sneller door de wind te gaan. De wind, zo leek het, was zijn grootste tegenstander vanavond. De duisternis was uren geleden ingevallen, en toch wankelde zelfs de duisternis tegen de frisse wind, de twee krachten vochten het uit en maakten Lucius en zijn arme ros tot hun pion.

Het maanlicht van het wassende spleetje was niet echt een bondgenoot, het bood slechts dunne lichtflarden die onmiddellijk werden opgeslokt door de diepere schaduwen terwijl hij verder raasde.

Hohenwald lag op slechts vier mijl afstand, dichtbij genoeg om de houtkachels en ovens van de arbeiders en hun gezinnen al te ruiken. Het was een illusie, een geur die in zijn geheugen was gebrand door jaren van nachtelijk stoken toen de bezweringen begonnen. Het bracht hem terug naar een tijd waarin deze nacht nog slechts een speculatie was, niet meer dan een droom en de kaalste plannen.

En toch was hij nog ver genoeg dat hij wist dat de vijand dichterbij was. Ze zouden de bestemming eerst bereiken, voordat hij hun doelwit kon waarschuwen. Het doelwit zou overrompeld worden, misschien voor het eerst in tien jaar. Het doelwit zou rustig slapen en zeker niet wakker kunnen worden om de aanval af te slaan en de dreiging te elimineren.

Lucius' orders stonden echter nog steeds. Hij zou rijden.

Hij schopte weer tegen de flanken van zijn paard, maar voelde de snelheid niet toenemen. In plaats van te vloeken, snoof hij diep en scherp adem door zijn neusgaten. De lucht raakte de bovenkant van zijn gehemelte en dwong zijn ogen open te doen. Het was fris, doorspekt met de prachtige geur van dennen en aarde, maar het leek ook de ontzetting van te laat zijn met zich mee te dragen. Hij ging te langzaam, en hij zou het niet op tijd halen. Het was niet de fout van het paard, noch was het zijn eigen fout. De Society had alarm geslagen, maar het had meer dan een uur geduurd om een plan op te zetten.

Meer dan een uur voor een plan dat *al had* bestaan. Dit was de keerzijde van regeren door commissie, wist Lucius. Dit was de keerzijde van het niet slank en wendbaar blijven. Hij had er bij zijn leiders op aangedrongen om de beslissing te nemen, en om het met spoed te doen, maar de tijd die nodig was geweest om te verzamelen en te stemmen zou het verschil tussen leven en dood zijn geweest.

Het betekende leven of dood voor Lucius' doelwit, zeker. Mogelijk ook voor anderen. Mogelijk voor de natie zelf.

Mogelijk voor Lucius zelf.

Hij knarste met zijn tanden en dook voorwaarts over de laatste zachte kam die naar het dorp Hohenwald leidde. Niets dan een verzameling kleine huizen en een dorpsplein, het dorp was niet eens Lucius' bestemming. Zijn doelwit lag te slapen in een herberg langs de route naar Hohenwald, iets ten oosten van de stad. De eigenaar,

Griner, runde daar het kleine etablissement en verkocht whisky aan de Indianen, wier land aan zijn eigendom grensde.

Dit stond allemaal in het rapport dat aan Lucius' leiders was gegeven. Ze hadden erover nagedacht, en over de grotere missie, alsof het de eerste keer was dat iemand van zoiets had gehoord. Lucius had rustig zijn tijd afgewacht, tot hij wist dat ze geen tijd meer hadden. Hij begreep niet waarom ze aarzelden - begrepen ze niet dat het lot van de natie in hun handen lag?

Dus was hij op weg gegaan, wetende dat zijn doelwit bij Griner's Stand zou zijn, uren voordat hij zou aankomen. Uren om te wachten, denken en piekeren. Uren om zich af te vragen en zich zorgen te maken.

Uren om te slapen, gezond of niet, tot Lucius of de vijand aankwam, om het lot van de jonge natie voor eens en voor altijd te bezegelen.

HOOFDSTUK 2

11 OKTOBER 1809.

GRINER'S STAND was minder dan een halve mijl ver, en voor de eerste keer sinds Lucius was vertrokken, kon hij het met zijn eigen ogen zien. Hij hoefde niet meer te speculeren, niet meer de details in zijn geestesoog na te lopen. Hij kon het zien, en hij wist dat het zijn eindbestemming was.

Griner's Stand lag aan de rand van Indiaans grondgebied, ofwel met opzet - Griner zelf stond bekend als een moonshiner van hoge kwaliteit - ofwel per ongeluk. Misschien hoopte Griner zijn nabijheid te kunnen gebruiken om tegen de Indianen te argumenteren toen de jonge natie haar eigen grondgebied bleef uitbreiden, of misschien stond Griner sympathiek tegenover de inheemse bevolking.

Dat maakte Lucius allemaal niets uit. Zijn paard, afgemat en bezweet, was een kwart mijl geleden vertraagd tot een sukkeldrafje en hij had niet geprobeerd het te forceren. Het was een lange, zware reis geweest, maar het einde was in zicht.

De eerste van de bij elkaar horende hutten kwam links van Lucius in zicht. Het Natchez Trace dat Lucius had gevolgd daalde weer af, in de richting van een nog steeds niet zichtbare rivier. Het pad kronkelde om een paar bomen heen en gaf zijn inferioriteit toe aan de eeuwenoude bosbewoners.

De bomen alleen al konden getuigen van de ouderdom van dit lange stuk weg. Zij stonden generaties lang als stille schildwachten voordat zelfs het wild en de wilde dieren gebruik maakten van deze intra-gebergte route door de bergkam. Toen de Amerikaanse Indianen later het gebied verkenden en veroverden, namen zij het eigendom van de route over en maakten het verder plat onder hun voeten.

Vandaag had Lucius precies dezelfde kronkelige route door het bos genomen, vertrouwend op de voeten van vorige generaties om hem naar zijn bestemming te brengen, en die hadden hem niet in de steek gelaten. De tweede van de rechthoekige hutten zwaaide in het zicht, gescheiden door de smalle hondenren tussen de gebouwen, en hij kon het kleinere keukengebouw verder naar achteren op het land zien.

Een eenzaam paard was aan een paal buiten deze tweede hut vastgebonden, en Lucius wist dat het aan zijn doelwit toebehoorde. De herbergier had een kleine schuur en een paar paarden elders op het terrein, maar er was geen schuur in Lucius' onmiddellijke gezichtsveld. Het doelwit moet aangekomen zijn en zich meteen hebben vastgebonden, zonder de moeite te nemen zijn merrie voor de nacht onder te brengen.

In zijn gedachten was het doelwit waarschijnlijk niet bezig met een krappe overnachting. Het verblijf zou minder dan een hele nacht duren, laat aankomen en de volgende ochtend vroeg vertrekken. Lang genoeg om orders uit te voeren, en kort genoeg om een paard te laten slapen voor de nacht, dat was de moeite niet waard.

Het paard neuriede en schuifelde in de verte. Lucius keek ernaar terwijl hij zijn eigen paard aansjokte, om te proberen de situatie te doorgronden. Hij kon niet veel verder zien dan de directe omgeving van het huis; de Natchez kronkelde naar de voorkant van de eerste hut en dan weer terug door de bomen, maar het was nauwelijks een grote weg. Het zwakke maanlicht deed de omgeving niet opener aanvoelen, en Lucius voelde zich plotseling merkwaardig kwetsbaar.

Hij wilde naar binnen, het vuur aansteken in een van de schoorstenen van de hutten, zijn laarzen uittrekken en rusten. Hij wilde het touw van zijn eigen paard over de paal gooien en het 's nachts laten grazen terwijl hij sliep, de uren terugverdienen die hij had doorgebracht met zijn ogen gekluisterd aan de hard aangestampte aarde. Hij wilde zich uitstrekken, zijn benen weer bij elkaar voor een keer in de afgelopen week, en gewoon... zijn. Hij wilde niet de rol spelen die hij al zo lang speelde, sinds hij was uitgegroeid van een jongen tot een man tot een man met een doel.

Maar, zoals gewoonlijk, duwde hij die gedachten terug naar beneden en negeerde ze. Zelfdiscipline was een nare gewoonte, maar het was een echte gewoonte. Hij had zijn perceptie van zichzelf aangescherpt, net zoals hij zijn perceptie van de wereld had aangescherpt, en het had hem tot nu toe de voorsprong opgeleverd die hij nodig had om veel sneller dan wie dan ook van zijn leeftijd op te klimmen in de rangen van zijn organisatie.

Zelfdiscipline was een deugd, dat wist hij. Toch voelde Lucius het vaak als een vloek, die hem belastte met kennis die hij niet wilde dragen, met de levensstijl die hij nooit wilde leiden, en met de drang naar een doel dat hij buiten zijn naaste kringen nooit zou kunnen toegeven.

Hij had een leven van verdorvenheid geleid, van celibaat en eenzaamheid. Een man die zich concentreerde op zijn enige doel, nooit afdwaalde van het pad van gerechtigheid waarvan hij wist dat het de republiek zou redden. Hij had het zo lang geleden gekocht, toen hij nauwelijks oud genoeg was om op het land te werken, maar hij wilde niets liever dan *niet op het land hoeven* werken.

Hij was van huis weggelopen en had zich bij het genootschap aangesloten, de leiders beloofden hem rijkdom en belangrijkheid als hij zich langer voor de zaak zou inzetten. Toch was het niet het geld of de status geweest waar hij zich uiteindelijk aan had toegewijd. Hij gaf niet om het sociale nageslacht of de vriendschapskringen waarin hij terecht was gekomen, en hij wilde zeker niet bekend staan om dit of dat in zijn plaatselijke gemeenschap, zoals anderen in de organisatie voor zichzelf wilden. En hij gaf er zelfs niet om dat het verlaten van de organisatie, op zijn niveau, de dood zou betekenen.

Nee, hij was niet in het genootschap gebleven om een van die redenen. Hij was gebleven vanwege een simpele, ongelukkige waarheid.

Hij was gebleven omdat hij de waarheid *kende*.

HOOFDSTUK 3

LUCIUS dwong zijn ogen weer open en leidde zijn paard over het pad dat de Natchez Trace verbond met Griner's hutten. Het was een rotsachtig, afschuwelijk pad, en hij vroeg zich af of Griner ooit de tijd had genomen om het te onderhouden. Dit was een landgoed dat waarschijnlijk verstoken was van slaven, dus Lucius dacht dat Griner of zijn vrouw dat wel zouden doen. Misschien hadden ze veel bezoekers om zich binnen bezig te houden, of deed Griner's whiskybedrijf het veel beter dan Lucius' rapport had aangegeven en gaven ze weinig om de integriteit van hun kleine landgoed.

Lucius bereikte de boomgrens die Griner's eigendom afbakende en stopte. Hij snoof de lucht weer op, een oude truc die een boerenknecht hem jaren geleden had geleerd. Het hielp niet veel om de geur van een plek te kennen, maar op de een of andere manier dwong het snuiven van de lucht zijn andere zintuigen om op te letten, klaar om alles op te nemen wat ongewoon was.

Hij kon niet geloven dat hij de enige hier was. Hij was *onvermurwbaar* geweest dat er niet genoeg tijd zou zijn, en zijn superieuren waren bijna boos geworden door zijn argumenterende toon. Hij had zichzelf ervan overtuigd dat hij niet alleen zou zijn, of als dat wel zo was, het zou zijn omdat de vijand hem hier verslagen had en de klus al geklaard was.

Er waren geen lichten die het maanlicht teniet deden, en hij kon duidelijk in de open ruimte van Griner's Stand kijken. De twee hutten vielen nu in het niet bij de cirkel van gras, maar zij werden op hun beurt in de schaduw gesteld door de massieve dennenbomen die het terrein omringden. Hij nam de details van de hut in zich op. Niets bijzonders, gewoon een eenvoudige woning met een nagemaakte aanbouw. Twee bij elkaar horende gebouwen verbonden door een hondenren, met daarachter een keuken en schuur. Een klein veld, onbebouwd, maar bewerkt tot rijen. De schuur, nu in zicht, nauwelijks groter dan de hutten.

Alles bij elkaar een bescheiden landgoed voor een gezin. Iets dat voor een behoorlijke inkomstenstroom kon zorgen als het aan een hoofdroute lag, zoals de Trace. Het hielp dat het bekend was, zowel bij de lokale bevolking als bij reizigers. De Natchez Trace was een van de weinige routes die van het noorden naar de havens van verre steden leidde, en het was de enige rechtstreekse route.

Lucius had er al eens langs gereisd, maar slechts één keer. Zijn eerste indruk was een beetje een teleurstelling geweest. De geringe breedte van het pad maakte het op sommige plekken moeilijk, zo niet onmogelijk, om met meer dan een paard te reizen, en een deel van de route was in zo'n slechte staat dat hij zijn paard een stuk door de bomen naar de zijkant van het eigenlijke pad had moeten leiden.

Om nog maar te zwijgen van het banditisme dat hij tegenkwam. De eerste keer had hij twee vermoorde lichamen gevonden, langs de kant in een greppel gedumpt, hun handtassen en goede kleren verwijderd en gestolen. Hij walgde ervan en ging bijna door met het negeren van de lichamen, maar groef de graven toch en leidde de twee begrafenissen met de verplichte zorg en aandacht die zijn organisatie had vereist.

Later op de route kwam hij een gezin tegen - een man en een vrouw en een klein kind - dat was beroofd en geslagen. Het kind was bijna dood, het stikte en hoestte in de zware winterlucht, en de vader leek ook bijna dood, maar de moeder had op zijn hulp aangedrongen. Hij verplichtte zich en leidde hen naar een dorp in het westen dat hij kende.

De Natchez stond bekend om zijn schurkenstreken. Veel vagebonden en schipbreukelingen woonden op deze route en leefden van de restjes die ze van meer legitieme reizigers konden afpakken. Het was een akelige realiteit, en toch bleef het de snelste en meest directe route, dus bleef het de populairste.

Lucius stond op het punt het terrein te betreden toen hij beweging voelde. Tegenover hem, aan de andere kant van de hutten. Niet op het spoor - wat het ook was, ze waren achter het terrein gekomen en hadden net als hij een plaats ingenomen, kijkend. Wachtend.

Was het de vijand?

Hij wist het niet zeker. Het kon een indiaan zijn, of het kon niets meer dan een dier zijn.

Hij hurkte, wetend dat het nutteloos was naast een paard dat zich totaal niet kon verbergen. Lucius keek toe met goed getrainde ogen, de bewegingen tegenover zichzelf timend.

De persoon - hij was er nu zeker van - keek ook, hoewel hij zijn gezicht niet kon zien. *Keken ze naar mij, of keken ze naar de hutten?* Ze schoven een keer op hun benen, de kou van hun lichaam afgooiend. Dat betekende dat ze niet wisten dat ze gezien waren.

Lucius greep in zijn riem naar het mes dat hij had ingepakt, zonder het geweer uit de bepakking van het paard te willen halen. Het was niet echt een aanval, maar als de vijand de voorste treden bereikte, wist hij dat hij het een flink eind kon gooien en ze waarschijnlijk in de rug kon steken.

Geen zuivere aanval, zeker niet met de veranderlijke harde wind, maar het was alles waar Lucius op dit moment op kon hopen. Hij gleed naar voren, op zijn knieën over de grond, en verstevigde zijn greep op de -

Crack!

Het geluid van een geweerschot klonk door de bomen. Hij bukte instinctief, onzeker over waar de knal vandaan was gekomen. Lucius deinsde een paar centimeter achteruit, rolde zelfs een beetje opzij, maar merkte dat het paard niet bewoog. Het schot had het dier niet afgeschrikt, dus Lucius was nog steeds veilig.

Waar had de schutter dan op gemikt?

Hij kneep zijn ogen dicht en probeerde meer maanlicht in zijn ogen te krijgen, maar hij kon niets anders zien dan de verduisterde schaduwen van de vijand tegen de boomgrens en de contouren van de hutten zelf.

Is het donkerder geworden?

Lucius wachtte, maar hoorde geen schot. De vijand tegenover hem had zich niet bewogen. Ze wachtten beiden, een donkere, stille patstelling. Maar de schutter, een derde persoon in totaal, had zich ook niet bekend gemaakt.

Hij vroeg zich af of het doelwit wakker was geworden bij het horen van het schot. Wat dachten ze? Waren ze gealarmeerd? Probeerden ze zich te verdedigen? Was het doelwit degene die schoot? Zo ja, op wie schoot het doelwit?

Deze vragen plaagden Lucius terwijl hij voorover op de koude aarde lag, zijn mes vastgrijpend. Hij wilde het geweer pakken, het wapen waarvan hij wist dat het hem zou beschermen op zo'n afstand als deze. Toch wilde hij de vijand aan de overkant niet laten weten dat hij hier was, dat hij was aangekomen.

De vijand begon echter in de richting van het huis te bewegen. Lucius greep het mes steviger vast en lette op elke stap van de man. Hij kon zien dat het de tred van een man was, de strekking van de benen en de voorzichtige maar krachtige plaatsing van elke stap. Hij probeerde heimelijk te zijn, om zich stil te houden.

Ik was aan het werk. Lucius hoorde niets toen de man de veranda van de tweede hut naderde. Er was daar een deur, en de man stond ervoor, een hand aan zijn zij. Op een pistool.

Lucius ging rechtop zitten, zich plotseling niet meer druk

makend over het feit dat hij gezien werd. De man op de veranda draaide zijn hoofd niet om, maar Lucius kon bijna voelen hoe de man hem aankeek via zijn perifere gezichtsveld. Hij bewoog niet, en dat feit maakte Lucius bang. Hij wist dat Lucius daar was - Lucius had bijna zijn locatie geschreeuwd toen hij rechtop was gaan zitten - maar de man gaf er niet om.

De man wachtte, en Lucius keek toe. *Wat gebeurt er?*

Plotseling ging de deur open en een dunne streep licht viel op het grasveld voor de veranda. Een silhouet verscheen - *het doelwit?* - en duwde de deur verder open.

Nog steeds keek Lucius toe. Hij begreep niet waarom het doelwit - *zijn* doelwit - met de vijand zou overleggen. Vooral na het schot, dat *zeker* van binnen uit de cabine kwam.

De man en het silhouet stonden daar een ogenblik, alsof ze in gesprek waren, toen zag Lucius de man buiten de hut knikken. Hij deed een stap achteruit, nog steeds met zijn gezicht naar de hut, draaide zich toen volledig om en liep naar de rand van het bos, waar hij vandaan was gekomen. Het silhouet duwde de deur verder open en stapte ook naar buiten. In een oogwenk, in het zwakste licht, kon Lucius zien wie het was.

Of, liever, hij kon zien wie het *niet was*.

Het doelwit was nog steeds binnen, en dit was een *tweede* vijand.

Lucius' bloed werd koud, en hij stond op en begon zijn paard te bestijgen toen de tweede man hetzelfde pad bewandelde als de eerste en het bos inging.

HOOFDSTUK 4

DE LUCHT HARDE DE BEPAALDE leegte en scherpte van de bijna-winter, en Ben zoog het in alsof het zijn laatste ademtocht was.

Harvey "Ben" Bennett had een half uur eerder zijn hut verlaten, schreeuwend naar wie binnen wilde luisteren dat hij wat frisse lucht nodig had. De arbeiders, met hun onuitgesproken hiërarchie en stille heen-en-weer bevelen die hij niet kon interpreteren, hadden de hele dag onophoudelijk met hamers geslagen en schroeven aangedraaid.

Zijn verloofde, Juliette Richardson, had beweerd dat ze het druk had door de hele ochtend in de keuken te werken en de hele middag in de tuin achter de hut. Het waren de laatste weken van de zomer, de laatste weken dat er zelfs maar een tuin mogelijk was in de afgelegen wildernis van Alaska, en toch had ze zo geloofwaardig haar belangstelling voor het project geveinsd dat de voorman zich tot Ben had gewend om zijn inbreng te vragen.

Hij had geen inbreng gehad, zoals gewoonlijk. Zijn 'inbreng' was dat iedereen hem met rust moest laten. Om naar huis te gaan, waar dat ook was, en hem en zijn perfecte kleine hutje en zijn perfecte kleine verloofde achter te laten in hun perfecte kleine herfst retraite.

Hij kon zich niet eens herinneren wat hij tegen de voorman had gezegd, maar het was geëindigd met iets als: "Het maakt me niet uit, doe het gewoon."

Een perfecte manier om richting te geven aan een man die per uur betaald wordt.

Hij schudde gefrustreerd zijn hoofd toen hij afboog naar een pad dat hij en Julie in maanden van wandelen en verkennen in de aarde hadden gestampt. Ze noemden dit pad 'Het Oosten', omdat het ten oosten van zijn eigendom lag en ze zich op dat moment allebei niet creatief voelden.

Harvey Bennett was een eenvoudige man, een ex-parkwachter die genoot van de wildernis, de wilde dieren en het eenvoudige leven van een zelfvoorzienend bestaan. Het was de ergste invasie in zijn ideale leven dat een team van onwetende aannemers en ingehuurde hulp de hut, die hij al meer dan twee jaar zijn thuis noemde, aan het slopen was.

Twee jaar geleden had hij de advertentie gevonden, en niet lang daarna had hij het huis gekocht. Twee jaar geleden was het van iemand anders, nu was het van Ben.

Maar voor Ben had het voor altijd bestaan als 'zijn' hut, alsof het op een dag plotseling in één stuk was verschenen, onder het eigendom van ene Mr. Harvey Bennett, via een bank in Anchorage.

Voor Ben was het thuis, en voor Ben was het perfect zoals het was.

Of, liever, zoals het *was geweest*.

De arbeiders waren bezig met de bouw van een aanbouw aan de hut, nog eens drie kamers, waarvan er een groter was dan de huidige woonkamer in de hut. Ben genoot van de 700 vierkante meter woonruimte met één slaapkamer die hij en Julie het afgelopen jaar samen hadden bewoond, maar Julie had geklaagd over te weinig ruimte. Hij moest toegeven dat hij zelf groter was en dat een beetje meer ruimte om zijn benen te strekken wel prettig zou zijn, vooral in de wintermaanden.

Maar het inhuren van een ploeg mannen die absoluut geen idee hadden wat ze aan het doen waren? Hen laten werken met half-bakken plannen, opgeschreven door wat hij aannam als een kleuter met een architectendiploma? Het leek Ben krankzinnig. Hij kon het werk zelf doen als ze hem maar met een hamer vertrouwden.

En dat, dacht hij, was het ergste. Hij wist meer dan zij, en hij zou een leven lang meer weten dan zij allemaal samen. Hij wilde ze de trucs laten zien *die hij* kende, de dingen die *hij* al had getest om geld te besparen.

Maar dat was het probleem. Ben had het niet voor het zeggen. Hij had zijn hutje - althans de 1.300 vierkante meter die eraan werd toegevoegd - weggegeven aan een klein bedrijf dat eigendom was van een zekere meneer en mevrouw E. Het bedrijf was 'klein' in die zin dat alle belangrijke beslissingen werden genomen door de eigenaars, maar het was zeker *niet* klein in de zin van het kapitaal dat het kon steken in een renovatie zoals die bij Ben plaatsvond.

Dit was een van de voorwaarden van de afspraak die hij en Julie een paar maanden geleden hadden gemaakt. Ze hadden een ontmoeting gehad met Mr en Mrs E, samen met de rest van het nieuwe team dat was gevormd, in Colorado Springs na hun terugkeer uit Antarctica. Harvey, Julie, hun vriend Reggie, en Joshua Jefferson. Samen vormden ze de Civilian Special Operations. De CSO, had Mr. E uitgelegd, was bedoeld om 'de kloof' tussen het leger en de civiele sector te overbruggen.

Voorgezeten door elk van hen, alsmede door een lid van elk van de gewapende diensten, was het doel een niet-militaire oplossing te bieden voor binnenlandse en buitenlandse problemen die de Verenigde Staten opgelost zouden willen zien. Problemen waarbij het leger zelf niet rechtstreeks betrokken kon raken om politieke redenen of vanwege de beschikbare middelen. De heer E. had hun geen specifieke voorbeelden gegeven, maar hij had hun verteld dat de militaire hoofden van de CSO zich een groep hadden voorgesteld die niet gebonden was aan dezelfde regels van betrokkenheid, dezelfde financieringslijnen en dezelfde prioritering van projecten als het Amerikaanse leger.

Ben had dit alles zo opgevat dat Mr. E en zijn vrouw de lakens zouden uitdelen, aangezien hij degene was die de inspanningen van de groep zou financieren. Hij zou zich richten op de zaken die ofwel niet belangrijk waren voor de regering of gewoon onopgemerkt waren gebleven. Ben was niet echt boos dat de regering de groep niet zou dwingen om in de eerste plaats zijn belangen te behartigen. Hij was een Amerikaan, maar wel een Amerikaan die genoot van zijn vrijheid - *inclusief* vrijheid van overheersende overheidsregulering.

Hij werd heen en weer geslingerd tussen het genieten van dit nieuwe hoofdstuk en het zoeken naar het gezonde verstand en de troost van het alleen zijn. Toen Julie hem in Yellowstone had gevonden, had hij zijn hele volwassen leven als ranger doorgebracht en gekozen voor een leven in eenzaamheid en eenvoud.

Enorme aanbouwsels en gigantische werkploegen die rond zijn huis zoemden, waren niet zijn idee van eenvoudig en eenzaam.

Hij zuchtte en schopte een klein steentje van het pad. Het pad kronkelde naar rechts en hij nam zijn tempo op. Hij wist wat hem te wachten stond - een lichte helling naar links, over een paar kleine keien, en dan een sprong over een kabbelend beekje - en hij was weer helemaal terug in het heden.

Ben nam de bocht naar rechts en de onmiddellijke bocht naar links met een snelle sprong in zijn pas, zich realiserend dat de maanden van trainen en trainen met zijn vriend Reggie hun vruchten begonnen af te werpen. Hij was al twintig kilo afgevallen, en hij dacht dat hij er nog minstens twintig af kon gooien. Hij was niet geïnteresseerd om een glimmend mannelijk exemplaar te worden, maar hij moest toegeven dat Julie de laatste tijd veel meer interesse in hem leek te hebben. Hij kon alleen maar aannemen dat het met het trainingsregime te maken had.

Hij liet zijn voeten nauwelijks de rotsen raken toen hij het hellende pad overging en aan de andere kant van de beek landde.

Ben's hartslag was nog niet genoeg gestegen om er een echte training van te maken, dus verhoogde hij zijn tempo weer en begon aan de andere kant de heuvel op te lopen.

Reggie had hem alles geleerd over 'high-intensity interval training' en hoe het een geweldige all-round strategie voor trainen zou zijn, en dat het gebruikt kon worden voor zowat elke vorm van lichaamsbeweging. Ben besloot van deze korte wandeling een volwaardige workout te maken, dus haalde hij de gigantische 'phablet' tevoorschijn die Julie hem had aangepraat en opende een hardloop-app. Hij stelde zijn parameters in en drukte op de startknop.

Het ding leek wel duizend keer door de bomen te galmen, maar hij hoefde alleen maar de eerste te horen. Hij kwam in actie en sprong over het laatste rotsblok op de heuvel. Een smalle rechte lijn zou volgen, gevolgd door nog een heuvel, deze was ondieper maar veel langer. Dan zou hij weer bij de hut zijn.

In dit tempo zou het minder dan twee minuten zijn, maar hij wist dat het genoeg zou zijn om zijn hartslag een tiental keer te laten stijgen. Hij ademde nog eens scherp in, hief zijn kin op en concentreerde zich op zijn stappen.

HOOFDSTUK 5

BEN kwam op de open plek achter de hut en besloot door te gaan en een stukje over het westelijke pad te lopen. Het westelijke pad was langer, nam een meer omslachtige route door het bos, maar was vlakker. Het was een geweldig hardlooppad, ook al verachtte Ben het idee van hardlopen.

Tenzij iemand hem achtervolgde, bleef hij liever op één plaats.

Vandaag voelde hij zich echter meer geneigd om zich wat harder in te spannen. Misschien was het het seizoen, misschien was het de gedachte dat Reggie hem morgen op hun volgende training zou pushen en Ben er niet klaar voor zou zijn.

Of misschien was het gewoon dat Ben weg wilde lopen van alle waanzin bij hem thuis.

Hij stopte, praatte zichzelf een korte pauze van zijn training in. Hij rustte even uit en liet zijn ademhaling weer zijn normale ritme aannemen.

Hij pakte de telefoon en drukte op de telefoon-app, scrolde door de nummers tot hij bij het nummer kwam dat hij wilde.

"Mr. E?" vroeg hij.

"Spreek."

"Ik - sorry, het is Ben," zei hij, pauzerend.

"Dat weet ik, Mr. Bennett, deze telefoons hebben nummer-weergave."

"Uh, juist. Hey, dus, ik zat te denken. Deze toevoeging aan het huis. Het is... het is een beetje..."

"Groot?"

"Ja, precies. Het is groot. Enorm, in feite. Ik wist niet echt wat je in gedachten had, maar dit - "

"Het is een beetje groter dan uw bestaande infrastructuur, dat geef ik toe," zei Mr. E, "maar ik geloof echt dat u van gedachten zult veranderen als u de voltooide renovatie ziet."

"Ik vond de dingen leuk zoals ze waren," zei Ben.

"Ah, ja, dat is de Harvey Bennett die ik ken. Maar ik verzeker u dat de renovatie zal voldoen aan uw normen."

Ben stopte. Hij keek om zich heen en nam de ongerepte rust in zich op van de diepe bossen die hem omringden. Hij vroeg zich af of dit echt het einde van zijn leven was, ruzie maken met een man die hij nooit persoonlijk had ontmoet. Het leek wel of hij elke dag alleen maar rust vond in de uitgestrekte bomen en de wildernis die hem scheidden van de normale beschaving. Hij verlangde naar niets anders dan deze wandeling elke dag te maken, met Julie, niet belast door de druk van zijn nieuwe baan.

Voor de duizendste keer in de laatste twee maanden vroeg hij zich af of hij de juiste beslissing had genomen. Julie leek geboeid door het idee van de CSO, maar - zoals gewoonlijk - was Ben terughoudender geweest.

"Uw nieuwe rol in de organisatie die we aan het opbouwen zijn zal een eenvoudige zijn, Mr. Bennett," zei de man.

"Ja, maar het is er een waar ik geen controle over heb."

"U kunt zich afmelden voor alle opdrachten die we u geven, meneer Bennett. We hebben u dat van tevoren verteld, en we hebben u dat nogmaals verteld in het contract."

"Maar Jules springt er altijd halsoverkop in. Ze is... je weet wel..."

De man lachte. Een vreemd, staccato ding dat Ben deed denken dat de man aan de andere kant van de telefoon zojuist op 'play' had gedrukt op een opname van een lachende robot. "Mevrouw - het spijt me - *Juliette* - is zeker een stijfkoppige vrouw, en een met een grote gedrevenheid. Maar dat is een deel van je aantrekkingskracht tot haar, is het niet?"

"Het is... ik weet niet... ja, ik denk het."

"En Juliette heeft me verzekerd dat je meer dan bereid bent om ons te helpen met onze komende projecten, ongeacht de aard van de opdracht."

"Ze... zei dat?"

"Inderdaad. En trouwens, we hebben zo'n opdracht die lucratief kan zijn voor het bedrijf. En voor jullie beiden. U belde op een geschikt moment."

Ben had zich nooit in zijn leven aangetrokken gevoeld tot geld omwille van het geld, maar de laatste maanden leken in hem te werken, hem te veranderen. Hij schrok op, tegen beter weten in.

"Wat is de opdracht?"

"Gareth en Joshua komen morgen terug van hun verloving, en zij zullen de opdracht persoonlijk afleveren. Ze zullen vanavond de details ontvangen als ze het luchtruim van de Verenigde Staten weer binnenvliegen, en ik heb ze ingepland voor een omleiding naar uw landgoed direct nadat ze geland zijn."

"Jeetje, je laat ze niet eens een uurtje rondhangen? Iets te drinken halen of zo?"

"Reggie wordt met een privé-jet naar Anchorage gevlogen, zodat hij ruimschoots de tijd heeft om uit te rusten en - als hij dat wil - zich bezig te houden met de losbandigheid waar u op doelt. Joshua heeft een afspraak in Anchorage waardoor hij wat later zal zijn."

Ben begon weer te lopen en probeerde alles op een rijtje te zetten. De afgelopen maand waren willekeurige arbeiders neergestreken op zijn kleine en onbeduidende hut in de wildernis, betaald en gestuurd door een man die hij nog nooit persoonlijk had ontmoet om een aanbouw te bouwen en af te maken aan de blokhut die hij twee jaar geleden had gekocht. Dezelfde man had de omverwerping en opheffing van een groot bedrijf georkestreerd dat Bens leven had geteisterd sinds hij parkwachter in Yellowstone was.

Nu bracht dezelfde man ze allemaal samen voor een andere missie.

HOOFDSTUK 6

LUCIUS HOORT HET GEKLANK ZODRA HIJ DE VERANDA BEREIKT. DE 'VERANDA', eigenlijk niets meer dan een stuk gras rond de onderste trede van de blokhut, was nog vochtig van de vroege dauw en een late ochtendregen. Hij stapte op en ging de blokhut binnen.

De geur van een klein vuurtje, pas gedoofd, waaide zijn neus binnen, vermengd met de geuren van dennen en leer. Een glas whisky stond op een klein gammel tafeltje aan de tegenoverliggende muur, en de fles ernaast. Er zat geen etiket op - waarschijnlijk iets van Griner's maanwerk - maar hij kon door het diepe amber van de fles heen zien dat die half leeg was.

Naast de tafel lagen een paar laarzen en een zadel op de hobbelige vloerplanken, en daarnaast een pakzadel. Tegen de muur leunde een geweer, bijna een exacte kopie van dat van Lucius, en daarnaast stond in de hoek van de kamer de houtkachel met de deur open. In de hoek naast de houtkachel stond een kleine stoel, waarop een paar pistolen lagen, wat munitie, en een tomahawk. Naast de stoel, op de vloer, lagen buffelgewaden en berenhuiden. Op de huiden lag Lucius' schietschijf.

De man lag stil, ademde nauwelijks.

Maar hij ademde.

Lucius kwam dichterbij.

Hij keek, wachtend tot de man hem zou zien. Hij zou Lucius niet herkennen, maar hij zou het weten. Hij zou begrijpen wat er gebeurde, wat er stond te gebeuren.

Lucius kwam naar de stoel en ging erachter staan - geen reden om zichzelf in gevaar te brengen door het doelwit te onderschatten - en keek neer op de arme, stervende man.

Hij zou sterven, vanavond. Het zou niet lang meer duren.

Het doelwit had een wonde in zijn buik, en hij hield zijn zij vast met zijn handen. De ademhalingen waren gestaag, maar ze waren sporadisch in hun hoeveelheden lucht. Soms deinend, soms zielig, kwamen ze, de een na de ander, steeds weer opnieuw.

Lucius was gebiologeerd door de ademhaling van de man. Hoe moet het voelen, dacht hij, om te sterven aan zo'n wond. Hij had altijd bewondering gehad voor hen die gestorven waren aan een schotwond. Een afschuwelijk iets om te bewonderen, maar zijn zelf-discipline was nog niet in staat geweest om die waarheid te overwinnen. Hij wilde zo sterven, wist hij. Hij wilde degene zijn die jonge kinderen bewonderden, lang nadat hij er niet meer was.

Deze man, die stierf op het bed in een hut waar hij slechts enkele uren was geweest, zou nog lang na zijn dood worden bewonderd. Zijn leven had daarvoor gezorgd, en zijn martelaarschap zou dat nog versterken. Er was niets dat Lucius of iemand anders kon doen om dat weg te nemen.

Er was echter iets wat de vijand kon doen om de impact van de dood van de man te verminderen, en Lucius vreesde dat ze dat al hadden bereikt.

Voor de eerste keer in meer dan een dag, sprak Lucius.

"Hebben ze - hebben ze je gevraagd?"

De ogen van de man gingen open. Niet veel, maar genoeg. Lucius kon ze zien, jeugdig in hun bijna vier decennia van leven, maar beladen met een enorme last.

Het gewicht van de waarheid.

Hij sputterde, een beetje bloed stroomde uit zijn mond.

Toen knikte hij.

"En ik... en ik heb het hen verteld. Zoals ik altijd al wist dat ik zou doen."

Lucius' hoofd zakte, en de tranen vielen bijna uit zijn ogen.

"Nee," fluisterde hij. "Het kan niet waar zijn. Jij - waarom zou je het hen verteld hebben?"

De man op het bed zwaarte, het tempo van zijn ademhaling nu meer willekeurig.

Hij hoestte, en - voor een verbijsterde Lucius - leek hij te glimlachen.

"Ik kon niet... Ik kon de gedachte niet verdragen... aan mijn... werk."

Lucius wachtte, probeerde de zin van de man te begrijpen. *Was er nog meer? Wat probeerde deze man te zeggen?*

"De gedachte aan je werk?"

"De gedachte dat mijn werk... gebruikt wordt voor..."

Lucius knikte.

Geen van beide mannen sprak een minuut lang, Lucius' ogen verwijdden zich telkens als de man op het bed ademde. Hij vroeg zich elke keer af of het zijn laatste zou zijn.

Uiteindelijk keek de man naar hem op.

"U zult... niet zegevieren..."

Lucius schudde zijn hoofd. "Nee, meneer, u vergist zich. We *zullen* zegevieren. De natie zal voortleven. Het zal veerkrachtig zijn, zoals zijn stichters zoveel jaren geleden waren. We zullen diegenen vinden die uw geheim delen, en we zullen ervoor zorgen dat ze het niet verder verspreiden."

Weer een kuch, weer een lach.

"Het is te laat," zei de man.

"Het is nooit te laat."

"Voor mij... is het te laat. Ik ben geen lafaard..."

"Je zult niet herinnerd worden als één."

"...maar ik ben zo sterk."

Lucius greep nog eens naar het handvat van zijn mes. De man op het bed bewoog weer en reikte onder zijn zij, zijn hand bedekt met zijn eigen bloed. Op het bed onder de torso van de man zag Lucius de glinstering van koud staal.

Ik ben ongewapend op dit mes na, besefte hij.

De man keek op naar Lucius door één open oog, zijn linkerhand om het pistool geslagen. Hij trok het omhoog, langzaam. Meticuleus. Zijn hand trilde.

Lucius trok het mes terug en hield het voor zich uit, om er zeker van te zijn dat de man op het bed het zag en begreep wat het betekende.

Jij valt aan, ik val aan.

Het was een man's gebaar, een intieme belofte van respect en zelf-verdediging. Hij zou deze man laten sterven met zijn pistool in de hand, maar als hij het pistool op Lucius richtte...

De man trok het pistool naar zijn eigen hoofd en hield het daar, trillend. Lucius liet zijn hand in zijn zij zakken.

"...zo hard... zo hard om te sterven..."

Hij haalde de trekker over, en voor de tweede keer die nacht hoorde Lucius de ontploffing maar had geen deel aan de strijd. Deze keer, van dichtbij, viel Lucius bijna achterover door het oorverdovende geluid van het schot.

Hij herstelde zich, hervond zijn evenwicht, en liep naar het bed toe. Een enkele, doelgerichte stap, het mes weer omhoog brengend.

De man in het bed kronkelde van de pijn, het bloed stroomde zowel uit zijn buik als uit zijn hoofd. Zijn hand, ontdaan van het geweer, was verstijfd en trilde oncontroleerbaar. Zijn gezicht was verwrongen van pijn, zijn mond floepte open en dicht tegenover de beweging van zijn ogen.

Lucius kneep zijn eigen ogen dicht.

Geen mens kan dit doorstaan.

Dit, echter, was geen gewone man. Deze man was een legende, een man onder de mensen, een held voor de jonge republiek. Hij zou er niet zonder slag of stoot aan gaan.

"Zo... sterk..."

Lucius kon niet geloven dat de man nog leefde, maar helaas, hij lag kronkelend in het bed te worstelen met de onzichtbare vijand die hij bestreed om in deze wereld te blijven en niet geruisloos naar de volgende te reizen. Lucius was ontzet, gefascineerd. Vol ontzag.

Een groot man lag voor hem, iemand die hij kwam doden. Het doelwit was onderschept door Lucius' eigen vijand, en er zou nu veel meer werk zijn als ze hoopten te voorkomen dat de vijand munt zou slaan uit het geheim. Dat zijn vijand het doelwit had neergeschoten nadat ze zijn geheim hadden gestolen, was alleen maar een voordeel voor Lucius. Het doelwit moet het geweten hebben, en hij moet zich voorbereid hebben.

Hij moet het zich lang geleden gerealiseerd hebben, lang voor hij aan deze reis begon. Het was de enige verklaring. Waarom een man van zijn postuur stil zou liggen, vier pistolen, een tomahawk en een geweer binnen handbereik, wachtend op zijn eigen moord, kon maar één ding betekenen.

Hij wist het al die tijd al.

Hij was niet op reis gegaan om zijn nieuws aan de leiders van de prille natie te vertellen. Hij had geen gevaarlijke solotocht over het Natchez Trace ondernomen om het geheim te beschermen, om de onvermijdelijke reactie te voorkomen die het gevolg zou zijn als een dergelijk geheim de oren van het publiek zou bereiken.

Hij had het gedaan omdat hij eindelijk begrepen had dat hij verraden was. De man, de *dode* man, die op de grond lag, beroofd van zijn laatste adem, op twee plaatsen doorboord door de priemende precisie van de kogels, had zijn lot al gekend voordat hij Fort Pickering had verlaten met zijn bedienden.

De bedienden zouden in de schuur slapen, waarschijnlijk achter genoeg hooi en hout en ver genoeg van de scène om de geweerschoten gehoord te hebben, of ze zouden al in de hut geweest zijn om hun meester te controleren.

Of, in een zieke speling van het lot, bedacht Lucius dat de bedienden misschien ook in de list zaten, en de opdracht hadden gekregen om in de schuur te blijven, ongeacht wat ze hoorden. Hun meester, Lucius' doelwit, had hen misschien net genoeg verteld om hen ervan te overtuigen dat zijn plan veel belangrijker was dan zijn persoonlijke veiligheid.

Wat de details ook waren, Lucius wist dat de man voor hem deel uitmaakte van iets veel groters, veel sinisterder, dan een van de mannen had kunnen weten.

HOOFDSTUK 7

GING DE DEUR ACHTER HEM OPEN. Een grote, zware houten deur, gehakt uit dezelfde bomen als de omringende structuur. Een vrouw kwam binnen.

Mrs. Griner.

"Is... is alles in orde?" vroeg ze.

Lucius merkte dat de vrouw niet keek naar de berenvellen op de vloer en de man die erop lag. Zij hield haar blik recht vooruit gericht, op Lucius.

"Alles is..." hij pauzeerde. Wachtte. Op wat, hij wist het niet. "Ja, mevrouw. Alles is hier in orde."

"Ik hoorde..."

"Ik begrijp dat u bezorgd bent over de veiligheid van uw gast vanavond." Hij zette een zachte, voorzichtige stap in de richting van de deur en de wachtende Mrs. Griner. "Dank u voor uw bezorgdheid."

Ze fronste haar wenkbrauwen.

"Wees niet ongerust. Deze man is al vele weken ziek. Vannacht heeft hij besloten zichzelf van het leven te beroven, en dat is een volkomen eervolle taak. Ik verzoek u dringend zijn lichaam tot morgenochtend niet te verplaatsen. Kunt u dat doen?"

Ze knikte.

De man op de grond sprak. "Zo hard... om te sterven..."

Lucius kon zijn oren niet geloven, maar hij ging door, op weg naar de uitgang.

"Goed," zei hij, terwijl hij nog dichter naar de uitgang en Mrs. Griner's lichaam in de deuropening stapte. "Ik wil u om één gunst vragen, lieve gastvrouw. Wilt u mij één verzoek toestaan?"

Mrs. Griner knikte, aarzelend. Hij las de angst in haar ogen. Lucius dwong zijn gezicht te ontspannen, zijn houding te verzachten. Hij stelde zich voor dat hij tot haar niveau zou zinken, letterlijk en figuurlijk.

"Dank u," zei hij, zijn stem bijna fluisterend. "Ik was bang dat ik niet aan het laatste verzoek van een stervende man kon voldoen."

Toen verzachtte haar gezicht. *Net zoals ik vermoedde,* dacht hij. *Ze begrijpt niet wie deze man is, of waarom hij hier is.* De vrouw voor hem was fatsoenlijk, vriendelijk. Ze had medelijden met de stervende man, en nu met Lucius.

"U kent de aard van de reizen van uw gast, niet?"

Griner schudde haar hoofd.

"Nou, dat is jammer. Maar dat zul je - dat zul je zeker. Zou je voor nu een pot kokend water kunnen halen en samen met mij thee kunnen drinken?"

"Een thee?" vroeg ze.

"Aye," zei Lucius. "Een vreemd verzoek, dat begrijp ik. Toch was dit de laatste wens van mijn vriend. Ik geloof dat het een eer zou zijn aan zijn nalatenschap om van zijn persoonlijke thee te genieten met een wederzijdse vriend."

"Maar... meneer," zei ze. "Ik kende de man niet."

"Onzin," zei Lucius. "Hij was een privé man, en zijn sterfbed is in jouw bezit. Als zodanig, heb je net zoveel recht om in zijn laatste wens te delen als ik."

Ze knikte, een blik van bezorgdheid op haar gezicht, maar draaide zich uiteindelijk om en verliet de kamer.

Vijf minuten later hoorde Lucius haar gehaaste voetstappen op de houten planken buiten de kamer, en zag haar toen binnenkomen.

"Perfect," zei hij. De vrouw droeg twee kopjes, een in elke hand, en de stoom van het verwarmde water in elke kop steeg op en stroomde over haar gezicht.

Lucius knikte eerbiedig.

"Hier," zei hij, terwijl hij naar de tas liep naast de stapel wapens van zijn stervende doelwit. "Dit is de thee."

Hij gaf de bladeren aan mevrouw Griner, die ze in de lengte begon te scheuren nadat ze de dampende kopjes op een nabijgelegen tafel had gezet. Hij keek toe en voelde een golf van ongerustheid over zich heen komen.

Dit is de thee... hij had het gezegd alsof het in feite niets anders was dan een traditionele Engelse thee, hierheen gebracht uit de Oude Wereld en verhandeld in een van de grotere steden in het oosten. *Dit is de thee,* dacht hij weer. *Dat zou een natie ten val brengen.*

Hij zou alles doen wat in zijn macht lag om ervoor te zorgen dat dat niet zou gebeuren.

Hij stopte de rest van de theebladeren - een klein takje van bewaarde blaadjes die nog aan hun steel vastzaten - in zijn zak. Het zou het enige takje zijn dat zijn doelwit bij zich droeg. Hij kende de instructies die aan de man waren gegeven, en hij wist dat de man, afgezien van zijn ultieme verraad, trouw zou zijn geweest aan zijn woord.

Hij had carrière gemaakt en er een leven van gemaakt.

Mevrouw Grinder pakte de eerste van de kopjes en overhandigde die langzaam aan Lucius. Lucius knikte waarderend en greep toen naar de beker. Hij wachtte tot de vrouw zich weer omgedraaid had en greep toen in de beker.

Het bijna kokende water prikte, maar hij knarste met zijn tanden. Hij greep naar de bladeren op de bodem van de beker, die beide de bodem van de verharde klei vastpakten. Hij schoof ze opzij en toen omhoog. Ze staken door de bovenkant van het water, en hij pakte ze uit de beker en plette ze in zijn hand.

Met een onhandige zwaai draaide hij zijn handpalm weg van mevrouw Slijper, net toen zij zich weer omdraaide met haar eigen beker in de hand. Zijn hand zakte in zijn zak en hij liet de doorweekte bladeren los om zich bij de anderen te voegen.

Hij hief zijn beker een beetje op, ten teken van het begin van een toast.

Zij wachtte, en hij staarde, terwijl hij zijn hoofd een beetje opzij draaide. Er was niet veel tijd, maar dit moment moest perfect zijn. Hij moest er zeker van zijn dat ze de thee dronk.

"Deze, deze man hier..." hij pauzeerde met een zwaai van zijn hand, "deze man is de grootste Amerikaanse held sinds Generaal en President Washington zelf."

Hij nam een slok uit het kopje. De prik van het hete water was niets vergeleken met de bitterheid van de thee. De tannines in de bladeren waren scherp, bijtend, en hij had ze niet eens lang genoeg laten trekken om hun medicinale neigingen over te brengen.

Hij kon zich niet voorstellen hoe vreselijk de thee van die vrouw zou smaken.

"Heet," zei hij.

Ze knikte en nam nog een slok.

Zo gingen ze nog een paar minuten door. Eindelijk had hij de bodem van zijn beker bereikt, en zij volgde hem.

Hij keek naar haar gezicht. Op zoek naar een teken van iets. Iets.

Griner's ogen bewogen omhoog, werden een beetje wijder, bijna onmerkbaar.

Ik heb geen tijd meer, dacht hij. Of het medicijn effect had gehad, wist hij niet. Het kon hem niet schelen - zijn werk hier was gedaan.

Hij liep de kleine hut uit, in de hoop dat de bedienden nog sliepen en de vijand wegreed, op weg naar de hoofdstad. Toen hij over de drempel van het houten gebouw stapte en de veranda opliep, uitkijkend over het land vol inboorlingen die dit geheim zo lang hadden bewaard, voelde hij een steek van spijt.

Deze vrouw zou zich de volgende ochtend niets meer herinneren, en voor zover hij wist zou ze in haar delirentie een verhaal verzonnen hebben dat net zo sterk was als de thee zelf. Ze verdiende het op zijn minst te weten wat de aard van zijn bezoek was.

Omdat ze zich morgen niets meer zal herinneren.

"Ik dank u nogmaals voor uw gastvrijheid vanavond," zei hij. "Deze man is de gouverneur van het hele Territorium. Zijn naam is Meriwether Lewis, van de befaamde Lewis en Clark Expeditie, en hij is hier gekomen om te sterven."

HOOFDSTUK 8

"KIJK NAAR JEZELF, JE DOET ALSOF JE HARD WERKT!"

Ben keek naar Reggie met de minachting van een man die net het eten uit zijn mond had laten stelen. Hij staarde terug naar Reggie, zwijgend.

"Je kunt het niet eens ontkennen, hè?" vroeg Reggie.

Ben bleef staren. "Ik... uh, nee -"

Reggie's gezicht brak in een gigantische glimlach, zijn ogen glinsterden met een vurige intensiteit. Hij voelde zich geweldig, zelfs na een dag reizen en een vermoeiende week.

"Maak je niet zo druk, Bennett."

Bens gezicht bloosde. "Ik ben niet..."

Reggie hield een hand op. "Je weet dat je zou willen dat je vrij en afstandelijk was zoals ik," zei hij. Hij wierp een blik op Julie. "Niet gebonden aan een oud vrouwtje en vast in het binnenland."

Julie lachte. "Wie noem jij 'oud vrouwtje'?"

De reünie vond plaats in de woonkamer van Bens hut. Hij en Julie woonden daar al bijna een jaar samen, maar de laatste tijd leek het wel een commune met het aantal bezoekers dat langskwam. Reggie wist dat Ben een beetje een kluizenaar was, en dat het werk aan het huis en het aantal mensen dat in en uit kwam hem wel gek moesten maken.

Toch liet Reggie geen kans voorbij gaan om zijn vriend te pesten.

"Ik zie dat je gisteren een leuke kleine training hebt gedaan, Ben."

Ben schudde glimlachend zijn hoofd. "Je zou willen dat je het in die tijd kon lopen."

Reggie's ogen verwijdden zich bij de uitdaging. "Wat was het? Vier, vijf minuten?"

"Twee en een half."

"Ik kan het doen in een-vijftig."

Hierop lachte Ben hardop. "Laten we gaan, partner. Nu meteen."

Reggie liep erheen en stak zijn hand uit, wachtend tot Ben hem zou pakken. "Ook goed om jou te zien. Ik wil er alleen zeker van zijn dat je het strak houdt terwijl ik weg ben.

"Ja, natuurlijk. Je weet gewoon dat je me niet aankan."

"Geef me een dutje en een biertje en ik doe het met mijn ogen dicht."

Reggie liet los, merkte op dat Ben de handdruk een paar seconden langer vasthield dan nodig was, en toen trok hij zich terug en keek de kleine kamer rond.

Het huisje was eenvoudig - de perfecte beschrijving van een huisje, in zijn gedachten - maar verrassend goed ingericht. Hij nam aan dat Julie's komst Ben had gedwongen zijn huis wat beter in te richten, of dat Julie er zelf voor had gezorgd.

De bank was van leer, versleten, en absoluut perfect om op te zitten, slapen, of gewoon mooi op te staan. Reggie had het meubel-stuk begeerd vanaf het moment dat hij het zag, en hij had nog niet gevraagd waar ze het vandaan hadden.

De rest van het meubilair in de leefruimte was 'rustiek', een combinatie van hout en brons, aan elkaar geschroefd of gespijkerd op een manier die de onvolkomenheden liet doorschijnen. Alles was nieuw of leek nieuw, maar het had allemaal karakter dat niet botste met de rest van de kamer en er ook niet aan af deed.

Het enige wat volgens Reggie ontbrak, was een enorme opgezette herten- of elandkop aan de muur. Hij had niet gejaagd, maar hij wist dat Ben dat wel had gedaan en dat de man veel trofeeën zou hebben gehad om te laten zien. Hij wist ook dat Ben waarschijnlijk niet wilde pronken met wat hij had geschoten en gedood - voor Ben zou het respectloos zijn geweest tegenover het dier om het voor altijd tentoon te stellen.

Reggie en Ben kenden elkaar sinds hun explosieve kennismaking in Brazilië. Reggie had daar land bezeten en runde er een overlevings-programma voor leidinggevenden in de wildernis en een schietbaan, maar de druk op kleine bedrijven - en een intensieve race door het Amazone regenwoud - hadden de aantrekkingskracht van het exoti-sche gebied verzwakt.

Nu verdeelde hij zijn tijd tussen Alaska en de weg, en woonde bij Ben en Julie als hij niet op reis was. Hij was van de staat gaan houden, net als het echtpaar bij wie hij logeerde, en het deed hem geen kwaad dat hij ook een liefhebber was van koud weer. Alaska was in zijn ogen altijd al net zo'n exotische plek geweest als Brazilië, maar er was iets aards aan het opzetten van een huis en levensstijl op een nieuwe loca-tie. De aantrekkingskracht van Brazilië lag in de mooie vrouwen en het mooie weer, maar na verloop van tijd begon de ware aard van het land door te schemeren, en zijn escapade door het regenwoud met Ben en Julie had de laatste nagel aan de doodskist van zijn verblijf in Brazilië gezet.

Alaska, wist hij, zou uiteindelijk ook voor hem als thuis voelen, in voor- en tegenspoed. Het plan van Mr E hield in dat Reggie in een van de kamers van de nieuwe aanbouw zou gaan wonen, zodat hij een comfortabele plek zou hebben om te slapen na zijn missies en wereld-reizen. Hij keek ernaar uit, maar vroeg zich af hoe Ben en Julie het vonden om hun huis open te stellen voor een semi-permanente gast.

De komende maanden zouden wild worden, met de ontwikke-ling van de hut in een koortsachtig tempo en het nieuws van de eerste opdracht van het team. Reggie was Joshua voor geweest bij de hut, maar Mr. E wilde dat ze er allebei zouden zijn om het nieuws aan Ben en Julie te brengen.

Reggie dacht dat dit betekende dat het een perfect moment was voor een bourbon.

"Kom op, Ben. Laten we de koppen bij elkaar steken. Heb je hier iets om te drinken, of ben je niet in de stad geweest sinds ik weg ben?"

"Ik ben niet meer in de stad geweest sinds je weg bent, maar ik heb nog wel wat fatsoenlijke spullen.

HOOFDSTUK 9

TWEE DAGEN GANG

THE HAWK strekte zijn rug en voelde hem op sommige plekken licht knikken. De spanning van drie uur op zijn hurken, met gebogen knieën, was op hem uitgeput. Daarvoor had hij vier uur lang op zijn buik gelegen, met één oog door de kijker kijkend.

En nog daarvoor had hij, alleen en geïsoleerd, een omweg gemaakt door het achterland bij de kleine stad naar het park waar hij nu stond, neergestreken op een rots aan de rand van het gemeentelijke recreatiecentrum.

Niemand zou hem zien, niemand *kon* hem zien. Hij droeg zwart, van top tot teen bedekt, een zwarte skimuts en zwarte laarzen, zwarte kledingstukken ertussen. Zijn gezicht was zwart, zijn donkere huid in een nog donkerder tint geverfd.

Toch hield hij er niet van zich bloot te geven. Hij gedijde op stealth, koesterde zich erin. Hij was tenslotte de Havik. Op een rots staan in een stadspark was ver van de slagvelden die hij de jaren daarvoor had gekend, maar nu *was* het zijn slagveld.

De strijd was echter veel eenvoudiger dan de echte gevechten die hij had meegemaakt. Dit was niet meer dan een verkenningsmissie. Zijn team zou morgenvroeg, net voor het aanbreken van de dag, de klus klaren. Hij zou ervoor zorgen dat het doelwit thuis was, wegge-stopt in bed zoals iedereen in die straat.

Hij had uit ervaring ontdekt dat de meeste 'dievenuren' - de tijd van ongeveer 2300 uur tot ongeveer 0300 uur de volgende dag, althans in woonwijken - het best aan de dieven konden worden over-gelaten. Kleine criminaliteit die floreerde tijdens de hoogste uren van de maan waren uren waar De Havik niet wilde zijn. Tijdens die uren waren er meer politiepatrouilles, middernacht-snackers die uit de ramen beneden keken, en geriatrische slapeloze mensen die binnen rondliepen.

Nee, hij gaf de voorkeur aan de tijd dat de meeste mensen sliepen - ongeveer 0300 tot 0500. Zeker, er waren vroege vogels en een paar zakenmensen die 's ochtends vroeg wilden joggen, maar statistisch gezien waren er in die tijd veel meer mensen die deden wat hij wilde dat ze deden: *slapen.*

Dat zou het nu ook worden. Hij had iemand van zijn team de straat in de gaten laten houden de afgelopen dagen. Er was een jogger die op maandag, woensdag en vrijdag om 05.15 uur opstond en begon, en er was een man met een leidinggevende functie die om 05.30 uur naar zijn werk reed, maar verder was het rustig op straat. Nog stiller het uur ervoor.

Morgenochtend - over een paar uur - zou een van die rustige ochtenden zijn. De Havik wilde de straat vanaf deze plek zelf in de gaten houden, de details verifiëren en een plan beginnen te formule-ren. Het was eenvoudig, maar eenvoud betekende zelden gemak-zucht. Dat wist hij ook uit ervaring.

Zijn team was goed, het beste dat hij ooit had gehad, maar hij gaf er toch de voorkeur aan de laatste controle zelf te doen, persoonlijk. Hun verslagen waren tot nu toe niet anders dan nauwkeurig geweest, maar The Hawk voelde zich rustiger over missies als hij zelf het slag-veld kon aanschouwen. Hij hield er ook van de ruimte te visualiseren terwijl hij plande, gewoon om zeker te zijn dat er geen onvoorziene obstakels waren, zoals een defect voertuig dat niet zichtbaar was op kaarten en satellietbeelden.

Alles klopte tot nu toe, en daar was hij blij om. Dit zou een simpele smash-and-grab worden, maar ze hoefden niet eens te grijpen en nauwelijks te slaan. Hij had de missie een 'sluip-en-plaats' moeten noemen.

Hij gleed terug naar de top van de rots. Hij zou van hieruit nog een paar minuten kijken, en dan naar links van de zijkant van de rots glijden, terug op de grond, en in de dekking die de rots en de boom ernaast boden. Zijn rug was onbedekt, want hij stond met zijn rug naar het trottoir dat om het park heen liep, maar op dit uur was het onwaarschijnlijk dat er iemand langs zou komen, en er waren toch geen directe lampen die dit deel van het park verlichtten.

De havik greep naar de rugzak die hij aan zijn voeten had gehangen en pakte een proteïnereep uit het voorvakje. Hij had de luide, krakende wikkel al verwijderd voordat hij vertrok, dus hij greep gewoon in de plastic opbergzak waar hij ze in had gedaan en haalde er een uit. Hij had er nog twee, een die hij om 02.00 uur wilde opeten en een extra, voor het geval dat.

Hij had een fles water op zijn heup, een veldflesachtige kruik die met een karabijnhaak aan zijn riem was bevestigd. Hij haatte riemen - die raakten altijd op de slechtst mogelijke momenten in de knoop - en hij haatte alles wat te strak aan hem vastzat, uit angst dat hij het niet snel genoeg los zou kunnen krijgen. De veldfles had de perfecte maat en vorm om genoeg drinkwater voor de missie in te bewaren, dus bedacht hij een manier om het te laten werken.

Afgezien van de kijker, zijn tas, de veldfles en een pistool, droeg hij niets anders dan de kleren op zijn rug. Dit was geen missie, dus het was niet nodig om te overdrijven. Toch was zijn voorzichtigheid en zorgvuldigheid bij elk werk een deel van wat hem in de eerste plaats de reputatie en de bijnaam "De Havik" had gegeven, en het was een passende titel. Zijn voertuig stond geparkeerd aan de andere kant van het stadsplein en was volgeladen met missiemateriaal, waaronder een klein arsenaal aan wapens. Hij zou het niet nodig hebben, maar hij haatte het idee ergens betrapt te worden zonder.

Hij at de proteïnereep op en nam een paar slokken water, waarna hij zijn nek heen en weer rolde om de knikken eruit te werken. Hij was in goede vorm voor zijn leeftijd, niet jong meer maar zeker niet oud. Hij had het gevoel dat hij de perfecte balans had tussen jeugdige energie en kracht en de wijsheid die alleen uit ervaring komt.

Hij was goed in wat hij deed. De beste, zelfs. Het was een kleine niche, maar daarom betaalde het goed.

Hij zou goed betaald worden voor deze job, zoals hij goed betaald werd voor al zijn jobs. Zijn team mocht hem daarom graag - hij was in staat de best betaalde klussen te vinden, en de meeste waren met een laag risico. Hij had plannen om dit jaar uit te breiden, met een tweede team dat meer specifieke diensten aan zijn klanten zou kunnen verlenen.

Alles op zijn tijd, zei hij tegen zichzelf. De Havik was een man van geduld. Geduld bij het plannen en uitvoeren van een missie, geduld bij het runnen van zijn bedrijf, en geduld in het leven. *Goede dingen komen aan zij die wachten.*

Hij had gewacht, zijn hele leven had hij gewacht. Dit was een kans die hij voor zichzelf had opgebouwd, en hij had non-stop gewerkt om het netwerk te creëren dat hij nodig had om de basis te leggen. Nu had de klant hem gevonden, en hij was er klaar voor. Ze waren naar hem toegekomen, smekend om zijn hulp, en hij was maar al te blij om die te verlenen.

De uitbetaling was de grootste die hij ooit had gehad, en het was waarschijnlijk de grootste die hij ooit zou krijgen. Het was een enorme som geld, en zelfs als hij de missie niet zou halen - hij zou de missie niet halen - had zijn team al een kwart miljoen elk gekregen, een half miljoen voor hemzelf. Het was genoeg om jaren van te leven, in de goede hoek van de wereld, maar hij had geen plannen om zich te vestigen en geld uit te gaan geven.

Hij was van plan *meer* geld te verdienen.

HOOFDSTUK 10

JULIETTE RICHARDSON STAPTE TERUG VAN HET FORNUIS EN VEEGDE HAAR WENKBRAUWEN AF. Ze keek naar beneden, glimlachte en schudde haar hoofd.

Ik sta letterlijk in een keuken, met een schort aan, eten te koken voor mannen. Het was een hilarische gedachte voor haar, vooral omdat haar rol in de hut *zelden* koken inhield.

Zij en Ben hadden een geweldig partnerschap. Geen van beiden hield zich aan verouderde verwachtingen van typische rolpatronen, dus voor elk karweitje dat ze in de hut moesten opknappen - hout hakken, schoonmaken, afwassen, wassen - pakte een van hen het aan als het te vervelend voor hen werd.

Julie had een hekel aan stapels wasgoed die tot aan het plafond opgestapeld lagen, dus deed ze ladingen wasgoed als het uit de hand liep. Ben genoot van de catharsis van het hakken van hout, het ritmisch slaan op een blok hout tot het gespleten was, dus dat werd zijn taak.

En Ben hield van koken - of liever, hij hield ervan om *te proberen* te koken. Julie moest wennen aan zijn onhandige keuzes van kruiden en overgezouten gerechten. Hij werd beter, vooral toen hij voor twee personen begon te koken, maar ze grapte dat hij nog een lange weg te gaan had voordat hij klaar was om zijn eigen restaurant te openen.

Toch was hij niet slecht. Hij kon een goede chili maken, en zijn omgang met vis en wild was naar haar mening ongeëvenaard. Hij hield het meest van grillen, maar de wintermaanden waren meestal te koud om buiten te grillen, dus had hij zich bekwaamd in gebakken vis. De meeste avonden aten ze vlees en een of twee groenten, en sinds kort aten ze op verzoek van Reggie geen brood meer.

Zij was ook afgevallen, maar niet zo veel als Ben. Hun trainingsschema's waren verschillend, persoonlijk voor hen ontworpen, en dat van haar was meer een dieetverandering dan een trainingsverandering. Ze was altijd actief geweest, de meeste ochtenden ging ze hardlopen en soms deed ze een yogales na het werk in het CDC als ze daar was. Ze probeerde goed te eten, maar ze had nooit echt een probleem gehad met haar gewicht. Reggie - de aan haar toegewezen voedingsdeskundige - wilde dat ze zich zou concentreren op haar voedselinname, met name op *wat* ze at en dronk, in plaats van te proberen meer calorieën te verbranden door te sporten.

Ben, had hij hen verteld, had precies het tegenovergestelde probleem. Hij at goed voor een man van midden dertig, en ook al at hij veel, het was een gezonde balans van vooral eiwitten en vetten. Hij was niet iemand die na het eten snackte of een ijsje ging eten, dus richtte Reggie zijn aandacht op het verbranden van meer calorieën door uithoudingsvermogen en lichaamsbouw op te bouwen met een soort thuisgymnastiek die hij had gebouwd.

Ben en Reggie, als ze allebei in het huisje waren, spendeerden elke ochtend een uur aan hardlopen, oefeningen met lichaamsgewicht, en het rollen van een enorme tractorband over het open terrein achter het huisje. Julie wist dat Ben genoot van de inspanning en de snel toenemende omvang van zijn biceps, maar hij liet het nooit merken aan Reggie. Hij klaagde iedere keer, zeurde over de volgende sessie en zei tegen Reggie dat hij zijn tijd moest nemen voordat hij terugkwam voor meer training.

Julie bekeek het allemaal met een grijns. Ze kende Ben nu beter dan wie ook, en zijn spelletjes en geveinsde apathie voor het trainings-regime waren een truc. Ben had een gave om niemand te dichtbij te laten komen, en deze kleine vorm van acting out, geloofde ze, kwam voort uit datzelfde verlangen. Reggie was een goede vriend voor hen beiden geworden, en ze brachten veel tijd samen door, dus Ben moest ervoor zorgen dat hij niet te vaak zijn dankbaarheid of vriendelijkheid uitte.

Reggie, van zijn kant, scheen het leuk te vinden Ben er mee lastig te vallen. Reggie bleek een groter hart te hebben dan dat van Ben, en hij had Julie verrast door hoeveel hij om hen gaf. Hij nam elke gele-genheid te baat om bij hen in de hut te blijven als hij niet op een missie was of elders werkte, en hij wist altijd de juiste vragen te stellen om hen aan het praten te krijgen.

Hij luisterde graag, en hij was er goed in. Julie hoopte dat Ben daar iets van zou opsteken tijdens hun verloving.

Ze keek omlaag naar de ring die hij haar had gegeven en draaide hem rond haar vinger, een prachtige rondgeslepen diamant die zijn moeder had bewaard en aan hem had doorgegeven in haar testament. Ze was nog geen twee jaar geleden gestorven, en Julie en Ben waren de laatste mensen geweest die ze op deze planeet had gezien. Het was hartverscheurend om Ben dat te zien doormaken, maar ze voelde een speciale waardering voor de herinnering nu ze op het punt stond de rest van haar leven met de man te delen.

Toen hij haar ten huwelijk had gevraagd, hadden ze op de vloer van een geheime onderzoeksfaciliteit in Antarctica gezeten, kogels vlogen boven hun hoofden. Ze herinnerde zich dat ze niet wist of ze hem moest slaan of naar hem lachen.

Ze kan beide gedaan hebben.

Hij had haar verteld dat hij geen ring had, en dat hij er een voor haar zou kopen. Hij had haar een traditionele verlovingsring willen geven en haar dan met de trouwring willen verrassen op hun huwelijk - op een nog te bepalen datum - maar ze had hem gezegd zijn geld te sparen. Ze was toch niet zo dol op juwelen. Elk klein dingetje was goed, had ze hem gezegd.

Zijn 'any little thing' was een prachtige, *dure* diamanten trouwring die zijn eigen moeder had gedragen. Julie kon de tranen niet bedwingen toen hij hem haar had laten zien in de hut, kort na hun terugkeer van het zuidelijk halfrond. Hij had er ook een hele avond aan gewerkt. Zijn 'beroemde' chili op het fornuis, een kaneelkaars aan in de slaapkamer, en al het wasgoed van de vloeren geruimd en in het kleine was- en washok aan de achterkant van de hut gedumpt - ze was altijd nerveus dat hij haar kleren zou verpesten als hij ze waste, dus dat ze voor de wasmachine opgestapeld lagen, was voor haar net zo goed als dat het helemaal klaar was.

Ondanks zijn koppigheid, zijn onvolkomenheden, hield ze van hem. Hij was in sommige opzichten brutaal, groot en onstuimig, maar in andere opzichten de meest zorgzame en lieve man die ze ooit had ontmoet. Hij wist altijd wat te koken voor het avondeten, leek het, en hij was altijd in de stemming voor wat ze wilde kijken op de televisie. Hij was het er niet altijd mee eens dat ze er naar *moesten* kijken, maar hij wist het.

Hij was aardig, vrijgevig en een vurig voorstander van gerechtigheid, waardoor ze elkaar hadden ontmoet. Hij kon het niet verdragen dat iets verkeerds ongestraft bleef, zelfs als dat betekende dat hij hen beiden zou betrekken in iets dat boven hun pet ging.

In zekere zin had hij dat weer gedaan, maar Julie was er net zo goed verantwoordelijk voor als hij. Deze nieuwe onderneming die ze samen aangingen, de Civilian Special Operations, was gewoon een formele manier om Ben toe te staan onrechtvaardigheid te bestrijden waar ze het ook vonden. Zeker, ze zouden het beter moeten plannen dan ze gewend waren, en ze zouden die plannen moeten communiceren met de rest van het team, inclusief een vertegenwoordiger van elk van de gewapende diensten, maar het paste nog steeds perfect bij hen.

Of dat hoopte ze toch.

Eigenlijk wist ze niet zo goed *wat* ze ervan moest denken. Het leek goed te passen bij hun prille team, een groep mensen die elkaar nauwelijks kenden, maar bij elkaar waren gekomen om te vechten en een organisatie omver te werpen. Ze waren geslaagd, en hun nieuwe leider, Mr. E, had hen allen aangemoedigd om zich aan te sluiten bij de nieuwe groep helden die hij wilde vormen. Het was allemaal zo snel gegaan, en Mr. E en zijn vrouw hadden hun kleine hut in het achterland van Alaska snel opgeknapt en uitgebreid, en ze hadden hun eerste orders nog niet ontvangen.

Vanavond, wist ze, zou dat veranderen.

Reggie was teruggekeerd van een of ander werk dat hem was opgedragen, ergens, en het gesprek was - tussen haar en Ben, althans - dat hij hun orders had van meneer E. Ze waren gewoon aan het wachten op Joshua, die op een gegeven moment die avond zou arriveren.

Haar glimlach werd een beetje breekbaar, een uiting van de onzekerheid die zij plotseling voelde, maar zij ging door met koken en het schoonmaken van de keuken, terwijl de jongens in de andere kamer lachten en grapjes met elkaar maakten.

HOOFDSTUK 11

"JOSHUA!" SCHREEUWDE REGGIE.

BEN HAD niets gehoord, maar hij wist dat Reggie's gehoor - en zowat al zijn andere zintuigen - zeer bedreven waren. Beter dan die van Ben zeker, behalve misschien Ben's smaak.

Toen Ben zijn chili voor Reggie had gemaakt en Reggie vroeg of hij kon zeggen wat erin zat, was het beste wat de man eruit kon pikken "een soort chilikruiden?" tussen gigantische happen vlees en bonen door.

Reggie en Ben liepen naar de voordeur, en Ben kon nu de klink zien draaien. Hij zette zijn bourbon neer op het tafeltje naast de bank, als voorbereiding op een handdruk.

De deur ging helemaal open en Ben zag Joshua's tengere gestalte voor het vervagende middaglicht. Kortgeknipt haar in de stijl van de meeste militaire grunts, maar een paar ogen die boekdelen meer spraken over zijn ervaringen dan een kapsel ooit zou kunnen. De man was bijna even oud als Ben, maar hij had een hard leven geleid als militair en daarna als leider van een privé-huurlingenmacht die beveiliging bood aan het bedrijf dat Ben en Julie had uitgeschakeld.

Draconis Industries was Joshua's werkgever lang voordat Ben ooit van de organisatie had gehoord, maar hun paden kruisten in het

Amazone regenwoud eerder dat jaar toen Joshua de opdracht had gekregen om Ben en zijn team te zoeken - en te doden. Hij liep over van zijn eigen organisatie en sloot zich aan bij de bemanning van Ben en de anderen, en samen gingen ze naar Antarctica om de laatste overgebleven leider en zijn laatste project te achtervolgen.

Net als Reggie, was Ben Joshua gaan bewonderen, ook al was de man stiller en gereserveerder. Ben zelf was een beetje een kluizenaar, dus het had een tijdje geduurd voordat de mannen elkaar leerden kennen. Hij was niet de innemende, charismatische grappenmaker die Reggie was, maar Joshua had een sterke wil om aan de kant van de goeden te staan - een eigenschap die Ben in zijn vrienden verlangde.

Ze hadden allemaal goed met elkaar kunnen opschieten in Antarctica, en Joshua was aan het eind van de reis zelfs de leider van de groep geworden, dus gaf meneer E Joshua de officiële titel. Hij zou de missies leiden die ze - blijkbaar binnenkort - zouden gaan ondernemen.

Joshua stapte de hut binnen en wierp een blik naar links en rechts om zich een beeld te vormen van de plek. Hij was er al een paar keer geweest, maar Ben nam aan dat het een oude gewoonte van hem was om zijn omgeving grondig te onderzoeken voordat hij een kamer binnenging. Ben glimlachte, en Joshua liep naar hem toe.

Ze schudden elkaar de hand, Joshua grijnsde een beetje aan een kant van zijn mond. Reggie, naast Ben en de volgende in de rij, grijnsde van oor tot oor en lachte al.

"Je ziet eruit alsof je een borrel nodig hebt, maatje," zei Reggie.

"Ik ben goed, maar dank u," antwoordde Joshua.

"Ja, dat dacht ik al," antwoordde Reggie onmiddellijk. "Maar ik krijg je nog wel een dezer dagen."

Joshua knikte en stapte toen de keuken in om Julie gedag te zeggen. Reggie wendde zich tot Ben en liet zijn stem - en zijn glimlach - zakken. "Hij lijkt opgewonden over iets."

Ben fronste zijn wenkbrauwen.

"Het was een grapje, Ben. Hij lijkt radeloos."

"Heb je enig idee waarom?"

"Waarschijnlijk denkend aan onze missie."

"Je kent de details, toch?"

Reggie knikte.

"Waarom ben je dan niet radeloos?"

Reggie lachte. "Wat is er om radeloos over te zijn? Ik ben opgewonden over deze. Het wordt een simpele greep. Niets aan."

HOOFDSTUK 12

TWEE DAGEN GANG

"Sir, het is gebeurd."

De woorden klonken als geld voor The Hawk. Het *was* geld.

Hij glimlachte, wetende dat de man aan de andere kant van de telefoon het niet kon zien.

"Goed," zei hij, zijn stem even vast en kalm als altijd. "Goed werk, vertel de anderen om in te pakken en naar huis te gaan. We hebben nog een afspraak."

"Affirmatief, sir. Orders?"

"Ze zullen worden gemaild. Controleer de beveiligde rekening om 0700."

"Begrepen, sir."

De havik hing het gesprek op en stak de telefoon terug in zijn zak. Hij kauwde op het laatste stukje jerky en spuugde. *Tot zover alles goed.* Hij moest deze update doorgeven, maar hij wist dat de klant andere prioriteiten zou hebben. Dit was een missie met een laag risico, en dat betekende dat het een relatief lage prioriteit had voor de klant.

Hij kon het succes later inroepen, nu wilde hij slapen.

De Havik was een eenzame man, alleen op een manier die andere mensen gek zou maken. Hij had die eenzaamheid echter nodig, omdat hij zich daardoor kon concentreren op het verbeteren van zichzelf en zijn werk. Hij kon zich zonder afleiding zo lang concentreren als hij wilde en hoefde zich nooit met de buitenwereld in verbinding te stellen.

Voor hem was de buitenwereld gewoon dat - buiten. Het was ver weg, ver van hem, en hij was er los van. De dagelijkse behoeften die de meeste van zijn mannen hadden - losbandigheid, vermaak, plezier - verachtte hij. Hij had zo zijn manieren om te vinden wat hij nodig had, als de drang er was, maar die drang was er zelden. Hij had zijn geest en lichaam getraind om weinig van de buitenwereld te verlangen, want de 'binnenwereld' die hij had opgebouwd was veel geschikter voor hem.

Zes jaar geleden was De Havik van een berg afgewandeld, een nieuw en totaal veranderd man. Zijn geest was helder geworden, dankzij zijn eigen wilskracht en enkele bijzonder ongemakkelijke 'externe' motivaties. Hij was door beproevingen gegaan, door de hel en terug, en hij was er sterker dan ooit uitgekomen.

Hij was er sterker uitgekomen dan *wie dan ook.*

Hij had het eerste deel van zijn leven als één man voltooid, en toen hij van de berg af was gestapt, was hij aan het tweede begonnen.

Hij wendde zich tot de man die aan zijn zijde stond, een man die hij slechts bij één naam kende.

"Morrison, bevestig de details. We kunnen geen losse eindjes hebben."

"We hebben nooit losse eindjes, meneer," antwoordde Morrison.

"En dat is omdat we altijd op hen controleren."

Morrison knikte en stapte weg van de havik. Hij keek hem een paar passen na, zijn berengang verhulde de ware snelheid en sluwheid van de man. Morrison was een perfecte tweede, meedogenloos en toegewijd als De Havik, bekwaam als soldaat, maar miste het speciale ingrediënt dat van een man een leider maakte en niet slechts een manager.

De Havik verkoos deze regeling. Hij wilde niet dat iemand zijn gezag in twijfel trok, en hij wilde geen concurrentie van zijn ondergeschikten. Morrison wilde dat The Hawk zou leiden, en hij zou alles doen wat nodig was om The Hawk aan de macht te houden.

Het was een regeling die The Hawk beviel, maar het was slechts gesmeed uit jaren van minder-dan-ideale situaties. Hij had dit team - klein, maar wendbaar - vanuit het niets opgebouwd, door zich een weg te banen langs de amateurs en de hotshots tot hij nog maar zeven man over had.

Morrison was een van de eerste rekruten, en hij was geen amateur of uitslover. Hij trad gewoon op, vroeg niets in ruil behalve zijn loon en bemoeide zich niet met de zaken van de anderen. Hij was, in één woord, ideaal. Van de ongeveer honderd mannen die de Hawk had geïnterviewd voor de eerste lichting kandidaten, vond hij Morrison zowel alarmerend bedreven als meedogenloos effectief. Een solide combinatie, maar zonder veel leiderschapscapaciteiten, wist The Hawk dat Morrison een perfecte tweede-in-bevel zou zijn. Een man die zich niets aantrok van de grillen en klachten van zijn ondergeschikten, maar alleen de klus wilde klaren.

Het was misschien wat overdreven om een man als Morrison de leiding te geven over de rest van de mannen. De Hawk had een strak schema, hij interviewde en trainde het kleine leger dat hij opbouwde. Ze reageerden op zijn leiderschap, en ze reageerden op Morrison's drill-sergeant commando. Per slot van rekening waren ze allemaal van een of andere tak van dienst, uit welk land de rekruten ook kwamen.

De meeste mannen op de shortlist van The Hawk waren Amerikanen, maar alleen omdat Amerika het land was waar hij geboren en getogen was, en dat hij het beste kende. Nogal wat mannen stonden op de lijst uit Zuid-Amerika en Oost-Europa, getraind in de jungle als huurlingen of in de door oorlog verscheurde klimaten die voortdurend geteisterd werden door politieke twisten.

Hij hield zijn 'leger' klein - hooguit twaalf man, en zelfs maar zes toen hij net begon - maar zijn lijst met kandidaten, zij die in zijn beveiligingsteam wilden dienen, was nu ongeveer tweehonderd man groot. Mannen vonden hem via mond-tot-mondreclame, wederzijdse kennissen en aanbevelingen. Het was ook niet moeilijk te verkopen - hij betaalde beter dan wie dan ook in de business, en zijn team stond bekend om zijn missies met hoge inzet en exotische reizen.

Kortom, het was de droom van een soldaat. De wereld rondreizen, recht doen gelden waar dat nodig was, en naar huis terugkeren voor een paar maanden van goed gefinancierde rust en stilte.

Hij was het bedrijf een paar jaar geleden begonnen en hij overwoog nu al om uit te breiden. Hij wist niet zeker hoe hij het zou doen, maar er waren meer goede mannen die hem wilden helpen dan waar hij plaats voor had - en hij wist nu dat er over de hele wereld nog *veel* meer zakelijke klanten waren die bereid waren zijn honorarium te betalen.

Deze missie was eigenlijk zeldzaam voor The Hawk: het was een binnenlandse missie. Het grootste deel van zijn werk was in het buitenland, waar hij opstanden onderdrukte en georganiseerde arbeiders tegenhield - of onder controle hield - die onhandelbaar werden met hun bedrijfsleiders. Hij was meer dan eens op het nippertje betrokken geweest, maar hoe uitdagender de missie, hoe meer intrige en opwinding zijn mannen voelden. Ze wilden meer actie, en vertelden dat aan hun vrienden.

De Hawk speelde dit zo veel mogelijk op, en toen de belofte van echte actie, veel intriges en een geldbedrag dat hem twee keer deed kijken voorbij kwam, wist hij dat dit een missie voor zijn team was, binnenlands of niet.

Ravenshadow had dus tijdelijk zijn hoofdkwartier in een pakhuisdistrict in Philadelphia, in een oud, verlaten gebouw dat deel had uitgemaakt van een grotere groep die ooit het hele stadsblok had omspannen. Veel van de pakhuizen die de ruimte omringden waren ook verlaten, en degenen die bezet waren zouden het reilen en zeilen van een paar zwart geklede mannen die door een achteraf steegje kwamen niet opmerken.

Een handvol kandidaten op zijn lijst woonde op rijafstand van Philadelphia, dus had hij die mannen gewaarschuwd: Ravenshadow was bezig met een klant, en er kon extra hulp nodig zijn. Wees er klaar voor, had hij ze gezegd.

De havik draaide zich om en liep naar zijn voertuig. De versleten 2007 Hyundai Santa Fe was een perfect stadsvoertuig - krachtig genoeg om door een barrière te komen, klein genoeg om een bedreiging te ontwijken, en normaal genoeg om geen tweede blik te rechtvaardigen.

Hij had ooit in een bestelwagen gewoond, maar hij gaf de voorkeur aan een iets ruimere accommodatie, dus had hij de bestelwagen ingeruild voor een eenkamerwoning en een middelgrote SUV. De thuisbasis gaf hem een plek om naar terug te keren na missies, maar het gaf hem ook de mogelijkheid om meer spullen en uitrusting op te slaan dan voorheen. De SUV gaf hem een manier om mobiel te zijn, om zich vrij door het land te kunnen bewegen zonder vaak te hoeven vliegen.

Toen hij het voertuig instapte en de motor startte, ging zijn telefoon. Hij fronste, verwachtte geen telefoontje en vond het niet leuk dat hij er een had gekregen. Hij controleerde het nummer en fronste nog meer. *Zeker niet een telefoontje van* dit *nummer.* Hij overwoog niet op te nemen; de telefoon het gesprek naar zijn standaard voicemail te laten sturen zodat hij het later kon controleren. De beller zou het waarschijnlijk niet op prijs stellen dat hij de oproep had genegeerd, wetende dat de missie nu wel voltooid zou zijn.

"Wat," zei hij nors, niet de moeite nemend om het eind van het woord tot een vraag te verheffen.

"Is het - is het klaar?" vroeg de stem van de vrouw. Haar stem was broos, zwak, alsof ze aan de beademing lag. Maar hij wist wel beter. Zij was een professional, net als hij - zij het een heel ander soort professional.

"Het is."

Hij wachtte, niet geïnteresseerd om de dode ruimte te vullen met meer geluid, meer nutteloze vragen. Hij hoefde haar niet in te lichten, dat zou later komen met het rapport.

Maar toch...

Totdat de klus was geklaard, had deze vrouw zijn tijd in handen. Zij bezat *hem*. Dat was het enige nadeel van zijn baan - zijn tijd was nooit van hem. Hij mocht het werk afmaken zoals hij wilde en met de middelen die van tevoren waren besproken, maar zolang hij onder contract stond, werd van hem verwacht dat hij op elk moment beschikbaar was.

"Oké. Oké, geweldig. Dus - het is klaar. Ik bedoel...

"Het is gebeurd. Ik zal later vandaag verslag uitbrengen."

Hij kon haar bijna horen knikken. Ze was nerveus, maar dat kon hem niet schelen. Ze was een professional, en ze wist hoe ze emoties moest manipuleren. Ze had haar eigen emoties onder controle, net als hij, dus hij wist dat ze een spel speelde.

Hij speelde geen spelletjes. Hij werd niet *betaald* om spelletjes te spelen.

"Goed. Dat is... goed."

Hij hing op, wetend dat er niets meer gezegd hoefde te worden. Er was al niets meer te zeggen geweest, en hij had geen nieuwe informatie dan voor het telefoontje.

Behalve...

Misschien was er *iets*. Iets in de manier waarop ze tegen hem sprak. Iets diepers dan zelfs de valse emotie die ze had opgeroepen.

Hij dacht er even over na, zwijgend op de bestuurdersstoel van het voertuig. Vroeg zich af wat het zou betekenen.

Wat als zijn werkgever *echt* nerveus was?

HOOFDSTUK 13

REGGIE KEEK ROND IN DE KLEINE WOONKAMER VAN HET HUISJE, fronste en ijsbeerde terwijl hij zijn hoofd schuin hield om te proberen te vinden wat hij zocht.

"Heb je iets nodig?" Ben vroeg het.

Reggie keek op en glimlachte. "Oh, sorry - ik vroeg me af of er nog een TV in de buurt was, een die we in de woonkamer konden zetten."

De enige televisie die Ben en Julie bezaten stond in hun slaapkamer, want de woonkamer was eigenlijk niet veel meer dan een foyer die de twee andere kamers met elkaar verbond - de keuken en kleine eetkamer en de grote slaapkamer. Omdat Reggie vaak logeerde, diende de bank in de woonkamer als zijn bed, dat uitgeklapt kon worden en de toch al kleine ruimte bijna onbruikbaar maakte.

Ben schudde zijn hoofd. "Nee, maar dacht je dat je er een zou vinden onder een boek of achter een tafeltje?"

Reggie lachte. "Het kan nooit kwaad om te kijken, denk ik."

"Sorry, we zullen die in de slaapkamer moeten gebruiken."

"We kunnen gezellig op het bed gaan liggen. Weet je, ik zou naast Julie kunnen zitten..."

Ben hield een hand op. "Ik ga je daar stoppen, vriend."

Reggie lachte nog harder en begon in de richting van de slaapkamer. "Kom op, jongens, ik heb Mr. E net een sms gestuurd en hem verteld dat we er allemaal zijn."

"We zijn nog steeds bezig met het "Mr. E remote feed ding, huh?" vroeg Julie vanuit de keuken. "Het lijkt me makkelijker om hem een dezer dagen in levende lijve te ontmoeten."

"Lijkt er wel op," mompelde Joshua. "Ik weet niet zeker wat hij van plan is. Hij is nog meer een kluizenaar dan Ben."

"Niet eens in de buurt," zei Julie, terwijl ze Ben een duwtje gaf. "Mr. E woont tenminste in een normale plaats. San Francisco of San Diego, zoiets, toch?"

Joshua knikte. "San Fran. Blijkbaar heeft hij daar een herenhuis."

Met z'n drieën volgden ze Reggie naar de slaapkamer. De woonkamer was al klein, maar de slaapkamer was echt krap. Het queensize bed nam het grootste deel van de ruimte in beslag, en een klein tafeltje met een lamp stond in de hoek, tussen het bed en de muur. Julie hield ervan om 's avonds te lezen, en Ben was er nog niet in geslaagd om haar over te laten schakelen op een elektronisch leestablet. Hij was er trots op dat hij was overgestapt op een Kindle, en had gekozen voor een lichtere en meer draagbare manier van lezen, terwijl zij een dinosaurus was die zich als een oud dametje vastklampte aan haar beproefde manier van lezen.

Reggie lag al op het bed, met zijn lange gestalte op het voeteneind van het bed, zijn gezicht niet meer dan een meter van de televisie verwijderd.

Joshua wurmde zich langs hem heen en koos ervoor om tussen het bed en het raam aan de zijmuur te gaan staan, en Ben en Julie namen een plekje in aan de andere kant van het bed. Ben liet Julie naar achteren glijden en haar hoofd op zijn borst rusten, en hij ging rechterop zitten om over Reggie's schouder te kunnen kijken.

Op de een of andere manier had Reggie de 'slimme' televisie al aangezet, door het menusysteem genavigeerd naar een populaire videostreaming app die was voorgeïnstalleerd, en een venster geopend en was op dit moment - pijnlijk langzaam, gebruikmakend van de kleine navigatie van de afstandsbediening om één karakter per keer te selecteren - een adres aan het typen in een URL veld.

"Hoe weet je hoe je dat allemaal moet doen?" vroeg Ben.

Hij voelde zich onmiddellijk schaapachtig. Julie draaide zich om en keek hem aan, en Joshua wierp een blik op hem, met een opgetrokken wenkbrauw die hem duidelijk maakte dat dit soort technisch gekonkel blijkbaar algemeen bekend was.

"De vraag is," zei Reggie, met zijn ogen nog steeds op de televisie gericht, "hoe komt het dat je het *niet* weet? Met een techneut als jij?"

"Ze is niet mijn vrouw. Nog niet."

"Wel, je zou beter opschieten en haar opsluiten," zei Reggie. "Anders moet ik..."

"Wat je ook gaat zeggen, het klinkt alsof het heel vleiend zal zijn,' flapte Julie eruit, 'maar ik ben meer dan blij dat ik het technisch genie in Bens leven ben. Het maakt me gelukkig te weten dat hij me altijd nodig zal hebben."

"Zoals een peuter zijn moeder nodig heeft," mompelde Reggie.

"Wat was dat?" Vroeg Ben.

"We zijn klaar om te vertrekken. Kan iedereen het zien?"

Ze knikten allemaal, maar Reggie keek niet naar hen. Hij had een lange URL ingetoetst en op de hoofdknop van de afstandsbediening gedrukt, en na een paar seconden verscheen er een korrelig borstbeeld van Mr E op het scherm.

"Het zal beter gaan als de band steviger wordt," zei Julie. "Misschien."

"Zolang we hem kunnen horen, is er niets aan de hand, zei Joshua. "Hij is niet zo goed in gezichtsuitdrukkingen."

De ingebouwde luidsprekers van de televisie kwamen tot leven. *'Goedemiddag,' kondigde de* stem van de man aan. *Ik ben blij dat u allen samen bent. Ik hoop dat uw reünie rustgevend en plezierig is.*

Wie praat er zo? Ben vroeg het zich af. De man die ze hun weldoener en nieuwe baas waren gaan noemen, had Ben altijd een beetje vreemd geleken. Niet op een ongemakkelijke manier, maar gewoon op een of andere manier sociaal anders dan iedereen die hij ooit had ontmoet.

En Ben wist dat hij niet het perfecte voorbeeld was van een sociaal begaafd individu, dus als hij in staat was om Mr. E's vreemde gedragingen op te pikken, moesten ze wel erg voor de hand liggend zijn geweest.

Ik neem aan dat Gareth en Joshua je hebben verteld dat we een missie hebben, sinds gisterochtend.

Reggie, - Gareth Red - keek om zich heen om er zeker van te zijn dat ze allemaal volgden. Ben knikte naar het scherm, ook al wist hij dat de piepkleine webcam die Reggie naast de televisie had geplaatst nauwelijks hoog genoeg was om meneer E de bewegingen te laten opvangen.

Mr. E stond erop om elk van hen bij hun volledige naam te noemen. Harvey', 'Juliette' en 'Gareth', in plaats van hun verkorte bijnamen. De eerste keer dat ze meneer E Reggie's echte naam hoorden gebruiken, keken ze allemaal verbaasd om zich heen, om Reggie grijnzend aan te treffen. Tijdens zijn militaire dienst als sluip-schutter had zijn team blijkbaar zijn achternaam en eerste initiaal vermalen tot de bijnaam waaronder ze hem nu allemaal kenden. 'Red, G,' werd 'Reggie,' en de naam bleef hangen.

"We weten het allemaal, dank u," zei Reggie. "Wat is de missie?"

Ben wist dat Reggie tenminste enkele details had over hun missie, maar hij had Ben alleen iets verteld over een 'smash and grab'. Het klonk Ben niet erg aantrekkelijk in de oren, en het klonk zeker niet veilig, maar Reggie leek niet bezorgd.

Natuurlijk leek Reggie *zelden* bezorgd. De enige keer dat hij de man zijn karakteristieke grijns zag verliezen en serieus werd, was in Antarctica, toen hij uit zijn dak ging en bijna eigenhandig een team vijandelijke bewakers uitschakelde.

Ongewapend.

Het moment stond voor altijd in Bens geheugen gegrift, en het had zijn respect voor zijn vriend alleen maar doen toenemen. Reggie was een koele, kalme en vrolijke kerel die gek zou worden om zijn vrienden te beschermen.

De missie is eigenlijk meer een verkenning. Voornamelijk informatie verzamelen, maar er zal ook wat onderzoekswerk zijn.

Ben fronste zijn wenkbrauwen. "Lijkt eenvoudig."

Mr. E knikte. *Inderdaad, zo lijkt het. Ik hoop dat het zo is, maar ik kan me niet aan de indruk onttrekken dat er meer aan de hand is dan wat men ons heeft doen geloven.*

"Oké, baas," zei Reggie. "Vertel ze het verhaal."

HOOFDSTUK 14

JULIE DUWDE ZICH OVEREIND VAN BEN'S BORST EN GING RECHTOP OP HET BED ZITTEN. Ze maakte zich geen zorgen over Bens zichtvermogen - hij was een heel hoofd groter dan zij, zelfs zittend - en bovendien was het geluid belangrijker dan de video, want de kwaliteit van de beelden was er niet beter op geworden.

De internetverbinding via satelliet op het platteland was ongeveer even betrouwbaar als die van een koffiehuis in een kleine stad. Natuurlijk, het werkte, maar op zo'n manier dat je niet veel meer kon doen dan een paar keer per dag je e-mail checken en af en toe een YouTube-video streamen.

Mr. E had hen een upgrade bezorgd via zijn communicatiebedrijf en de satelliet die hij bezat, en het was leuk om sneller te kunnen browsen en langere shows en films te kunnen streamen, maar de betrouwbaarheid was nog steeds sporadisch, vooral tijdens de wintermaanden tijdens stormen.

Het plan, zei hij, was om hen uiteindelijk een ultramoderne installatie te geven bovenop de nieuwe aanbouw van het huisje, die hen hogere snelheden en een betere verbinding zou geven - ongeacht het weer of de tijd van het jaar - dan eender welke stadsbewoner zou kunnen evenaren.

Julie was er dolblij mee, want ze had een IT-achtergrond en ze was er goed in. Maar er was ook een vleugje nostalgie, een klein beetje verdriet toen ze de teruggetrokken, rustieke hut midden in het prachtige landschap van Alaska zag verdwijnen en vervangen door een volledig moderne, grote en waarschijnlijk bedrijfsachtige aanbouw.

Maar het zou nog steeds dezelfde prachtige achtergrond hebben waar ze van was gaan houden.

Elke dag tijdens haar wandelingen of ritten had ze het gevoel alsof ze door een screensaver van een computer bewoog. De schilderachtige wildernis die hen omringde was onberispelijk, en het piepkleine geraamte van de hut, die altijd rook uit zijn kleine schoorsteen pompte, leek haar de hemel.

Zij en Ben hadden geen idee hoe de uiteindelijke aanbouw eruit zou zien. Onderdeel van hun aanvaarding van deze nieuwe rol bij de nieuw gevormde Civilian Special Operations was het afstaan van een stuk land naast de huidige locatie van de hut voor een aanbouw die meneer E en zijn vrouw zouden beheren. Er zou een kleine gang komen die de twee gebouwen met elkaar zou verbinden, maar behalve dat de aanbouw twee verdiepingen hoog zou zijn, had geen van beiden enig idee hoe het eruit zou gaan zien.

Ze richtte zich weer op de televisie toen Mr. E begon te spreken. Zijn woorden werden een beetje gehakt door de kleine satellietschotel op hun dak, en na een paar woorden kwam het geluid beter binnen.

haar weg - omhoog... nu. Ze zal morgenochtend vroeg in Anchorage aankomen, maar ik weet niet wanneer ze in de hut zal zijn. Ik voorspel dat het vroeg in de middag zal zijn, maar ik heb die update nog niet.

Ze blijft echter maar een paar uur achter in de nieuwe aanbouw van uw hut, om wat communicatieapparatuur te testen die ik aan het installeren ben. Ervan uitgaande dat alles daar in orde is, geeft dat ons twee contactpunten met u tijdens uw reis. Uw reisdocumenten zijn al in behandeling, en uw laatste briefing zal plaatsvinden bij uw aankomst. Voor ik dat doe, wil ik jullie op de hoogte brengen van de situatie.

Hij pauzeerde, en Julie zag hem nippen van een flesje water. Hij slikte, sloot zijn ogen, en ging toen verder.

Om ongeveer 3.15 uur, twee dagen geleden, werd er ingebroken in een klein pandjeshuis in St. Louis. Er werd niets noemenswaardigs gestolen, hoewel de winkel in totaal voor bijna vierhonderdduizend dollar aan elektronica, antiek en meubels bevatte.

"Niets van belang? Wat betekent dat?" vroeg Ben.

Wel, volgens de eigenares van de winkel was er één voorwerp verdwenen. Ze waarschuwde de volgende ochtend de autoriteiten over de inbraak, maar het duurde een paar uur voordat ze merkte dat het voorwerp weg was.

Het stuk was een klein glazen flesje dat een soort mineraal bevatte, hoeveelheid en gewicht onbekend, hoewel ze zei dat het zilver leek te zijn. Ze had het flesje net gekocht - voor wat volgens mij een zeer royale prijs was - van een plaatselijke weduwe in St. Louis. Louis. Het schijnt dat zij de weduwe een plezier deed, want volgens de eerste berichten kenden de vrouwen elkaar en waren zij mogelijk bevriend.

"Kan zijn geweest?" vroeg Joshua. Zijn armen waren over elkaar geslagen, en hij had een lichte frons en zijn kin was opgeheven. Julie observeerde hem en probeerde zijn uitdrukking te lezen.

Hij heeft dit deel van het verhaal nog niet gehoord, besefte ze.

'Ja, verleden tijd,' antwoordde meneer E. *'De weduwe, Gloria Rutherford Braxton, is gisteren dood aangetroffen in haar huis.'*

Joshua's kin kantelde verder naar achteren.

De plaatselijke politie heeft vastgesteld dat de doodsoorzaak een toevallige overdosis van haar voorgeschreven medicijnen is, en niemand beweert dat de twee gebeurtenissen verband met elkaar houden.'

"Niemand behalve *jij*," zei Reggie.

Juist. Ik ben nieuwsgierig naar de aard van dit mineraal. Waarom het beschermd was in een flesje als een stukje goud, en waarom het het enige voorwerp was dat gezocht werd bij de diefstal. Ik ben ook nieuwsgierig hoe mevrouw Braxton aan dit flesje kwam, en waarom ze het wilde verpanden.

"Doet de lokale politie er niets aan?"

Nee, maar hun handen zijn gebonden, echt. De inbraak was een duidelijke aanval, de plaats is een puinhoop, en de voorste ramen zijn allemaal gebroken. Braxton's huis, aan de andere kant, vertoont geen sporen van inbraak. Zelfs geen vingerafdrukken van iemand anders.

"Dus de twee lijken geen verband te houden."

"Waarschijnlijk expres," zei Ben.

"*Duidelijk* met opzet," voegde Julie eraan toe. "Maar ik begrijp het. Autoriteiten hebben genoeg aan hun hoofd, en het is een ongelukkige waarheid dat als het bewijsmateriaal op zelfmoord wijst, en er niet echt een schandalige reden is om verder te graven, ze zullen stoppen met graven."

"Waar," zeiden Joshua en Reggie bijna eenstemmig. Toen zuchtte Joshua. "Wat was de prijs die Braxton voor dit juweeltje heeft betaald, als ik zo vrij mag zijn?"

Ja, natuurlijk. Ik zei dat ik dacht dat het een royale prijs was. Blijkbaar heeft de eigenares van het etablissement, mevrouw Monique Delacroix, Braxton, contant, de som van 18.000 dollar betaald in ruil voor het mineraal.

Julie hoestte. Als ze op dat moment iets had gegeten of gedronken, zou ze zich verslikt hebben.

"Je - je moet *een grapje*," zei ze. "*$18,000?* Dat is... absurd. Zelfs als er goud in zat, of diamanten."

'Zoals ik al zei, ik geloof dat de transactie deels te maken heeft met hun relatie. Misschien had mevrouw Braxton moeilijke tijden - waarom zou ze anders de behoefte hebben gevoeld om iets sentimenteels als dit te verpanden? En waarom zou de prijs zo hoog zijn? Ik denk dat beide vrouwen tenminste gedeeltelijk het gevoel wilden hebben dat er sprake was van een echte transactie, zodat mevrouw Braxton niet gewoon liefdadigheid ontving van de eigenaar van het pandjeshuis.

"Waar is Delacroix nu?"

Ze vertrok gisteravond laat voor een zakenreis naar Australië. Een grote conferentie in Sydney over antiquiteiten en prijsstructuren voor handelaars in zeldzaamheden.

"Klinkt als een emmer vol plezier," zei Reggie.

'Ik wil deze vrouw vinden en onze bescherming aanbieden,' zei Mr. E. 'Zij kan het volgende doelwit zijn, vanwege haar kennis over het flesje en de inhoud ervan. Als de twee zaken verband met elkaar houden, is er een grote kans dat de aanvallers iedereen met enige informatie hierover het zwijgen willen opleggen.'

"Ja, goed gezien," zei Joshua.

"Dus we gaan naar Australië?" vroeg Reggie. Julie kon de opwinding op zijn gezicht zien.

Nee, dat doet u niet. Ik zal mevrouw E naar Australië sturen om mevrouw Delacroix op te halen en haar terug te brengen nadat ze heeft bevestigd dat onze communicatieapparatuur op zijn plaats staat en online is, zodat ik er op afstand toegang toe kan krijgen. Als ze terugkomen, kan ik Ms. Delacroix een veilig onderkomen bieden, tenminste tot we weten dat ze geen gevaar loopt.

Reggie zag er teleurgesteld uit, maar hij schudde het van zich af en glimlachte weer. "Nou, we kunnen de slechteriken hier niet vinden, denk ik. Dus dat betekent dat we weer op een groot avontuur gaan. Waarheen dan? Ergens exotisch?

Nee. Philadelphia.

HOOFDSTUK 15

"GROSS. ECHT?"

ONSCREEN, MR. E knikte. *'Inderdaad. Specifiek voor de American Philosophical Society. Er is een museum in het oorspronkelijke gebouw.*

"Het oorspronkelijke gebouw van wat?"

'Het oorspronkelijke gebouw van hetzelfde genootschap, gebouwd door Benjamin Franklin om samen te komen met het genootschap dat hij hielp oprichten. Tegenwoordig is het een museum dat vlakbij Independence Hall in het oude historische district ligt. Het museum is eigenlijk een ronddraaiende verzameling van voorwerpen uit de eigen archieven en die van bezoekende exposanten, die allemaal deel uitmaken van de Amerikaanse geschiedenis.

"Dus waar gaan we voor?" vroeg Ben.

'Ik wil dat je met een curator van het museum spreekt. De conservator is een vriend van een van de militaire vertegenwoordigers in ons bestuur. Hij vertelde de curator dat het CSO perfect zou zijn voor dit soort werk.

"Praten met een chagrijnige oude museum man?"

Spreken met de vrouwelijke *curator over een recente diefstal van een van hun items.*

Julie's oren spitsten zich. Ze begon een verband te zien in de keten van gebeurtenissen die Mr. E had beschreven. Ze rechtte haar rug en drukte zich voorover op het bed.

"De conservator gelooft dat een van de kostbare collecties van het Genootschap is overvallen en dat een van de bezittingen is gestolen.

"Ik - ik snap het niet," zei Joshua, onderbrekend. "Ze weet niet dat het gestolen is?"

Mr. E schudde zijn hoofd. *'Nou, eigenlijk ligt het iets genuanceerder dan dat. Het voorwerp in kwestie is een dagboek. Een in leer gebonden boek, ongeveer zo groot als een grote indexkaart. De conservator was heel expliciet in haar beschrijving van het artefact, wat mij zegt dat zij het voorwerp zeer goed kent en het misschien persoonlijk heeft aangeraakt.*

Toch was ze ook aarzelend in haar beschrijving, alsof het bestaan alleen al, nou ja...'

"Geheim," zei Ben.

'Correct. Zij was er alleen toe over te halen met mij hierover te spreken vanwege haar relatie met en vertrouwen in ons bestuurslid. Ze wilde duidelijk maken dat dit onderwerp - hoe zei ze het - 'nogal gevoelig' ligt bij het Genootschap. Blijkbaar hebben zij nooit hun eigendom van dit tijdschrift bekend gemaakt.

Julie knikte. Ze begreep nu wat de man probeerde te zeggen. Een kostbaar bezit, eigendom van een van de oudste clubs van Amerika, was verdwenen, en ze konden er niet openlijk over praten omdat, nou ja, niemand wist dat ze het hadden.

Ze stak haar hand op, maar voelde zich dom, dus liet ze hem zakken en begon haar vraag te stellen.

"Toch lijkt het erop dat als ze gewoon zeggen, 'hey, het spijt ons, we hebben het verknald. We hebben dit andere dagboek al een tijdje, maar het is vermist; kunt u ons helpen het te vinden', dan zou het goed zijn. Wat mis ik?

'Wel,' begon de heer E, *'dit dagboek is er een waarvan niemand in de eerste plaats wist dat het bestond. Ze was duidelijk dat er maar heel*

weinig mensen in de organisatie zijn die er überhaupt van wisten, en buiten de organisatie - niemand.

En het zou een grote verlegenheid zijn, en misschien een grote juridische snafu voor het Genootschap, als werd ontdekt dat ze een tijdschrift als dit hadden verborgen. Alle andere tijdschriften en notities uit deze collectie zijn goed gedocumenteerd, beschermd, en publiekelijk bekend.

"Wacht... 'andere tijdschriften?' Welke collectie?"

Mr. E schraapte zijn keel. *Ik heb begrepen dat dit dagboek deel uitmaakte van de oorspronkelijke verslagen van de Expeditie van Lewis en Clark, en dat het door Lewis zelf is geschreven. Het werd voor de rest geheim gehouden, en zelfs zijn partner, kapitein William Clark, had geen kennis van het dagboek of de inhoud ervan.*

"En nu is het verdwenen," zei Julie. "Fascinerend."

Joshua's armen waren nog steeds gekruist. "E, toen we elkaar eerder spraken, vertelde je me dat deze missie 'vrij eenvoudig' zou zijn. Toch heb je niet eens een verdachte, en wij moeten naar Pennsylvania vliegen - wij allemaal - en gewoon een ontmoeting hebben met deze curator?"

Reggie knikte. "Juist, waarom wij allemaal? En hoe staan deze drie dingen - de 'zelfmoord' van de oude dame Braxton, de inbraak bij Delacroix, en dit 'vermiste dagboek' met elkaar in verband?"

Om een eenvoudige reden - de chronologische keten van gebeurtenissen. Het eerste ding, de inbraak in het pandjeshuis, leidde tot het tweede - de dood van weduwe Braxton. En ik kwam pas van die eerste twee gebeurtenissen te weten door het derde *ding - het vermiste dagboek en het persoonlijke verzoek van een van onze bestuursleden in de CSO om het te onderzoeken.*

Onze conservator van het APS vertelde me nog iets, en dat was de aanwijzing die ons deed geloven dat het om een inbraak ging, en niet alleen om een misplaatst notitieboekje. Het museum was perfect in orde toen ze aankwam. Ze inspecteerde de eerste verdieping voor de dagelijkse openingsprocedure, ging toen naar de kelder om het proces te herhalen voordat ze de faciliteit voor het publiek kon openen.

In de kelder merkte zij op dat een enkele kist was verstoord - niet waar het dagboek werd bewaard, let wel - maar zij merkte het omdat hij weer op zijn plaats was geschoven en daarbij de fijne laag stof had verstoord die in de loop der tijd op de vloer was gevallen. Toevallig zag zij dat het stof was doorgetrokken op de plaats waar de zware kist was rondgedraaid.

Toen ze de kist opende, zag ze de afgesloten houten kist met een glazen bovenkant waarin het Genootschap een oude tentoonstelling had opgeborgen. De zware kist is ongeveer een meter bij achttien centimeter groot en ongeveer acht of negen centimeter diep. Hij is gesegmenteerd om meerdere kleine artefacten die erin gevonden zijn van elkaar te scheiden, en door de glazen bovenkant kunnen bezoekers in de kist kijken.

Julie had al eerder zo'n kist gezien. Toen ze een kind was, hadden haar ouders haar een soortgelijke kist gegeven om te vullen met planten en stenen die ze vond tijdens wat zij Julie's 'wetenschappelijke fase' noemden. Ze herinnerde zich dat ze door haar tuin en de omliggende velden liep, stenen oppakte en in haar handen omdraaide, en bloemen en stokken vond die er interessant uitzagen, en ze dan mee naar huis nam om in haar kleine museum tentoon te stellen.

"Laat me raden," zei Reggie. "Ontbrak er iets aan de koffer?"

Er ontbrak iets,' ging Mr. E verder. *Ze merkte dat het slot - een eenvoudig mechanisme aan de voorkant van de koffer - nog steeds was ingeschakeld, wat betekent dat het was geplukt of geopend met de sleutel, en daarna weer gesloten. Aangezien zij de enige sleutelhouder was, veronderstelde zij dat het een eenvoudige procedure was om het slot te openen met een paperclip of iets dergelijks.*

Hoe dan ook, ze zag meteen dat de inhoud was verstoord. Ze opende het en bladerde door de binnenkant tot ze bij een lege gleuf kwam. De koffer was vol geweest, elk deel bevatte een klein voorwerp of artefact, dus het was inderdaad vreemd dat er niets in deze gleuf zat.

"Zo wist ze dat het een inbraak was," fluisterde Julie.

Juist. Het vermiste voorwerp was niets bijzonders, dacht ze, maar het was toch meegenomen. Toen ze het me beschreef, maakte ik aantekeningen en zocht snel naar de termen die ze gebruikte. Het bleek dat deze inbraak opmerkelijk veel overeenkomsten vertoonde met de inbraak in de winkel van mevrouw Delacroix.

"Een klein glazen flesje?" vroeg Ben.

Ja, Harvey. Een klein glazen buisje, gevuld met een enkel stukje steen, gespikkeld met een kwartsachtig sediment dat fonkelde en schitterde in het licht. Ze was niet zeker van de specifieke naam van deze steen, en het museum had geen gedetailleerde gegevens over hoe ze eraan gekomen waren, maar toen ze het koffertje opende en haar referentieblad van de inhoud las, realiseerde ze zich dat dit ene, kleine flesje steen - en ook Lewis' dagboek - gestolen waren.'

BEN ZAT TWEE DINGEN VASTGESPANNEN IN DE KLEINE CESSNA. Zijn linkerhand kneep in Julie's rechter, met een ijskoude greep die haar waarschijnlijk zou hebben verpletterd als ze die behandeling niet al had verwacht.

Zijn rechterhand omklemde een fles die Reggie hem vlak voor het opstijgen had gegeven, vol met een soort goedkope whisky die maar nauwelijks beter was dan het gevoel van hulpeloosheid en gebrek aan controle dat hij ervoer.

Ben haatte vliegen, meer dan hij iets anders haatte. Hij hield niet van reizen in het algemeen, zeker niet als hij al op een plek was die hem beviel. Of het nu de bank in zijn huiskamer was of de hut in Alaska, hij wilde niet opstaan om naar de koelkast te lopen of op vakantie naar een strandparadijs.

Hij was al op een plek waar hij graag was, dus waarom zou hij dat willen veranderen?

Julie had hem een paar keer onder druk gezet, en het beste antwoord dat hij kon geven was: "Ik vind de dingen gewoon leuk zoals ze zijn, vooral als ze goed zijn".

Zij leek enigszins tevreden met dat antwoord, dus ging hij er nog een schepje bovenop doen en gebruikte het als excuus telkens als zij het over reizen voor haar plezier had.

Vliegen was de slechtste manier om te reizen, dacht hij. Zeker, het was sneller dan wat dan ook, en het was een efficiënte manier om je over de wereld te verplaatsen, maar het was tegen de wetten van de fysica. Een gigantische metalen buis vol met explosieve vloeistof zou niet door de lucht moeten kunnen zweven.

Niet te vergeten dat ze door de lucht zweefden op duizenden meters hoogte en met honderden mijlen per uur.

Boven de *harde* grond.

Hij haatte het, en de beste therapie die hij kon vinden was Julie's hand doodknijpen en een lange, langzame slok nemen van iets dat brandde.

De whisky brandde inderdaad. De fles waar deze vreselijke maneschijn uit kwam, kostte niet meer dan tien dollar, maar hij was niet van plan om te klagen. Of überhaupt te praten.

Pas toen ze 'veilig' in de lucht waren, braken de wetten van de fysica en had het gevoel van versnelling plaatsgemaakt voor de kalme, gestage trilling van de motoren van het vliegtuig.

Natuurlijk mag die kalmte helemaal niet intreden - er werd gevlogen in een erwtenschieter van een vliegtuig. Een luciferdoosje ter grootte van een mens, op elkaar gepropt als sardientjes, en vliegend door een vreselijk winderig seizoen in Alaska.

Hij kneep zijn ogen dicht en wachtte tot alles tot rust kwam.

"Ben!" schreeuwde Julie.

Hij haatte het dat ze had geschreeuwd - het betekende waarschijnlijk dat ze allemaal zouden sterven, en hij was er liever gewoon verbaasd over geweest - maar hij wist ook dat schreeuwen in het vliegtuig de enige manier was om iemand anders je te laten horen. Zelfs als ze vlak naast je zaten.

Hij opende één oog en zag Julie naar hem staren.

"Wat?" schreeuwde hij terug.

"Hoe gaat het met je?"

Hij schudde zijn hoofd. *Wat is dat nou voor stomme vraag? Dacht hij. Ze weet hoe het met me gaat.*

Om zijn punt te onderstrepen, nam hij nog een slok van het vloeibare rioolwater dat Reggie whisky noemde.

Het schot brandde, en hij hoestte.

Hij zag Reggie glimlachen vanuit de cockpit. Hij vroeg zich af hoe de man hem had gezien - of hem had horen hoesten - maar hij wist dat Reggie hem uitlachte.

Reggie was een behoorlijke piloot en had er heel wat uren in gestopt sinds hun huiveringwekkende ervaringen in Antarctica en het Amazonegebied, en hij werd er steeds beter in Ben geen angst aan te jagen terwijl ze vlogen.

Als Ben eerlijk was, moest hij toegeven dat Reggie een *prima* piloot was, het waren alleen Bens eigen onzekerheden die hem ongerust maakten als ze vlogen.

Toch vroeg hij zich af of ze altijd in die kleine vliegtuigjes rondvlogen omdat de anderen een grap met Ben uithaalden, of dat ze op de een of andere manier toch zuiniger waren.

Hij keek weer omhoog naar de cockpit en merkte dat Reggie naar hem staarde. Reggie schreeuwde iets, maar Ben kon geen woord verstaan. Hij schudde zijn hoofd.

"Wat?" schreeuwde hij.

"- de flacon -"

Vroeg hij net om de fles?

Ben dacht dat hij de man verkeerd verstaan moest hebben. Hij schudde opnieuw zijn hoofd en uitte de woorden: *Ik versta je niet.*

Reggie glimlachte en wees toen op de fles in Bens hand.

"Dat kun je niet menen," schreeuwde Ben. Hij wist niet zeker of Reggie hem gehoord had, maar wat belangrijker was, hij merkte dat Reggie zich *nog steeds niet omgedraaid* had om te zien waar ze heen vlogen.

De man die hen veilig naar hun bestemming moest brengen, probeerde Ben over te halen hem iets uit zijn veldfles te laten drinken.

Hij keek om zich heen. Julie en Joshua hadden een strakke uitdrukking op hun gezicht. Hun lippen vormden een dunne lijn, hun ogen waren op Reggie gericht. Voor Joshua, dacht Ben, was dit normaal gedrag.

Hij staarde Julie strak aan, tot ze in lachen uitbarstte.

"Maak je geen zorgen, Ben," schreeuwde ze. "Hij neemt je alleen in de maling."

Zelfs Joshua begon te lachen, en Reggie draaide zich eindelijk weer om om hun vliegtuig te besturen. Ben glimlachte, maar er ging niets oprecht achter de glimlach schuil. Julie knipoogde naar hem.

Hij tilde de veldfles op en goot nog een borrel in zijn mond.

Dit wordt een lange vlucht.

HOOFDSTUK 17

DE VLUCHT WAS ECHT NIET ZO LANG - ZE LANDDEN IN ANCHORAGE OM VAN VLIEGTUIG TE WISSELEN, namen dan een aansluitende vlucht naar Seattle, dan naar O'Hare International, en landden dan uiteindelijk in Philadelphia.

Twaalf uur later.

Ben was uitgeput. Hij was verbaasd dat hun eerste vliegtuig, de Cessna, de meeste ruimte bood die hij tijdens alle vier hun vluchten had gehad. De 737 waarmee ze de laatste twee vluchten hadden gemaakt bood niet veel meer dan een stoel met rechte rug en nauwelijks genoeg ruimte voor zelfs zijn knieën.

Hij was verkrampt, moe, geïrriteerd, en klaar voor het avondeten.

Reggie, aan de andere kant, leek precies het tegenovergestelde te zijn. Toen ze in Philadelphia landden, veerde Reggie op en kwam uit zijn stoel, vrolijk en klaar voor het volgende avontuur.

Ben keek hem boos aan.

"Wat is het probleem, grote jongen?" vroeg Reggie. "Kon je niet genoeg krijgen van een katten dutje?"

"Kon *geen* dutje doen," antwoordde Ben. "En ik heb honger."

Joshua verscheen achter Ben en Julie toen ze het vliegveld opliepen. "We stoppen onderweg voor iets vlug. Hopelijk genoeg om ons op te vullen tot het avondeten."

"Wacht," vroeg Ben. "Wanneer eten we?"

"Als we klaar zijn, praat met de curator van de APS."

Ben zuchtte. "Gaan we niet eens eerst naar een hotel? Gewoon meteen aan het werk?"

Julie en Reggie wisselden blikken uit, toen draaide ze zich naar Ben en keek naar hem op. "Wat - wat was je aan het lezen op de vluchten?"

Hij haalde zijn schouders op. "Ik weet het niet, wat er ook op mijn Kindle stond. Deel van een roman. Was niet zo goed. Ik kon beter doen. Ik viel in slaap na een pagina of twee."

Julie en Reggie glimlachten, terwijl Joshua verward keek.

"Terwijl jij wegdommelde, vriend, *was* de rest van ons al 'aan het werk'. We hebben de brieven en achtergronden doorgelezen die Mrs. E ons gestuurd heeft om de reis voor te bereiden."

Bens mond ging open en dicht, maar hij kon niets bedenken om te zeggen.

"Maak je geen zorgen - we vertellen je alles onderweg naar het hoofdkwartier van de American Philosophical Society in de stad. Blijf gewoon lang genoeg wakker om het te laten bezinken."

Ben knikte. Hij haatte het gevoel dat hij achterliep, maar hij haatte het *echt* om buitengesloten te worden bij de activiteiten van deze groep. Hij had het gevoel dat hij als de zwakste schakel van het team werd beschouwd, en momenten als deze hielpen daar niet bij.

Ze liepen door de luchthaven tot ze bij de bagageband kwamen, en Joshua en Reggie stelden zich op bij de bagageband van hun vlieg-tuig, terwijl Julie en Ben een paar passen terug, tegen de muur wachtten.

Julie pakte zijn arm en verbond de hare in de zijne. Ze ging op haar tenen staan, zodat ze direct in zijn oor kon fluisteren.

"Maak je geen zorgen," zei ze. "Het zijn nerds. Ze houden van dat soort dingen, maar ik ben meer voor de sterke stille types."

"Ja, maar..."

"En ik heb ervoor gezorgd dat jij en ik een kamer hebben waar we samen verblijven," vervolgde ze, met een verlegen glimlach op haar gezicht. "Dus als we klaar zijn met praten met die museumdame, hoop ik dat we even weg kunnen glippen en wat kunnen bijpraten over de korte informatie."

Ben glimlachte. "Ja, ik heb wat extra tijd nodig om alle informatie door te nemen," zei hij.

Ze knipoogde naar hem. "We zullen het langzaam aan doen."

HOOFDSTUK 18

REGGIE KON WETEN DAT BEN EN JULIE HOOPTEN NAAR HET HOTEL TE GAAN OM WAT TE ONTSPANNEN, maar ze hadden werk te doen. Hij was altijd al een man geweest die zich niet op iets anders kon concentreren dan op de taak die hem wachtte, en dat had hij gemeen met hun teamleider, Joshua Jefferson.

Het had enige tijd geduurd voordat Reggie Joshua aardig begon te vinden, want de man had zich voor het eerst aan hen voorgesteld in het Amazone-regenwoud door zijn mannen opdracht te geven hen te doden. Nadat hij zijn eigen mannen had verraden en zijn eigen broer had gedood, had Joshua Jefferson geprobeerd Reggie's groep te overtuigen van zijn schijnbare verandering van kant.

Reggie stond het toe, maar hij hield de man de rest van de reis nauwlettend in de gaten. Pas nadat ze hun missie tot een goed einde hadden gebracht, begon hij Joshua meer te vertrouwen, en het had maanden geduurd voordat Reggie de emotionele beroering die zijn nieuwe vriend had doorgemaakt, volledig had begrepen en aanvaard.

Nu waren de twee mannen onafscheidelijke spiegelbeelden van elkaar. Ze deelden een gemeenschappelijke achtergrond in wapenkennis, organisatiestrategie en training, ook al had Joshua nooit in het leger gediend. Ze deelden een passie voor goed geplande en perfect uitgevoerde missies, en beide mannen waren vastbesloten om meer dan hun deel van de werklast op zich te nemen.

Hun persoonlijkheden konden echter niet meer verschillend zijn. Reggie was een spontane, praatgrage luidruchtige man die van plezier en grappen hield, terwijl Joshua op zichzelf bleef en alleen praatte als hem iets gevraagd werd, en zelfs dan antwoordde met weinig woorden. Reggie mocht Joshua graag, maar hij werd er voortdurend aan herinnerd hoe verschillend de twee mannen waren.

Ze vormden een geweldig team - Reggie's humor en vermogen om zich aan te passen in moeilijke situaties, en Joshua's leiderschapskwaliteiten en veerkracht. Reggie was niet boos toen Mr. E Joshua had aangewezen als de feitelijke leider van de groep op missies, omdat hij wist dat Joshua de juiste man was voor de job.

Zij deelden ook een kamer, naast die van Ben en Julie, maar hij wist dat ze daar maar weinig tijd zouden doorbrengen. De brief had uitgelegd dat Ben en Julie in Philadelphia zouden blijven en met de curator van het Amerikaans Filosofisch Museum zouden samenwerken om informatie te verstrekken aan Reggie en Joshua, die zouden rondreizen en zoeken naar het vermiste dagboek en het flesje.

Maar voordat iemand in het hotel kon inchecken, moest Reggie eten en naar het museum. Ze hadden een middelgrote SUV van het vliegveld genomen, en Julie had aangeboden te rijden. Reggie nam plaats op de shotgun en navigeerde, terwijl Joshua de slip nog eens doorwerkte en Ben sliep.

"Hoe lang nog?" vroeg Joshua vanaf de achterbank.

"We stoppen eerst bij een fast-food tent," antwoordde Reggie. "Dan ongeveer twintig minuten, afhankelijk van het verkeer."

"Fast food?" Vroeg Julie. "Het lijkt me dat er iets beters te eten moet zijn."

"Misschien beter, maar niet sneller," zei Reggie. "Ik wil aan de slag, kijken wat dit meisje weet over dit dagboek en waarom het zo belangrijk is."

"Daar ben ik het mee eens," zei Joshua. "Wat wil Ben?"

"Eten," zei Julie. "Gewoon eten. Maakt niet uit wat voor soort of hoe goedkoop. Ik denk dat ik degene ben die in de minderheid is."

Ze kozen voor een tacokraam naast hun route, maar Julie parkeerde op de parkeerplaats zodat ze konden uitstappen en hun benen strekken. Ze liepen naar het raam om te bestellen, en brachten het eten terug naar de auto.

"De laatste keer dat we met z'n allen aan zo'n project werkten, hadden we betere eetgelegenheden," zei Ben. "Hoe komt het dat we dit niet weer in The Broadmoor kunnen doen?"

Voordat het team maanden geleden naar Antarctica vertrok, hadden ze elkaar ontmoet in The Broadmoor, een wereldberoemd resort en hotel in Colorado. Mr. E had hen via een videoverbinding in een van de prachtige balzalen voorgesteld en om hun hulp bij het project gevraagd.

"Ik moet toegeven dat dit een beetje een downgrade is,' voegde Reggie eraan toe. "Maar het eten is tenminste betaald."

Reggie stapte weer in de auto en nam een hap van zijn eerste taco. Een beetje saus droop langs zijn mondhoek, maar hij was te geconcentreerd op de geweldige smaak om het op te merken. "Maakt niet uit," zei hij. "Dit eten is beter."

"Daar ben ik het weer mee eens," zei Joshua.

Julie reed verder, richting het zuiden over 4th street nadat ze de snelweg had verlaten. Toen zij Walnut en vervolgens 5th street insloeg, op weg naar het historische centrum van Philadelphia, kwamen de eeuwenoude Philosophical Hall en een blok verder Independence Hall in zicht.

Het gebouw nam Reggie's aandacht in beslag. Hij had een voorliefde voor geschiedenis, en hoewel een bezoek aan Philadelphia hem in eerste instantie niet als een 'exotische' plaats had beschouwd, was hij verheugd zich te omringen door gebouwen en kunstwerken die door een gloednieuwe natie waren geschapen. Benjamin Franklin was een vader van deze stad geweest, en vele anderen hadden door de straten gelopen lang voordat ze zelfs maar geplaveid waren.

De mooie kerktoren van Independence Hall stak boven de skyline uit, met een vierkante witte gevel waarin de klokkentoren was ondergebracht, die omhoog bewoog tot hij het cilindrische bovenste gedeelte ontmoette. De klok aan de voorkant van de toren was niet te zien, maar hij kon het hoogste punt van het gebouw vanaf hun locatie zien.

Het gebouw in rode baksteen, in Georgische stijl, was de belangrijkste attractie van het Independence National Historic Park, en was voltooid in 1753. Reggie had in de loop der jaren wel het een en ander gelezen over de verbouwingen en reconstructies, maar hij had het gebouw nog nooit in het echt gezien. De moderne architectuur had de architecten uit de tijd van de Founding Fathers overtroffen, zodat de skyline van Philadelphia nu tal van gebouwen en monumenten telt die hoger reiken dan de Hall, maar voor Reggie kon hij het gebouw zien zoals het vele jaren geleden bedoeld was.

Hij stelde zich de paarden en karren voor die door de veel smallere straten trokken, de sporen van honderden karrenwielen die resten regenwater en modder opvingen en naar beneden stuurden. Mannen en vrouwen gekleed in de beste koloniale kleding, op weg naar het staatshuis voor zaken of regeringszaken. Kinderen spelen op straat en rennen door de menigte, racend om hun broertjes en zusjes voor te zijn.

Reggie glimlachte en zag hoe de scène zich voor zijn ogen ontvouwde, terwijl het echte heden zich buiten de voorruit van de auto afspeelde. Hij voelde de drang van nostalgie, die hem naar het eenvoudiger leven van het koloniale Amerika trok.

Maar toen hij het voelde, wist hij dat het niet juist was. Koloniaal Amerika was zeker geen gemakkelijkere tijd, noch eenvoudiger. Er waren misschien minder mensen, maar de geschiedenis had goed werk verricht door een wazig beeld te schetsen van hoe het leven er toen uitzag. Reggie wist dat elk van die mensen in situaties terecht was gekomen die hij nooit had overwogen. Hij was al eerder in zijn leven aangevallen en in groot gevaar geweest, maar na afloop van zijn missie kwam hij altijd thuis in een verwarmd huis of een huis met airconditioning, met de gemakken van de moderne tijd.

Misschien was de nostalgie die hij voelde wel een van de redenen waarom hij zo graag bij Ben en Julie op bezoek kwam en logeerde. Hij genoot van de eenvoudige aantrekkingskracht van het huisje, het gemak van leven, en het gebrek aan afleiding. Hij was echter verbaasd over het aantal karweitjes en taken die nodig waren om het huisje leefbaar te houden. Afgezien van het hout hakken elke ochtend, was er het eerste vellen en slepen van de bomen, de jacht en het zetten van vallen - als ze niet in een paar dagen in de stad waren geweest - en het onderhoud van de hut, met inbegrip van keggen en afdichten.

En dat was alleen de buitenkant.

Reggie wierp een blik op Ben, die op de achterbank lag te dommelen. Hij voelde opnieuw een gevoel van trots voor zijn vriend. Ben was een levende tegenstelling - hij leek lui en asociaal, maar was de hardste werker, de meest veerkrachtige man, en een van de beste vrienden die Reggie ooit had gehad.

En ze kenden elkaar nog maar een jaar.

Hij glimlachte en ving Julie's blik toen ze de parkeerplaats van hun bestemming opdraaide.

"Kijken hoe hij slaapt?" vroeg ze.

Hij knikte, de grijns werd breder op zijn gezicht.

"Hij is makkelijk om van te houden in deze staat," zei ze.

"Ik voel me als een vader die naar zijn kind kijkt," zei Reggie.

"Vertel het hem als hij wakker wordt en kijk wat hij er van vindt."

Vanaf de achterbank grinnikte Joshua.

Reggie wendde zich af van Ben, die nu zijn mond had geopend en zachtjes begon te snurken, en keek de andere kant op. Uit zijn raam kon hij de eindbestemming van deze etappe van de reis zien, Philosophical Hall.

"Het huis van de American Philosophical Society, gesticht door niemand minder dan Benjamin Franklin," zei Joshua.

"Afgewerkt in 1789," voegde Reggie eraan toe.

"Verbazingwekkend," zei Julie. "Het is moeilijk te geloven dat dit spul hier al zo lang staat. Al die *geschiedenis* daar. Het is overweldigend, echt."

Ben snurkte luid en werd toen wakker. "Zijn... zijn we hier?"

"We zijn er," antwoordde Julie.

"Hoe lang gaat dit duren? En wanneer eten we?"

"Je hebt *letterlijk* een half uur geleden al gegeten," zei Reggie. "Kun je niet een paar uur wachten?"

"Een paar *uur*? Dan eten we toch?" Hij pauzeerde, maakte zich klaar om uit de auto te stappen, en voegde eraan toe. "Ik haat het om met jullie te reizen."

HOOFDSTUK 19

HET GEBOUW WAS, VOOR BEN, een herenhuis. Hoewel er niemand woonde, was het gebouw te klein om op een volwaardig museum te lijken, maar veel te groot om te dienen als een eenvoudige ontmoetingsplaats voor een vereniging.

Hij vroeg zich af of dat de reden was waarom de Society haar ruimte in de loop van haar bestaan had verhuurd aan een plaatselijke universiteit, de stad en verschillende andere organisaties. Misschien was de American Philosophical Society groot genoeg om een vergaderzaal nodig te hebben, maar nooit groot genoeg om alle ruimte die zij had gebouwd te gebruiken.

Toch was het gebouw goed ingericht en prachtig versierd. De ingang had de uitstraling en superioriteit van de geschiedenis die erin lag, en de muren en het plafond leken uit te puilen van de kennis van de mannen die elkaar daar hadden ontmoet. Ben observeerde alles wat hij kon terwijl ze de hoofdfoyer binnenliepen en een gang naar links afdaalden.

Ze liepen in stilte, elk van de anderen in Bens groep blijkbaar even diep in gedachten en eerbied als hij. Reggie, merkte hij op, leek bijzonder gefascineerd terwijl hij liep. Hij sprong bijna in het rond, wrikte en prikte in de lucht voor de artefacten en schilderijen die aan de muren hingen, hij raakte ze bijna aan met een puntige vinger. Hij fluisterde in zichzelf, ongetwijfeld bevangen door een gevoel van ontzag en verwondering. Er waren tal van dergelijke artefacten en dingen op standaards en bijzettafeltjes langs de muren, maar Ben merkte niets dat op een museum leek - geen grote, open zalen, geen uithangborden, niets. Het leek meer op een klein kantoorgebouw, besefte hij.

"Komt het goed met je, maatje?" vroeg Ben.

Reggie draaide zich om, zijn ogen dwaalden rond. Eindelijk besefte hij wie tegen hem had gesproken, en zijn blik richtte zich op Ben terwijl hij snel knikte. "Ja, ja, ik ben oké," zei hij. "Het is gewoon... het is allemaal zo... Ik bedoel, kun je *geloven dat hier twee-honderd jaar geleden* mensen waren?"

Joshua en Julie lachten, maar Reggie's vraag werd beantwoord door een andere stem.

"Het is bijzonder *wonderbaarlijk*, is het niet?"

Ben probeerde te zien waar de verre stem vandaan was gekomen, maar er was niemand in de hal. Hij zocht en zag uiteindelijk een voet verschijnen in een deuropening, zo'n twintig passen verderop aan het eind van de gang. De voet werd gevolgd door een been en daarna een vrouwenlichaam.

Het verbazingwekkende lichaam van een vrouw.

Ben probeerde niet te letten op het uiterlijk van de vrouw die zojuist had gesproken en de hal was binnengestapt, maar het was onmogelijk dat niet te doen. Ze was kort, korter dan Julie, en had een strak gewikkelde knot die het grootste deel van haar haar omhoog trok en op het achterste deel van haar hoofd. In tegenstelling tot andere knotten die Ben bij vrouwen had gezien, was deze niet te strak - een paar lokken van het goudbruine haar van de vrouw konden naar beneden stuiteren en achter in haar nek belanden, en één langere lok was in de ruimte achter haar linkeroor verstopt.

Ze had een zwarte bril met plastic montuur op haar neus, en haar kleine neus leek het grootste deel van de steun voor het montuur te zijn. Haar gezicht was klein, jong zelfs, en haar kleine mond was lichtjes gebogen in de vorm van een glimlach.

Van alle aantrekkingskracht die het gezicht van de vrouw had, was het echter niet haar *gezicht* dat Ben als eerste had opgemerkt, noch was het haar gezicht dat wenkte om zijn voortdurende aandacht.

De vrouw droeg een rok die rond haar knieën wipte en een losse, witte blouse van een dun, bijna doorschijnend materiaal. Het zou bijna provocerend zijn geweest als Julie of een andere vrouw het had gedragen, maar de vrouw die nu voor hen stond liet het op de een of andere manier lijken op een perfect conservatieve, zij het zeer flatteuze, outfit.

Julie gaf hem een elleboogstoot in zijn zij en hij knipperde een paar keer met zijn ogen en keek op haar neer.

"Wa...?"

"Ze stelde je een *vraag*, Harvey," zei Julie. Haar uitdrukking gaf hem de indruk dat ze niet blij leek.

Hij keek naar de vrouwen die op hem afkwamen. De anderen - Joshua, Reggie en Julie, waren uit elkaar gegaan en stonden haar toe direct naar hem toe te lopen.

"U moet Mr. Bennett zijn," zei ze, terwijl ze een hand uitstak.

Ben fronste zijn wenkbrauwen en keek toen weer naar Julie.

"We hadden een snelle videochat in de auto," antwoordde Julie op zijn stille vraag. "Jij sliep, maar we hebben ons allemaal snel voorgesteld en ervoor gezorgd dat we de weg hierheen juist hadden.

Ben voelde zich schaapachtig, maar hij schudde haar toch de hand. Ze had een stevige greep, ook al waren haar handen maar half zo groot als de zijne.

"Leuk - leuk je te ontmoeten," snikte hij. Hij trok zich onbewust recht en zoog zijn darmen een beetje naar binnen. Hij hoopte dat zijn haar niet nog steeds verfomfaaid was van zijn korte dutje in de auto.

Ze grijnsde, een schattig, verlegen ding dat volledig in tegenspraak was met de intensiteit en de ernst in haar ogen. Even leek het of hij naar twee mensen keek - de jeugdige, onschuldige vrouw die hij voor het eerst in de gang had gezien, en de professionele, ervaren vrouw die door hem heen kon kijken en in zijn ziel kon kijken.

Hij deed onwillekeurig een stap achteruit.

HOOFDSTUK 20

Er hing een zekere spanning in de lucht toen Julie en de anderen in de gang stonden te kijken hoe de vrouw naderde. Julie wist dat de andere mannen naar de jong uitziende curator zouden lonken, genietend van haar tengere, goed geklede maar ietwat verfomfaaide uiterlijk.

De vrouw leek, zelfs toen ze Bens hand vastpakte en schudde, voortdurend te proberen haar evenwicht te bewaren. Niet op zo'n manier dat het leek alsof ze gedronken had, maar op een manier die delicaat en klungelig leek.

En toch kon Julie dwars door haar heen kijken. Er was niets 'delicaat' of 'klunzig' aan deze vrouw. Hun brief had de achtergrond van de vrouw uitgelegd, en hoewel het maar een paar zinnen over haar opleiding bevatte, was het genoeg om Julie onmiddellijk een defensief gevoel over haar eigen opleiding te geven.

De vrouw, Daris Johansson, had haar doctoraal behaald in Amerikaanse geschiedenis aan de Universiteit van Texas, maar daarna had ze nog *twee* masters behaald - één in antropologie en één in Indiaanse geschiedenis - en tenslotte een doctoraat in iets dat met geschiedenis te maken had en dat Julie niet eens kon uitspreken.

Julie was zelf een geweldige studente, die met grote onderscheiding afstudeerde aan de Universiteit van Ohio, maar toen afzag van een graad in computerwetenschappen omdat ze meteen na haar afstuderen een baan aangeboden kreeg - bij de Centers for Disease Control.

Ze had de baan aangenomen, was door het land getrokken en had over het algemeen een succesvolle carrière.

Maar de vrouw die nu voor haar stond en in haar verloofde's hand kneep, was niet zomaar een goede studente. Daris Johansson had haar fenomenale staat van dienst als studente omgezet in een lucratieve baan bij de American Philosophical Society. De APS betaalde goed, maar mevrouw Johansson stond, volgens de brief die Julie en de anderen hadden gekregen, niet alleen op de loonlijst van de APS.

En ze was niet *zomaar* een museum curator en een veredelde rondleidster.

Julie schraapte haar keel, en Daris liet Ben's hand los. Ze keek verbaasd om.

"Hoi," zei Julie. "Ik weet dat we elkaar aan de telefoon hebben gesproken, maar ik ben Julie."

"Juliette Richardson, ja," zei Daris. "Hoe gaat het met je?"

"Ik - ik ben oké," zei Julie. "Weet je, ik kan wel een glas water gebruiken, hoor."

Bens gezicht straalde van schaamte, want blijkbaar had hij zich net gerealiseerd hoe lang de handdruk met de leuke museummedewerkster had geduurd, maar Reggie had een enorme grijns op zijn gezicht geplakt.

Joshua, van zijn kant, was zich totaal niet bewust van de spanning in de gang en staarde alleen maar, met een stenen gezicht, naar Daris.

"Ja, natuurlijk. Nou, laten we teruggaan naar mijn kantoor - deze kant op - en ik haal een kan water. Jullie hebben allemaal een behoorlijke reis gehad, neem ik aan."

Julie knikte, te snel en te onhandig. Ze stopte abrupt met haar hoofd, waarschijnlijk ook te snel en te onhandig. *Verdorie.* Ze gedroeg zich als een idioot, en waarvoor? *Ben is de trouwste man die ik ooit ontmoet heb,* zei ze tegen zichzelf.

Toch keek ze naar Bens ogen toen ze door de hal liepen. Het siert hem dat ze precies gericht waren op de achtermuur waar ze naar toe liepen.

Ze schoof naast Ben en legde haar elleboog nonchalant om de zijne. Ze trok hem dichter tegen zich aan en voelde zijn sterke arm en schouder tegen de hare stoten. Julie voelde zich opeens een beetje maf; het leek wel of ze weer op de middelbare school zat, zonder puistjes.

"Gaat het?" vroeg ze.

Hij fronste zijn wenkbrauwen en keek op haar neer. "Uh, ja. Wat bedoel je? Gewoon een beetje honger."

Zij glimlachte, draaide zich om naar de gang en keek toe hoe de kleine Daris zich omdraaide - danste - op een hakje en haar kleine, perfecte lijfje het hoekkantoor aan het eind van de gang in manoeuvreerde.

Ze zuchtte en volgde Ben naar binnen.

HOOFDSTUK 21

HET KANTOOR WAS KARIG, een verrassende openbaring voor Julie. Ze had planken vol boeken verwacht, artefacten van opgravingen van expedities waaraan de vrouw had deelgenomen, en tientallen onderzoekspapieren en tijdschriften opgestapeld in stapels op haar bureau.

In plaats daarvan leek het kantoor rechtstreeks uit een meubelcatalogus te zijn gehaald en in het echt te zijn veranderd. Een bijpassend bureau en stoelen vulden het grootste deel van de kleine kamer, terwijl een lange, lage boekenplank, gemaakt van hetzelfde hout als het bureau en de stoelen, de muur aan Julie's linkerzijde overspande. Ook de boekenplank was niet gevuld. Een paar secties bevatten verzamelingen studieboeken en andere boeken, terwijl het grootste deel leeg was of een kitscherig voorwerp uit hetzelfde meubeltijdschrift herbergde.

Het kantoor was mooi, goed gedecoreerd zelfs in zijn eenvoud. Julie kon zien dat de vrouw weinig gaf om mooie versieringen, en waarschijnlijk alleen die had gekocht uit respect voor haar bezoekers. Hoezeer ze het ook probeerde te ontkennen, Julie voelde zich geïntrigeerd door deze vrouw.

"Welkom," zei de vrouw. "Kom binnen, ga zitten."

Julie en Reggie zaten in de twee leren stoelen voor het bureau van

Daris, terwijl Ben en Joshua op een kleine bank tegen een muur zaten. Joshua leunde voorover, zijn ellebogen op zijn knieën, verwachtingsvol.

"Bedankt dat je ons wilde ontmoeten," zei Joshua. "Gaat het?"

Ze fronste, glimlachte toen en knikte. "Ja - ja, ik ben, dank je. Echt, het was niets. Ik merkte niet eens dat de stukken ontbraken tot ik mijn dienst begon. Dus het is niet tijdens mijn dienst gebeurd."

Julie bekeek de uitdrukking van Daris terwijl ze haar verhaal vertelde. Ze had het waarschijnlijk gezegd om te bevestigen dat ze in orde was - ze was er niet eens bij toen de inbraak plaatsvond - maar Julie vond het overkomen als overmoed, alsof de vrouw hun allemaal wilde bewijzen dat de diefstal niet haar schuld was geweest.

"Natuurlijk," zei Joshua. "Maar je merkte eerst dat het dagboek ontbrak?"

Ze knikte weer. "Ja. Ik opende het en begon toen over de vloer te lopen. Dat is een gewoonte van me - ik ben tenslotte een nerd op dit gebied - en ik zag dat de koffer waarin hij zat, helemaal verdwenen was."

"Je hebt het dagboek niet tentoongesteld?"

"Nee, dat heb ik niet. Het is niet... *bekend* aan de buitenwereld dat we het zelfs hebben. Of dat het zelfs bestaat. Dus het is altijd in een koffer geweest, opgesloten, en bewaard in de kluis. "

"De *kluis*?" vroeg Reggie.

"Nou, het is gewoon een kamer, echt waar. We hebben hier geen hoge beveiliging, want het is niet van hetzelfde museale niveau als iets als het Smithsonian of het Louvre. Meestal zijn de klanten van onze bibliotheek vooral gefascineerd door de vroege Amerikaanse geschiedenis. Je moet wel een geschiedenisfanaat zijn om hier echt van te genieten, en je moet zeker de wil hebben om te graven en onderzoek te doen om te begrijpen wat we hier allemaal hebben.

Reggie grijnsde en hield hem lang genoeg vast om er zeker van te zijn dat Daris het zag. "*Ik ben* een geschiedenisfanaat," zei hij. Julie dacht zelfs dat hij de man zag knipogen.

"Hoe dan ook," zei Joshua en wierp Reggie een blik toe. "De kluis - of de kamer die jullie de 'kluis' noemen. Waar is die?"

"Het is vlak bij de grote vergaderzaal," zei ze, alsof ze allemaal al goed op de hoogte waren van de indeling van het gebouw. "Gewoon een kast, eigenlijk. Maar het is waar we alle voorwerpen bewaren die momenteel niet tentoongesteld worden, als ze niet uitgeleend worden aan een ander museum."

"En deze kamer was op slot?"

"Ja. Het is altijd op slot."

"Hoe merkte je dan dat de kamer was betreden, als de kamer op slot was toen je binnenkwam voor je dienst?"

Ze knikte, leek deze vraag te hebben voorzien. "Het maakt deel uit van mijn rondgang. Ik controleer alles - de gangen, de hoofdverdieping, en de kluis. Gewoon een gewoonte, maar ik ga door elke kamer en gewoon ... "

Haar wangen kleurden een beetje rood toen haar stem wegviel. Haar ogen zakten neer, haar blik viel op het bureau.

Reggie leunde voorover. "Wat is er? Je hebt net... wat?"

"Sorry," zei ze snel." Ik verontschuldig me. "Het is gewoon dat... het is een rare routine, dat geef ik toe. Maar ik ben graag *in de buurt van* die voorwerpen. Het is een verbazingwekkende collectie, eigenlijk. Zoveel geschiedenis dat onopgemerkt is gebleven voor zo vele jaren..."

Julie had plotseling medelijden met deze vrouw. Duidelijk opgeleid, duidelijk heel mooi, vroeg ze zich af hoe Daris er toe gekomen was curator te worden op een plaats die zo... *onder de maat was*. Het was waar wat Daris zei over deze plek - er was *veel* geschiedenis in dit gebouw, maar het grote publiek wist er niets van, en gaf er zelfs niet om. Het was niet het architectonisch aantrekkelijke gebouw van Independence Hall, en het was ook niet de internationaal populaire attractie van het Smithsonian in Washington, D.C.

Maar Daris was hier, en zij leek volkomen gefascineerd door haar werk en gevangen in het belang van dit alles, ook al was zij de enige die dat belang voelde.

Julie glimlachte. Ze begreep het, tot op zekere hoogte. Julie was zelf gepassioneerd door bepaalde dingen die voor niemand logisch waren - de elegantie en schoonheid van perfecte syntaxis en eenvoud in servercode, bijvoorbeeld, of de logische keten van adoptie in een nieuwe ziekte die haar oude werkgever, de CDC, bestudeerde.

Dingen waar het grote publiek zich weinig van aantrok, maar die hun dagelijks leven meer beïnvloedden dan ze wisten.

Zou dat het zijn wat hier gebeurt? vroeg ze zich af. *Is er iets verborgen onder de oppervlakte van deze organisatie dat dit alles belangrijker maakt?*

"Daris," zei Julie.

Daris' hoofd schoot omhoog en haar aandacht brandde een gat door haar hoofd.

"J - ja?"

"Wat is hier aan de hand?"

"Het spijt me, juffrouw Richardson," zei Daris. "Ik weet niet zeker wat u bedoelt."

"Een dagboek waarvan *niemand* - in jouw woorden - wist dat het gestolen was, evenals wat klinkt als het meest onbeduidende artefact in de menselijke geschiedenis. Een artefact dat niet eens belangrijk genoeg was om in de kluis te liggen bij de andere uit de roulatie zijnde dingen. Deze lag in de kelder."

"Correct -"

"Maar *iemand* wist dat ze daar waren. Iemand wist *precies* waar te kijken, en hoe in de kluis en de kelder te komen."

Julie leunde achterover en besefte plotseling dat haar vraagstelling was geëscaleerd van verwarring tot ondervraging. Ze overwoog zich te verontschuldigen, maar bedacht zich.

"Nogmaals, correct."

Ze zaten daar een ogenblik, Daris aan de ene kant van haar bureau en zij vieren aan de andere kant.

Julie brak het ijs. "Je verhaal klopt niet."

Daris' wangen brandden nog roder. "Mijn *verhaal* is helemaal geen fictie. Ik vertel je *precies* -"

"Misschien," zei Julie. "Maar je laat iets weg. Iets *cruciaals*."

De spanning in de kamer nam toe, en Julie had het gevoel dat ze erin zwom. Het was dik, vet en duidelijk.

Niemand sprak. Reggie keek rond, zijn ogen wijd open.

Julie wist niet of de anderen aan haar kant stonden of dat ze boos was dat ze haar mond open had gedaan. Maar ze had gelijk.

Ze wist het.

HOOFDSTUK 22

VERDORIE, *JULIE*, DACHT REGGIE. *Je moest gaan en haar opjutten.*

Reggie zat in de leren stoel voor het bureau van Daris, nog steeds verbaasd over hoe comfortabel het aanvoelde. Hij was *ook verbaasd* over hoe brutaal Julie zojuist tegen haar was geworden, en hij was bang dat dit het gesprek zou beëindigen.

Hij wist dat er iets niet klopte zodra ze het kantoor binnenkwamen. Versierd met meubilair dat eruitzag alsof het allemaal tegelijk was gekocht, in dezelfde winkel, en op precies dezelfde manier in het kantoor was geplaatst als de foto op de buitenkant van de doos waarin het allemaal zat, kreeg Reggie meteen het gevoel dat het vreemd was.

Hij zou het gevoel echter hebben kunnen negeren en het afschrijven als een persoonlijkheidsgril. Sommige mensen, vooral teruggetrokken types die graag in musea werken, zijn niet zo snugger als het op intermenselijke vaardigheden aankomt. Het zou logisch zijn geweest, en hij zou het gewoon hebben gezien als een eigenschap waardoor hij haar aardiger vond.

Maar haar kleren spraken dat gevoel tegen. Ze schreeuwden om trendyheid, van haar haar tot haar schoenen, en ze hoorden zeker niet thuis in het centrum van Philadelphia.

De vrouw die nu voor hen stond was niet wie ze zei dat ze was, en Reggie had zijn aanval al gepland - hoe hij haar zou laten bekennen en vertellen wat er *echt aan de hand was*.

Maar Julie had dat allemaal verpest. Ze had haar grote mond opengetrokken en de 'curator' uitgescholden voor het liegen tegen hen, of op zijn minst het achterhouden van informatie. Nu was het bijna zeker dat Daris niet meer met hen zou praten, en ze zouden een andere manier moeten vinden om...

"Je hebt gelijk," zei Daris. Ze zuchtte, een kort, hufterig ding dat voor Reggie oprecht leek. "Je hebt gelijk. Ik heb wat dingen weggelaten."

Reggie's wenkbrauw danste omhoog. *Dit is een kronkel,* dacht hij. Hij keek naar Julie en zag het einde van een zelfvoldane glimlach.

"Ten eerste, ik ben hier niet de curator."

Reggie wachtte. Ben en Joshua, die achter hem op de bank zaten, wachtten ook zwijgend.

"Mijn naam is Daris, maar ik werk niet bij de APS. Of beter gezegd, ik werk niet in het *museum*."

"Waar werk je?" Zei Joshua.

"Nou, ik werk hier," antwoordde ze. "Maar er is hier geen museum."

"Wacht, wat?" Vroeg Julie.

"Het verhuisde, een lange tijd geleden. De Society had een plek nodig om grotere bijeenkomsten te houden, dus kochten we een gebouw in de buurt - de Benjamin Franklin Hall. We verhuisden de bibliotheek en de vergaderzaal daarheen. Dit gebouw -" ze stak een open hand op en zwaaide ermee door de kamer - "is alleen kleinere kantoren, een kleine vergaderzaal. Verder is hier niets."

"Oké, dus je was in het *andere* gebouw en je zag dat er spullen ontbraken. Nou en?"

"Nou, *ik* heb niet gemerkt dat het ontbrak. Zoals ik al zei, ik ben geen curator. Ik werk hier alleen maar."

"Dus je hebt iemand die je dekt."

Ze pauzeerde even. "Ja, zoiets."

"Goed," zei Joshua. "Dat laten we nu even zitten, maar ga verder. Die *andere* persoon merkte dat het dagboek en de steen ontbraken, en heeft je dat verteld?"

"Juist. Ze hebben het gemeld, en ik heb ze gezegd het aan niemand te vertellen tot ik de volgende stap weet."

"Je hebt het aan iemand in het leger verteld. Zij hebben het doorgegeven aan onze weldoener."

"Ja," vervolgde ze, "maar ik heb ze specifiek verteld dat ik het zou afhandelen."

"Waarom het hen vertellen in de eerste plaats?"

Weer een pauze, deze keer langer.

"Luister, Daris. Het is echt belangrijk dat we hier in hetzelfde team zitten. En dat betekent dat we moeten weten wat jij weet."

Ze slikte. "Ik begrijp het. Het is gewoon... dit gebeurt allemaal zo snel. Ik had nooit gedacht dat het zou..."

"Nooit gedacht aan *wat*?" vroeg Julie.

"Nooit gedacht dat het zou gebeuren," antwoordde ze. "Tenminste niet in mijn leven."

Reggie keek naar de gezichten van alle anderen in de kamer. Behalve Julie, waren ze allemaal meesters in hun poker faces. Ben, Joshua, en Daris hadden allemaal een lege, uitdrukkingsloze stilte op hun gezicht geschreven.

Reggie voelde het tij keren in hun ruzie, maar hij draaide zich terug naar de vrouw die tegenover hem zat en drong met zijn blik in haar door.

Dit is het, dacht hij. *Het moment van de waarheid.*

"Daris," zei hij, kalm. "*Wat* ben je bang dat er gebeurt?"

Ze slikte nog eens, en toen een derde keer. Ze ging weer in haar stoel zitten, zakte er een beetje in weg en werd nog kleiner. Toen richtte ze haar blik weer op Reggie en legde haar handen op het bureau, met de palmen omhoog.

"We noemen het... *De Verschuiving*."

HOOFDSTUK 23

OKAY, *NU* WEET *ik dat deze vrouw gek is,* dacht Ben. Voor een dame die een rol als museumconservator goed had gespeeld, was hij verbaasd geweest te horen dat ze niet precies was wie ze had gezegd dat ze was. Ze was goed gekleed, werkte in een keurig kantoor, en vertelde hen een verhaal dat ze - voor zover Ben kon nagaan - allemaal geloofden.

Nu gaf ze aan Reggie toe dat er *meer aan* de hand was dan ze aanvankelijk had laten doorschemeren. Ze was niet de eenvoudige, nederige museumcurator van een bijna vergeten monument uit de Amerikaanse geschiedenis.

Ben staarde haar aan. Hij hield niet van mensen die leugens en bedrog gebruikten om te krijgen wat ze wilden. Maar ja, wat wilde zij?

"Wat is in godsnaam *de Shift?*" vroeg Reggie.

Julie en Joshua knikten, maar Ben bleef naar haar staren. Hij keek naar haar gezicht, bestudeerde het. Hij had al besloten dat het een mooi gezicht was - niets vergeleken met haar kleine, tengere lichaam - maar het was een fatsoenlijk genoeg gezicht. Een mooie, licht gebogen neus, kleine gelaatstrekken. Alles bij elkaar was het een heel mooi mens.

Maar ze hield informatie achter voor hen, en dat zat hem niet lekker. Het maakte haar minder aantrekkelijk voor Ben. Haar gezicht vertoonde echter geen teken van spijt, afgezien van de geringste zenuwtrekjes: de linkerkant van haar mond ging om de paar seconden een beetje op en neer, alsof ze diep in gedachten was en haar antwoord probeerde te verwerken.

Of het antwoord dat ze hen zou moeten geven.

Ze had haar hand al gespeeld, althans het deel *waar* ze zich zorgen over maakte. Ben dacht dat ze net zo goed de rest ook kon uitleggen.

"Het is..."

Een luide *klap* klonk van buiten de kamer. Het galmde door in de gang, maar Ben dacht dat het misschien wel helemaal van buiten het gebouw kwam. Het was stil op een afstandelijke manier, maar ook intens, alsof glas en gipsplaten en bakstenen plotseling - en met geweld - net waren ontwricht.

"Iedereen op de grond," zei Joshua. Zijn stem was kalm, zoals altijd, en hij klonk meer geërgerd dan verbaasd.

Ben ging op zijn knie zitten en bewoog zich een beetje opzij om Julie te laten weten dat hij naast haar zat. Ze knikte naar hem en ging ook op haar linkerknie zitten. Beiden draaiden zich om en keken naar de deur.

Ben zag vanuit zijn ooghoeken een vreemde beweging - Daris wierp haar ogen naar links, dan naar rechts, en toen weer terug naar de deur. Pas toen hurkte ze ook neer. Haar ogen bleven gericht op de open deur die naar de gang leidde.

Ze wacht op iets.

Om er zeker van te zijn dat wij ook wachten.

Bens hoofd vulde zich onmiddellijk met mogelijke scenario's. Hij wist dat Reggie en Joshua beter in staat zouden zijn om het vreemde gedrag van Daris te ontcijferen, maar hij wist niet zeker of zij het gezien hadden.

Reggie en Joshua stonden al met elkaar te fluisteren in de hoek van de kamer, Reggie wees met twee vingers van zijn linkerhand naar zijn ogen terwijl hij met de andere hand naar de deur wees.

Ben wist dat ze niet gewapend waren met meer dan een pistool, dus wat voor verdedigings list Reggie ook had bedacht, het zou een dubbelspel worden.

En als hij gelijk had over Daris...

Tijd om op mijn instinct af te gaan.

Hij prikte Julie in de zij.

Ze fronste en sloeg zijn hand weg. "Niet n -"

"Hé," fluisterde hij. Hij hoopte dat ze zelfs met fluisteren zijn toon kon opvangen. Hij probeerde haar niet voor de gek te houden.

Ze keek hem aan, terwijl ze nauwelijks haar hoofd bewoog.

Goed, dacht hij. *Hou het subtiel.*

"We moeten ons klaarmaken om te vertrekken," fluisterde hij, terwijl hij de woorden langzaam en vloeiend uitsprak, maar onleesbaar voor iemand op meer dan een meter afstand. "Er is een raam achter ons. Denk je dat -"

Hij merkte de zachte stijging van Daris' arm, de gemakkelijke, nonchalante tred waarmee ze haar schouder optilde. Haar ogen waren op de deur gericht, maar haar blik was op het bureau. Meer bepaald op een lade die ze openschoof.

Ben zou het bijna onhoorbare geschraap gemist hebben als hij niet zo geconcentreerd was geweest op wat ze aan het doen was. Dari's schouder zakte weer, en toen hoorde hij het.

Klik.

Het pistool kwam van onder het blad van het bureau, al gericht en recht op Julie gericht.

Hij nam niet eens de tijd om te schreeuwen. Hij gooide zijn arm zijwaarts, wetende dat het een groot genoeg aanhangsel was om Julie ermee buiten westen te slaan. Hij raakte haar, hard, en ze vloog naar achteren, een kleine hijg verliet haar mond.

Het pistool vuurde, het oorverdovende gebrul van de kogel bereikte Ben's oren pas lang nadat het lood was geland.

Gelukkig was hij niet in Julie terechtgekomen. Ze lag op de vloer van het kantoor, gespreid, en de kogel was gezonken in een van de boeken op de plank achter haar hoofd, slechts centimeters erboven.

Ben haalde diep adem, in de hoop de adrenalinestoot te versnellen waarvan hij wist dat die nabij was, maar hij was al in beweging. Hij sprong over het bureau, vloog met zijn hoofd recht op Daris af en mikte op haar hoofd. Zijn grote lichaam zou zijn wapen worden, en hij hoopte dat Daris net zo zwak was als zij klein was.

Hij heeft nooit de kans gehad om erachter te komen. Als het Daris aan lengte en gewicht ontbrak, ontbrak het haar zeker niet aan lichtvoetigheid.

Ze bukte en viel opzij in een perfect uitgevoerde rol, haar schouder schraapte ternauwernood het tapijt onder haar bureau terwijl ze Ben's aanval met gemak wist te ontwijken. Ben sloeg tegen de achterwand, zag sterretjes, en viel toen op een hoop achter het bureau. Zijn voeten landden op de bureaustoel waar Daris eerder op had gezeten.

Daris volgde haar voorbeeld en ging op één knie zitten, richtte haar pistool op Ben terwijl ze ademde door een kleine 'O' die ze van haar lippen had gemaakt. Ze richtte haar vizier...

Crack!

Een ander schot klonk in de kamer, en toen nog een. Ben hoorde het derde schot nauwelijks omdat zijn oren al suisden na het eerste schot, maar hij kon zich omdraaien en zien wie er had geschoten.

Het was Reggie *of* Joshua niet. In plaats daarvan stond er een man in de deuropening. Groter dan Ben, zijn huid diep bruin, met een dun sikje rond zijn mond.

De loop van zijn pistool was gericht op Daris, maar toen Ben naar haar omkeek was ze nergens te bekennen.

Reggie had zijn eigen pistool op de nieuwe indringer gericht, maar de man was niet uit de deuropening opgeschoven en had niet in een andere richting gemikt. Langzaam, opzettelijk, liet de man zijn wapen zakken. Hij staarde naar de plek waar Daris enkele ogenblikken geleden nog gehurkt had gezeten, zijn ogen gefixeerd in een permanente grijns.

Ben bewoog niet, sprak niet. Een centimeter verschil in de richting van de man zou Ben's hoofd in het vizier van het pistool brengen. Hij staarde, gromde terug naar de grote zwarte man, maar hij vertrok geen spier.

HOOFDSTUK 24

"WAAR IS ZE?" vroeg DE MAN.

"Wie?"

Ben wierp zijn blik op Reggie, die vanuit de hoek van de kamer sprak, zijn wapen nog steeds gericht op de man in de deuropening. Joshua had zijn wapen in zijn hand, hield het met zijn vinger klaar om de trekker over te halen, maar richtte het op de vloer.

"Waar is *Daris?*"

"Ze - ze was daar," zei Julie. "Vlak naast Ben. Nog maar een seconde geleden. Je *had* haar moeten zien..."

"Ik *heb* haar gezien," zei de man. "Ik heb op haar *geschoten*. Maar ze is *hier* niet meer, of wel?"

Julie schudde haar hoofd.

Ben stond op, met zijn armen langs zijn zij. Het pistool volgde hem, tot de man recht op Ben's hoofd richtte. Hij hield zijn handen open, in een poging de man ervan te overtuigen dat hij geen bedreiging vormde.

"Praat met me," zei Ben. "Ik kan je vertellen wat je moet weten."

"Oké, *prima*. Waar is ze in godsnaam heen?"

"Ze ging... de vloer in."

Ben wist niet zeker of de waarheid hem zou neerschieten of dat hij er een vriend mee zou verdienen. De man was duidelijk niet hier om hen te doden, maar hij was ook niet bang om zelf neergeschoten te worden. Reggie richtte direct op hem, en Joshua stond ook klaar met een geladen pistool, en de man leek het nauwelijks op te merken.

"In de vloer? Waar?"

Ben haalde zijn schouders op. "Precies waar ze stond, denk ik. Waarschijnlijk een valluik of zoiets."

"Een *valluik*. Je neemt me in de maling. Wat is dit, een toneelstuk op de middelbare school?"

Ben haalde zijn schouders weer op en knikte toen. "Ze heeft dit allemaal gepland. Ik zag haar, vlak nadat jij je weg naar binnen had geblazen - trouwens, bedankt dat je *deze* kamer niet hebt opgeblazen - hoe dan ook, ik zag haar ogen. Ze *wachtte* op jou. Ze keek naar ons allemaal, alsof ze wachtte tot we in positie waren of zoiets. Het allemaal aan het berekenen."

De tong van de man raakte de binnenkant van zijn wang, en zijn ogen knepen zich dicht. Hij was diep in gedachten, en Ben vroeg zich af of hij probeerde te beslissen of hij de waarheid sprak of probeerde uit te vinden wat Bens verklaring betekende.

Eindelijk sprak hij en liet zijn pistool vallen. "Schuif op. We moeten die deur vinden."

Ben schoof opzij zodat de enorme man de kamer kon doorzoeken. Hij was niet van plan zijn verdediging te laten zakken, en hij was ook niet van plan hem te helpen.

"Wie ben jij, trouwens?" vroeg Joshua.

De man knielde op de grond en begon te voelen aan de randen van een vierkant stuk houten vloer. Het was de deur, maar die stond gelijk met de rest van de kamer en wilde niet opengaan door er druk op uit te oefenen.

"Derrick," antwoordde hij nors.

"Derrick *wie*?"

"Dat is de *wie*," zei hij. "Roger Derrick, FBI."

"Kondigen jullie dat nu pas aan?"

Hij stopte waar hij mee bezig was en keek op. "Nee, maar u bent al betrokken bij een federaal onderzoek, kennelijk op hetzelfde spoor dat wij volgen, en het zou niemand van iets overtuigen als ik zei: 'Ik werk voor de regering,' nu zou het?"

Reggie grijnsde. "Jij en ik gaan vrienden worden."

Derrick kneep een oog in zijn richting. "Dat betwijfel ik ten zeerste."

"Hoezo, heb je geen vrienden?"

"Dat is juist. Ik heb geen vrienden. Als je het niet erg vindt, moeten we uitzoeken hoe we deze deur open krijgen."

Ben en Joshua liepen naar de andere kant van het bureau, terwijl Reggie en Julie de kamer begonnen rond te kijken. Ben bedacht dat aangezien Daris niet van haar plaats achter het bureau was gekomen totdat zij op het beweegbare platform was gelopen, de knop of activeringsschakelaar voor de deur ergens op haar bureau zou moeten zijn.

Hij had gelijk. Net in de bovenste lade, onmogelijk te vinden tenzij je wist dat het er was, zat een kleine koperen knop. Hij drukte erop en Derrick gilde en rolde uit de weg toen de deur openviel.

Hij keek Ben nors aan, maar sprong toen over de opening en gleed soepel door de vloer naar beneden. Ben haastte zich naar hem toe en keek naar beneden. "Gaat het?" vroeg hij.

"Ja. Ze heeft een mooi landingsplatform hier, maar ze is al lang weg."

Ben wachtte tot Derrick uit de weg was en sprong toen ook door het valluik naar beneden en bevond zich in de kelder van het gebouw van de American Philosophical Society.

Julie, Reggie en Joshua volgden, maar hij was al met Roger Derrick aan het rondkijken in de kamer. Stapels boeken, rijen archiefkasten, en planken van vloer tot plafond tegen twee muren. Het leek precies op wat hij zich voorstelde hoe de kelder van een museum eruit zou zien.

Behalve dat de 'curator' van dit 'museum' helemaal niet was wie ze beweerde te zijn.

Ben wendde zich tot Derrick. "Waar is ze heen gegaan? Er zijn hier geen andere deuren behalve die boven aan de trap in de hoek, maar we zouden haar hebben zien weggaan - ze zou vlak langs ons hebben moeten lopen."

"Hou je ogen open," zei Derrick. "Er moet iets op een van de muren zijn. Misschien een deur of een kruipruimte of zoiets."

"*Of* ze is een *echte* tovenares en gewoon *verdwenen*," zei Reggie, zijn stem druipend van sarcasme.

"Doen jullie altijd zo nonchalant? Waar ik vandaan kom, is dit een serieuze missie."

Ben zag Joshua fronsen. Hij liep erheen en stak een hand uit. "Joshua Jefferson. We zijn met -"

"Ik weet het," zei Derrick, tussenbeide komend. "Ik heb er alles over gelezen op de vlucht hierheen. 'Civilian Special Operations.' Leuk. Hebben jullie een soort leider, of zijn jullie ook hippies over jullie organisatiestructuur?"

Ben wist niet zeker of hij meer beledigd was door de man's abrupte onderbreking en het wegsturen van hen allen of het feit dat hij Ben een hippie had genoemd.

"Je praat met hem," zei Joshua. "Hoe zit het met jou? Werken jullie nog steeds als teams, of ben jij de nieuwe op kantoor die de babysitdienst heeft gekregen?"

De twee mannen, beiden duidelijk ervaren professionals in de kunst van spionage en slagveldtactiek, staarden elkaar een paar seconden aan.

Of beter gezegd, Derrick staarde *Joshua* aan - hij was een volle kop groter dan iedereen in de kamer behalve Ben.

Uiteindelijk vertrok Derricks gezicht in een brede grijns. "Kom op, man, ik ben je gewoon aan *het jennen*."

Joshua glimlachte niet.

"Goed," zei Derrick. "Moeilijk publiek. Het zal wel. Hoe dan ook -" hij wendde zich tot de rest van Bens groep die zich per ongeluk om de twee mannen had verzameld alsof ze op het punt stonden te gaan sparren. "Sorry dat we verkeerd begonnen zijn. In de wereld waar ik vandaan kom, zijn dingen... een beetje meer *steriel*. Het is goed om een beetje los te komen."

Julie glimlachte, een echt, mooi exemplaar, degene op wie Ben bijna een jaar geleden verliefd was geworden.

"Zoals ik al zei, mijn naam is Roger Derrick, en ik *werk* voor de FBI. Nee, ik heb hier geen team, maar ik heb wel een kantoor waar ik aan rapporteer, dus ik kan wel wat gunsten gebruiken."

"Dus wees aardig tegen je?" vroeg Reggie.

Derrick negeerde de grap. "Ik ben erop uit gestuurd om de operatie hier te bekijken en een oogje in het zeil te houden."

Julie sprak van naast Ben. "*Welke* operatie?"

"Nou... de jouwe."

Ze keken allemaal nog een paar seconden om zich heen, tot Reggie zijn hand opstak, met een maffe uitdrukking op zijn gezicht. "Dit zou een stuk sneller gaan als jullie ons gewoon zouden *vertellen* wat jullie willen. Als het onze hete bibliothecaresse is, heeft ze waarschijnlijk al een Uber gebeld en is ze al halverwege Boston."

Derrick knikte. "Juist. Sorry, ja, ik ben hier om *uw* operatie te observeren. Ik ben door mijn baas gestuurd om een oogje in het zeil te houden."

"Je baas is toch niet toevallig bevriend met Mr. E, of wel?"

"*Je* baas? Nee. Maar door een wederzijdse kennis, ja."

"Dus wederzijdse kennismaking hoorde van je baas - die het van Daris hoorde - dat er was ingebroken in haar kostbare museum? En wederzijdse kennismaking gaf het door aan Mr. E, die probeert een 'Civilian Special Operations' team op te zetten om precies dit soort dingen te onderzoeken?"

Derrick luisterde naar Reggie's uitleg en knikte mee. "Ja, eigenlijk wel. Dus omdat dit wordt beschouwd als vrij laag niveau, is er geen actieteam op zijn plaats. Ik ben het alleen."

"Wat moet je dan precies doen?" vroeg Julie.

"Kijk, observeer, en rapporteer aan mijn superieuren of ik denk dat deze groep - *uw* groep - het waard is om in te investeren."

"Je bedoelt of deze groep een *bedreiging* is voor de nationale veiligheid," zei Reggie.

"Nou, dat is er een deel van, ja. Dat is aan de ene kant van het spectrum, maar 'je veel geld geven' is aan de andere kant."

"Het lijkt me een belangenconflict om de FBI te betrekken bij een civiel team dat ook met het Amerikaanse leger werkt," zei Joshua.

"Waarom?" Vroeg Derrick. "We zitten allemaal in hetzelfde team."

"Zijn we dat?" Vroeg Reggie.

Derricks neusvleugels wapperden, maar hij werd niet boos. Hij pauzeerde, zoekend naar de juiste woorden. Tenslotte liet hij zijn hoofd zakken, bracht het weer omhoog en ontmoette Reggie's harde blik. "Ik zal de eerste zijn om toe te geven dat mijn organisatie niet altijd het beste met onze natie voor leek te hebben, maar ik *verzeker* u dat ik dat wel heb.

"Heb je het beste voor met de natie, of alleen die van je werkgever?"

"Ik ben een harde werker, en ik doe het werk goed," zei Derrick. "En ik ga me daar niet voor verontschuldigen. Maar ik ben een Amerikaan. Ik heb getekend voor deze baan, met jullie allemaal. Ik *wilde* hier zijn."

"Waarom?"

Ben had plotseling het gevoel dat het gesprek was veranderd in een ondervraging waar hij aan de verkeerde kant van stond. Hij stak een hand op, eerst schuchter, toen met meer overtuiging. "Wacht," zei hij. "Deze man zit in ons team. Ik geloof hem, althans voor nu. Maar niemand krijgt zijn werk gedaan als we alleen maar in de kelder staan te praten. Daar is later nog tijd voor."

Reggie knikte. "Ja," zei Reggie. "Hij heeft gelijk." Hij wendde zich tot Derrick. "Waarheen nu, dan? Heb je enig idee waar ze heen is?"

Derrick knikte. "Ja, dat weet ik. New York City."

"Wacht, echt? New York?"

Derrick knikte opnieuw. "Ja. Over een uur neemt ze de trein, en morgenochtend vroeg heeft ze een afspraak in New York. Times Square."

"Met wie is het afspraakje?" vroeg Julie.

Derrick haalde diep adem. "Patricia Gonzales. Ze is gepland om op live televisie te verschijnen morgenochtend. Good Morning America."

HOOFDSTUK 25

"HAWK, WE HEBBEN NET EEN VERSLAG GEKREGEN," zei Morrison.

Zij stonden aan weerszijden van de grote sportzaal, maar de Havik kon de stem van zijn tweede-in-bevel perfect horen, dankzij de draadloze communicatiesystemen die zij beiden droegen.

"Zeg het me," zei de havik.

"Ze is niet langer bij de APS, meneer," zei Morrison. "Rende weg via een kelderdeur, en we hebben geen spoor van haar."

"Nou, spoor haar op. Dat had al gedaan moeten zijn."

"Ja, sir."

De havik schudde zijn hoofd en keek toen weer naar de rest van de zaal. Het was een gymzaal, leeg in het midden op een enkele stoel na. De ramen, kleine rechthoekige dingen die aan de bovenrand van het gebouw hingen, waren allemaal verduisterd. De twee deuren die toegang gaven tot het gebouw waren aan weerszijden van de zaal, de ene gesloten en geblokkeerd met een dikke ketting om het handvat. De Havik stond voor deze deur, aan de rand van zijn eigen privé domein.

Hij keek toe hoe de helft van zijn team, de drie mannen die momenteel binnen aan het werk waren, hun verschillende taken uitvoerden. Morrison was begonnen naar het midden van de kamer te lopen om de aandacht van twee van de mannen te trekken en het bevel te geven hun werkgever te vinden en wat opsporingsapparatuur op haar persoon en haar voertuig te plaatsen.

De Havik raakte zijn oor nog eens aan en begon te praten. "Morrison," zei hij.

"Meneer?" Morrison stopte kort bij het midden van de kamer.

"Wat is er gebeurd? Waarom ging ze ervandoor?"

"Onduidelijk meneer, maar het lijkt erop dat er anderen in het pand waren. Ze kan zijn geschrokken en toen weggegaan zijn via het luik in het kantoor."

De havik fronste zijn wenkbrauwen. "Niet onze mannen?"

Hij zag Morrison zijn hoofd schudden nog voor hij het antwoord had gehoord. "Nee, meneer. Jenkins en Velacruz waren het APS gebouw nog niet eens binnen toen ze haar uit de kelder zagen komen op de parkeerplaats en toen in haar voertuig."

De havik hapte naar adem. "En *waarom* hebben ze haar niet gevolgd?"

"Dat deden ze, meneer. Maar ze hielden het gebouw nog een minuut in de gaten om er zeker van te zijn dat er niemand binnen was."

"Zijn ze vrij?"

Morrison aarzelde. "...nee, meneer. Ze keken van buitenaf. Toen besloten ze haar te volgen."

"Maar toen was het al te laat, nietwaar?"

"Ja, blijkbaar wel, meneer. Ze zeiden dat ze in de richting van de luchthaven ging, maar ze verloren haar ongeveer drie blokken van de APS."

De Havik vloekte bijna, maar betrapte zichzelf. Hij zou ze moeten straffen, maar dat kon wachten. Beter nog, hij kon het Morrison zelf laten doen. Hij liep naar Morrison toe, die naast de stoel in het midden van de kamer stond en de twee mannen aan het werk zag.

"Morrison, waarom had ze zo'n haast om de APS te verlaten? We hadden een schema afgesproken dat ons de juiste hoeveelheid tijd zou geven voor elke partij."

"Ja, sir, dat hadden we. We weten het niet, meneer. Misschien was er iemand anders bij betrokken? Een derde partij?"

"Welke derde partij?"

"Misschien die agent die aan het rondneuzen is?"

"Ze weet van de FBI, Morrison. Ze zou niet geschrokken zijn van hen."

"Hem."

"Pardon?"

"Hem - slechts een, meneer. De FBI heeft hier niet eens een team voor. Ze hebben alleen een van hun agenten gestuurd om de boel te verkennen."

De havik fronste zijn wenkbrauwen. Ook dit was nieuwe informatie. De FBI stuurde *nooit* maar één persoon tegelijk. Agenten werkten soms met z'n tweeën, maar vaker in teams van vier, die een huizenblok of een huis in de gaten hielden of een doelwit volgden door te 'haasje-over' en te volgen. Twee van de agenten hielden zich op de achtergrond, boden ondersteuning en bleven zoveel mogelijk uit het zicht, terwijl de andere twee agenten naar binnen trokken.

Hij had een paar ontmoetingen met FBI-types, en hij had er nog nooit een alleen zien werken.

Nieuwsgierig.

Hij vijlde de informatie weg en maakte een notitie om er later op terug te komen, of om zijn onderbewustzijn ermee te laten werken tot er iets klikte.

"Wat nog meer, Morrison?"

"Meneer?"

"Wat *nog meer?* Ze wist van de FBI, ze wist dat ze haar in de gaten hielden, omdat ik haar dat verteld heb. Dus ze zou geen reden hebben om bang van ze te worden. Welke andere informatie hebben we hierover?"

De Hawk zag dat Morrison zijn schouders wilde ophalen, zich weg wilde wurmen en naar de andere kant van de kamer wilde gaan. Hij wilde de man ook niet op de rooster leggen, maar dit was belangrijk.

Dit was cruciaal.

De Havik weigerde zich door meer dan één partij te laten bespelen. Hij opereerde in de verwachting dat de vijand hem *altijd* probeerde te bespelen, want dat was het spel.

Maar het was iets heel anders als een *cliënt* hem probeerde te bespelen. Als zijn werkgever hem op de een of andere manier een loer draaide - als zij hem tegen de andere partij uitspeelde om een of ander voordeel uit de situatie te halen, dan zou de hel losbarsten. Dit was een van de redenen waarom hij een hekel had aan Amerikaanse contracten - er zat altijd meer bureaucratische inslag aan het werk. Iemand moest beschermd worden, maar meestal was het bescherming tegen een politieke vijand, niet noodzakelijkerwijs een fysieke.

Hij specialiseerde zich in de *fysieke* vijanden. Degenen op wie gejaagd kon worden.

Degenen die konden worden neergeschoten.

Eenvoudige, onfeilbare tweezijdige oorlogsvoering. Drugsheren die het opnemen tegen een groter rijk. Een groep kleine bedrijven die vechten tegen een oligarchie. Bankiers die hun positie aan de top van de fiscale voedselketen van een land veilig willen stellen.

Het maakte niet uit welke kant hem inhuurde, maar hij gaf er zeker de voorkeur aan het speelveld zo eenvoudig mogelijk te houden.

Amerikanen zagen het nooit zo. Ze *floreerden* op het ingewikkelde terrein van politieke loopgravenoorlog. Ze wilden *verwarring,* omdat verwarring te gelde gemaakt kon worden.

Hij schudde zijn hoofd en glimlachte, nu al nadenkend over wat hij zou moeten doen als zijn baas hem tegen iemand anders zou uitspelen. Hij trok zijn wenkbrauwen op en richtte zich weer op Morrison.

"We - we hebben er geen, meneer. Zoals ik al zei, het is speculatie, maar er kan een derde partij bij betrokken zijn geweest, naast de FBI."

"En als dat zo is?"

Morrison keek even wezenloos, en The Hawk kon de angst in hem bijna voelen. Eindelijk herstelde Morrison zich. "Dan zullen we ze vinden, meneer."

De havik knikte en draaide zich om. "Doe het snel. We hebben geen tijd."

HOOFDSTUK 26

REGGIE STAARDE NAAR ROGER DERRICK TERWIJL HIJ SPRAK. Hij wist niet zeker of hij deze man al vertrouwde, maar alles wat hij zei leek te kloppen, en leek steek te houden.

En ik heb vandaag al een keer gelijk gekregen over iemand, dacht hij, terwijl hij dacht aan Daris, de geheimzinnige weggelopen curator die illusionist was geworden. Hij glimlachte toen hij zich herinnerde hoe ze gewoon in de vloer was *verdwenen*. Zo'n truc had hij niet meer gezien sinds de opvoering van *The Phantom of the Opera op zijn middelbare* school.

Hij vroeg zich af of ze het luik alleen voor dat moment had laten installeren, of dat het ooit was gebruikt als toegangsluik voor de kelder.

Reggie's oren spitsten zich toen hij het over het valluik hoorde.

"...heeft het blijkbaar laten installeren kort nadat de echte APS hier introk," zei Derrick.

"De *echte* APS?" vroeg Ben. "Ik dacht dat dit gebouw in de tijd van Benjamin Franklin de thuisbasis was van de echte APS?"

"Dat was de *Junto,* antwoordde Julie. Het was pas later de APS."

Ben fronste zijn wenkbrauwen en staarde haar aan.

"Wat? Ik heb de brief gelezen," zei ze, haar schouders ophalend.

Derrick glimlachte. "Ze heeft gelijk. Maar zelfs toen, toen dit gebouw werd aangewezen door de American Philosophical Society, werd het gebruikt voor vergaderingen en bijeenkomsten van de groep, toen de behoefte aan kantoor en bibliotheek nog klein was. Het grootste deel van het gebruik van de Society verhuisde later van hier naar de Benjamin Franklin Hall, vlakbij."

"Dus wat is die *echte* APS dan?" vroeg Reggie. Hij stapte dichter naar Derrick toe, die nog steeds omringd was door de groep in het midden van de kelder. Terwijl Reggie op het antwoord wachtte, keek hij de kamer nog eens rond en probeerde alles in zich op te nemen.

Proberen iets te vinden dat hij gemist had.

Hij wist niet zeker wat het was, want hij had de slecht verlichte kelder al duizend keer gescand, maar iets knaagde aan hem. Hij wist niet eens zeker of er iets was dat hij gemist had, maar toch...

Dat gevoel.

Reggie had lang geleden geleerd om op zijn gevoel te vertrouwen in dit soort situaties. Verhoogd bewustzijn, adrenaline pompend, op het randje, wachtend tot er iets zou knappen.

De man die nu voor hem stond zou niet doorslaan. De man deed Reggie denken aan Joshua, eigenlijk. Donkerder van huid en een meter groter, maar hij had dezelfde kalme, beheerste houding. Reggie had de indruk dat als hij niet een kamer vol vreemden was binnengestormd die nu om hem heen stonden en hem dwongen te praten, Derrick net zo'n rustige man zou zijn als Joshua.

Dus er was nog iets anders... iets in zijn onderbewustzijn dat hem aanspoorde te analyseren, net zoals hem geleerd was.

Wat is het?

Hij keek nog eens rond terwijl Derrick zich verdiepte in de geschiedenis van de APS. Reggie had de samenvatting gelezen, maar als geschiedenisliefhebber kende hij veel van het verhaal toch al. Benjamin Franklin en een handvol goede vrienden uit Philadelphia begonnen een groep om na te denken, te discussiëren en te discuteren, *The Junto* genaamd, *en* via vele jaren en herhalingen werd het de oorspronkelijke *American Philosophical Society.*

Hij maakte een aantekening dat hij het verhaal zou herlezen als Derrick had uitgelegd wat hij bedoelde toen hij hen vertelde over de *"echte"* APS, en begon naar de planken aan de zijkant van de kamer te lopen.

De planken waren van industriële sterkte, het soort dat geschikt is voor een autowinkel of een distributiemagazijn. Als zodanig leken ze niet op hun plaats hier in een relatief kleine kelder. De plattegrond was niet geschikt voor zulke enorme planken, en toch waren ze meestal vol.

Hij stond onder de eerste reeks rekken van vloer tot plafond en bewonderde ze. Elke plank was gevuld met kantoordozen, plastic bakjes, en een paar canvas zakken.

Ziet eruit als een museum.

Hij gluurde in de eerste kartonnen kantoordoos. Dozen, mappen, en wat canvas zakken met gelabelde uiteinden. Precies wat Reggie zou verwachten als ze in een museum waren.

Toen drong het tot hem door.

Dit is geen museum.

Derrick keek naar hem, hun ogen ontmoetten elkaar. Hij wist dat Reggie het in elkaar had gezet. Hoe kon hij zo dom zijn? Daris had ze net boven letterlijk gezegd: *'dit is geen museum.'*

Waarom ziet alles er hier uit alsof het in een museum thuishoort? Hij stond in een kelder met een luik, een uitgang via de trap en een die ze nog niet hadden gevonden, en hij was omringd door rijen planken die perfect zouden passen in de opslagkelder van het Louvre.

"Het is geen museum," zei Reggie.

Julie fronste haar wenkbrauwen, en Ben rolde met zijn ogen.

"Ik weet het - Daris heeft ons dat al verteld, maar denk er eens over na. Waarom lijkt het hier beneden *precies* op een museum, *als het geen museum is?"*

"Het is gewoon opslag, mogelijk voor -"

Reggie liep naar de doos waar hij in had gekeken. "Kijk," zei hij, terwijl hij het eerste wat hij pakte omhoog hield. Een klemmap, gevuld met iets omvangrijks. Hij opende het en liet het aan de anderen zien. "Een fossiel." Hij pakte de volgende map en opende die. "Nog eentje. Interessant."

Hij gaf het voorwerp terug en ging naar de volgende doos op de plank. Hij haalde er een canvas zak uit, compleet met label en etiket. Nog een fossiel, deze groter en schijnbaar afkomstig van de poot van een groot dier.

"Alles hier beneden hoort in een museum," zei Reggie uiteindelijk. "Waarom ziet alles eruit alsof het uit een museum komt als het geen museum is?"

"Zoals ik al zei," zei Julie, "het kan ook gewoon opslag zijn. Misschien maken deze voorwerpen deel uit van een collectie, en worden ze hier bewaard voor..."

"Het is geen opslag voor een museum," zei Derrick.

Alle ogen waren op hem gericht, nog steeds opdoemend in het midden van de kamer.

Hij vervolgde. "Het is niet echt een museum, maar eerder de privé-collectie van de American Philosophical Society."

"Maar er is niets te zien," zei Julie. "Geen manier om dit te zien. Waarom zouden ze het allemaal willen verbergen?"

Reggie realiseerde zich dat Julie zojuist haar eigen vraag had beantwoord. *De APS wil dit verbergen omdat, nou, ze denken dat het verborgen moet blijven.*

Derrick ontmoette opnieuw zijn blik. Reggie liep terug naar de groep en staarde terug naar de enorme man. "Deze rommelkamer is echt waar dat dagboek werd bewaard, is het niet? Het dagboek waarvan Daris zegt dat het Meriwether Lewis' eigen privé-dagboek van de expeditie is, en waarvan ze zei dat het 'in de kluis opgesloten' was?"

"Zei ze dat? Er is hier geen kluis. Het lijkt erop dat ze je een rondje gaf."

"Zo klinkt het wel. Dus al de rest van dit spul is troep die ze - de APS - wilden verbergen, waarschijnlijk om dezelfde reden dat ze het Lewis dagboek al die jaren verborgen hielden."

Derrick knikte opnieuw. Reggie keek snel rond naar de anderen voor hij eraan toevoegde: "en ik neem aan dat je daar niet over wilt uitweiden?"

Hij trok een wenkbrauw op. "Eerlijk gezegd weet ik zelf ook niet zo goed waarom ze het al die jaren verborgen hebben gehouden. Ik ben Daris in opdracht gaan onderzoeken, nadat ze begon te werken aan het boek dat ze net heeft uitgebracht. Ik wist al een tijdje dat ze APS was, en mijn kantoor houdt graag mensen in de gaten met het soort invloed dat zij heeft."

Julie fronste haar wenkbrauwen. "Wat voor soort invloed? En welk boek?"

"Eigenlijk is dat de reden waarom ze morgenochtend in Good Morning America zal zijn," zei Derrick. "Ze is een vrij grote hit in het rijk van de politieke blogging. Heeft net een boek uitgebracht genaamd *The Jefferson Legacy.*"

"Politiek bloggen', zei Reggie. "Klinkt leuk."

Derrick haalde zijn schouders op. "Blijkbaar zit er veel geld in dit spul, en niet alleen door reclame-inkomsten. Haar platform heeft duizenden supporters, en ook heel wat donateurs. Het is genoeg voor haar om geen andere baan te hoeven hebben."

"Dus ze is zeker geen museum curator," zei Ben.

Derrick schudde zijn hoofd en lachte. "Nee, ze is zeker geen conservator van een museum."

"Toch," zei Joshua, "begrijp ik niet waarom dit allemaal zo'n groot probleem is. Waarom zou ze onze baas om hulp vragen? Vooral als ze ons in de val zou lokken, ons zou proberen te vermoorden en dan in een rookwolk zou verdwijnen.

Reggie merkte dat Ben naar de ruimte tussen twee van de grote planken staarde. Hij liep er plotseling heen en begon te voelen langs de randen, bij de zijkanten van de planken.

"Wat ben je aan het doen?" Vroeg Reggie.

"Ze verdween niet in een rookwolk," zei Ben. "Ze viel door het luik naar beneden, kwam hier en verdween toen in... *dit*.

Terwijl hij de laatste woorden sprak, duwde hij met beide handen tegen de muur en deze viel weg, een donkere, rechthoekige gang in. De deuropening was uitgehakt in de muur van de kelder en vervolgens bedekt met dezelfde gipsplaten en verf als de rest van de kamer, waardoor het effect van een 'onzichtbare' deur ontstond.

Ben stapte in de ruimte die zich achter de deur openbaarde en Reggie zag dat er alleen genoeg ruimte was om de deur open te zwaaien voordat de gang een klein trapje opging. Ben beklom de eerste twee trappen en duwde toen op een stel kelderdeuren. Een scherpe steek van daglicht sneed door de nieuw gevormde spleet tussen de deuren.

Hij liet de deur vallen en stapte terug de kamer in.

"Het lijkt erop dat het naar boven en naar de parkeerplaats gaat," zei hij. Toen hij besefte dat iedereen naar hem staarde, ging hij verder. "Het was onmogelijk te zien," zei hij, "behalve dat er een vage lijn stof langs de bovenrand loopt, waar de deur naar binnen gezogen zou zijn als hij opening. Die oude dozen in de buurt op de planken moeten behoorlijk stoffig zijn."

Reggie volgde Bens vinger toen die naar de lijn wees. Het was precies zoals Ben zei - bijna onmogelijk te zien, en toch, nu hij zich op de plek concentreerde, was het onmogelijk te missen.

"Wow," zei hij. "Geweldige vangst."

"Nou, we hebben haar *niet* gevangen," zei Joshua.

"Maakt nu niet meer uit," zei Roger Derrick. "We weten waar ze morgenochtend zal zijn, dus we kunnen haar na de show gewoon oppakken."

"Waarom al die moeite doen?" vroeg Joshua opnieuw. "Een gebouw dat niet echt een museum is, een valluik in een kantoor dat ze in een catalogus heeft gekocht, een verborgen deuropening? Het lijkt allemaal zo... ongrijpbaar."

"Ze heeft zeker een flair voor het dramatische," zei hij. "Maar het valluik en de verborgen kelderuitgang waren er waarschijnlijk al lang voordat zij er was, waarschijnlijk iets dat is toegevoegd tijdens een van de vele bouwfasen van dit oude gebouw. En ik weet eerlijk gezegd niet wat haar motieven zijn. Ze bespeelt beide kanten van deze zaak sinds ik haar in de gaten houd. Ze brengt jullie hier, vertelt een deel van het verhaal en probeert jullie dan neer te schieten. Als ik moet raden, zou ik zeggen dat ze niet verwachtte dat iemand zou komen rondneuzen. Jij niet, en ik ook niet."

"Maar waarom zou ze dan iemand anders vertellen over het vermiste dagboek en het vermiste artefact?" vroeg Julie.

Reggie wilde dat deel van hun verhaal nog niet onthullen, omdat hij nog niet zeker was hoe die Roger Derrick in het geheel paste. Ze hadden niet veel kaarten om uit te spelen, dus als het aan hem lag, hield hij de meeste liever dicht bij zijn borst.

Als Derrick van de FBI was, had hij goede connecties en veel middelen, wat betekende dat ze waarschijnlijk in goede handen waren. Maar er waren ook nadelen. Derrick zou niet volgens dezelfde regels spelen, om te beginnen, en hij zou waarschijnlijk proberen zijn positie te gebruiken om zichzelf aan het hoofd van de operatie te plaatsen.

Maar als Derrick geen FBI *was*, wat was hij dan? Waarom was hij geïnteresseerd in Daris, het non-museum waar ze waren, en het vinden van dit dagboek?

Derrick begon te antwoorden op Julie's vraag. "Nou, ze is betrokken bij de APS, precies zoals ze zei dat ze was. Mijn vermoeden is dat ze hulp nodig had, dus vroeg ze een ander lid. Dat lid was de man die je baas over de situatie vertelde."

Reggie's wenkbrauwen gingen gelijk op. *Nu komen we ergens*, dacht hij. "Oké, dat klinkt wat logischer. Dus ze wilde ons hier niet *hebben* - we kwamen toch, en ze moest snel handelen om ervoor te zorgen dat het niet te vergezocht overkwam. Het kantoormeubilair, het verhaal, alles."

"Juist," zei Derrick. "Ze heeft het ook niet geweldig gedaan, maar ze is ons nog steeds een stap voor."

"Dus we moeten dat dagboek vinden," zei Joshua.

"En ik moet die vrouw vinden," voegde Derrick eraan toe.

"Klinkt alsof we een werkende partnerschap hebben," zei Reggie. "Heb je een plek waar we kunnen praten? Misschien ergens een beetje minder... smerig?"

Derrick glimlachte opnieuw en liep toen naar de verborgen deur en in de richting van de keldertrap. Voordat hij naar buiten stapte, de kleine voorkamer in en de trap op, draaide hij zich weer naar de groep. "Ik heb drie kamers in het Rittenhouse. Is dat goed?"

HOOFDSTUK 27

ALASTAIR JENKINS EN RENE VELACRUZ WERDEN NAAR DE GYMZAAL GEBRACHT. Zoals altijd stond de Havik aan de andere kant toe te kijken. Morrison ontmoette de twee mannen en hun begeleiders - nog twee van The Hawk's mannen - en leidde hen naar het midden van de zaal.

"Er is maar één stoel, meneer," zei Morrison in zijn keelmicrofoon.

"Ik kan tellen, Morrison," antwoordde The Hawk. "Zet Jenkins in de stoel. Hij is de nieuwste in ons team."

Morrison knikte en wachtte tot Jenkins en zijn man hem voorbij waren, waarna hij Jenkins bij de arm nam en hem naar het midden van de kamer trok. Alastair Jenkins was een Schotse Amerikaan, opgegroeid aan de Oostkust in een klein stadje dat net zo goed Boston had kunnen zijn, want de jongen had het vaak over Boston.

De Havik had nog geen sympathie voor hem opgevat, wat meestal maar een ding betekende: hij was niet goed als soldaat of hij was niet goed als bondgenoot. Deze jongen had niets te bieden wat de Havik nog niet had, en hij had geen belangrijke vaardigheden of netwerken die de andere mannen niet hadden. Hij was dus waardeloos als bondgenoot, en hij had nog heel wat training nodig voor De Havik hem als een waardig soldaat zou beschouwen.

Hij was daarom op verkenningsdienst geplaatst. Een belangrijke, maar zeer alledaagse, verantwoordelijkheid. Hij had Rene Velacruz, het op één na jongste lid van het team, aan hem gekoppeld. Het duo had een goed verkenningsteam moeten vormen, maar blijkbaar was dat niet het geval.

Nu zou de Havik gedwongen zijn om een voorbeeld van hen te maken. De jongemannen hadden gesolliciteerd naar de functie bij The Hawk's beveiligingsbedrijf, met de belofte dat zij de aanstelling waardig waren. Zijn eerste gesprekken en tests waren door de twee mannen met gemak doorstaan, maar de laatste test - de veldtest, zoals hij het noemde - was nu aan de gang.

De Havik had lang geleden geleerd dat het onmogelijk was een man te trainen in oorlogsvoering. Je moest ze gewoon in een vuurgevecht plaatsen en zien hoe ze het deden. Hun vermogen om zich aan te passen, om te groeien, om te leren - dat waren vaardigheden die veel belangrijker waren dan hoe recht ze konden schieten of hoe groot de man was die ze te lijf konden gaan.

Dus de laatste test was simpel: ga mee op een missie en aan het eind van de excursie wordt er gestemd. Als ze slaagden, waren ze binnen. Als ze faalden...

Nou, naar zijn maatstaven, hadden ze beiden net gefaald. Ellendig.

Niet alleen hun belangrijkste contactpersoon *en* baas onbewaakt achterlaten - waardoor zij zonder staart kon ontsnappen - *maar ook* de reden waarom zij twee uur eerder was gevlucht dan hun oorspronkelijke plan, was erger dan verraad aan De Havik.

Ze hadden een eenvoudige verkenningsmissie verprutst, en ze waren stom genoeg geweest om daarna naar de gymzaal terug te keren.

Hij slenterde naar het midden van de kamer. Jenkins keek met grote ogen, maar Velacruz scheen niet te weten dat hij zijn missie had gefaald.

"Ga zitten, Jenkins," zei hij. De havik keek toe hoe Morrison hem ruw neerduwde in de metalen klapstoel, een dun ingebouwd kussentje was het enige kussen.

Jenkins' wijdogige blik vond uiteindelijk die van The Hawk, en de baas glimlachte. "Welkom, Jenkins. Ben je er klaar voor?"

Jenkins fronste, zijn ogen vielen nog steeds uit zijn hoofd. "J - ja meneer. Meneer, het was een ongeluk. We hebben niet -"

"Bewaar het, Jenkins," zei Morrison. "Daar is het te laat voor."

"Maar meneer, ik wil gewoon -"

"Ik begrijp het, Jenkins," zei The Hawk. "Dat doe ik echt. Maar er is een les hier, voor ons allemaal. Het is belangrijk, en jij bent een belangrijk deel van die les."

Jenkins gulpte.

"Ben je klaar?"

Jenkins forceerde een knikje.

"Geweldig. Morrison?"

Morrison en de twee andere mannen stapten naar voren en begonnen Jenkins' armen vast te maken aan de stoel met ritstouwtjes.

"Meneer, alstublieft -"

Morrison sloeg Jenkins tegen zijn kin.

"Hou op, Morrison. Daar is nog genoeg tijd voor."

"Hij was een grote mond aan het opzetten, sir."

"En je weet hoe ik mensen behandel die een grote mond hebben, toch?"

Morrison knikte. Tot zijn amusement merkte The Hawk dat Jenkins ook knikte.

"Dus omdat ik het niet waardeer dat mensen hun mond voorbij praten, sta ik toe dat *je* Jenkins ondervraagt."

Morrison grijnsde, een sinistere uitdrukking waarbij zijn kromme neus op en neer bewoog op zijn gezicht, terwijl zijn ogen onbeweeglijk in hun uitgeholde kloven zaten, donker en leeg.

Jenkins slikte opnieuw. De twee andere mannen deden een stap achteruit en een van hen keerde terug naar Velacruz' zijde. Rondom de zaal keken andere mannen op van hun post en begonnen te kijken naar het tafereel dat zich in het midden van de gymzaal ontvouwde.

De havik trok zich terug en gebaarde Morrison zijn plaats in te nemen. Morrison's grijns groeide, en hij stapte naar de plek vlak voor Jenkins' stoel, vlak naast de plek waar Velacruz met zijn bewaker stond. Morrison kraakte zijn nek, dan zijn handen, dan zijn rug. De Havik keek toe, wetende dat Morrison hiervan zou genieten. Helaas was Morrison een eenvoudige man, die niets meer nodig had dan wat vermaak - zowel macaber als seksueel - en voedsel en kost om gelukkig te zijn. De Havik dacht na over zijn eigen gewoonten en prees in stilte het feit dat hij de verlangens van gewone mannen en de emoties die hen plaagden, zo goed als uit zijn leven had verwijderd. Hij was nog steeds een mens, maar hij kwam het dichtst bij een perfect exemplaar dat hij ooit had gezien.

Morrison likte zijn lippen en begon bevelen te blaffen. "Breng de drug hier, Rogers. Richardson, geef me de ventilators en zet ze naast hem."

Beide mannen, aan weerszijden van de enorme kamer, kwamen in actie. Een derde man, Ashleigh, voegde zich bij Emerson en hielp met de grote ventilatoren. Ze liepen naar de muur, controleerden of de stekker van hun ventilatoren nog in het stopcontact zat, renden toen naar het midden van de zaal en zetten ze rond Jenkins' stoel, zodat de blazers naar boven gericht waren, naar het plafond van de gymzaal.

"Hebben we de ventilatoren nodig, meneer?" vroeg Morrison. "Het serum is waarschijnlijk een meer -"

"Het serum is prima, maar het is duur. We hebben nog maar een paar flesjes van het prototyping lab. We gebruiken de traditionele methode."

"Natuurlijk, meneer." Morrison keerde terug naar het midden

van de kamer en hielp de mannen met het opstellen van de ventilatoren rond Jenkins.

Het was ruw om de "traditionele" methode te gebruiken, maar wat De Havik had gezegd was waar: er was niet genoeg van de vloeibare versie van het geneesmiddel om te worden gebruikt voor zoiets onbenulligs als straf. De traditionele methode zou een mindere reactie teweegbrengen, maar zou veel sterkere bijwerkingen hebben.

Nog een reden waarom hij voor de traditionele methode had gekozen.

HOOFDSTUK 28

JULIE wist niet zeker of ze meer onder de indruk was van het hotel of van Bens gezicht toen ze door de lobby liepen. Het Rittenhouse, Philadelphia's topaccommodatie, was absoluut onberispelijk. Rijk, boetieks, en bloeiend maar niet schreeuwerig, Julie was onder de indruk van de weelderige ruimte. Ze staarde verlangend naar de enorme varens die tegen het plafond priemden en uit enorme betonnen pilaren kwamen die op de grond begonnen en eindigden in bolvormige potten. Een ouder echtpaar dineerde net onder een van de potten, aan een tafel die uit één enkel blok goud leek te zijn gesmolten, in grote fauteuils met hoge rugleuning die even goed thuis zouden hebben gepast in de woonkamer van een koningin.

Net achter de tafels en planten was een muur van gewelfde deuropeningen van vloer tot plafond, waarvan de glazen deuren een schilderachtig eetterras en een tuin aan de overkant onthulden. Meer gasten praatten en lachten terwijl ze aten en dronken, velen van hen hielden wijnglazen vast en zwaaiden ermee.

"Dit is leuk," fluisterde ze.

Ben knikte, met grote ogen.

"Het is misschien nog mooier dan The Broadmoor," voegde ze eraan toe.

Hij knikte weer.

Ze hadden een paar maanden geleden een paar nachten in het hotel en resort in Colorado Springs doorgebracht, voor en na hun reis naar Antarctica. Het was de eerste keer dat ze elkaar als team hadden ontmoet, compleet met Mr. E die hen toesprak via een televisie in een van de grote balzalen van het hotel.

"Het is een historisch hotel," zei Reggie. "Ik ben hier nog nooit geweest, maar ik heb het altijd al gewild. Het is fantastisch - kijk daar eens!"

Julie volgde de wijzende vinger van de man in de andere richting, naar de ingang van een bar. Ook de bar was perfect ingericht, passend bij het decor en de sfeer van de rest van het hotel, zonder de aandacht af te leiden van de schoonheid van het hotel.

"Dat is een mooi gezicht," zei Ben. "Koop je?"

"De eerste is van mij," zei Derrick. "Daarna ben je op jezelf aangewezen. Mijn dagvergoeding is meestal genoeg voor een cheeseburger bij het eten."

Reggie lachte, en wendde zich toen tot Joshua. "Ik weet niet of we de dagvergoeding voor *ons* team besproken hebben, of wel baas?"

"Drankjes zijn voor jou," zei Joshua, zijn karakteristieke droge stem niet toegevend aan de grap. "En hou het redelijk. We zijn op tijd."

Reggie grijnsde opnieuw en trok Ben mee naar de bar. "We brengen het naar je kamer," riep hij over zijn schouder.

Nadat de twee mannen vertrokken waren, keek Julie Derrick weer aan. "Waarom drie kamers?" vroeg ze. "Je bent toch alleen?"

Derrick knikte. "We kopen altijd een blok van drie kamers. Ik verblijf in de middelste, de andere twee zijn open."

"Voor de veiligheid?"

"Zoiets. We stelden bewakingsteams op in minstens één van hen, maar dat is een lang vervlogen traditie. Toch is het leuk voor het geval ik op het laatste moment het team moet versterken. En het is niet zo erg om nooit schreeuwende kinderen of huilende baby's naast me te hebben."

Joshua en Julie knikten terug naar hem. "Werkt voor ons," zei Joshua.

"Goed. We zullen toch niet lang blijven, we zijn hier alleen om te praten en uit te zoeken hoe we elkaar kunnen helpen. Maar het aanbod staat open als je een plek nodig hebt om te slapen als dit allemaal voorbij is. Ik kan drie nachten regelen nadat de missie officieel 'gesloten' is."

"Wow," zei Julie. "Ik wist niet dat het Bureau zo overspoeld was met geld."

"Dat is het niet," zei hij. "Dat is waarom ik hier alleen ben."

Derrick was duidelijk uitgepraat, en hij draaide zich om en liep naar de lift. Vanuit haar ooghoeken zag ze Ben en Reggie naar haar toe lopen, elk met een glas in hun hand.

Ze vertraagde en wachtte tot ze hen hadden ingehaald. Joshua hield de lift open, en Derrick was al naar binnen gestapt.

Op Derrick's verdieping wachtten ze allemaal op de grote man die zich uit de liftcabine naar buiten manoeuvreerde in de richting van zijn kamer. Hij liep doelgericht naar het andere einde van de gang en stopte toen voor een van de kamers.

"Dit ben ik. Ik heb sleutels van de andere kamers binnen, als we besluiten te overnachten."

"Ik dacht dat je zei dat we hier niet zo lang zouden zijn?" vroeg Julie.

"Nou, toen ik er meer over nadacht, bedacht ik dat we morgenochtend de uitzending willen zien," antwoordde hij, "en ik realiseerde me dat ik gewoon een gunst kan vragen en haar gegevens kan laten traceren, dus als ze morgen op het vliegtuig stapt, weten we het. Trouwens, we gaan haar niet verrassen door op de set te verschijnen. Daar heeft ze al over nagedacht en ze zal een plan hebben, dus we kunnen ons het beste gedeisd houden tot we weten waar ze heen gaat, en haar dan aanvallen als we een plan hebben gemaakt."

Niemand sprak tegen, dus Derrick ontgrendelde de kamer en zwaaide de deur open.

Julie stapte naar binnen en hijgde voor de tweede keer in een uur hardop. De kamer was net zo mooi als de kamers in The Broadmoor, maar deze waren nog ruimer.

Een grote bank stond voor een enorme flatscreen televisie, en twee fauteuils met dezelfde hoge rugleuning stonden tegenover elkaar en vormden met de bank drie zijden van een vierkant rond een kleine, lange salontafel.

Ze liep door de hoofdingang en zag een enorme badkamer aan haar linkerhand en een zitkamer aan haar rechterhand. Een wandgrote spiegel boven de toonbank in de zitkamer gaf de indruk dat de kamer nog groter was dan hij leek. Een inloopkast had een openklapbare deur, en ze zag Derricks koffer en drie paar schoenen er netjes in staan.

Om de hoek in de grote kamer stond het bed - een eikenhouten kolos die een meter hoog boven de vloer uittorende en volgestouwd was met kussens in alle soorten en maten.

"Ik ben niet getrouwd," zei Derrick, "en ik geloof dat dat deels komt omdat ik gehoord heb dat vrouwen van die gooi kussens houden. Ik word er gek van. Ik zou het niet aankunnen."

Reggie lachte, en viel toen met zijn drankje op de bank.

Julie zag dat Bens drankje - whisky, met een ijsblokje erin - al voor meer dan de helft op was.

"Hebben jullie honger?" vroeg Derrick. "De roomservice hier is fantastisch, en het menu is zo dik als mijn pols."

Hij wees naar het tafeltje naast Reggie, en Reggie pakte het boek en begon het door te bladeren.

"Laten we wat te eten bestellen - ik trakteer - en dan kunnen we wat meer praten over Daris, en haar betrokkenheid bij de APS."

HOOFDSTUK 29

DE SCHUIM VAN VOEDSEL DIE OP BENS BORD - OF *BORDEN* - LAG, was veel groter dan hij had verwacht. Hij had niet veel ervaring met roomservice in chique hotels, maar het weinige dat hij had gehad had hem doen geloven dat bestellen van dat menu betekende dat hij weinig eten zou krijgen maar een *hoge* rekening.

Omdat er geen rekening zou zijn die hij zou moeten betalen, ging hij tot het uiterste, rationaliserend dat het tenslotte niet Derrick was die ervoor zou moeten betalen, maar de Amerikaanse regering.

Eigenlijk betaal ik *ervoor,* dacht hij. *Mijn belastinggeld aan het werk.*

Hij had een biefstuk besteld, medium-rare, en een volledig beladen gebakken aardappel. Ervan uitgaande dat de biefstuk een van die 7-oz. waardeopties zou zijn die alleen aan het menu waren toegevoegd om mensen *het gevoel te geven* dat ze een 'elegant diner' hadden gekregen, had hij besloten om ook een kreeftenstaart en frietjes te bestellen.

De biefstuk was echter met gemak een stuk vlees van 16 oz. Hij was perfect gebakken, met een sappige, warme binnenkant en een dun, maar heerlijk bruin korstje eromheen. De frietjes namen hun eigen bord in beslag, en de kreeft en gebakken aardappel een ander.

De anderen staarden hem aan met dezelfde gezichten als toen hij het eten had besteld.

"Wat?" vroeg hij, onschuldig. "Ik zei toch dat ik honger had. Ik dacht dat we de friet konden delen."

Julie lachte. "Gaan jullie maar - kijk wat er gebeurt als je probeert een van zijn frieten te pakken."

Ben fronste zijn wenkbrauwen, maar sneed nog een hap biefstuk en stopte die in zijn mond.

Derrick stond voor hen op, tussen de koffietafel en de televisie.

"Oké," zei hij. "We zijn hier, we eten, we kennen elkaar. Laten we nu eens praten over hoe we deze vrouw gaan vinden. We weten dat ze morgen in New York zal zijn, maar daarna? Geen idee."

"De eerste vraag die je moet stellen is, 'wat *wil* ze?'" zei Joshua. "Ik kreeg het sterke gevoel dat ze ons eerder vandaag allemaal *wilde* doden, zodra jullie binnenvielen en haar list was uitgekomen. Maar ze vluchtte, dus ik neem aan dat dat alleen was omdat ze niets beters te doen had, en ze niet op zoek was naar een vuurgevecht."

"Juist," zei Derrick. "Ze *wilde* je niet doden tot ze besefte dat ze de controle over de situatie kwijt was. Ze zal zich nu wel kunnen hergroeperen, want ze heeft tijd tussen nu en de verschijning van morgenochtend, en vermoedelijk daarna in het vliegtuig naar waar ze ook heen gaat."

"Oké," zei Julie. "Dat klinkt logisch, maar ik ben nog steeds een beetje onzeker over de details die haar in verband brengen met de APS. Is ze lid? Of gebruikte ze alleen hun gebouw?"

Derrick begon te ijsberen. "Nee, eigenlijk niet. Haar betrokkenheid bij de APS gaat veel dieper dan alleen lidmaatschap. Ze is een legaat - iemand wiens ouders of grootouders bij de club zaten. In haar geval, allebei. Ze komt uit een lange rij van APS-leden."

"Dus ze is erin opgegroeid," zei Reggie.

"Ja, maar toen ze volwassen was wilde ze meer dan alleen lid worden - ze wilde het *runnen*."

"Zoals, president of zoiets?"

"Precies als president. De afgelopen acht jaar was Daris de president van de American Philosophical Society."

"Wow," zei Ben. "Klinkt als een behoorlijk prestigieuze baan."

Reggie grijnsde, maar Julie en Joshua bleven stoïcijns.

"Eigenlijk wel," zei Derrick. "Net zoiets als leiding geven aan de Vrijmetselaars - het meeste wat zij doen is geheim, buiten het zicht van het publiek, en ze hebben veel leden op hoge plaatsen."

"Zoals de man die haar verlinkt heeft aan Mr. E., onze weldoener."

"Juist. Militair, komt uit een rijke familie, een leider in zijn eigen recht."

"En hij is lid van de APS? Deze 'geheime' versie van de APS?" vroeg Julie.

Derrick knikte. "Net als vele andere militairen, sommigen zelfs hoger in rang dan hij. En Daris is de president over hen allemaal."

"Wat betekent dat, hoewel?" vroeg Joshua. "Zelfs al zijn ze zoals de Vrijmetselaars, wat doet de groep eigenlijk? Behalve geheime gezangen en rare rituelen?"

"Nou, historisch gezien niets," antwoordde Derrick. "Zoals je al weet, zijn ze opgericht op basis van Ben Franklins oorspronkelijke idee van een 'groep ter bevordering van de intelligente gedachte', dus het moest meer een veilige plek zijn voor conceptuele discussie dan een groep van actie.

"Maar er was een schisma kort nadat het de American Philosophical Society werd, en de leden vonden zichzelf verdeeld, aan de ene of de andere kant."

"Een breuk in geloof?"

"Ja, zoiets. Een verdeeldheid over wat de groep zou moeten *zijn*, en wat ze zou moeten *doen*. Leden die geloofden in de 'oude manier,' de 'Franklinites,' wilden niets meer dan een plek waar ze nieuwe ideeën en oude wijsheden konden delen en bespreken.

"Maar de 'nieuwe manier' menigte wilde *meer* - ze wilden nieuwe dingen ontdekken door dingen *te doen*. Zij voelden zich geroepen tot actie, om daadwerkelijk deel te nemen aan het nieuwe politieke systeem van de natie, actief en openlijk."

"Dus ze waren het niet eens," zei Reggie. "Klinkt als moderne politiek."

"Nou, zeker," zei Derrick. "Maar vergeet niet dat deze jongens altijd een 'gesloten deur' beleid hebben gehad. Alles wat ze ooit bespraken was alleen voor hun oren bestemd. Dat betekent dat er geheimen waren - net als bij de vrijmetselaars - die de APS zichzelf opdroeg te beschermen."

Reggie stond op, legde zijn eten neer en begon ook te ijsberen. "Ah, ik begrijp het. Dus de 'oude manier'-ers wilden de geheimen bewaren, maar de 'nieuwe manier'-ers wilden alles onthullen. Schandalen en skeletten."

"Precies," zei Derrick. "Er waren - zijn - dingen die de APS voor zichzelf wil houden, zoals het feit dat dit dagboek van Lewis iets was wat hij had geschreven. Maar de andere factie wilde het vrijgeven aan het publiek, om hen te laten weten wat er in stond."

Ben zat nog even na te denken. Zijn biefstuk was bijna op en de kreeft en gebakken aardappel waren al op, maar aan de frietjes was hij nog niet eens begonnen. Hij pakte er een paar, smakte ze in wat ketchup, en hield ze voor zijn mond.

"Wacht," zei hij, vlak voordat hij een hap had genomen. "Dat betekent dat *Daris* aan de ene kant staat, en de man die het aan meneer E heeft verteld aan de *andere kant*. Maar dat wist zij niet, toch? Anders zou ze het hem nooit verteld hebben."

Derrick knikte. "Ja, dat is ook mijn interpretatie van de situatie. Er zijn mensen die hun overtuigingen privé houden, net als in de politiek. Deze man moet meer een man van de oude stempel zijn geweest, maar Daris vermoedde dat hij veilig aan haar kant stond."

"En waarom al die ophef over die 'kanten' eigenlijk?" vroeg Ben.

"Wat maakt het uit? Het is niet zo dat ze de nationale veiligheid bedreigen of zo."

Derrick trok een wenkbrauw op.

"Wacht. *Echt*? Zij *zijn* een bedreiging? Hoe is dat zelfs maar mogelijk? Zijn er niet maar een paar leden in de organisatie?"

"Er zijn een handvol regerende leden, precies zoals Franklin en zijn Junto het ontworpen hebben, maar sinds de breuk tussen de idealen, is elke kant zwaar aan het rekruteren."

"Dus... zo'n honderd mensen?" vroeg Reggie.

"*Duizenden*," antwoordde Derrick. "Velen van hen komen uit het leger. Jonge infanteristen, maar ook - zoals ik al zei - enkele carrière-types van hoger niveau."

"Het leger is betrokken bij een geheime organisatie?"

"Wees niet naïef," zei Derrick. "Het leger is zijn eigen broeder-schap, maar in sommige opzichten bestaat het leger nog niet zo lang als de Junto en de APS. Sommige mensen in het leger wilden misschien iets anders dan de smaak van 'broederschap' die het leger bood, en de APS bood dat misschien."

"Maar waarom hebben we er dan nog nooit van gehoord?" vroeg Joshua.

"Je bent er niet naar op zoek. Je hebt gehoord van de Vrijmetselaars omdat ze alle pers krijgen. Al de boeken die over hen geschreven zijn. Alle fictie en films die uitkomen en die een zondebok nodig hebben of een geheime organisatie die achter de schermen aan de touwtjes trekt - de vrijmetselaars krijgen die reputatie. Maar er is nooit behoefte geweest aan *een andere* groep, dus de media negeert de APS. Maar ga naar een bibliotheek, of begin te Googelen, en er is genoeg informatie te vinden."

"Hmm," zei Julie. "Klinkt logisch. Dus er is een splitsing tussen deze twee facties, en elke kant heeft zijn gelederen opgebouwd, in een poging om mensen te krijgen die in hun kant van het geheel geloven. Maar *waar ruziën* ze over, specifiek? Wat probeert Daris te bewijzen?"

Derrick keek Ben een lang moment aan en Ben vroeg zich af of hij op de een of andere manier een vraag aan hem gemist had. Uiteindelijk liep Derrick naar de tafel, stopte en gaf toen antwoord.

"Dat is waar ze het morgen over heeft op Good Morning America. Waarom proberen we niet allemaal wat meer te ontspannen, wat te slapen, en dan morgenochtend hier kijken?"

HOOFDSTUK 30

JENKINS KREUNDE. DE HAVIK KEEK TOE. Morrison glimlachte.

"Morrison, ga weg van de wolk, je bent te dichtbij."

"De rook gaat recht omhoog, meneer," zei Morrison. "Er is geen..."

"Het is het niet waard, Morrison," blafte de havik. "Ga terug."

De Hawk keek toe terwijl Morrison twee stappen achteruit deed. Twee *kleine* stapjes. Morrison had hem altijd al op de kast weten te jagen, en als hij niet zo'n efficiënte soldaat was geweest die altijd het beste in zijn mannen naar boven had gehaald, was hij misschien geneigd geweest Morrison aan de stoel voor te stellen.

Maar nu was het de beurt aan Jenkins.

Morrison wachtte nog een minuut. De man die Velacruz op zijn plaats hield, stapte achteruit uit de dikke wolk van bijtende rook, hun beide ogen verwijd. Velacruz deed onwillekeurig een stap achteruit, maar stuitte op de loop van het geweer van de man.

"Jenkins," begon Morrison. "Je hebt de gelofte afgelegd om deze organisatie te dienen, je hebt een missie, en je bent tekort geschoten.

Jenkins' knikte, zijn hoofd wiebelde naar links en rechts, alsof hij draaide.

"En daarvoor, zal uw straf volgen."

Jenkins was niet gestopt met knikken. "J - ja meneer, Morrison. Sir."

"Wilt u vertellen over uw fouten?"

Weer een knikje. Jenkins hoofd leek wel van zijn nek te vallen. Zijn ogen gingen open en dicht, de rook omringde nu zijn hele lichaam. De ventilatoren waren strategisch geplaatst, op een lage stand, zodat ze de rook in één enkele kolom omhoog zouden blazen, rechtstreeks naar de ventilatoren van de moeraskoeler aan het plafond, die de rook veilig uit het gebouw zouden trechteren.

Deze "traditionele" methode was nog gemoderniseerd; ten eerste hadden de traditionalisten die de methode hadden ontdekt geen ventilatoren of elektriciteit, en daarom hadden zij de chemische stof eenvoudigweg in een met de hand gemaakte pijp gerookt.

De Hawk had de methode een beetje aangepast, volgens Daris' orders. Hij wilde een manier om de rook te gebruiken zonder te hoeven snijden in de kleine voorraad van de volgende generatie van het medicijn. De intraveneuze toevoer werd nog getest, maar de Hawk wist dat het werkte. De bijwerkingen waren iets verminderd, maar verder was de drug dezelfde chemische stof als wat Jenkins nu inhaleerde.

En helaas voor Jenkins, de bijwerkingen van de geïnhaleerde versie zouden *veel* krachtiger zijn met zoveel rook.

Jenkins begon te praten, te mompelen. "Ik... ik kan... we hebben het geprobeerd - maar toen hebben we..."

Morrison en de andere mannen lachten, hun grinniken bereikten de oren van The Hawk. The Hawk, echter, was niet geamuseerd. Toekijken hoe een man gestraft werd was niets om te lachen.

Het was leiderschap, en leiderschap was niet altijd leuk.

Hij zuchtte, wetende dat de kracht van zijn team op korte termijn zou afnemen.

Maar op de lange termijn...

Hij zou nieuwe rekruten vinden, dat deed hij altijd. Ze stonden al in groten getale in de rij, ze stonden al op zijn kandidatenlijst. Het waren goed getrainde soldaten die ontevreden of onderbetaald waren, of allebei. De meesten van hen hadden al gesmeekt om deel uit te maken van zijn kleine eliteteam, wetende dat het een eenheid was van mannen die zo perfect waren in het doden dat ze bijna alles zouden doen om er deel van uit te maken.

En ze kenden de voordelen - het salaris, de reisvoordelen, de tijd die ze vrij hadden om te doen wat ze wilden. Het was alsof ze in het leger zaten, maar dan zonder regels, zonder overheidstoezicht en met alleen de dingen die ze leuk vonden.

Het paste perfect bij het soort mannen dat The Hawk nodig had. Hij wist dat het maar vijf minuten zou kosten om vijf of zes mannen van zijn lijst op te roepen en ze binnen een paar uur klaar te hebben. Ze zouden niet onmiddellijk Velacruz' en Jenkins' schoenen vullen, maar ze zouden hem meer ademruimte geven met deze huidige opdracht. Idealiter zouden ze hem ook helpen dichter bij het volbrengen van de taak te komen zonder nog meer leden van zijn eenheid te verliezen.

Zijn drie maanden durende trainingsprogramma had tot nu toe met succes diegenen verwijderd die niet helemaal serieus waren over het team, zodat hij de huidige line-up van kandidaten overhield, en daaruit had hij zijn 'werkeenheid' gekozen, de mannen die hij op de loonlijst had staan. Jenkins en Velacruz zouden gemist worden, maar dat was de aard van perfectie.

Jenkins mompelde tegen zichzelf, en werd steeds onrustiger toen hij probeerde te verwerken dat zijn mond niet deed wat zijn geest hem opdroeg te doen.

De Havik herinnerde zich die gevoelens. Hij wist maar al te goed hoe de verzwakkende effecten van de drug hem duizelig, dronken maakten. Een gevoel van hulpeloosheid had hem overspoeld, en dat alleen al deed hem zweren nooit meer onder invloed te komen. Het was genoeg om te weten wat het met andere mensen kon doen; hij had er spijt van dat hij het op zichzelf had geprobeerd. Hij had het gedaan op verzoek van Daris, die ermee instemde dat hij uit de eerste hand zou begrijpen waartoe de drug in staat was.

Hij had het vergeleken met opleidingsprogramma's waarbij de deelnemers vergassing moesten ondergaan, om te ervaren hoe het zou zijn om te worden geraakt met een stroom pepperspray.

Maar dit medicijn was erger.

Hij keek toe hoe Jenkins' vermogens verslechterden. Met het nieuwere serum zou dit deel een tijdelijke - zij het sterkere - fase zijn. Jenkins kon zich nog licht bewegen, een gevoel dat leek op het slapen van al zijn ledematen. Maar alles zou zwaar aanvoelen, en pijn veroorzaken om in actie te komen. De inwendige schakelaar die iemands vrijwillige functie regelde zou beginnen te haperen, en Jenkins zou niet in staat zijn zijn bewegingen te controleren.

Zijn hoofd viel naar voren, en de havik stapte een paar meter dichterbij, geïntrigeerd.

Velacruz stond net buiten de perimeter van de fans, de rookkolom miste hem ternauwernood. Maar hij kon Jenkins zien, en The Hawk kon zich alleen maar voorstellen wat zijn op één na jongste rekruut dacht.

Morrison stapte weer naar voren, en The Hawk kon hem horen door zijn comm systeem, zijn stem laag en beheerst. *Jenkins,*' zei hij, *'trek alsjeblieft je pistool.*

Jenkins reageerde onmiddellijk, de pijn die hij voelde manifesteerde zich nu op zijn gezicht. Zijn lippen krulden naar beneden, zijn ogen smeekten Morrison om het te laten stoppen.

Dank je, Jenkins. Doe alstublieft het wapen omhoog en schakel de veiligheid uit.

Nogmaals, Jenkins voldeed.

Nogmaals bedankt, Jenkins. Draai nu het wapen en plaats het uiteinde van de loop op de zijkant van je hoofd.

De Hawk grimaste, verbaasd over Morrisons meedogenloosheid. *Blijkbaar zou Jenkins niet met de bijwerkingen te maken krijgen.*

Hij zuchtte weer. *De prijs van leiderschap.*

Door zijn comm, hoorde hij Morrison de jongen zijn laatste opdracht geven. *'Dank je, Jenkins. Het spijt me dat je rekrutering niet gelukt is. Haal alsjeblieft de trekker over.*

HOOFDSTUK 31

ALS JONGETJE BRACHTEN DE JONGE HARVEY EN ZIJN BROERTJE, tien jaar jonger, hun zomers door met reizen met hun ouders naar verschillende nationale parken. Ze bezochten Glacier, Yellowstone en Yosemite, en verbleven in tientallen campings en staatsparken van en naar elk park. Veel van de kleinere campings hadden zwembaden die nauwelijks veilig genoeg leken om in te zwemmen, en zijn ouders hadden liever dat hun jongens in plaats daarvan in een nabijgelegen vijver sprongen.

Het was echter onmogelijk om Ben en zijn broer Zachary uit het water te houden, en Bens liefde voor weken en spetteren groeide met hem mee. Af en toe was een goedkoop hotel voordeliger dan een camping en de familie deelde dan samen een kamer voor de nacht. Als er op zo'n avond een bubbelbad was, racete Ben met zijn broer door de gangen om het te vinden en erin te springen.

In zijn volwassen jaren begon Ben de voorkeur te geven aan 'weken' boven 'spetteren', en hij beschouwde een duik in een bubbelbad als een welverdiende traktatie wanneer hij de kans kreeg. Tot nu toe had hij nog niemand - zelfs Julie niet - gevraagd naar de plannen voor de verbouwing en uitbreiding van zijn kleine hutje, en of er plaats zou zijn voor een bubbelbad. Hij maakte een aantekening dat hij de bouwer bij terugkomst zou vragen of er geld in het budget was voor een mooi bad op de veranda.

Ben gleed in het warme water nadat hij zijn kamersleutel en shirt op de grond had laten vallen, en bracht toen zijn drankje naar zijn lippen terwijl hij wachtte tot Julie bij hem kwam. Hij sloot zijn ogen en leunde zuchtend achterover.

De stoom steeg om hem heen, ontspande hem onmiddellijk en grondig, en hij liet zijn voeten en benen tot net onder het oppervlak stijgen toen de jets en bubbels aangingen en hun vijftien minuten durende cyclus begon.

"Je ziet eruit alsof je het naar je zin hebt," riep Julie's stem vanuit de deuropening van de badkamer.

Ben was geschokt en verbijsterd toen hij ontdekte dat het Rittenhouse geen bubbelbad had, maar hij herpakte zich en zette zijn zinnen op het op één na beste: het jacuzzibad in de badkamer van hem en Julie.

Ze liep naar binnen, haar wenkbrauw steeg van haar voorhoofd.

"Wat?" vroeg hij.

"Je hebt tenminste je zwembroek aan gehouden."

"Uit respect," zei hij, grijnzend. "Maar er is hier genoeg ruimte voor jou."

Ze spotte. "Ja, dat zou je wel willen. Ik moet daar naar binnen om schoon *te maken*, niet om het vuil er weer in te weken zoals jij. Je slokt het allemaal op - wanneer ben je klaar?"

Ben liet zijn ogen omhoog rollen om die van Julie te ontmoeten. "Hangt ervan af. Wat staat er nu op de agenda?"

Ze ontweek de vraag en liep naar de spiegel die zich langs de twee muren van de badkamer uitstrekte. Ze begon haar make-up te controleren, daarna haar tanden.

"Nou, vermaak jezelf."

Hij sloot zijn ogen weer en glimlachte. "Ik heb ergere dagen gehad."

"Geniet er maar van," zei ze. "Morgen is een andere dag."

Hij ging een beetje rechtop zitten en opende zijn ogen. "Wat bedoel je daarmee?" vroeg hij. "Denk je dat we op iets ruigs afstevenen?"

Ze trok een gezicht en keek toen naar hem door de weerspiegeling in de spiegel. "Ik weet het niet, maar Mr. E en die nieuwe, Derrick, willen Daris wel heel graag inhalen."

"Doen ze dat?" Vroeg Ben. "Derrick leek niet erg geïnteresseerd om achter haar aan te gaan toen we eenmaal in de kelder waren. En E raakt nergens over opgewonden. Waarom zou hij zich druk maken over een gestoorde samenzweringstheoreticus?"

"Dat is waar," zei Julie. "Maar Derrick nam de tijd om ons binnen te halen, alsof hij echt onze hulp wil. Als hij van de FBI is, zoals hij zegt, werkt hij alleen en kan hij wel een team gebruiken."

"Hij kan wel wat *pionnen* gebruiken, bedoel je."

"Wat we ook voor hem zijn, hij is niet de vijand."

"Niemand doet dat," zei Ben. "Dat is het nu juist. Daris probeerde op je te schieten - maar het leek alsof het uit oerangst was of zoiets. Alsof ze om zich heen keek om uit te vinden wat er gebeurd was, en dat pistool toevallig in haar hand had, dus gebruikte ze het."

"Ja," zei Julie. "Ik denk het. Ze is zeker vreemd, maar ze ziet er niet uit als een moordenaar."

"Dus dat brengt me terug naar mijn punt. *Wie* is de vijand? Daris is gek, maar ze leidt een pseudo-geheime filosofische organisatie, niet het Amerikaanse leger. Hoe gevaarlijk kan ze zijn?

Julie schudde haar hoofd. "Daarom is het ook zo vreemd dat Roger Derrick zomaar komt opdagen, beweert dat hij haar al een tijdje in de gaten houdt, en dat nu pas die artefacten en het dagboek zijn gestolen.

Ben gleed terug onder het wateroppervlak zodat zijn brede schouders zich konden ontspannen, en hij merkte dat hij zijn voeten tegen de muur aan de andere kant van de badkuip moest zetten. Hij rekte zich uit en voelde hoe de spanning van urenlang vliegen, opeengepropt in een hoekbank, wegebde. Het drankje naast hem zag er nog kouder en uitnodigender uit dan daarnet, dus dronk hij het leeg en zette het zware glas terug op de rand van het bad.

Even overwoog hij Julie te vragen nog een drankje te bestellen, maar hij besloot het niet te doen. Hij was gesetteld, op zijn gemak, en hij genoot van de tijd met Julie. Door de drukte van de afgelopen maanden en de vele bezoekers en bouwvakkers die ze naar het huisje hadden gebracht, hadden Julie en hij niet veel tijd gehad om samen alleen te zijn.

Hij verschoof zich, probeerde zich op zijn gemak te voelen, en merkte toen dat Julie naar hem keek.

"Wat?" vroeg hij. "Bedenk je iets anders?"

Ze schudde nog eens haar hoofd. "Nee," zei ze. "Niet gerelateerd aan de missie, in ieder geval. Ik denk alleen maar aan jou."

"Ik?"

"Je ziet er goed uit daarbinnen. Je trainingen hebben gewerkt."

Hij wimpelde het compliment af. "Het werd tijd dat ze iets voor me gingen doen. Ik heb het gevoel dat ik me voor Reggie heb uitgesloofd om hem bijna bij te benen, en ik heb er niets aan over gehouden."

"Wel," zei Julie, terwijl ze naar de rand van het bad stapte. Ze stak een hand uit en begon de knoopjes van haar shirt los te maken. "Laat me je eraan herinneren voor wie je je echt uitslooft."

HOOFDSTUK 32

JULIE TOUPEERDE HAAR HAAR EN WACHTTE TOT HET OP ZIJN PLAATS VIEL. OP ZIJN PLAATS' betekende in het geval van haar haar 'lukraak om haar schouders vallend'. Het zag er niet slecht uit, maar het was verre van de elegante 'doelgerichte' look waar ze voor ging. Haar haar, diepbruin en net onder de schouderlengte, was altijd al een ergernis voor haar geweest.

Ben vond het geweldig, maar ze wist dat hij verplicht was haar dat te vertellen. Haar klasgenoten op school vertelden haar dat ook, maar ze wist dat ze alleen maar de rol van concurrerende vriendin speelden en probeerden bevriend met haar te raken.

Zij spoot er wat meer product in en herinnerde zich dat haar moeder haar jaren geleden had geleerd hoe ze het moest behandelen. Haar haar was het enige dat sindsdien niet veranderd was. Ze stylede het zoals ze dat altijd had gedaan: steil, onderaan een klein beetje opgestoken, en haar pony opzij geschoven en naar beneden geknipt.

Terwijl ze zichzelf voor de honderdste keer die ochtend in de spiegel bekeek, vroeg ze zich af of Ben al wakker was. Hij hield van zijn slaap, en na vannacht wist ze dat hij er zo lang mogelijk van zou genieten. De combinatie van plezier, reizen en een perfect bed opgemaakt met een paar selectics uit het 'kussenmenu' van het hotel zou genoeg zijn om Ben tot ver in de volgende dag te laten slapen, maar ze hadden werk te doen.

"Ben," riep ze, terwijl ze nu naar haar wimpers bewoog. "Ben je wakker?"

Een bevestigend klinkende kreun weerklonk in de badkamer, en ze richtte zich op haar ogen. Ze was een eenvoudige vrouw, meisjes-achtig gezicht met een goed verzorgd lichaam, maar ze was er niet trots op. Ze wist dat ze mooi was, maar het steeg haar nooit naar het hoofd. Ze was blij met haar uiterlijk - zonder haar haar, natuurlijk - en weigerde ijdelheid in de weg te laten staan van de natuurlijke schoonheid die ze had meegekregen.

Juliette Richardson was geen kei, maar zeker beter dan gemid-deld. Ze had het altijd gemakkelijk gehad met jongens. Toen ze opgroeide had ze al heel wat vriendjes gehad, maar geen enkele was serieus geweest. Ze had al vroeg door dat ze op iets anders vielen dan haar briljante geest en talent voor computers.

Het grappige was dat Ben Julie aanvankelijk precies zo'n man leek als zij al zo vaak had gedate - en gedumpt. Rondborstig, gespierd en een beetje lomp, en in eerste instantie had ze hem afgeschreven als een teruggetrokken beer van een man met vaderproblemen. Ze had gelijk gehad over de vaderkwesties, en vooral over de teruggetrokkenheid van Harvey, maar na hun toevallige ontmoeting in Yellowstone Nati-onal Park waren ze gedwongen een tijdje samen te zijn, en pas toen herkende Julie iets in hem dat haar beviel.

Eigenlijk vond ze het wel leuk. Ben's persoonlijkheid was rauw, open en transparant. Hij zei wat er in hem opkwam, maar meestal pas na aandringen. Hij was stil, dat wel, maar dat betekende niet dat hij niet nadacht, niet verwerkte. Julie herkende in Ben een intelligentie die diepgeworteld was - anders dan haar boekenachtige technische kennis en praktische ervaring in de IT, maar zeer bruikbaar. Ben had een veerkracht in zich die haar trots maakte. Meer dan eens had die veerkracht haar leven gered, en dat van alle anderen in hun team.

Ze werd verliefd op hem tijdens hun escapades na hun eerste

ontmoeting in Yellowstone, en kort daarna trokken ze bij elkaar in in Ben's hut in Alaska. Hij was grappig, wilskrachtig en had een hart dat groter was dan hijzelf, en ze vormden een goed team. Ze hadden hun moeilijkheden gehad, maar die waren niet opmerkelijk. Beiden waren koppig, maar dat betekende dat ze te koppig waren om een ruzie uit de weg te gaan, en onvermijdelijk losten ze de dingen snel op.

"Ben," riep ze weer. "Serieus. De show begint over vijf minuten. Ben je er klaar voor?"

Nog een kreun, deze langer en meer uitgesproken.

De man houdt van zijn slaap, dacht ze. Ben kon bijna iedereen die ze kende beter drinken, beter eten en beter slapen, en ze vroeg zich vaak af of hij dacht dat er een geheime competitie was waaraan hij meedeed.

Ze liep de badkamer uit na zich twintig minuten te hebben klaargemaakt. Ze had haar wekker vroeg genoeg gezet om tijd voor zichzelf te hebben om na te denken en zich klaar te maken. Ze wist niet zeker wat de dag zou brengen, maar een paar minuten in de ochtend deden wonderen voor haar zelfvertrouwen.

Hij rolde zich om, blijkbaar voelend dat zij daar was. Zijn grote, bruine ogen dansten op en neer langs haar lichaam, en zij fronste naar hem.

Hij trok zich op tot een zittende positie op het bed en wreef toen in zijn ogen. "Verdomme, je ziet er heet uit vanmorgen. Hoe doen jullie dat toch? Uit bed rollen en er geweldig uitzien?"

"Ik zie er niet geweldig uit," grapte ze terug, "maar ik sta het grootste deel van de tijd naast je, dus het *lijkt net* of ik er geweldig uitzie." Ze liep terug naar de badkamer om het laatste beetje voorbereiding af te maken - ze keek nog eens naar haar haar en wenste dat het anders zat. "Kom op, je hebt geen tijd meer."

HOOFDSTUK 33

DERTIG SECONDEN LATER KWAM BEN DE HOTELKAMER VAN DERRICK BINNEN, maar hij was al de laatste die aankwam. Julie's geschokte blik vertelde hem dat ze ofwel onder de indruk was van hoe snel hij uit bed was gekomen en zich had aangekleed, ofwel dat hij uit zijn gezicht bloedde. Hij had niet de moeite genomen om het te controleren.

Ze liep naar hem toe en begon zijn haar te doen, maar hij sloeg haar hand weg. "Stop ermee, mam," zei hij.

Ze maakte een *tsk* geluid en nam haar plaats weer in achter de bank, met haar gezicht naar de TV.

"Maar goed dat *jij* niet degene *bent die* vanmorgen op TV is, vriend," zei Reggie vanaf de bank. "Je ziet eruit alsof je een zware nacht hebt gehad."

"Ik wed dat ik een betere nacht had dan jij," schoot Ben terug. "Hoe was het lepelen met Joshua?"

Joshua en Reggie hadden de vorige nacht samen gebunkerd - ze hadden niet gepland om in het hotel te blijven, en het was er vol. Elke kamer was volgeboekt, ze waren gedwongen te slapen in de kamer aan de andere kant van die van Derrick, en deelden het kingsize bed.

"Alsof je naast een vis op een steiger slaapt," antwoordde Reggie.

Hij maakte een smakkende beweging met zijn hand, afwisselend palm-omhoog en palm-omlaag op zijn andere arm, het nabootsen van een vis die heen en weer fladdert als hij naar lucht hapt.

"Ik snurk tenminste niet zoals jij," zei Joshua.

"Hoe weet jij dat nou?"

"Goedemorgen, Ben," zei Derrick, terwijl hij het gedrang tussen de drie mannen onderbrak. "Ik hoop dat je goed geslapen hebt. GMA gaat zo beginnen, maar er is daar ontbijt als je wilt."

Ben keek naar het bureau dat naast Derricks bed stond en vond er een waar feestmaal op uitgespreid. Aan de ene kant stond een stapel roereieren, toast, en een potje jam, aan de andere kant een stapel pannenkoeken en een kom stroop met een potje boter. Hij liep erheen en merkte een lichte veer in zijn pas. Eten maakte hem gelukkig, en hij hield ervan gelukkig te zijn.

"Niet te veel eten," zei Joshua. "Hou het licht, proteïne en een beetje toast."

"Nogmaals bedankt, mam," zei Ben.

"Serieus," ging Joshua verder. "Het lijkt erop dat we nog een eindje moeten wandelen.

"Wandelen? Hier? In het centrum van Philadelphia?"

Joshua schudde zijn hoofd. "Nee, we zouden moeten vliegen om daar te komen."

"Wat? Waarheen? Vliegen?" Ben keek achterom naar de rest van de groep. "Ik was niet *zo* laat, en jullie hebben al een hele vergadering zonder mij gehad? Wanneer gaan jullie me op de hoogte brengen?"

Julie opende haar mond om te antwoorden, maar de televisie werd gedempt en een vrouwenstem klonk uit de blikkerige luidsprekers.

Good Morning, America,' begon ze. *Mijn naam is Patricia Gonzales, en we hebben hier vandaag een speciale gast bij ons. Maar eerst, laten we je bijpraten over alles wat je gemist hebt!'*

Door de overdreven vreugde die de vrouw uitstraalde, leek haar act nog nepper, maar Ben wist dat dat allemaal bij de show hoorde.

Reality-tv had al na vijf minuten opgehouden iets te zijn dat ook maar in de buurt kwam van echte realiteit, en hij had weinig hoop voor de rest van de programmering op de meeste zenders. Hij en Julie hadden niet eens kabel in het huisje; afgezien van de torenhoge kosten van een landelijke kabelverbinding, brachten ze gewoon niet genoeg tijd voor de televisie door om het te rechtvaardigen. Ze keken af en toe naar streamingprogramma's, die ze downloadden op een tablet of telefoon als ze in de stad bij een koffietent waren en die ze dan afspeelden voor ze naar bed gingen.

Het was dus des te schokkender om de valse blijdschap te zien van duizenden Amerikanen die achter de vrouw en haar castleden stonden, iedereen lachend en springend en schreeuwend en er in het algemeen uitziend als reusachtige marionetpoppen die angstaanjagender waren geschilderd dan welke clown ook.

Ze keken een paar minuten in stilte toe, tot het eerste reclameblok.

"Wanneer komt Daris op?" vroeg Julie.

"Geen idee," antwoordde Derrick. "Maar waarschijnlijk tegen het einde. Laat iedereen er op wachten, zodat ze tot die tijd advertenties aan je kunnen laten zien."

Ben at, en koos ervoor om in de leunstoel naast die van Joshua te gaan zitten uit wrok, wetende dat Joshua toekeek. Hij had het grootste deel van de eieren op het bord gestapeld, bovenop twee van de pannenkoeken en een stuk toast, en sprenkelde toen siroop over het hele gedrocht. Hij nam drie happen, de ene nog groter dan de andere, en slokte uiteindelijk de hele troep in één keer naar binnen.

Julie en Joshua keken geschrokken weg, terwijl Reggie grijnsde.

"Heeft er iemand koffie?" vroeg Ben.

"Daarginds," zei Julie, wijzend naar de tafel boven de minikoelkast die in een nis bij de ingang stond opgesteld.

Ben wilde opstaan, maar Reggie lachte en stond op. "Nee, maatje, laat mij het voor je halen. Deze jongens kijken hoe je eet, en ik denk dat ze van de show houden."

Joshua trok een verafschuwd gezicht en keek weer naar de televisie. Derrick had, tot zijn eer, niet eens naar Ben gekeken.

De reclame eindigde en de vrouw was terug, ditmaal vergezeld door een man links van haar en Daris rechts van haar. Ze waren nu in de studio, zittend in drie stoelen die er zo comfortabel uitzagen als gebroken glas. De man schoof een keer op zijn gemak, en de vrouw kruiste haar benen onder de stoel. Daris zat rechtop in haar stoel, met haar voeten plat op de grond.

"God, ze ziet er zo ongemakkelijk uit. Heel anders dan gisteren."

"Sommige mensen zijn geknipt voor TV, sommige niet, denk ik," zei Joshua.

Welkom terug', begon de vrouw. *'We zijn blij dat u vanochtend bij ons bent, en we zijn ook erg blij dat onze gast er is. Dit is mijn vriendin, Daris Johansson. Ze is een museumconservator en auteur, en ze heeft onlangs een* prachtig *boek voltooid genaamd 'The Jefferson Legacy.*

"Koopt iemand die rotzooi?" Zei Ben tussen twee happen eten door. "Een museum curator? Echt?"

"Iedereen kan tegenwoordig auteur worden," zei Reggie. "Misschien denken ze dat iedereen hetzelfde zal denken over museumcuratoren."

'Daris, je hebt al eerder talloze artikelen en stukken geschreven, maar nu heb je een heel boek uitgebracht. Waarom heb je besloten om een boek uit te brengen?

Daris ging op de een of andere manier nog rechterop zitten, haar rug nu bijna naar de voorkant van de stoel. *'Nou, ik besloot dat mijn boodschap aan de massa moest worden overgebracht. Ik wil dat iedereen weet wat er toen echt gebeurd is, en een boek is de perfecte manier om dat te doen.'*

Natuurlijk,' antwoordde de vrouw, Daris nauwelijks de tijd gevend om adem te halen na haar antwoord. *'En wat een mooi boek is het. Kunt u ons in het kort vertellen waar het over gaat?*

Het gaat over Thomas Jefferson, en zijn nalatenschap.'

Het studiopubliek barstte in lachen uit, en de presentatrice en de gastheer naast haar lachten ook. Daris keek geschrokken en bloosde toen, kennelijk niet begrijpend wat er zo grappig was.

'Natuurlijk,' zei de man, terwijl hij opsprong. Hij leunde dichter naar Daris toe alsof hij op het punt stond een geheim te onthullen. '*En ik heb het gevoel dat de meeste mensen* geen idee *hebben wat Jeffersons nalatenschap* werkelijk *is. Of, wat dat betreft, hoe hij werkelijk was. Zou je zeggen dat dat waar is?*

Ja, absoluut. Jefferson stond bekend als een groot president, en een stichter van onze natie. Maar hij had ook een donkere kant.

'*Een duistere kant? Werkelijk? Wat bedoel je daarmee?"* vroeg de vrouw.

Ten eerste was Jefferson een slaveneigenaar.

De man en de vrouw op het scherm schudden plechtig hun hoofd, alsof dit niet alleen de eerste keer was dat een van hen ooit een dergelijke beschuldiging had gehoord, maar ook iets dat volkomen uniek was voor die tijd.

"Dit is rotzooi," zei Ben. "Iedereen weet dat."

"Het is Amerikaanse televisie," zei Derrick. "Ga er niet van uit dat iemand *iets* weet."

'*Maar dat is niet alles,*' zei Daris. *Jefferson heeft ook geld gestolen van de Spanjaarden om het Louisiana Territory te betalen.*

Je bedoelt de Louisiana aankoop?' vroeg de man, opnieuw geschokt. *Die Jefferson van Napoleon kocht voor een appel en een ei?*

'*Ja, één en dezelfde,*' zei Daris. *Hij gebruikte Spaans goud, afkomstig van scheepswrakken, en betaalde met dat geld voor het gebied.*

HOOFDSTUK 34

MAAR HET IS WEL GEDOCUMENTEERD DAT Jefferson de goedkeuring van het Congres had om de aankoop te doen. Waarom zou hij het territorium moeten kopen met iets anders dan het geld dat in de kas van het Congres zat?

Derrick schudde zijn hoofd, woedend. "Ze liegt, door haar tanden."

"...Amerikaanse televisie," zei Reggie. "Wat had je dan verwacht?"

"Integriteit, intelligentie, goed acteerwerk? Minstens een van die."

Jefferson gebruikte wel wat geld van het Congres - het werd tenslotte goed geacht voor de jonge natie. Hun land verdubbelen met één simpele aankoop? En voor die prijs.... Maar toch, hij deed het omdat hij het kon. Hij had Spaans geld, en het kostte hem niets, dus gebruikte hij het.

'Toch, Daris, lijkt het een beetje vergezocht. Waarom zou je het geld niet houden? Waarom het niet sparen, het in waarde laten groeien, of -
'

'Je begrijpt het niet,' zei Daris, deze keer bijna uit haar stoel springend en opstaand. *Jefferson gebruikte het geld om de Spanjaarden - en de rest van de wereld - te beschimpen. Hij wilde ze laten weten dat hij het had, dat hij er meer van had. Door een deel ervan te gebruiken om het Territorium van Napolean te kopen, kreeg hij hun aandacht. Hij*

vertelde hen dat Amerika niet iets was om mee te sollen, dat hij toegang had tot dingen waar niemand anders op aarde toegang toe had.'

Wil je zeggen dat hij...

Voor de tweede keer onderbrak Daris de vrouw. Ze leek er niet erg opgewonden over, maar ze stopte met praten en stond de onderbreking in de ether nogmaals toe.

'Ja, dat zeg ik. Het staat allemaal in mijn boek. Jefferson had toegang tot een Spaanse schat *die was gevonden door iemand die Jefferson vertrouwde, en hij bewaarde die privé, in het kantoor van de president. Maar het was niet* zomaar *een schat - het was om andere redenen uiterst waardevol voor de Spanjaarden, namelijk dat ze al enige tijd naar deze schat op zoek waren.'*

Sinds het jaar 1715?

Daris zag er trots uit dat de man de details van haar boek kende, en zij draaide zich om en sprak hem rechtstreeks aan.

Precies. De Spaanse schatvloot van 1715, die uit Cuba vertrok, kwam ergens voor de kust van Florida in een orkaan terecht. Alle elf schepen gingen verloren.

'Maar ze hebben de vloot gevonden, toch? De scheepswrakken?

Op het scherm schudde Daris haar hoofd. *'Nee, in feite. Ze hebben geen van de schepen gevonden. Zo nu en dan duiken er in kringen van schatgravers berichten op over Spaans goud dat op de kust aanspoelt, maar niets noemenswaardigs.'*

De vrouw naast Daris sprong er weer in. *Maar u bedoelt dat de vloot al gevonden is, klopt dat? Door Jefferson?*

Daris lachte, en het was duidelijk dat ze nu doelbewust probeerde Patricia Gonzales voor schut te zetten. *Nou, niet door Jefferson* zelf, *natuurlijk. Maar iemand die hij in dienst had.*

"En wie was dat?

'We weten het niet, maar op een gegeven moment begon het Spaanse goud en zilver, geïdentificeerd als dezelfde schat die zich aan boord van een van de schepen bevond, over de hele wereld te verschijnen,

door Jefferson zelf weer in omloop gebracht, bij de betaling voor het Louisiana Territory'.

De man glimlachte, een oprechte, zij het naïeve glimlach, alsof hij met een kleuter over het heelal sprak. *'Nou, dat is nogal een garen dat je daar hebt gesponnen, Daris. Bedankt dat je het met ons hebt willen bespreken, en natuurlijk - jullie kunnen allemaal meer lezen over Daris' theorie in haar boek, De -'*

Het is geen theorie,' zei Daris, voor de zoveelste keer onderbrekend. *Het is gebaseerd op harde bewijzen, bewijzen die ik heb gezien met mijn eigen twee -'*

Het scherm ging even op zwart, en toen schalde er een reclamespot uit de televisie, waarvan het volume hard werd opgevoerd en die iedereen in de kamer verraste.

"Wow," zei Reggie.

"Wow is juist," antwoordde Julie. "Dat was waarschijnlijk het meest gênante wat ik ooit heb gezien."

"Ik wist niet dat ze zomaar naar de reclame gingen," zei Joshua. "Ik dacht dat ze, je weet wel, haar zouden vragen te stoppen of zoiets."

"Ze hebben haar segment daar geplaatst," zei Derrick, "vlak voor een reclameblok, zodat ze ermee weg konden komen als het moest. Ze luisteren waarschijnlijk nog steeds naar haar tirade op de set, en niemand daar heeft een idee dat ze niet meer live zijn."

Ben's wenkbrauwen gingen omhoog. "Man, dat was verschrikkelijk. Het is alsof ze in een val gelopen is. Waarom zou ze dat doen?"

"Ze is aan het manoeuvreren," zei Derrick. "Het gaat om de schat, dat weet ik nu. Ze gelooft dat die bestaat, en ze is van plan hem te vinden. Nu zal ze steun hebben."

"Steun? Ik zie niet in hoe. Ze heeft zich net op live TV helemaal *in elkaar laten slaan,*" zei Joshua hoofdschuddend. "Ze maakten een lachertje van haar."

Derrick stapte voor hen uit en blokkeerde hun zicht op de televisie. "Als Daris Johansson icts is, dan is het sluwheid. Ze is superslim, en dat kun je maar beter erkennen. Ze heeft hier goed over nagedacht, alle hoeken belicht, en - hoewel het misschien moeilijk te geloven is - durf ik te wedden dat dit absoluut de beste beslissing voor haar was om te maken. Om het Amerikaanse volk medelijden met haar te laten krijgen, om het gevoel te geven dat ze iets geweldigs te zeggen had, maar het nooit heeft kunnen zeggen vanwege de media of wat dan ook.

"Ze heeft dit bestudeerd, alles georkestreerd, en nu dirigeert ze. Ze speelt het uit, wat haar plan ook is. Op televisie komen hoorde er allemaal bij, en ze is er ongetwijfeld al een tijdje mee bezig om haar kleine show precies goed te krijgen."

Julie stond op en liep naar de pot koffie. "Ja, nou ze heeft het goed gedaan, dan. Ik heb medelijden met haar."

"Niet doen," zei Derrick, streng. "Ze is een professional, en ze heeft nog meer trucs in haar mouw."

"Hoe is ze eigenlijk aan die deal gekomen?" vroeg ze. "Hawking haar boek op *Good Morning America*? Ze moet vrienden hebben op hoge plaatsen."

"Dat doet ze, zoals ik gisteravond al zei. Ze heeft goede connecties, en ze leidt een organisatie - tenminste de helft - die wil dat haar boodschap slaagt."

Ben stond op en liep naar Julie. Hij nam de kan uit Julie's handen en begon een nieuwe kop koffie in te schenken voor hen beiden. Hij fronste zijn wenkbrauwen, een fysieke uitdrukking die aangaf hoe diep hij nadacht. Hij hield van puzzels, maar deze vrouw was er een die onoplosbaar leek. Hij kon er maar niet achter komen waarom de leider van een organisatie - een *geheime* organisatie, om precies te zijn - haar boek en haar krankzinnige theorie *openbaar* zou maken.

"Waarom aan de wereld vertellen? Waarom heeft ze hun steun nodig?" vroeg Ben.

Derrick haalde zijn schouders op. "Kan zo simpel zijn als transparantie. Ze zou plausibele ontkenning willen hebben voor het geval het fout gaat met haar. Als er iemand vermoord wordt, kan ze haar

GMA-optreden opvoeren als bewijs dat ze altijd aan de goede kant stond, op één lijn met het publieksbelang."

Joshua heeft het onderbroken. "En ze zal waarschijnlijk ook ondersteuning krijgen in het veld. Weet je, als ze op zoek moet naar dat dagboek dat ze kwijt is, kan ze nu in elk museum op de planeet opduiken en binnengelaten worden, waarschijnlijk krijgt ze zelfs meteen een staf van onderzoekers die voor haar werken."

"Juist, dat is logisch," zei Ben. "Maar toch, haar verhaal is compleet nep, toch?"

Hij keek de kamer rond. Julie stond naast hem en keek naar Ben, maar de anderen staarden allemaal in een andere richting. Dat betekende dat ze ofwel dachten dat Daris loog, of dat ze dachten dat ze misschien de waarheid sprak.

"Ik denk dat ze liegt," zei Derrick. "Ik *weet dat* ze liegt, en dat heb ik al gezegd. Ze verdraait feiten om in haar samenzweringstheorie te passen. Ze *wil* dat Jefferson schuldig is, want dat ondersteunt haar bewering in haar boek. En het maakt haar machtiger in de APS."

"Maar het *zou* waar *kunnen* zijn, toch?" vroeg Julie. "Ik bedoel conceptueel. Het zou een *basis* in de werkelijkheid kunnen hebben?"

"Alle samenzweringstheorieën hebben *een* basis in de werkelijkheid," zei Derrick. "Maar de hare is er een die half gebakken is sinds hij in de oven is gestopt. Jefferson was niet zonder gebreken, dat is zeker, maar het stelen van een Spaanse schat en die aan Napoleon geven en het dan in de doofpot stoppen, was daar niet één van."

Reggie hield zijn hoofd schuin en staarde Derrick aan. Derrick zag Reggie, maar geen van beide mannen sprak een moment. Ben keek toe, wetend dat Reggie zich zojuist iets belangrijks had gerealiseerd.

Reggie fronste, keek naar de vloer en toen weer naar Derrick. "Waarom geef je om dit alles, Derrick? Wat zit er voor jou in? "

Derrick opende en sloot zijn mond een keer. "Wat bedoel je? Ik ben van de FBI. Dit is mijn werk. En ik -"

"Ik snap het," zei Reggie, een hand ophoudend. "En je wilt je werk goed doen, je bent een patriot, dat weten we. Maar waarom *zo bezorgd*? Je hebt duidelijk je onderzoek gedaan, en je kent je geschiedenis. Ik heb een paar van jullie bureau types ontmoet, en jij bent de eerste die ik tegenkom die zo geïnvesteerd lijkt in zijn baan dat hij *proactief* onderzoek heeft gedaan."

"Probeer je te zeggen dat we normaal niet..."

"Ik probeer niets te zeggen," zei Reggie. "En ik mag je, dus laten we dat duidelijk stellen. Ik heb gewoon het gevoel dat je meer te zeggen hebt en je zegt het niet. De enige keer dat ik de FBI of een van de andere acroniemen zich zo druk heb zien maken over iets, was als er een *duidelijke* dreiging was. En Daris, hoewel een beetje gestoord en geen actrice, lijkt niet echt een bedreiging te zijn.

Hij keek naar Julie en grijnsde. "Maar ik denk dat als Ben langzamer was geweest, ze een grote bedreiging voor *je zou zijn geweest*."

Ben knikte. "Ja, daar hadden we het over. Ze leek niet te weten wat er gebeurde. Alsof ze de dingen uit de hand liet lopen, dus probeerde ze op Julie te schieten."

"Zou kunnen," zei Derrick. "Maar nogmaals, ik waarschuw je om haar niet te onderschatten. Ze heeft misschien elke beweging in het APS-gebouw gepland en georkestreerd, en misschien maakt ze zich op dit moment klaar om haar volgende zet te doen."

"Verander niet van onderwerp, Derrick," zei Joshua. "Reggie denkt dat je iets voor ons achterhoudt, en ik heb geleerd zijn instinct te vertrouwen als hij een idee krijgt. Maar ik begrijp het. Je weet niet zeker of je *ons* kunt vertrouwen. Dat is eerlijk, maar het moet stoppen. Als we niet waren wie we zeiden dat we waren, zou je dat al weten. FBI en zo, toch?"

Derrick knikte.

"Dus als je *echt* van de FBI bent, heb je geen reden om ons niet te vertrouwen, wat betekent dat je kunt beginnen met ons de waarheid te vertellen, of niet, en dan weten we dat je niet bent wie *je* zegt dat je bent."

Reggie leek even verward, en Ben nam het hem niet kwalijk, maar Derrick richtte zich op en zuchtte.

Hij sprak. "Ik ben van de FBI, dat verzeker ik u. U kunt gerust naar mijn baas bellen, maar dat zal niet veel uithalen. We zijn erg goed in doen alsof we *niet van* de FBI zijn, dus er zal een hoop benenwerk nodig zijn om mijn claim te onderbouwen."

"Eerlijk genoeg," zei Reggie. "Maar waarom werk je alleen? Ik dacht dat jullie nooit alleen werkten."

"Het is vrij zeldzaam, toegegeven. Maar het antwoord - op al je vragen, geloof ik - is dat dit een soort passieproject voor me was. Ik doe dit vooral in mijn eigen tijd. Mijn baas denkt dat het tijdverspilling is, om precies dezelfde redenen als jij. Daris is geen bedreiging', 'de APS is een hoax', noem maar op, ik heb het gehoord.

"Toch ben je hier."

"En toch ben ik hier. Ik geloof in wat ik probeer te voorkomen, en Daris weet dat de klok tikt. Ik moet haar alleen vinden.

"Waarom? Wat probeer je te voorkomen?"

"Ik dacht dat je zei dat ze je dat al verteld had," antwoordde Derrick. "Ik dacht dat ze je gisteren had verteld dat ze probeerde De Verschuiving te voorkomen?"

HOOFDSTUK 35

"DE SCHIFT. DAAR IS HET WEER," zei Reggie. Hij ijsbeerde over het tapijt tussen de stoelen en de bank en het bed, en hij keek naar zijn voeten, terwijl hij ze steeds op dezelfde plaats probeerde te zetten als hij een stuk passeerde.

"De Verschuiving is gewoon wat we gebruiken om de machtswisseling te beschrijven van de oude manier naar de nieuwe manier. Het is nog nooit gebeurd, en het is mijn taak - mijn *taak* - om het te voorkomen.

"Wij?" vroeg Ben. "Probeer je te zeggen dat je..."

"Ja," zei Derrick. "Het spijt me dat ik het je niet eerder heb verteld, maar het leek me belangrijker om er eerst voor te zorgen dat je de aard van de situatie begreep, zodat je niet meteen zou afwijzen wat ik te zeggen heb.

"Het grootste deel van mijn volwassen leven ben ik lid geweest van de American Philosophical Society, hard werkend om te voorkomen wat Daris Johansson, onze voorzitter, nu probeert te bereiken."

"De Verschuiving."

"Precies," zei Derrick. "De machtsverschuiving van de groep die de integriteit van de geschiedenis van de natie steunt naar de groep die Daris gelijk wil geven."

"Dus we zitten vast tussen een gekke vrouw die niet kan acteren en een vent die van de FBI is maar ook deel uitmaakt van dezelfde gekke organisatie die groot genoeg is om lid te blijven maar niet groot genoeg om bekend te worden?"

Derrick keek terug naar Reggie. "Ja, zoiets. En ik zou je hulp erg op prijs stellen."

"Daris gevonden?" vroeg Ben.

"Daris vinden, en dan bewijzen dat ze buiten haar boekje is gegaan. Dat Jefferson geld gebruikte - alleen Amerikaans geld - om Louisiana te kopen."

"Maar nogmaals, waarom doet het ertoe?" vroeg Julie. "Ik wil niet oneerbiedig zijn, maar we maken geen deel uit van jullie organisatie, en het lijkt er niet op dat ze iemand kwaad doet."

Derrick stak een wijsvinger op. "Dat is het deel dat ik je niet heb verteld. Ze heeft op je geschoten, Juliette, en - gelukkig - gemist. Maar het is niet de eerste keer dat ze je iets probeerde aan te doen, en het zal ook niet de laatste keer zijn. Ze heeft al eerder gemoord."

"Daris?" Vroeg Ben. "De kleine bibliothecaris die niet snel genoeg kon reageren om een schot te lossen?"

"Ja, mevrouw Johansson is misschien niet zo'n goede schutter, maar ik verzeker u dat ze andere... talenten heeft. Ik zit al twee jaar op haar zaak, en ik heb een vijftigtal lijken."

"Allemaal dankzij Daris?"

"Allemaal door Daris, indirect of direct."

"Dus wat ze ook probeert te bereiken, ze is bereid ervoor te doden."

Derrick knikte. "Net als haar helft van de organisatie. De 'Nieuwe APS', zoals ze het noemen. Ze willen alles doen om Jefferson zwart te maken, te bewijzen dat ze gelijk hebben, en dan -"

Derrick kapte zichzelf af toen zijn hoofd opzij schoot bij het geluid.

"Wat was dat?" vroeg Joshua.

"Het klonk als een deur die opengegooid werd," zei Reggie. "Een deur *dicht bij ons*. Derrick, heb je een manier om ons te verdedigen?"

Reggie had zijn 9mm pistool naast de deur laten liggen, en hij wist niet zeker of Joshua gewapend was. Hij dacht dat Ben en Julie dat ook niet waren, aangezien geen van hen een verborgen holster bij zich had en ze niet in een broekzak of riem droegen.

Derrick knikte en wees toen. "Ik heb nog twee stuks. De Glock is voor mij, en ik heb een Taurus en een S&W. Allemaal negens."

Reggie en Joshua snelden weg om in te laden, en Derrick begon bevelen te blaffen naar Ben en Julie. "Jullie twee, hoofden omlaag en ogen omhoog. We hebben geen burgers nodig die..."

"Ik doe mee, en jij kunt de extra hand gebruiken," zei Ben. "Ik raad je aan een beter plan voor ons tweeën te bedenken dan 'koppen bij elkaar', of je zult het moeten doen met wat *ik* ook bedenk."

"Ik ben het met hem eens," zei Julie. "Dit is niet onze eerste rodeo."

"Goed," zei Derrick. "Jouw begrafenis. Maar de wapens zijn voor ons." Hij bewoog naar Reggie en Joshua.

Reggie scheurde een plunjezak open en rommelde erin tot hij de koffer voor de Taurus vond. Hij opende het en begon het eerste magazijn erin te laden, het tweede stopte hij in een achterzak.

Joshua gooide de Glock naar Derrick, die hem opving, dan het magazijn, en alle drie de mannen begonnen hun wapens te bewerken en uit te testen.

"Ben, waarom post je je niet in de badkamer? Zei Reggie. Derrick wierp hem een blik toe, maar hij negeerde die. Hij had Ben in actie gezien, en een nijdige Harvey Bennett was iets moois. *Wind hem gewoon op en wijs hem de goede kant op*, had hij Joshua ooit gezegd. "Breng Julie naar de kast aan de overkant van de gang, maar jij bent de laatste buiten de poorten, oké? We hebben geen slachtoffers nodig vandaag."

Hij sloot de ogen met Ben, en de twee kameraden deelden een

moment van begrip. *Zorg voor Julie, en wij zorgen voor jou.* Julie was een afvallige, een solide vechter, met een pittige houding die het goed deed in dit soort situaties, maar Reggie wist dat ze nog steeds geen getrainde soldaat was zoals hij en Joshua. Ben was dat ook niet, maar Ben had iets dat niemand anders die hij ooit had ontmoet had.

Pure, ongebreidelde woede gecombineerd met een absoluut massief frame. Ben was als een goederentrein: het duurde even om op snelheid te komen, maar als hij eenmaal in beweging was, was hij bijna niet meer te stoppen. Als Joshua de quarterback van de groep was, was Ben de linebacker.

Reggie, van zijn kant, was niet zeker waar hij precies paste. Hij was een soldaat, een ex-sluipschutter van het leger die even goed was opgeleid als eender welke special forces-operative, en wat er ontbrak aan zijn opleiding had hij later in zijn eigen tijd ingehaald, door les te geven en leiding te geven aan een overlevingstraining vanuit zijn Braziliaanse huis aan de rand van het regenwoud.

Ze hadden elkaar daar ontmoet, Reggie en Julie en Ben kwamen samen om een groep huurlingen op te sporen geleid door Joshua, die op dat moment het gezicht was van de vijand waar ze achter aan zaten. Joshua realiseerde zich later dat hij aan de verkeerde kant stond en paste zich onmiddellijk aan, en won het vertrouwen van Reggie en de anderen.

Ze waren een geweldig team samen, maar het was moeilijk te zeggen waarom. Ze waren niet samen opgeleid en ze kenden elkaar amper een half jaar, maar toch waren ze tot nu toe bijzonder effectief. Mr. E en zijn vrouw hadden goed werk verricht door hen samen te brengen en hun individuele vaardigheden te bundelen tot een samenhangend geheel.

Ben knikte, en stapte achter Julie om haar naar de gang te leiden. Ze ging niet in discussie, wetende dat ze ongewapend waarschijnlijk niet veel zou kunnen uitrichten tegen een indringer.

"Het is tijd," zei Derrick. "Schiet op, Bennett."

Reggie keek toe hoe Ben zich omdraaide en naar de badkamer

rende aan de overkant van de korte gang van Julies kast. Hij sloot de deur, maar Reggie hoorde hem niet op slot gaan.

De muren waren dik, en het hotel was goed gebouwd, maar hij hoorde het vage geluid van zware voetstappen - meer dan één stel - op de vloer in de kamer ernaast, en ook enkele lage stemmen. De voetstappen bewogen zich verder door de kamer, ze keken in de kleinere kasten en de badkamer, en begonnen toen weer in de richting van de voordeur te lopen.

Hij hoorde de deur niet sluiten, en hij hoorde geen voetstappen of stemmen meer.

Een paar seconden gingen voorbij, en Reggie greep het handvat van de Taurus wat steviger vast. Hij dwong zichzelf te ontspannen, te wachten op het juiste moment en niet te anticiperen op het schot. Met kleine wapens zoals de 9mm, wist hij dat richten in een kamer, zelfs een zo klein als een hotelkamer, een hele klus zou worden. Hun deur zou een natuurlijk wurgpunt vormen, waardoor hun aanvallers in een kleine ruimte zouden worden gedwongen en er dus maar een of twee tegelijk naar binnen konden, en Reggie hoopte dat met drie geweren op hen gericht ten minste een van hen een schot zou lossen.

Hij testte de trekker, wachtend.

Hij hoorde een klik. Het geluid van een kamersleutel die in het slot glijdt en de magnetische sluiting ontgrendelt. Hij keek naar de gang, omdat hij vanuit deze hoek niet tot aan de deur kon kijken. Het slot klikte opnieuw, en hij hoorde hoe de klink werd omgedraaid en de deur langzaam openging.

Toen vloog de deur opzij, de schaduwen en lichten vermengden zich vanuit de gang en spoten de kamer in. Hij greep het pistool en wachtte.

Derrick schreeuwde, maar Reggie kon niet verstaan wat hij zei. Hij hief de Taurus op ooghoogte en maakte zich klaar om te vuren.

De eerste man stormde de kamer binnen en rende in volle vaart op Derrick af. Derrick vuurde twee schoten snel na elkaar af, de eerste ketste af op de man en miste zijn doel.

De tweede ronde was raak, maar de man bleef in beweging en botste tegen Derrick aan voordat hij een derde schot kon lossen. Reggie had te lang gewacht, en nu waren zijn doelwit en Derrick samengesmolten tot een grote, kronkelende massa. Hij zwaaide zijn pistool weer rond en in de richting van de deuropening.

Crack!

Een schot klonk door de gesloten ruimte, en Reggie viel zijwaarts. De man die op hem had geschoten had gemist, maar het was nipt. Reggie voelde de steek van de hete boog van de kogel door zijn schouder gaan, en hij bracht het pistool weer omhoog.

Nog een schot klonk, deze keer uit Joshua's Smith & Wesson. De man viel, en Joshua raakte hem opnieuw. Hij bewoog, en Reggie dacht niet dat hij dood was. Hij hoopte echter dat de man genoeg gewond was om een tijdje uit de strijd te zijn.

Een derde man stond bij de deuropening, en Reggie waagde een stap om de bank heen om beter te kunnen kijken. Drie geweerschoten klonken vanuit de gang, de eerste landde gevaarlijk dicht bij Reggie's hoofd. Hij dook terug achter de relatieve veiligheid van de bank en keek terug naar Joshua.

Joshua schudde zijn hoofd en haalde zijn schouders op, net zo verward als Reggie.

"Heb je ze gezien?" vroeg Joshua.

"Net niet, net voordat ze een paar schoten op mijn hoofd afvuurden. Niets gedenkwaardigs, dat wel. Gewoon een grote man, staand, zwarte kleren."

"Huurling?"

"Zeker," zei Reggie. "Geen idee. Maakt niet uit. Ze schieten op me, dus ik ga ze doden."

Joshua knikte.

Op dat moment viel de ruit achter Reggie in duizend stukjes uiteen en zijn geest ging over in slow-motion. Hij rolde zijwaarts, wetend dat hij maar een meter ruimte had voordat hij tegen de bank zou botsen.

Het bleek de verkeerde zet te zijn.

Een persoon vloog door het raam, recht boven Reggie, en hij voelde de lucht uit zijn longen ontsnappen. Hij kreunde en probeerde zijn wapen naar zijn andere hand te verplaatsen. Een voet landde op zijn hand, verpletterde die, en schopte het wapen weg. Nog een stomp en hij voelde zijn neus kraken, een vloedgolf van bloed volgde snel.

Vanuit zijn ooghoek zag hij Derrick nog steeds worstelen met de eerste aanvaller.

Geen hulp daar.

Hij verplaatste zijn blik een klein beetje en zag Joshua zijn pistool richten op de man die boven op Reggie stond. Reggie sloot zijn ogen en wachtte tot het schot zou overgaan, maar dat gebeurde niet.

In plaats daarvan brak er nog een raam, deze recht achter Joshua. Joshua sprong, maar hij was een moment te laat. Een andere persoon zeilde door het gebroken glas, voeten-eerst, waardoor Joshua vloog.

Shit.

De man die eerder buiten de hotelkamer in de gang had gestaan en op Reggie had geschoten, liep naar binnen, zijn branie zelfverzekerd en zijn blik op Reggie gericht.

"Gareth Red," zei de man. "Ik had nooit gedacht dat ik je hier zou vinden."

Voor een moment was Reggie - Gareth Red - verbijsterd. Hij wist niet zeker hoe deze man wist wie hij was.

Toen drong het tot hem door.

HOOFDSTUK 36

"JIJ ZOON VAN EEN -"

"Spaar het, *Reggie*. Noemden we je toen niet zo? Wat is dat eigenlijk voor een welkom? Ben je niet blij je oude commandant te zien?"

Reggie wilde op de grond spugen voor de havik, maar hij weigerde zijn afkeer voor de huurling te erkennen.

Toch, een goed geformuleerde aanmoediging kan geen kwaad.

"Jij verwassen stuk -"

"Weer met die mond van je," zei de man, hem onderbrekend. Hij knikte over zijn schouder en nog twee mannen stapten de kamer binnen. Ze hielden halt om de man te helpen die Joshua had geraakt, die alleen maar versuft leek te zijn toen de kogel hem raakte en in zijn pantser bleef steken. De twee nieuwe mannen hielpen hem overeind, en keerden zich toen terug naar hun leider die in het midden van de kamer stond.

Reggie herkende ze niet, maar dat hoefde ook niet. Hij kende hun leider, dus wist hij waar ze nu mee te maken hadden.

"Ravenshadow," zei Reggie. "Zijn jullie er dan nog? Het laatste wat ik hoorde was dat jullie buitenlandse ambassadeurs te grazen namen."

Derrick en zijn aanvaller hadden een patstelling bereikt, met

Derrick stevig vastgehouden in een half-nelson, staande voor de man die op hem was afgerend en hem had getackeld.

"Wat is Ravenshadow?" vroeg Derrick, zijn stem gespannen.

"Het is een beveiligingsbedrijf," zei Joshua. Hij lag net als Reggie op de grond, zijn wapen was hij kwijt en een man stond over hem heen met een geweer op hem gericht. "Ze specialiseren zich in minder-goed-bedeelde zakelijke klanten, en ze doen zowat alles voor een dollar."

"Wij *zijn gespecialiseerd* in het verzekeren van de veiligheid van onze klanten," zei de man. "En ja, we zijn er nog steeds. Bedankt voor het vragen. En het is een genoegen om je eindelijk te ontmoeten, Joshua Jefferson. Ik ben verbaasd dat *je* verbaasd *bent* dat we hier zijn. Jij leidt deze kleine missie, is het niet?"

Joshua schitterde.

"Mijn aanbeveling? Van leider tot leider? Je moet *wat* heimelijker te werk gaan. Weet je hoe *makkelijk* het voor mijn mannen was om erachter te komen wie je was en waar je was?"

Joshua's gezicht verraadde niets, maar Reggie was een beetje verbaasd dat de man Joshua kende.

"Wie ben jij in godsnaam?" vroeg Joshua. "Ik bedoel, buiten Ravenshadow."

"Ik ben belast met het beschermen en beveiligen van Ms. Johansson's bezittingen, in binnen- en buitenland. Mijn naam is Vicente Garza."

"*Kapitein* Vicente Garza," voegde Reggie eraan toe.

"Ken je hem?" vroeg Derrick.

"Ik diende met hem. Hij was een goede soldaat, en een fatsoenlijke leider. Maar soms vallen ze hard, weet je?"

Garza liep naar Reggie en knielde neer, terwijl hij de loop van een sidearm tegen zijn slaap drukte. "Je hebt altijd al een manier gehad met woorden, *Mr.* Red. Ik hoorde dat jij er ook uit was - weggelopen met een meisje en toen een overlevingsbedrijf begonnen?"

"Zoiets, klootzak."

"Maar je verloor beide, niet? Nu doe je ongeveer hetzelfde als *ik*, maar voor *veel* minder loon, ben ik zeker."

"Ik ben niet zoals jij, Garza. Ik heb nog steeds integriteit."

Garza gooide zijn hoofd achterover en lachte. Hij stond op, liep naar Derrick en staarde omhoog naar de grote man.

"Jij moet de regeringsknecht zijn die ze gestuurd hebben. Niet veel te zien hier, hè? Gewoon een bang vrouwtje met een geheim? Zoek het geheim en meld het, het heeft geen zin om er meer dan één te sturen.

Derrick klemde zijn kaak op elkaar.

"Dat is het probleem met jullie - met jullie allemaal. Jullie gaan *ver* onderbezet situaties in. Het is de regering van de VS, in godsnaam, jullie kunnen geld drukken wanneer jullie willen. Waarom kunnen jullie niet wat geld drukken en dan meer mensen aannemen?

Garza staarde Derrick nog een paar seconden aan, draaide zich toen om en liep naar het midden van de kamer, precies in het midden van de bank en de stoelen. Hij richtte zich tot Joshua en Reggie.

"Oké, jongens. Introducties zijn gemaakt. Het is tijd om terug te gaan naar het hoofdkwartier. Ik heb een gepland gesprek met mevrouw Johansson vanmiddag, en ik *wil* haar *graag* vertellen hoe eenvoudig het was om dit kleine probleem op te lossen."

Hij knikte opnieuw naar de twee nieuwe soldaten die de kamer waren binnengekomen en zij begonnen vooruit te lopen.

Op dat moment scheurde de badkamerdeur open, en Reggie kon zware voetstappen horen. Hij kon de badkamer niet zien vanuit zijn positie op de vloer, maar hij wist wat er gebeurde.

Nee, Ben. Nee.

Hij wilde Ben stilletjes vragen om te stoppen, zich om te draaien en zich weer in de badkamer te verstoppen, maar hij kende Ben te goed. Hij wist ook dat de anderen hetzelfde gehoord hadden en beter voorbereid waren op de aanval.

Reggie zag Bens dikke benen op en neer gaan terwijl hij de afstand tussen de badkamerdeur en de eerste soldaat aan de rechterkant verkleinde. Hij hoorde het knappende geluid van het contact, toen beide benen van de grond kwamen.

Verdomme, Ben.

Ze landden luid op de stoel naast Garza's positie en tuimelden er overheen. Reggie kon ze nu zien, worstelend net als Derrick en de eerste soldaat enkele minuten geleden hadden gedaan. Ze vochten nog een paar seconden voordat Garza glimlachte en naar Ben toe stapte.

Hij hield het pistool omhoog en uit, en Ben stopte met bewegen.

"Bewaar het, jongen," zei Garza. "Ik zou het haten om je zo gemakkelijk te doden."

Ben mompelde een godslasterlijk antwoord onder zijn adem.

"Je bent een pittige, is het niet? Jij moet Harvey zijn. Zeg eens, Harvey, heeft Mr. Red je iets over mij verteld?

Ben wierp een blik op Reggie. Zijn gezicht was rood, blozend van woede, en er zat een bloeduitstorting rond zijn linkeroog. Hij schudde een keer zijn hoofd.

"Goed. Het zal des te beter zijn als hij jullie bijpraat over onze gezamenlijke inspanningen. Jullie vriend, Reggie, heeft wat geschiedenislessen voor jullie allemaal."

De man die met Ben had geworsteld duwde Ben van hem af en stond op, zijn broek afborstelende. Hij hief zijn eigen pistool en hield het op Ben's rug gericht. Reggie keek toe en probeerde een idee te krijgen van de mannen in de kamer. Op een betere dag, met betere wapens en betere voorbereidingen, zou het een eerlijk gevecht zijn geweest.

Maar een eerlijk gevecht was in Reggie's wereld onaanvaardbaar. Een eerlijk gevecht betekende dat sommige van hen - sommige van *zijn* mannen - zouden worden geraakt. Waarschijnlijk gedood. Een eerlijk gevecht, met gelijkwaardige teams, betekende dat er wat slachtoffers zouden vallen.

Het was een vergissing van Ben om uit de badkamer te komen, vooral ongewapend. Ben wist het, en iedereen wist het. Het feit dat

Ben nu niet aan het leegbloeden was op de vloer van de hotelkamer was een geluk.

"Mr. Bennett, ik kijk er al een tijdje naar uit om uw FBI vriend hier te ontmoeten. Ik heb zelfs een speciaal welkom voor hem voorbereid, in onze faciliteit."

Reggie staarde naar Ben, die naar The Hawk staarde. Garza glimlachte, een klein, dun streepje kwaad.

Nee.

"Maar nu ik weet dat *je* hier *bent*, weet ik dat je *vriendin...* sorry - verloofde, correct? - ook hier is."

Bens neusvleugels wapperden, zijn jukbeenderen knerpten keer op keer tegen elkaar.

Nee, dacht Reggie. Hij kneep zijn ogen dicht. *Alsjeblieft, nee.*

"Waar is ze? Ik zou haar *heel* graag ontmoeten."

HOOFDSTUK 37

Ongelukkigerwijs hoorde JULIE ELK woord van de transactie die buiten haar kast in de grote hotelkamer plaatsvond. Ze was in paniek, maar ze was in staat om haar adem in regelmatige, lange stappen te dwingen.

Inademen, uitademen.

Ze concentreerde zich op de ademhaling, maar de stemmen aan de andere kant van de deur beangstigden haar. Ze hoorde Reggie, die blijkbaar de man herkende - De Havik - die voor hen was gekomen. De man en zijn team werkten voor Daris, blijkbaar, als een soort beveiligingsteam.

Maar in plaats van beveiliging, had Daris hen ingehuurd om Julie's groep te vinden? Het klopte niet. Als ze achter Roger Derrick aanzaten, zouden ze hem gewoon meegenomen hebben en de rest van hen met rust gelaten hebben.

De Havik vertelde Joshua iets over het bedrijf, en nog steeds concentreerde zij zich op haar ademhaling.

Inademen, uitademen.

Ze wachtte, haar hartslag werd luider met elke dreun. Ze had controle over haar ademhaling, maar ze kon niets aan haar hart doen.

Julie keek rond in de kast, in de hoop dat daar iets lag dat ze als wapen kon gebruiken. Door het licht dat door de spleet tussen de twee deuren scheen, keek ze rond in de kleine, L-vormige kamer. Derricks schoenen stonden op een schoenenstandaard, een riem hing aan een van de houten hangers. Als hij een koffer bij zich had, stond die niet in de kast.

Een schoenlepel hing aan een klein leren touwtje dat door een gat in de bovenkant was gewonden, en in de tegenoverliggende hoek hing een strijkplank aan de muur.

Geen strijkijzer.

Het strijkijzer, dacht ze, zou in de badkamer zijn, verborgen in een klein kastje bij de wastafel. De plank zelf kon gebruikt worden als een ruw wapen, maar ze had noch de kracht noch de ruimte om hem breed en hard genoeg te zwaaien om veel schade aan te richten.

Julie kon de riem of de schoenen ook niet goedkeuren als wapen. Wat zou ze doen? De schoenen gooien naar de eerste man die binnenkomt en de ander proberen te wurgen?

Toch vond ze dat ze *iets* moest doen. Ze moest zich voorbereiden. Ze moest...

De badkamerdeur viel open, en ze hoorde Bens voetstappen op de vloer dreunen toen hij uit zijn schuilplaats kwam. Er volgde een gevecht, maar het was stil, en ze kon de geluiden van de knorrende mannen nauwelijks horen terwijl ze worstelden.

Ze probeerde door de kier van de deuren te gluren, maar de hoek was verkeerd. Alles wat ze kon zien was recht voor haar, de tegenoverliggende muur en de koffiekraam net om de hoek in de buurt.

Toen stopten de geluiden, en ze zoog haar adem in.

Wie heeft er gewonnen?

Dan de stem van de man, degene die Garza heet.

Hij sprak met Ben, Ben vloekte, en Garza bleef praten.

Inademen, uitademen.

Ze forceerde de ademhalingen, de een na de ander, tot ze haar hoofd voelde wiebelen en ze moest stoppen. Ze was nu volledig in paniek, wetende dat ze spoedig ontdekt zou worden. *Er was geen uitweg.*

Ze was geen getrainde soldaat. Voordat ze Ben ontmoette, had ze als meisje maar een paar keer met een wapen geschoten en als volwassene twee keer. Haar baan bij de Centers for Disease Control, het leiden van een nu opgeheven groep genaamd Biological Threat Resistance, was een veredelde kantoorbaan, en er was geen wapentraining voor CDC personeel voor zover zij wist.

Ze was geen vechter, met haar handen, voeten, of iets anders. Ze was gefascineerd door het idee van gemengde vechtsportstrijders die ze had gezien, en had Ben zelfs gevraagd of hij interesse had om ooit enkele worpen en houdingen van het Braziliaanse jiujitsu te leren. Hij had het van de hand gewezen en gezegd dat het niet zozeer nuttig was om aan te vallen als wel om zich te verdedigen, en dat ze zich beter kon verdiepen in iets als Krav Maga.

En toch was ze hier, in een kast, op het punt om ontdekt te worden.

Garza's stem sneed door haar onderbewustzijn. "Waar is ze? Ik zou haar *heel* graag ontmoeten."

Ze wilde schreeuwen, maar ze zweeg. Ze wilde flauwvallen, maar ze hield zich sterk. Ze wilde terugvechten, maar ze hield stand.

Wachtend.

Voetstappen, in de badkamer.

Meer, van een andere man, in het gebied voor de kast. Een flits van duisternis toen de man recht voor de kast langsliep.

Ze snoof en keek opzij, hopend dat hij haar niet gezien had.

Hij gaat het toch controleren, wist ze.

Hij heeft het toch gecontroleerd.

De man rukte de deuren open, Julie verblindend door de helderheid van de hotelkamer, en ze knipperde een paar keer als antwoord.

Hij had zijn handen nu op haar, diep geklemde oude dingen die versleten en verhard aanvoelden. Ze wrongen, grepen, probeerden haar in hun greep te krijgen zonder dat hij in de kast hoefde te stappen.

Ze was niet van plan het toe te staan, maar ze ademde nog steeds en zweeg. Ze sloeg zijn handen weg, opnieuw en opnieuw, tot hij de kast inliep en zijn enorme, naar zweet ruikende lichaam tegen het hare drukte en haar polsen vastgreep, ze hardhandig naar haar zijden trok.

Toen, op dat moment, gilde ze.

Ze kon het niet langer inhouden.

Ben schreeuwde als antwoord, iets vulgairs, maar ze besteedde er geen aandacht aan.

De man glimlachte en keek op haar neer met een vreemde uitdrukking op zijn gezicht. Hij zag er vuil uit, als de perfecte combinatie met zijn korrelige handen, maar het enige wat ze in detail kon zien waren zijn ogen. Zijn lelijke, witte ogen. Het waren spleetjes in zijn hoofd, nauwelijks open, in tegenspraak met zijn glimlach.

Zijn neus hing naar links, langer dan hij had moeten zijn, en toonde veel te veel pieken en littekens dan één neus zou moeten herbergen. Ze was ontzet, walgde, maar meer dan dat, ze was *doodsbang*.

Ze gilde opnieuw, maar hij trok haar armen steviger naar beneden, dwong haar rechtop tegen de muur, en toen duwde hij zich op haar, terwijl hij dicht bij haar oor leunde.

Toen fluisterde hij. "Ik zal klaar zijn, wanneer de Hawk klaar is met jou."

Ze slikte, moest bijna overgeven, maar haar verlangen om flauw te vallen won het. Ze viel voorover, haar polsen nog steeds in zijn handen geklemd, en de man zwaaide haar linkerarm achter haar rug. Hij liet haar voorwaarts gaan, stapte uit haar weg, en Julie voelde hoe hij haar rechterpols omhoog trok en op het gebied tussen haar schouderbladen plaatste.

Het deed pijn, en ze slaakte een scherpe zucht. De man lachte, een grommend geluid dat haar weer helemaal misselijk maakte, en hij duwde haar uit de kast. Haar linkerpols hing achter haar rug, op zijn plaats gehouden door zijn grote, leerachtige hand, en haar rechterpols werd op haar rug vastgepind door zijn andere hand. Ze kon niet anders dan haar middel naar voren buigen om de druk wat te verlichten.

Op deze manier liep ze uit de kast. Ben was de eerste persoon die ze zag.

Ze huilde, niet in staat om te spreken.

Hij staarde, waarschijnlijk ook met stomheid geslagen.

Toen zag zij de rest van hen - Reggie, Derrick, Joshua - allen tot zwijgen gebracht aan het einde van de geweren, elk wapen vastgehouden door een man die ongeveer hetzelfde gekleed was als Julie's ontvoerder.

"Wa - waarom?" stamelde ze. "Wat ga je doen?"

De man die in het midden van de kamer stond en een pistool op Ben richtte, draaide zich naar haar toe en glimlachte. Zijn lippen waren dun, en zijn ogen gaven haar de indruk dat hij nergens echt blij om was. "Hallo, Juliette. Ik hoop dat je het hier naar je zin hebt gehad. We hebben een andere plek waar we je mee naar toe willen nemen, dus zeg maar gedag tegen je vrienden."

De man die haar vasthield duwde haar bovenlichaam verder naar beneden, en boog haar nog meer naar voren bij haar middel. Ze gromde van de pijn, maar probeerde haar hoofd omhoog te houden.

"Jules," zei Reggie. "Blijf kalm. We komen je halen. Dat beloof ik."

Ze wist niet zeker of ze boos of doodsbang was, of allebei. Of geen van beide. Ze wist niet *wat* ze dacht.

Reggie's uitdrukking was gepijnigd, en Joshua was duidelijk overstuur. Zijn ogen waren hard, zoals altijd, maar hij leek door haar heen te kijken. Haar bestuderend, alsof hij probeerde te ontcijferen hoe ze het zou volhouden.

En toen zag ze Ben.

Nog steeds naar haar starend, zijn ogen verloren in een trance. Er stonden tranen in, en hij probeerde ze niet te verbergen. Ze huilde nog meer, niet zeker wat ze kon zeggen.

"Ben," mompelde ze uiteindelijk. De man draaide haar om, zodat ze oog in oog met hem stond. "Ben, ik -"

De Hawk draaide zich om en begon de kamer uit te lopen, en de anderen deden een paar stappen achteruit, terwijl ze hun wapens nog steeds op de groep richtten. Een van de mannen verzamelde de pistolen uit Derricks tas die op de grond was gevallen en droeg ze de kamer uit.

Tenslotte gingen de soldaten om beurten sprongsgewijs achteruit in de richting van de deur, hun teamgenoten methodisch bewakend, elke beweging van Julie's groep anticiperend.

Julie's man had haar zij tegen de muur geduwd, en hij hield haar daar terwijl ze de kamer uitliepen en de gang in gingen. De Hawk wachtte daar met handboeien, en hij legde een boei om haar rechterpols.

Hij leunde voorover en sprak haar aan, om er zeker van te zijn dat ze hem aankeek. "Juliette, ik ga je dit maar één keer zeggen," zei hij. "Als je probeert te vluchten, maken we het je later alleen maar veel moeilijker. Als je probeert te schreeuwen, laat ik mijn mannen terug die kamer inlopen en een kogel door het hoofd van elk van je teamgenoten jagen.

"En als je probeert te roepen, of uit te leggen wat er gebeurt, zal ik persoonlijk je verloofde verdrinken in de badkuip, terwijl jij toekijkt."

Ze slikte.

"Begrijp je?"

Ze knikte.

Hij leunde weer overeind en liet een van zijn mannen met badges rondlopen, aan elk van de soldaten een uitreikend. Pas toen besefte ze wat hun plan was - op de achterkant van het hemd van de man toen hij passeerde, stond in grote, gouden blokletters één enkel woord gedrukt:

SWAT.

Ze probeerden Julie onder het toeziend oog van het hotel uit te halen, waarschijnlijk met een verhaal al klaar. Ze zouden ongeremd door kunnen gaan, recht uit de achterdeur, in een voertuig en op de straten van Philadelphia.

De deur ging achter hen dicht. Garza draaide zich om en knikte, en ze begonnen door de hal te lopen. Aan haar linkerkant, bij de lift, ging een kamer open en het gezicht van een oudere vrouw kwam uit de open deur tevoorschijn.

De Hawk hield zijn badge omhoog. "Mevrouw, alles is onder controle. Het spijt ons voor het ongemak, maar alles zal snel weer normaal zijn."

Ze zag hoe hij een glimlach forceerde in de richting van de vrouw, en toen verdween ze weer in de veiligheid van haar kamer. Julie wilde schreeuwen.

"Vergeet niet wat ik je gezegd heb, Juliette," zei Garza. "De duur van je verblijf bij ons hangt af van hoe coöperatief je bent met mijn mannen."

Haar schouders zakten door en haar hoofd zakte naar beneden. Toch dwong haar koppige innerlijke kracht haar om haar voeten vooruit te zetten, stap voor stap.

Inademen. Uitademen.

HOOFDSTUK 38

"BEN - *BEN!*" SCHREEUWDE REGGIE. "Ben je in orde?"

Ben keek verdwaasd de kamer rond. Hij voelde zich moe, versleten, uitgeput zelfs. Vreemd, want hij had niet getraind, gerend, gevochten of iets gedaan waardoor hij zich moe voelde.

"Ben - "

Hij wierp een blik in de richting van Reggie.

"Ben, ik..."

"Laat maar, Rooie," zei Ben. Reggie's kin ging een beetje omhoog, maar hij hield zijn blik op Ben gericht.

Ben begreep wat er nu gebeurde. Julie was ontvoerd, *zijn* Julie, en Reggie probeerde zeker te zijn dat hij in orde was.

Maar hij was niet in orde. Hij vond dit allemaal maar niets, zelfs voor ze in Philadelphia landden. Het lag niet aan de vluchten, het lag niet aan de auto reis, en het lag niet eens aan Daris zelf.

Het was iets anders - iets waarvan hij *wist dat* de anderen het ook voelden. Dit hele gedoe was begonnen als een simpel speurwerkproject, iets waarvan Mr E wilde dat ze het zouden 'controleren', om zijn woorden te gebruiken. Hij had gedacht dat het misschien iets ernstigers was dan een simpele moord en twee gerelateerde inbraken en diefstallen, maar hij had niet gezegd wat.

Ben vond het ook verdacht eenvoudig klinken. Hij was op meer voorbereid geweest, op de manier waarop Daris had teruggevochten, en zelfs op iets als een FBI-agent die bij hen binnenkwam en hen plotseling vroeg deel uit te maken van zijn team.

Maar waar Ben *niet* op voorbereid was - waar *geen van hen* op voorbereid was - was wat er nu gebeurde. Julie was weg, ze waren achtergelaten in een hotelkamer zonder wapens, en geen van hen had enig idee wat ze nu moesten doen.

In een situatie als deze, was Ben's eerste reactie om te gaan jagen. Om de mannen die dit gedaan hadden op te sporen en doelbewust in de richting te lopen waarvan hij dacht dat ze waren gegaan. Hij had het eerder gedaan in het Amazone regenwoud, en hij had het gedaan in Antarctica.

Vind de dreiging, elimineer de dreiging. Er was geen bureaucratie, geen budget vergadering, geen planning sessie. Hij wilde gewoon *beginnen*. Hij wilde ze vinden, en hij wilde ze doden.

De anderen ook, maar zij wilden het liever eerst plannen.

Bens bewuste verstand wist hoe dom en riskant het was om de deur uit te stormen en doelloos rond te lopen tot hij een aanknopingspunt had, maar zijn emoties wonnen momenteel de strijd.

Hij stond op, keek de andere drie aan, een voor een, en liep toen naar de deur.

"Ben," zei Reggie weer. "Wat ben je aan het doen? Waar ga je heen?"

"Ik ga haar vinden, Reggie. Het is niet zo moeilijk te begrijpen."

Joshua liep achter hem. "Harvey, het is geen goed idee. Je hebt geen idee waar je bent -"

"Jij ook niet!" schreeuwde Ben, zich omdraaiend om hen aan te kijken. "Jij ook niet. Of wel?"

Geen van beide mannen sprak.

"Dat is wat ik dacht. Dus *vertel me* waarom ik niet gewoon zou *beginnen*? Waarom zou ik niet gewoon beginnen met bewegen en het van daaruit uitzoeken? Het heeft altijd gewerkt voor mij in het verleden. Waarom nu niet?"

Hij wilde zich weer omdraaien, maar Reggie hield hem tegen.

"Ben, alsjeblieft. Denk er over na."

Bens hoofd zakte, en een traan viel uit zijn linkeroog en belandde op zijn laars. Hij wilde het niet verbergen, en hij wist dat ze het niet erg zouden vinden dat hij huilde. Hij snoof.

"Het is... Ik had... Ik zou..."

"Ben, kom op. Er is *niets* wat je had kunnen doen. Ze hebben haar, en we gaan haar terughalen. Dat heb ik haar al beloofd, en dat beloof ik jou nu ook."

"Maar wat gaan ze met haar *doen*?" Vroeg Ben. "Je zag hoe die vent naar haar keek, alsof ze een stuk vlees was of zo. Reggie, ik *moet haar terughalen*."

"En dat zullen we, man. Kom gewoon terug naar binnen en laten we het plannen."

Ben stond daar, zwijgend, voor een halve minuut. Toen draaide hij zich om, langzaam, en liep naar het midden van de kamer. Stond waar The Hawk - Vicente Garza - had gestaan. Hij liep naar de kast, waar Julie zich had verstopt.

Waar ik had moeten zijn, haar beschermen, dacht hij.

Hij schudde zijn hoofd, woede vermengde zich nu met de tranen. Hij balde zijn vuisten en keerde zich om naar de kamer.

Derrick, Reggie en Joshua stonden rond de stoelen en keken naar hem. Wachtend op hem.

"Wat wil je van me?" vroeg Ben. "Ik ben nutteloos. Jullie hebben de steun van de Verenigde Staten, en jullie hebben allemaal training en ervaring. Ik ben maar een dikke parkwachter die zonder werk zit."

Reggie schudde zijn hoofd. "Nee, Ben. Je hebt het mis. Dat is alles wat ik erover ga zeggen. Kom hier en laten we uitzoeken hoe we Julie terug krijgen."

Hij liep erheen, ging zitten, en staarde Reggie aan. Hij had niets te bieden, niets te zeggen. Hij zou daar zitten, zo lang als ze hem dwongen, en hij zou wachten. Hij knikte mee, schudde zijn hoofd, wat ze maar van hem wilden.

Uiteindelijk, als ze besloten dat het lang genoeg had geduurd en ze de juiste richting hadden, zou hij in beweging komen, haar gaan zoeken.

Dan, als het tijd was, zou hij vechten.

Hij zou ze allemaal doden.

HOOFDSTUK 39

ER WAS NIET VEEL WAAR REGGIE OP DIT MOMENT AAN KON DENKEN. Normaal raasde zijn geest, klaar om een detail of een idee of een gedachte in te brengen. Maar nu, op dit moment, was zijn geest leeg.

Hij wou Julie het liefst van al vinden, maar hij wist dat hij Garza en zijn mannen ook zou vinden. Hij zou ze vinden, en hij zou ze doden.

Als Ben ze niet eerst vermoordt.

Reggie had Ben verbazingwekkende dingen zien doen, dingen waar normale mannen niet van konden dromen, en dingen die zijn eigen soldaten moeilijk konden uitvoeren. Ben's geest mag dan niet gevuld zijn met feiten en briljante onthullingen, maar hij was een beest als het aankwam op brute fysieke effectiviteit.

Reggie had dat nu nodig, en Joshua had hen beiden nodig. Zij hadden Joshua ook nodig, maar Ben was de sleutel tot dit alles. Hij was degene waar ze zich zorgen over moesten maken, degene die het dichtst bij de rand stond.

Hij had het eerder gezien, tijdens het werk. Mannen zouden vallen, en anderen zouden het merken. Ze lieten het op hen inwerken, op een manier die hen meer trof dan alle anderen. Ze raakten eraan gehecht, hielden zich eraan vast, en het hield hen tegen.

Ben was bijna neergeslagen. Julie was weg, en hij was in shock. Hij was een sterke man, maar dit was iets wat niemand anders dan Reggie zelf had meegemaakt. Joshua Jefferson had zijn vader eerder dit jaar verloren, maar voor Joshua was de man al veel langer weg.

Reggie wist hoe Ben zich nu voelde, en hij wist dat hij weinig kon doen om te helpen. Geen woorden konden hem troosten, en geen valse beloften konden hem tegenhouden. Ben was een man van actie, dus het enige wat Reggie kon doen was Ben uitnodigen en hem aan het werk zetten.

"We zullen alles moeten weten," zei Reggie, terwijl hij naar de FBI-agent keek die tegenover hem zat.

Derrick knikte. "Ik weet het, maar niet hier. De politie zal hier over een paar minuten zijn, het SWAT-team over een paar minuten. Die ramen eruit, de geweerschoten? Het hotelpersoneel is waarschijnlijk al bezig iedereen van onze verdieping af te halen."

Reggie knikte. "Dat betekent dat we een paar minuten hebben om hier ongezien weg te komen. Kunnen we de trap nemen?"

"Waarschijnlijk - dat zou mijn voorkeur hebben. Laten we gaan. Als we gescheiden worden, zien we elkaar achter het hotel. Er is een yoghurt winkel op 20th street die een steeg deelt met het Rittenhouse. Ga daarheen en wacht op de rest van ons."

Reggie knikte instemmend en wachtte toen op Joshua en Ben om op te staan.

Derrick bleef achter en rommelde in zijn tassen. Reggie wist dat hij zoveel mogelijk zou proberen om de kamer zo leeg mogelijk te laten. Niet mogelijk, maar Derrick kon tenminste alles terugvinden dat naar hem zou kunnen wijzen.

De man zou de kamers onder een pseudoniem geboekt hebben, waardoor het hotel en de SWAT-teams een paar kostbare uren achterstand zouden oplopen. Tegen de tijd dat ze de kamers naar de FBI konden traceren - als ze dat al deden - zou de FBI al begonnen zijn met hun schadebeperkingsmodus: het voorbereiden van hun persverklaringen en dekmantels, waardoor Roger Derrick in feite vrijuit zou gaan.

Of Derrick op het hoofdkantoor op zijn donder zou krijgen, kon Reggie niet weten. Hij veronderstelde dat zijn baas niet erg blij zou zijn dat een kleine verkennings- en inlichtingenmissie als deze was opgeblazen.

Maar dat was Reggie's probleem niet. Derrick had dit waarschijnlijk voorzien, of op zijn minst iets zoals dit. Hij was tenslotte van de FBI.

Hij zegt *tenminste dat hij van de FBI is.*

Reggie had nog niet besloten of hij de man geloofde of niet. Tot nu toe leek de man aan hun kant te staan, op het niveau. Hij speelde zijn kaarten langzaam uit, maar hij speelde ze desondanks uit. Reggie wist dat het FBI-volk een pietluttig stelletje was, geheimzinnig en traag met het geven van informatie. Derrick paste in dat plaatje.

Ze liepen naar het einde van de gang en vonden de deur naar de trap. Hij zwaaide hem open, Ben hield hem vast en wachtte tot de andere twee mannen zouden passeren. Reggie wierp een blik achterom naar de kamer en was verbaasd dat hun nieuwe FBI-vriend al op weg was naar de gang. Hij hield een grote koffer in zijn ene hand - waarschijnlijk de wapenkoffer die hij eerder had gehad - en een kleinere aktetas in de andere.

"Vlak achter je," riep Derrick. "Ik haal je wel in."

Reggie knikte en draaide zich naar de trap. Joshua was al op weg naar beneden, afdalend naar het straatniveau.

Reggie dacht terug aan de laatste keer dat ze samen een trap afgingen. Antarctica, eerder dat jaar, een klein Chinees leger en evenveel vijandelijke stationbewakers die hen probeerden neer te schieten. Ze waren ontsnapt - ternauwernood - en konden het navertellen.

Maar Julie was toen bij hen geweest.

Hij hoopte dat Ben niet dezelfde gedachten had.

Toen hij het volgende niveau naar beneden bereikte, bereikte

Derrick de trap boven hem. De grote man zwaaide de deur weer dicht, de luide klap echoënd door het metalen en betonnen trappenhuis.

"Doorlopen," zei Derrick. "Ik dacht dat ik de liftdeur hoorde opengaan vlak voordat ik hier binnenkwam."

HOOFDSTUK 40

ZOALS DERRICK HAD BELOOFD, zat de yoghurtwinkel op de hoek van 20th Street en Locust Street, een smal winkelpandje dat tegen een paar andere winkels aanligt die allemaal dezelfde huisbaas hebben.

Reggie was geen grote fan van yoghurt, zeker niet sinds de 'yoghurt rage' in Amerika was uitgebroken. Voor hem leek het meer iets voor thuisblijfmoeders en hippe middelbare scholieren dan een echt toetje. Als hij ijs kreeg, was het verre van soft-serve: hopen rocky road hoog opgestapeld met M&M's en besprenkeld met warme karamel.

De gedachte bracht een glimlach op zijn gezicht. Hij zou eens moeten kijken of er een *echte* ijssalon in de buurt was, als ze tijd hadden nadat deze puinhoop voorbij was.

"Reggie, alles goed?" Bens stem bereikte Reggie's oren en bracht hem terug. Het trendy decor en de felle lichten van de yoghurtwinkel waren schokkend, een vals gevoel van hoop bovenop hun schemerige realiteit.

Hij knikte. "Ja, Ben, ik ben in orde. Hoe gaat het met jou?"

Ben haalde zijn schouders op.

"Ja, ik begrijp je."

"Oké," zei Joshua, onderbrekend. "We zijn er allemaal. Laten we wat stoelen in een cirkel zetten en ik zal Derrick's iPad klaarzetten met een telefoontje terug naar Mr. E."

Reggie en Derrick begonnen onmiddellijk de stoelen in de lege winkel te rangschikken, en de winkelier - een kleine, Aziatische man - scheen aan te voelen dat de mannen hier niet waren voor yoghurt. Hij veegde een aanrecht schoon en verdween toen achterin de winkel. De groep zat allemaal, een enkele stoel in het midden van een cirkel. Reggie draaide zijn stoel om en ging er achterstevoren in zitten.

"Voordat we Mr. E bellen," zei Ben, "laten we eerst uitzoeken wie je werkelijk bent."

Derrick fronste zijn wenkbrauwen. "Ik?"

"Ben jij van de FBI?"

"Dat ben ik echt."

"Waarom heb je dan dingen voor ons achtergehouden?" vroeg Ben.

Reggie lachte. "Omdat hij *van de FBI is*, Ben. Dat is wat ze doen."

Derrick leek de grap niet te waarderen, en hij begon snel uit te leggen. "Ik heb niets voor je achtergehouden om een andere reden dan deze: Ik had het gevoel dat Daris een bewakingsploeg had ingehuurd, en ik wilde er zeker van zijn dat u niet in gevaar was, of dat u niet haar bewakingsploeg was."

"Bedankt daarvoor," zei Joshua. "Ik begrijp waar je vandaan komt, maar we zitten nu in deze situatie. Samen."

"Juist," zei Derrick, terwijl hij voorover leunde en een knik in zijn nek uitwerkte. "Wat wil je weten?"

"Waar brengen ze Julie heen?" vroeg Ben, die ertussen kwam.

Derrick schudde zijn hoofd. "Ik weet het niet. Ik heb geen informatie over die groep die Daris heeft ingehuurd, of waar ze hun hoofdkwartier hebben. Het kan hier in de stad zijn, of het kan overal zijn. Kende je hun leider, De Havik?"

Reggie knikte. "Ja, maar ik ken hem niet meer. Ik weet net zo goed als jij waar ze haar vasthouden."

Ben richtte zich tot Derrick. "Laat je knechten beginnen met zoeken. Hebben jullie daar geen technologie voor?"

"Daar hebben we de technologie en de middelen niet voor. Niet kwaad bedoeld, Harvey - het is niet alsof we te maken hebben met de ontvoering van een president, hier. "

"Laat dan een team sturen!" snauwde Ben. "Je moet toch *iets* kunnen doen."

Derrick stak zijn hand op en keek de winkel rond om te zien of er nog iemand was verschenen. De winkelier was nog steeds afwezig, waarschijnlijk zat hij in een achterkamertje hun gesprek te volgen op een beveiligingsmonitor. "Ik weet hoe je je voelt, Harvey, geloof me. Maar toch, ik kan dit onderzoek niet laten gaan over iets wat het niet is."

"Wat heeft dat te betekenen?"

Reggie zag Bens ogen de kring van stoelen rondflitsen naar de andere mannen. Hij probeerde alles op een rijtje te zetten, net als Reggie had gedaan. Joshua wist het, en Reggie wist het ook.

Joshua sprak vervolgens. "Ben, het betekent dat de FBI alleen geïnteresseerd is in hun zaak. Julie is nu een deel van die zaak, maar ze is niet het *belangrijkste* deel."

Ben keek geschokt, en gekwetst. "Maar ze is *weg*, en je vertelt me - "

"Ik zeg je dat we haar zullen vinden," zei Reggie. "Maar dat doen we alleen, of met Derricks hulp."

"En de enige manier waarop Derrick ons kan helpen - de enige manier waarop hij ons kan helpen - is als hij aan de zaak werkt."

Reggie keek naar Derrick ter bevestiging, en Derrick knikte plechtig.

"Ik kan niet zeggen dat het ideaal is, Ben," zei Derrick. "Maar het is wat het is. Ik moet *eerst* beschermen waar Daris ook achteraan zit, en dan pas kan ik jou helpen."

"Dan doen we het alleen," zei Ben, terwijl hij zich klaarmaakte om op te staan. "Net zoals je zei. 'We doen het met of zonder die FBI-kerel,' toch? Dus laten we het zonder hem doen."

"Niet zo gemakkelijk, Ben," zei Joshua.

"Ja? Waarom? Waarom is het *nooit* zo makkelijk?"

"Omdat, waar Daris ook achteraan zit, ze bereid was Julie te laten ontvoeren door haar veiligheidsmacht. Dat betekent dat ze van plan is Julie als onderhandelingstroef te gebruiken.

"Of als een manier om ons iets voor haar te laten doen," voegde Reggie eraan toe.

"Julie is een deel van hetzelfde waar iedereen achteraan zit," zei Derrick.

"Dus we helpen Derrick, we vinden Julie. We werken allemaal samen aan deze zaak."

Ben knikte. "Ik begrijp het, maar ik *begrijp het* nog steeds niet. Waar zijn we op uit?"

Reggie was niet zeker van het antwoord op die vraag, en hij wist dat Joshua het ook niet zeker wist. Wat het ook was, het was het waard om voor te doden - of te ontvoeren - en dat maakte het iets dat zeer waarschijnlijk een waardevolle prijs was.

"Nou," zei Derrick. "Weet je nog wat Daris vanmorgen op GMA zei?"

"Over Jefferson? Dat hij geld gebruikte dat niet van hem was?"

"Correct. Specifiek dat hij geld gebruikte dat niet van hem was *of* van de natie. Geld dat hij vond van een Spaanse schatvloot die zonk in 1715."

"Denk je dat dit over *goud gaat?*"

"Ik denk dat het om *bewijs gaat*. Bewijs dat er goud *was*, en dat het gebruikt is om het Louisiana Territory te kopen."

Hij keek ze om beurten aan, ging toen langzaam en weloverwogen rechtop zitten en leunde voorover.

"Maar daar gaat het niet *echt* om. Het goud is wat ze zegt dat dit is, om goodwill te kweken en de zwijgende meerderheid die zich misschien bij haar wil aansluiten over de streep te trekken."

Reggie leunde voorover en duwde zijn stoel op de twee achterste poten.

"Ik denk dat Daris al iets gevonden heeft, en dat ze het spoor volgt dat Lewis in zijn geheime dagboek heeft achtergelaten om er meer van te vinden."

"Meer van wat?"

Derrick pauzeerde, zoog zijn lippen op elkaar, en Reggie wist dat hij zwijgend overwoog of hij deze laatste kaart, die hij op zak had, moest uitspelen of niet. Uiteindelijk leunde hij ook een beetje voorover, en raakte bijna het voorhoofd van Reggie.

"Heb je ooit van de plant gehoord, *Borrachero?*"

HOOFDSTUK 41

"BORA-WAT?" VROEG BEN.

"BORRACHERO," zei Derrick. "Een plant, inheems in Columbia. Het is daar heel gewoon, groeit zowat overal."

"En Daris vond wat groeien op het Lewis en Clark spoor?"

Derrick schudde zijn hoofd. "Nee - nou, niet echt. Maar ik geloof dat ze iets heeft gevonden dat erop lijkt. Een andere soort, misschien van hetzelfde geslacht, maar zeker met vergelijkbare eigenschappen."

Ben's hart zonk. "En wat zijn deze 'eigenschappen' precies?"

"Wel, heb je ooit gehoord van de verkrachtingsdrug?"

Ben knikte. "Ja, die pil die ze op feestjes in je drankje doen... en dan word je de volgende dag wakker. Geen idee wat er de nacht ervoor gebeurd is."

"Juist," zei Derrick. "Maar het is een beetje ingewikkelder dan dat."

"Natuurlijk is dat zo."

"Date-rape" drugs zijn eigenlijk een hele *klasse* van chemicaliën, van alcohol tot de meer krachtige barbituraten. Het is eigenlijk gewoon een classificatie van dingen die deze effecten veroorzaken. Neem een voldoende hoge dosis Ambien, en je bent uit."

De mannen rond Derrick knikten.

"Dat zijn allemaal baby-versies van de moeder-chemicalie van alle date-rape drugs, scopolamine. Het wordt gebruikt in extreem kleine doses als Hyoscine in slaapmedicijnen en medicijnen tegen reisziekte, zoals de patch die je draagt die de scopolamine langzaam vrijgeeft volgens een vast schema."

"Dus deze Borrachero plant heeft scopolamine in zich?" vroeg Joshua.

"Dat doet het, maar in *veel* hogere concentraties dan veilig wordt geacht. De laatste jaren komen er berichten uit Colombia dat met scopolamine besmette zaken als visitekaartjes, benzinepompen en pinautomaten mensen bewusteloos hebben gemaakt."

"Maar ze niet doden?" vroeg Ben.

"Niet altijd. Meestal niet, eigenlijk. De drug wordt gebruikt door bendes en georganiseerde oorlogsvoering om hun doelwitten te controleren. De persoon wordt wakker en herinnert zich niets meer."

Ben slikte, terwijl hij aan Julie dacht. Hij wilde het vragen, maar kon het niet.

vroeg Reggie. "Denk je dat het team van Daris dit spul heeft?"

"Het is niet moeilijk te krijgen," zei Derrick, knikkend. "Ik weet bijna zeker dat ze er een team wetenschappers mee bezig is. Zoals ik al zei, het is gemakkelijk verkrijgbaar dankzij de winterharde plant die het produceert. Het kan zowat overal gekweekt worden, en het is goedkoop."

"Maar we *hebben al* 'date-rape drugs," zei Reggie, en maakte air-quotes rond de woorden. "Zelfs als dit spul krachtiger is dan wat we al hebben, hoe is het dan een bedreiging voor de nationale veiligheid?"

"Ten eerste denk ik dat je niet begrijpt hoeveel scopolamine nodig is om effect te hebben. Een halve milligram is al genoeg om iemand bewusteloos te maken, en bij meer is het geheugen weg."

"Woah," zei Reggie. "Dus een paar milligram meer zou iemand doden."

"Absoluut, en dat is ook zo. De boeven in Columbia gebruiken tussen de 2 en 5 milligram om hun slachtoffers niet alleen hulpeloos te maken, maar ook *bij bewustzijn*. Ze kunnen hen dan bevelen geven, en de persoon zal ze zonder tegenspraak uitvoeren."

Ben's neusvleugels wapperden, en hij knarste met zijn tanden. "En de volgende dag weten ze het niet meer."

"En ze herinneren het zich de volgende dag niet," zei Derrick. "De laatste grote zaak waar ik van hoorde was in Bogota. Bij een vrouw was haar pasgeboren zoontje gestolen, recht uit haar armen. Ze werd drie dagen later gevonden, mompelend in zichzelf en topless lopend over de snelweg."

Bens ogen verwijdden zich. "Je neemt me in de maling..."

"Ik wou dat ik het was. Ze noemen het een 'zombie drug'. In die concentraties, als het niet doodt, maakt het je *echt* kapot."

"No shit," zei Reggie, mompelend onder zijn adem. "Wow."

"Dus ik denk dat Daris op iets belangrijks is gestuit, iets dat de Spanjaarden zelf geheim wilden houden."

"Iets wat de Spanjaarden *wilden*," zei Joshua.

"Precies. Ze wilden het zo graag hebben dat ze elf schepen stuurden om het terug te halen. Ze laadden de schepen vol met goud en zilver, en andere schatten, maar ook wat van die *borrachero* planten, om het allemaal terug naar Spanje te brengen."

"De Spaanse Schattenvloot van 1715," zei Ben.

"Weer goed. Ze wilden het ongetwijfeld als wapen gebruiken, om te zien of ze het konden verfijnen, perfectioneren. Misschien uitvinden op hoeveel verschillende manieren ze het konden inzetten. Het zou een van 's werelds eerste - en meest effectieve - chemische wapens zijn geweest."

"Een hele bevolking in zijn ban, die alles doet wat je haar opdraagt," zei Joshua.

"Als je in hun nabijheid was, en ze allemaal kon bevelen, zeker," zei Derrick. "Maar zelfs als een eenmalig chemisch middel, een middel dat in theeën kan worden gebruikt, gerookt zoals tabak, of op iemands huid kan worden geborsteld vanaf een stuk papier."

Ben schudde zijn hoofd. "Daris wil het op Julie gebruiken."

"Nee, Ben," zei Derrick en raakte Bens schouder aan. "Dat weten we niet. En er is geen reden om te vermoeden dat ze dat zou doen. Maar ik geloof wel dat dat is waar Daris echt naar op zoek is - een cache van dit spul dat degene die de Spaanse vloot vond, terugbracht naar Jefferson, die het prompt verborgen wilde houden, en Meriwether Lewis stuurde om het te verbergen."

"Goed," zei Ben. "Maar ik ben er niet van overtuigd dat Julie er veilig voor is. Ze is zeker helemaal niet *veilig*, wat dat betreft. Dus laten we uitzoeken hoe we haar kunnen vinden."

ER WAREN FOUTEN GEMAAKT, daar was geen twijfel over mogelijk. Maar ze hadden nog steeds het meisje, de mooie kleine dame die net pittig genoeg leek te zijn om het de moeite waard te maken.

De Hawk was van plan om de FBI agent te grijpen. Hij wilde hem meenemen naar de gymzaal, hem opknopen in de stoel, en alles uit hem halen wat hij kon. Het zou tijd kosten om de grote man te laten vallen, maar als ze klaar waren met hem zou hij net zo bereid zijn om The Hawk te dienen als de rest van zijn mannen.

Hij had nu twee man minder, maar dat werd al verholpen. Hij had Joseph Mikel, een van zijn langst dienende mannen, opdracht gegeven te werken aan het vinden van vervangers voor Velacruz en Jenkins, wier lichamen op dit moment werden opgeruimd.

Nadat hij het hotel met Juliette had verlaten, had hij besloten dat een perfecte test voor de volgende man in zijn team zou zijn om de rest van de bedreiging voor zijn cliënt uit te schakelen. Hij had aanvankelijk niet de rest van het team van de FBI-man willen uitscha-kelen, omdat hij niet zeker wist wat voor puinhoop dat voor hem zou betekenen, maar nadat hij zijn opties had afgewogen en zich reali-seerde dat Julic meer dan genoeg zou zijn om met zijn baas te onderhandelen als hij er een nodig had, besloot hij er meer mannen op af te sturen om de klus te klaren.

Mikel's telefoontje had niet meer dan dertig seconden geduurd; de man die hij had gebeld was al twee weken in de buurt, in de hoop op een afspraak met het team van The Hawk. Hij vertelde hen waar Julie's groep verbleef, en hoe lang ze daar al waren.

De man had met Mikel bevestigd dat hij klaar was voor de taak, en hij bevestigde dat hij contact zou opnemen met de andere vijf mannen die De Havik wilde testen. Het zou een test zijn van hun capaciteiten, maar ook van hun leiderschap. Mikel gaf The Hawk het duim-omhoog teken vanaf de zijkant van de gymzaal, om hem te laten weten dat de daad was gedaan, en dat de groep mannen binnen het uur klaar zou zijn.

Hij richtte zijn aandacht weer op het midden van de gymzaal.

Het meisje wist misschien niet zoveel als de FBI agent, maar ze zou veel meer amusement bieden aan de rest van zijn mannen als het klaar was. Misschien zou hij hen zelfs wat welverdiend vermaak gunnen *voor* ze klaar waren met het verhoor. Misschien had hij zelf ook wel wat vermaak nodig. Sinds hij die verleiding zo goed als uit zijn leven had geweerd, had hij weinig andere sekse nodig om hem gezelschap te houden, maar als dat wel zo was, was het geen uitdaging om een gewillig iemand te vinden.

Vicente Garza wist dat hij een knappe man was, in ieder geval beter dan gemiddeld. Hij had zwart haar, kort geknipt, maar niet op een nonchalante manier. Aan de voorkant hield hij het wat langer, want hij hield van de Romaans aandoende manier waarop het over zijn voorhoofd hing, kleine reepjes haar die hem een George Clooney-achtige uitstraling gaven.

Zijn gezicht was verrassend pukkelvrij, zeker gezien zijn verleden en zijn verleden als soldaat. Hij had veel missies met scherp meege-maakt, en nog veel meer clandestiene operaties die hem door de jaren heen gehard en verweerd hadden.

Maar hij was er een krachtiger man door geworden, en hij vond dat zijn uiterlijk dat liet zien. Hij had de blik van een man met ervaring, met passie, en de blik van een man met zelfvertrouwen. Geen branie, zoals Morrisons overmoedige houding vaak leek, maar een rustig zelfvertrouwen dat de andere mannen respecteerden en waar ze op reageerden.

Deze vrouw, Juliette Richardson, zou het ook gaan respecteren en erop reageren. In het begin deed ze moeilijk, ze duwde terug als de tijd voor vragen kwam, maar uiteindelijk zou ze breken.

Dat deden ze altijd.

Of van de drug of van de angst ervoor, ze braken altijd.

Hij keek naar haar vanaf de zijkant van de sportzaal, vanaf de geblokkeerde deur waar hij graag stond terwijl de rest van zijn mannen werkten. Het was zijn plek, zijn troon, waar hij kon bepalen en dicteren wat er moest gebeuren. Hij kon een bevel afroepen of rechtstreeks met een andere man in de kamer praten via het persoonlijke communicatiesysteem dat ze elk droegen. Het was efficiënt, effectief, en het hield de dingen in beweging naar hun doelen.

De vrouw was bij de tegenoverliggende deur, de deur waar Morrison voor stond. Hij schakelde over naar Morrison's kanaal en gaf de man instructies.

"Breng haar binnen, Morrison. Eens kijken of ze wil meewerken."

"Ik zal ervoor zorgen *dat* ze wil meewerken, sir."

"Breng haar gewoon naar binnen. Doe niets overhaast, zoals je deed in de hotelkamer."

Garza wist dat zijn tweede-in-bevel haar een beetje ruw had aangepakt, waarschijnlijk uit zijn eigen frustratie. Morrison was misschien een goede soldaat, maar hij was vreselijk met het andere geslacht. Hij had meer dan eens gezien hoe Morrison hen behandelde, en meer dan eens had hij de man moeten wegtrekken van het meisje dat hij 'behandelde'.

De Havik keek toe hoe Morrison en een andere van zijn mannen Juliette door de open gymzaal sleepten en haar in de stoel dwongen.

Ze had een strakke uitdrukking op haar gezicht, verstoken van emotie. Ze was niet bang, of boos, of verward. Ze was gewoon *zo*.

Hij liet een lichte grijns over zijn gezicht gaan toen ze hem aanstaarde. *Ze beginnen altijd zo,* dacht hij. *Triomfantelijk, alsof ze hem al verslagen hadden.*

Hij was niet verbaasd over haar reactie op de mannen die haar aan de stoel bonden. Ze zat, rustig, naar hem te kijken. Naar hem starend. Ze wist dat hij de leiding had, en hij *wilde dat* ze dat wist.

Hij staarde terug.

Ze zou dat gezicht houden zo lang als ze kon, maar het zou niet eeuwig duren.

Uiteindelijk zouden zijn mannen dat gezicht schoonvegen en haar dwingen een nieuw te dragen. Een gezicht dat *zeker* haar angst, haar verwarring en haar pijn toonde.

Het was een mooi gezicht, en hij zou er zeker van zijn dat zijn mannen dat gezicht mooi zouden houden.

"Morrison," zei hij.

"Meneer?"

"Laat ze uitpraten, en laat de mannen dan pauzeren."

"Maar meneer, we zijn klaar om te beginnen -"

"Ze verdienen een pauze, Morrison. Ze gaat nergens heen, en ik wil er zeker van zijn dat ze dat weet."

Morrison keek van Juliette naar hem, en toen weer terug.

"Ja, meneer. Komt in orde."

De havik sloeg zijn armen over elkaar en keek toe hoe zijn mannen klaar waren met het vastbinden van de armen en benen van de vrouw aan de stoel. Tenslotte, toen alle ritssluitingen op hun plaats zaten, deden ze een touw om haar nek en spanden dat vast aan de onderkant van de rugleuning van de stoel, zodat ze genoeg speling had om te ademen.

Hij meende een lichte hijging te zien ontsnappen aan haar lippen toen ze haar hals vastbonden, en hij vroeg zich af of ze veel eerder zou barsten dan hij had verwacht. Maar ze sloot haar mond weer, hief haar kin een beetje op, en bleef staren.

Goed, Juliette. Goed.

Ze was nu vastgebonden aan de stoel, kon niet voorover leunen zonder te stikken, en kon geen van haar ledematen bewegen. Het was een effectieve en goedkope manier gebleken om een gevangene vast te houden, en het was nog draagbaar ook. Hij had jarenlang veel gevangenen op deze manier vast kunnen houden, in welk derde-wereldland of hellegat hij zich ook bevond.

Maar hier, in dit geïmproviseerde gymnastieklokaal, met zijn mannen die de wacht hielden en nergens heen kon ze vluchten, was de stoel nauwelijks nodig om de gevangene op één plaats te houden.

De stoel was overkill alleen al om hem in bedwang te houden, en de havik wist dat.

De stoel was ontworpen om *psychologische* effecten uit zijn gevangenen te halen, en het had hem nog nooit in de steek gelaten.

HOOFDSTUK 43

'HET LIJKT EROP DAT DIT BEHOORLIJK IS GEËSCALEERD,' zei meneer E. Zijn gezicht straalde van het scherm van de iPad die Joshua op de stoel in het midden van hun kring had gelegd. Reggie en Ben hadden hun stoelen dichter bij die van Derrick en Joshua geschoven, zodat ze allemaal het scherm konden zien.

"'Een beetje geëscaleerd?'" vroeg Ben, bijna schreeuwend. "Je moet wel - Julie is *weg*. *Is* dat alles wat je te bieden hebt?"

Reggie voelde de spanning in de kamer toenemen. Ze hadden gebeld naar meneer E, precies zoals ze hadden gepland, en tot nu toe hadden ze hun weldoener alles verteld wat er was voorgevallen.

'Nee,' zei E. *'Hopelijk heb ik meer te bieden dan dat. Mijn vrouw heeft ook contact met mij opgenomen, net een uur geleden. Ze is bij de pandjesbaas, en ze zijn allebei veilig. Maar er heeft zich een ontwikkeling voorgedaan.'*

Reggie's wenkbrauwen gingen omhoog.

Het lijkt erop dat de vrouw die mijn vrouw is gaan zoeken meer weet dan ik aanvankelijk dacht.

"Zoals wat?"

"Ik geloof dat ze deel uitmaakt van de American Philosophical Society, om te beginnen.

Reggie dacht hier even over na. De eigenaar van het pandjeshuis die naar Australië was gevlogen om - zogezegd - een conferentie bij te wonen over het runnen van een pandjeshuis, maakte deel uit van de APS.

"Ik vraag me af of de vrouw die vermoord werd - Delacroix? - ook APS was," zei Joshua.

Het beeld van Mr. E knikte op het scherm van de iPad. *Dat is wat ik ook geloof. Het is logisch dat de twee vrouwen in dat geval bereid zouden zijn het voorwerp in kwestie voor zo'n hoge prijs te ruilen. Toch staat er niet bij wat het voorwerp* was, *en mijn vrouw heeft in dat opzicht niets kunnen vinden.'*

"Daar kan ik misschien mee helpen," zei Derrick, terwijl hij naar voren stapte zodat Mr. E zijn gezicht kon zien. "Mijn naam is Roger Derrick, en ik ben van de FBI."

Alleen?

"Helaas, ja. Voorlopig althans. Maar na vandaag, kan ik ze misschien overhalen om een team te sturen."

'Ik hoop, voor uw veiligheid en voor die van Julie, dat dat waar is,' zei meneer E. *Maar ik dank u voor uw bescherming en hulp tot nu toe.*

Derrick knikte. "Het is een passieproject, echt. Iets waar ik al jaren naar op zoek ben, als de tijd het toelaat. We zijn er nu dichtbij. Ik kan het voelen. En als je team dat wil, zou ik graag willen dat ze..."

'Zeg maar niets meer,' zei Mr. E. *'Mijn team staat tot uw beschikking. Ik begrijp dat de situatie nijpender is geworden, en dat Julie's veiligheid nu op het spel staat. Maar u helpen zal haar helpen, en omgekeerd.'*

Derrick knikte opnieuw, keek toen de kamer rond, alsof hij om hun laatste toestemming vroeg.

Reggie wierp hem een strenge blik toe, maar knikte. "Dit project van ons is een beetje uit de hand gelopen," zei hij. "Maar we zijn hier om te helpen. Geef ons je woord dat je ons zal helpen Julie te vinden als dit allemaal voorbij is."

"Natuurlijk," zei Derrick. "Zoals ik al zei, als we dit spoor van

Daris volgen, komen we dichter bij Julie. Ze zijn op zoek naar hetzelfde, en ze wilden haar als onderhandelingstroef."

Reggie keek toe hoe Bens gezicht donkerder werd, zijn kaaklijn overdreef terwijl hij zijn tanden op elkaar klemde. Reggie was daar eerder geweest, had dat gevoel gevoeld.

Totaal verlies. Hulpeloosheid.

Het was geen gevoel dat hij ooit had verwelkomd, en het was geen gevoel dat hij ooit had kunnen overwinnen. Hij had zijn hele leven getraind om dat gevoel uit zijn persona te verwijderen, om zijn geest het vermogen om het te voelen volledig te ontzeggen.

Ben voelde het nu, en hij zou het nog wel een tijdje voelen.

Maar Reggie wist ook dat hij de komende uren alerter zou zijn, zijn geest in een staat van verhoogde helderheid. Morgen zou hij dof zijn, de kloppende scherpte van de pijn die hij vandaag voelde terug-gedrongen tot een constante spanning. Hij zou nog steeds aanwezig zijn, maar hij zou snel wegglijden.

Het was belangrijk, als ze Ben's hulp wilden, om hem vandaag in beweging te krijgen. Hem in beweging houden, hem wakker houden en laten praten, indien mogelijk. Hij zou zich verzetten tegen elke steun of aanmoediging, maar hij zou op een hoge adrenaline kick zijn.

Reggie en Joshua moesten hem in de juiste richting wijzen en hem laten rennen voordat hij begon te crashen.

Ben knikte uiteindelijk, instemmend met de rest van hen. Hij stond op en liep naar de camera van de iPad. "Dan moeten we maar opschieten. We verspillen tijd."

"Ben," zei Joshua. "Daarom hebben we deze vergadering belegd, weet je nog? We weten niet *waar* we heen moeten. Daarom moeten we het dagboek vinden."

Derrick snoof snel en keek weg.

Reggie draaide zich naar hem om en staarde.

"Ik - sorry, ik heb dit niet eerder gezegd..."

Reggie sprak door zijn tanden. "*Wat* heb je niet eerder gezegd?"

"Wij hebben - ik bedoel *ik* heb - het dagboek."

Joshua slaakte een zucht, en Reggie's ogen sloten zich. Hij balde zijn vuisten.

"Ik wist niet zeker of ik je kon vertrouwen, en ik wist niet waarom je in het APS hoofdkwartier was. Ik lette op Daris, en er was mij verteld dat ik naar binnen kon gaan wanneer ik me comfortabel voelde met de situatie, dus ik ging snel naar binnen toen ik wist dat ze daar niet alleen was. Ik wilde niet dat het uit de hand zou lopen."

"Nou, het *is* uit de hand gelopen, vriend," zei Reggie. "Vertrouw je ons *nu*?"

Derrick knikte. "Dat doe ik. Het spijt me, ik was niet van plan het de hele tijd voor je verborgen te houden. Ik moest er alleen zeker van zijn dat we allemaal voor dezelfde kant vochten."

"Ik vecht voor Julie. Dat is het. Als je ons dichter bij Julie brengt, denk ik dat we aan dezelfde kant staan."

Joshua's verharde blik boorde zich in de grotere, dikkere Roger Derrick. Reggie had die blik eerder gezien, en hij wist dat het veel sterkere mannen dan Derrick had verzwakt.

"Waar heb je dat dagboek vandaan?"

Derrick keek naar elke man, toen naar het iPad scherm. Mr. E staarde stoïcijns terug, zijn gezicht een onbeweeglijk masker. Als de video bevroren was, hadden ze dat niet kunnen zien.

"Ik nam het mee uit de APS faciliteit. *Ik* was degene die het van Daris heeft gestolen."

HOOFDSTUK 44

BEN KEEK NAAR DE UITDRUKKING VAN DE GROTE MAN. Hij leek de waarheid te vertellen, maar Ben had het al eerder mis gehad. Hij wilde deze man vertrouwen, wilde hem geloven. Hij wist dat het verhaal steek hield, en hij wist dat hij misschien hetzelfde had gedaan als hij in Derrick's schoenen had gestaan.

Maar Julie was daar, en deze man was bereid om met hen mee te spelen. In hun team. Voor nu, tenminste, lagen hun belangen op één lijn.

Maar wat gebeurt er als onze belangen niet meer overeenkomen? Ben dacht na. *Zal hij dan nog meespelen?*

"Waarom?" vroeg Ben. "Waarom neem je het?"

"Ik zei toch dat dit al een tijdje mijn lievelingsproject was. Ik heb Daris gevolgd, en haar opkomst aan de macht binnen de organisatie. Toen ik een maand geleden over het dagboek hoorde, wist ik dat het de moeite waard zou zijn.

"Omdat het dagboek een belangrijk stuk leek van haar strijd om macht?"

Derrick knikte. "Het deed, en het is. Het is cruciaal voor haar campagne."

"Hoe?"

"Het is de kaart, Harvey. Het heeft alles in zich wat ze nodig heeft om haar schat te vinden."

"Hoe weet je dat?"

"Omdat het geheim is gehouden voor de rest van de organisatie - en de rest van de wereld - in het algemeen. Het is iets *waar niemand* over wilde praten, en waar maar ongeveer zeven levende mensen op een bepaald moment in de geschiedenis van hebben geweten. Iets dat belangrijk zal zijn. Het zal de schatkaart bevatten."

"Waarom heeft ze het dan nog niet gevonden?"

"Ze heeft het dagboek pas onlangs ontdekt, toen het haar werd nagelaten door de vorige president. Het is een deel van de traditie, doorgegeven van generatie op generatie, helemaal terug naar Benjamin Franklin. Er zijn meer geheimen, sommige klein, sommige groot, sommige dodelijk. Ze worden doorgegeven om ze binnen de organisatie te houden, maar ze worden alleen doorgegeven aan de leiders in de groep. Niet alle leden weten alles. Dus ze heeft dit ding pas sinds kort in handen, maar ze wil graag weten waar het heen leidt. Waarom niemand anders op zoek wil gaan naar de schat die het verbergt, laat zich raden, maar ik denk omdat niemand echt denkt dat het is wat zij zegt dat het is. Meer een relikwie, een cool stukje geschiedenis. Maar een schatkaart? Een samenzwering verbergen die helemaal teruggaat tot Jefferson en Lewis? Ik ben niet zeker of iemand anders het geloofde."

"Dus de APS *is* veel meer zoals de Vrijmetselaars," zei Joshua.

"Op die manier, ja," zei Derrick. "Maar vanaf het begin was de organisatie bedoeld voor het goede, om de jonge natie in toom te houden, door de leiders van het land te voorzien van ideeën en oplossingen voor problemen."

"Het originele idee achter Ben Franklin's Junto."

"Precies. Hij was een patriot, net als de andere leden. Zo was het altijd, en zo is het nog steeds. Maar er zijn natuurlijk verschillende kanten aan hetzelfde verhaal, en Daris' verhaal - het verhaal dat ze zichzelf vertelt - is dat de APS meer greep moet krijgen op de Amerikaanse politiek, meer controle over het land in het algemeen, en ze is bereid te doden om dat te krijgen."

Reggie knikte, en Ben luisterde zwijgend. Hij nam de woorden in zich op en vergeleek ze met de beschrijving die Derrick hen eerder van Daris had gegeven, met de vrouw die hij in het kantoor van de APS had ontmoet, en de vrouw die hij op TV had gezien.

Ze was manipulatief, dat had hij persoonlijk gezien. Maar dat betekende dat ze ook slim was, in staat om verschillende invalshoeken tegelijk te bewerken. In staat om verschillende *mensen tegelijk te bewerken.*

Plotseling drong het tot hem door.

"U bent van de APS, nietwaar?" vroeg hij.

Derrick keek hem aan, en hij voelde de ogen van Reggie en Joshua ook op hem gericht. Hij kon het scherm van de iPad niet zien, maar hij had het gevoel dat Mr. E naar de camera had geleund, in een poging beter te horen wat Derrick nu zou zeggen.

"Jij bent APS, en daarom heb je het dagboek gestolen. Je bent tegen Daris en haar kant, en je wilt ervoor zorgen dat ze niet krijgt wat ze wil."

Derrick kauwde op niets, zijn kaak verstrakte en verslapte.

"Zeg het," zei Ben. "Vertel ons de waarheid."

Eindelijk, Derrick sprak. "Ja," zei hij. "Dat ben ik. Ik ben lid van de Amerikaanse Filosofische Vereniging. De Oude Wereld kant. Ik wil de integriteit beschermen van de natie die ik liefheb. Ik wil wat het beste is voor haar volk, en ik wil wat het beste is voor mij."

"Maak je deel uit van de leiding?"

"Zoiets. Ik ben de volgende in de rij om hun plaats in te nemen. Geen president, maar een van de bestuursleden. Ik sta dicht bij ze, dat wel. Ik weet waar ze voor strijden, en ik weet waar ze tegen opboksen."

"Huurlingen die iedereen willen doden die tegen Daris is?"

"Zoiets, ja," zei Derrick.

"Wel." Zei Reggie. "Dat is dat. Het is nu veel logischer."

Joshua fronste zijn wenkbrauwen. "Ben jij niet van de FBI?"

"Nee, dat ben ik. Maar het is zoals ik al eerder zei. Dit is een project van mij, waar ik nauwelijks middelen voor heb. Ik moest smeken om deze opdracht, omdat het daar een lage prioriteit heeft. Ik ben eigenlijk op vakantie nu, en mijn baas had bijna een hartaanval toen hij erachter kwam dat ik aan het werk ben. Het meeste van wat ik gedaan heb, heb ik in mijn eigen tijd gedaan, met mijn eigen geld. Ik heb niet het voordeel van een heel team dat me helpt met het onderzoek en de organisatie van alles voor deze opdracht, dus het is zo'n beetje wat ik bij elkaar kan sprokkelen."

"En nu zijn we hier, en daarom wil je onze hulp."

"Niet willen," zei Derrick. "*Nodig*. Ik heb je hulp echt nodig. Zelfs als u deze onzin niet gelooft, is Daris bereid *alles* - en *iedereen* - op te offeren om haar zin te krijgen. Ze zal een verhaal verzinnen als dat nodig is. Ze moet gestopt worden."

"Ze heeft Julie," zei Ben. "Dus ze zal gestopt worden. Daar heb je mijn woord op."

Derrick stond op, liep om de iPad heen die op de stoel in het midden van de kamer zat, en strekte een hand uit. Ben nam hem, kneep erin en voelde de verpletterende kracht van Roger Derrick terug in zijn eigen greep.

"Dank u, jullie allemaal. Ik wou dat ik jullie kon terugbetalen, maar..."

"Help ons Julie te krijgen," zei Joshua. "Dat is genoeg betaling."

"Je hebt het."

Reggie ging weer zitten na de ronde van handdrukken, en keek toen nog eens naar Derrick.

"Geweldig. Nu, over dat dagboek. Kunnen we het zien...

Een luide *klap* klonk links van Ben, en het raam versplinterde. Stukken glas vielen naar binnen, de kleine kristallen vonken kaatsten terug en vlogen weer omhoog toen ze de harde laminaatvloer raakten.

HOOFDSTUK 45

BEN VIEL ZIJDELINGS NEER, en trachtte onophoudelijk de scherven van scherp glas te ontwijken. Hij had het eerste schot nauwelijks gehoord, maar het tweede en derde klonken - ver weg, maar duidelijk op hem gericht.

"Shit!" Schreeuwde Reggie. "Wat is dat?"

"Iemand schiet op ons," antwoordde Ben, vanaf zijn plaats op de vloer. "Alweer."

Derrick liep achteruit in de richting van de toonbank van de yoghurtwinkel, terwijl hij zijn aktetas en koffer naast zich schoof. Reggie en Joshua volgden hem. Geen van hen was gewapend, omdat The Hawk's team hun wapens had meegenomen. Ben vroeg zich af of Derrick een ander wapen in zijn koffer had en probeerde dekking te zoeken om het te laden en klaar te leggen.

"Zijn ze terug? Waarom hebben ze ons de eerste keer niet gedood?"

Ben bereikte de toonbank net toen de eigenaar van de winkel, de kleine Aziatische man, naar de voorkant van de winkel kwam gerend.

"Ga liggen!" schreeuwde Joshua. "Nu!"

De man, met grote ogen en trillend, dook op de grond, een grom ontsnapte aan zijn lippen toen een stortvloed van geweervuur boven zijn hoofd losbarstte.

"Ik weet niet zeker of het dezelfde groep is of niet," zei Derrick. "Deze jongens lijken niet zo voorzichtig. De jongens van Hawk hadden onze kamersleutel en alles, weet je nog?"

"Nou, voorzichtig of niet, deze jongens schieten veel meer," zei Reggie. "En dit is de binnenstad van Philadelphia, in godsnaam. Ze kunnen toch niet denken dat ze er mee wegkomen."

Ben had zijn handen boven zijn hoofd, hulpeloos om hun positie te verdedigen. Hij besefte dat ze *allemaal* hulpeloos waren, en hij kon aan Derricks gezicht zien dat hij dat ook wist.

"We moeten hier weg, jongens," zei Derrick. "Ze zullen niet stoppen met schieten voordat we allemaal dood zijn. En ik betwijfel of ze voor die tijd zonder munitie zitten."

"Achter in de winkel," zei de Aziatische man. "Achterkant van de winkel, uitgang."

"Achter in de winkel, uitgangsdeur," herhaalde Reggie. "Klinkt goed voor mij."

Ben ging op zijn hurken zitten en wachtte op Joshua die hen naar de achterdeur zou bevelen. De kogels vlogen tijdelijk niet meer.

Wat betekent dat ze dichterbij komen, om een beter schot te krijgen.

"Waar wacht je op?" vroeg Joshua. "Je hoorde de man - achterdeur."

Dat hoefde Ben geen twee keer te worden verteld, en hij begon op handen en knieën naar de achterdeur van de winkel te schuifelen. Het was ongemakkelijk, en de bruin betegelde vloer van de achterste toonbank was plakkerig met oude, korstige yoghurtvlekken en andere onkenbare bruine vlekken.

Hij voelde een golf van afschuw over zich heen spoelen, maar hij duwde het weg en ging verder.

Dit is walgelijk, dacht hij. *Maar ik denk dat het beter is dan neergeschoten worden.*

"Ik vraag me af of deze vloer ooit is schoongemaakt," zei Reggie van vlak achter Ben.

Er klonken nog twee schoten, en er kletterde er een hard tegen een grote metalen kom op een plank boven Bens hoofd. De kom vloog door de lucht en landde vlakbij een gootsteen die overladen was met vuile borden en bestek.

"De pot op," zei Reggie, terwijl hij opstond en over Ben heen sprong. "Als ik neergeschoten word, sta ik op."

Ben wilde hem net negeren toen hij merkte dat Reggie al door de kleine keuken naar de deur aan de achterkant van de lange, smalle winkel was gegaan. Hij volgde Reggie's voorbeeld, stond op en rende de rest van de weg.

Reggie was bezig met de deur, die gelukkig buiten het gezichtsveld van de winkel lag, toen Joshua en Derrick aankwamen.

"Is het op slot?" Vroeg Derrick. "Kun je hem niet gewoon intrappen?"

"Nee, en nee," zei Reggie. "Het is gewoon oud. Het zit op een of andere manier vast, en..." hij gromde toen de hendel het eindelijk begaf. "Zo.

Hij duwde de stang naar binnen en naar beneden en de deur vloog open. Het felle zonlicht van de middag viel naar binnen en verblindde Ben, maar hij volgde Reggie toch naar buiten en stapte de twee treden af die naar het steegje leidden waar ze een paar minuten eerder naar binnen waren gerend.

Zijn ogen moesten even wennen, dus keek hij naar de grond en knipperde een paar keer, waarna hij ze weer ophief.

En zag dat ze allemaal in het steegje stonden, oog in oog met drie goed bewapende mannen.

Allemaal geweren op hen gericht.

HOOFDSTUK 46

DE KEREL MET DE KROMME NEUS, Morrison, probeerde de andere twee mannen te helpen om Julie op de stoel vast te binden. Hij had haar in de grote, open sportzaal getrokken, haar in de stoel geduwd, en probeerde nu hulp te bieden.

Zijn manier van 'helpen' was echter om naar binnen te reiken en haar armen en benen vast te pakken en gewoon... te voelen.

Het was walgelijk, en Julie voelde de brok in haar keel die ze steeds moest wegdrukken als hij in de buurt kwam. De man was ziek, pervers, en had duidelijk een gebrek aan vrouwelijk contact. Het hielp niet dat de man er afschuwelijk uitzag.

Zijn scheve gezicht en kromme neus stootten bijna tegen haar eigen gezicht toen hij nog eens dook om te 'controleren' of zij wel zo ver mogelijk achterover in de stoel zat.

Hij reikte naar beneden, tikte op haar dij, kneep er een beetje in en ging toen omhoog naar haar middel. Hij zuchtte even, wat haar alleen maar meer afkeer bezorgde, en duwde toen terug. Zijn knobbelige vingers drukten hard en ze voelde haar darmen wijken, haar onvermogen om zich buiten zijn bereik te bewegen gaf haar plotseling een claustrofobisch gevoel.

Ze wilde schreeuwen, maar ze weigerde. Dan zou hij winnen, en dat zou hij weten.

In plaats daarvan, staarde ze. Recht in de kamer naar de man die haar had ontvoerd, Vicente Garza, de Havik. Hij staarde haar aan, met een grijns van voldoening op zijn gezicht. Ze kronkelde, wilde de viezerik die haar betastte een klap geven, de twee mannen vernietigen die haar met ritsenbinders aan de stoel vasthielden, en dan naar The Hawk rennen en zijn hoofd eraf rukken.

Maar dat kon ze niet. Ze was geen vechter, en ze was niet gewapend. Ze had geen andere keuze dan toe te geven, af te wachten, daar te zitten en hen te laten doen wat ze van plan waren. Het zou haar niet helpen om te vechten, maar het zou hen plezier doen.

Dus weigerde ze.

In plaats daarvan, staarde ze.

Morrison had zijn hand net onder haar borst, en hij duwde hem langzaam omhoog.

Doe het en sterf, klootzak, dacht ze. Toen besefte ze dat, wat deze man ook deed of niet deed, hij al dood was. "Ik vermoord je zelf," fluisterde ze.

Morrison stopte en keek op haar neer. "Wat was dat, meisje?"

Ze schudde haar hoofd. *Ik zal je hoofd van de rest van je lichaam verwijderen.*

Ze dacht bij zichzelf aan een dertig seconden durende reeks van obsceniteiten tegen de man.

Hij bleef haar betasten en kwam steeds dichter bij haar borst. Ze bleef recht voor zich uit staren naar de man die verantwoordelijk was voor dit alles.

Morrison,' zei een stem. Ze luisterde en realiseerde zich dat het een kleine in-ear communicatiespeaker was die Morrison droeg. De man aan het andere eind van de kamer had met zijn ondergeschikte gesproken.

Julie staarde.

Morrison haalde zijn hand weg, stapte achteruit, en praatte toen verder met The Hawk.

"Meneer?"

Zij kon de stem van de Havik niet meer horen in het oor van de man, maar Morrison leek plotseling van streek.

"Maar meneer, we zijn klaar om te beginnen -"

De havik onderbrak hem, want over de vloer van de gymzaal begon zijn mond te bewegen voordat Morrison klaar was.

Morrison keek van Juliette naar zijn baas, en toen weer terug.

"Ja, meneer. Komt in orde."

Julie beefde, het moment van walging was eindelijk voorbij.

Maar ze beefde weer bij de gedachte aan wat haar te wachten zou staan. De Havik glimlachte naar haar vanaf de andere kant van de kamer, en sloeg toen zijn armen over elkaar.

Plotseling voelde ze dat haar hoofd naar achteren werd getrokken. Een touw werd over haar nek gelegd, en toen strak getrokken. Haar ogen werden groot en ze hijgde.

Nee, alsjeblieft niet, wilde ze. *Niet op deze manier.*

Even later werd het touw iets losser, en ze ademde diep in. Ze waren haar niet aan het wurgen, maar gewoon haar nek aan de stoel aan het vastbinden. Het was een effectieve methode, een waarvan ze wist dat het onmogelijk zou zijn om eraan te ontsnappen. Haar armen en benen waren op verschillende plaatsen aan de stoel vastgebonden met ritssluitingen, en nu werd ook haar nek naar achteren gehouden, zodat ze zelfs haar hoofd niet naar voren kon bewegen om haar boeien te zien.

Ze kon het wel aan om vastgebonden te zijn. Ze was niet bang voor de boeien, noch voor de strop om haar nek. Ze verstarde haar blik nogmaals en staarde de kamer in naar de havik.

Ik ga je slaan, dacht ze. *En jij gaat hiervoor boeten.*

De twee mannen en Morrison maakten hun werk af en stampten weg, uit het zicht ergens achter haar. De havik begon ook te lopen. Hij liep recht op haar af en staarde haar de hele tijd aan.

Daar gaan we, dacht ze. *Dit is het moment dat ik erachter kom waar dit allemaal om gaat.*

Hij keek hoe zij naar hem keek, geen van beide gezichten vertrok. Haar ogen waren strak op de zijne gericht, niet bereid om zelfs dat kleine beetje controle aan de man op te offeren.

Hij moet het geweten hebben, want net voor hij de stoel bereikte stopte hij, keek op haar neer en glimlachte.

Een echte, oprechte glimlach, alsof wat er in deze kamer gebeurde het best denkbare was dat hij kon bedenken, en dat Julie niets meer was dan een bijzaak waar hij blij mee was.

Ze voelde zich geschokt, plotseling kwetsbaar. Ze besefte wat er gebeurd was, de momenten van absolute angst en kwelling die ze tot nu toe met succes binnen had weten te houden, tuimelden nu uit haar. Ze huiverde, maar ze voelde de kracht van de bindingen aan haar armen en benen.

Ze hijgde weer, deze keer kwam de lucht haar longen binnen op een wankele, angstige manier. Ze snoof, wetend dat de tranen nu zouden komen.

Toch keek Vicente Garza op haar neer. Zijn hoofd was een beetje opzij gebogen, net een man die over een prijs staat. Geïntrigeerd door zijn prooi, wachtend tot het een poging zou doen om een beweging te maken.

Ze had niets in te brengen, en dat wisten ze allebei.

De tranen begonnen te vallen, ook al had ze gesmeekt dat niet te doen. Ze wilde Ben, ze wilde dat hij hier was om deze man en de rest van zijn mannen te vernietigen.

En toch sprak hij nog steeds niet.

Uiteindelijk, na een volle minuut in haar te hebben gestaard, hief hij zijn hoofd weer op en begon in de richting te lopen die zijn mannen waren gegaan.

Ze was doodsbang, had pijn, en nu was ze in de war.

Wat gebeurt er?

Ze hoorde zijn voetstappen, hol op de hardhouten vloer, de

hakken van zijn laarzen klapperend over het versleten oppervlak, echoënd door de betonnen muren en het stalen dak van de faciliteit.

En dan de klik en het krakende geluid van een openzwaaiende deur.

Een ogenblik ging voorbij, en het omgekeerde van dat geluid - het suizen van een grote deur die dichtging, daarna het geluid van een slot dat werd omgedraaid - bereikte haar oren.

Ze hijgde weer. Ze wist niet zeker of dit beter of slechter was.

De lichten gingen plotseling uit. Overal om haar heen, duisternis.

Ze kon niets zien, want de ramen aan de bovenkant van de muren rond de kamer waren dichtgeplakt en lieten geen licht door. Julie baadde in pure duisternis, vastgebonden in een zittende positie op een stoel.

Ze was nog nooit in haar leven bang geweest voor het donker, tot op dit moment. De angst verteerde haar bijna even snel als de duisternis. De Havik en zijn mannen waren niet meer hier, en zij had geen idee waar zij heen waren of wanneer zij terug zouden komen.

Of als Morrison terug zou komen... alleen.

Een zacht briesje van de sluitende deur bereikte haar stoel en verkoelde haar. Toen besefte ze dat zij het ook koud had, een beetje koud.

Ze schudde weer, trilde nu heftig, huilde en was niet in staat zich op te krullen of zelfs maar haar hoofd neer te leggen.

Ze sloot haar ogen, maar het zag er precies hetzelfde uit.

HOOFDSTUK 47

"WAT IS ONZE ZET, BAAS?" vroeg REGGIE, zijn handen al op zijn hoofd. Ben wist dat dit niet de eerste keer was dat de man onder schot was - het was ook niet de zijne - maar Reggie behield op de een of andere manier die kalme, bijna humeurige houding als hij onder druk stond.

En op dit moment, bakken in het zonlicht en onder schot gehouden door drie willekeurige vreemden, wist Ben dat Reggie de druk voelde.

Joshua's kaak verstrakte, en Ben kon bijna zien hoe hij hun debacle verwerkte. Eindelijk, na nog een paar gespannen seconden, sprak hij. "Ik weet het niet, Reggie. Het lijkt erop dat dit een beetje een verrassing is voor ons allemaal. Wie zijn jullie klootzakken?"

De drie mannen die hun wapens richtten - een handvuurwapen en twee kleine subcompacte machinegeweren - keken om zich heen.

Ze weten niet wie de leiding heeft, realiseerde Ben zich. *Ze zijn ingehuurd om ons te doden, of binnen te brengen, maar ze weten niet wie van hen moet spreken.*

De man voor Ben knipperde met zijn ogen naar links en rechts, en toen weer naar Ben. Hij was degene die het pistool vasthield, een enorme .45 kaliber die hij met beide handen vasthield.

Hij weet hoe hij dat wapen moet gebruiken, dacht Ben. *Zelfs als hij niet zeker weet wie de leiding heeft.*

"Jullie gaan toch niet praten, hé?" Zei Reggie. "Je kan ons op zijn minst vertellen met wie van jullie *we moeten* praten."

"Niet praten, en je hoeft je er geen zorgen over te maken," zei de man in het midden. Hij droeg een zwart t-shirt, een zonnebril, en zijn nek was ongeveer even breed als zijn hoofd. Niet iemand met wie Ben wilde rotzooien.

Reggie, blijkbaar, wilde met hem rotzooien.

"Wat dacht je hiervan?" vroeg Reggie, zijn handen nog steeds boven zijn hoofd en zijn karakteristieke glimlach op zijn gezicht geplakt. "Jij vertelt me voor wie je werkt, en ik zal die klote zonnebril niet in je -"

"Wat mijn vriend *bedoelt* te zeggen," zei Derrick, "is dat jullie in de war lijken. Wij zijn ook in de war, want we zijn letterlijk *net* aangevallen."

"De Havik," zei de man. "Dat is voor wie we werken. Hou nu verdomme je kop en volg me naar de SUV daar.

De man uiterst links van de rij draaide zich om en wees naar een rode SUV, een enorme Escalade, die bij de ingang van het steegje geparkeerd stond.

"De Havik is net weg," zei Derrick. "Hij vond ons toen niet de moeite waard om te doden. Ik betwijfel of hij ons nu wel de moeite waard vindt."

"Je bent het niet waard om te doden. Maar hij wil nog wat meer met je praten, dus ga je gang en stap in de auto. Of ik kan je helpen, jouw keuze."

"Kijk," zei Derrick. "Ik ben van de FBI, en je baas kan die informatie controleren. Ik weet zeker dat u niet wilt dat de FBI in uw zaken rommelt, of u oppakt voor -"

De man hief het pistool op en recht in Derrick's gezicht.

Reggie deed een stap naar voren en Ben hoorde het snerpende geluid van drie wapens die de aandacht trokken. "Woah," zei hij.

"Rustig aan, vriend. Ik probeer je alleen maar eens goed te bekijken."

"Je laat me wachten tot de andere drie jongens hier zijn en ik *beloof* je dat het niet zo pijnloos zal zijn als dit," zei de man.

Ben kon het niet helpen. Hij wierp zijn ogen op het einde van de steeg, om te zien of de bewering van de man steek hield. *Zes tegen vier, maar op dit moment was het slechts drie tegen vier.* Fatsoenlijke kansen, dacht hij, maar zijn kant was niet gewapend.

Hij hield niet van de kansen, maar hij hield er nog minder van als er in feite nog drie mannen kwamen. Maar de man sprak waarschijnlijk de waarheid - deze drie leken leiderloos, en Ben en zijn groep waren beschoten vanaf de *andere* kant van de yoghurt winkel.

Het was zeer waarschijnlijk dat er nu drie mannen op weg waren naar het steegje, en dat één van hen deze groep aanvoerde.

Reggie keek Ben aan, en Ben voelde dat de man zijn gedachten probeerde te lezen. Hij deed zijn best om zijn vriend te helpen. Laten we *het proberen*, dacht Ben. *Alsjeblieft, laten we het gewoon proberen. Julie is daar...*

Reggie was uit Bens gezichtsveld voor hij de zin in zijn hoofd kon afmaken. Hij strompelde achteruit, terwijl hij probeerde uit te zoeken wat er gebeurd was.

Reggie was bijna helemaal op de grond gevallen, en kwam toen weer omhoog *in de* wapencirkel van de man, recht voor diens gezicht. Zijn vuist was klaar, en hij gaf een perfect getimede opstoot tegen de kin van de man, terwijl hij met zijn vrije hand naar zijn pistool greep.

Ben herstelde zich en draaide zich snel om de kogels te ontwijken waarvan hij wist dat ze zouden komen.

Maar het spervuur kwam niet. De andere twee mannen draaiden zich naar Reggie en begonnen te richten. Ze brachten hun wapens op ooghoogte, verloren hun nonchalante branie en zagen er plotseling uit als *zeer* capabele soldaten.

Ben reageerde instinctief en dook naar voren om de man uit te schakelen die nu het dichtst bij hem was. De man stond met zijn rug naar hem toe, zodat Ben zijn voorhoofd en schouders in de onderrug van de man kon drukken, en hem naar voren kon drukken en in de man die Reggie had aangevallen.

Joshua, van zijn kant, bukte en rolde naar de man aan de linkerkant, kwam toen omhoog en trapte tegen zijn lies. Zijn trap landde, maar het leek niet genoeg kracht te hebben om de man uit te schakelen. Joshua volgde met een trip, en de vijand viel, de twee mannen worstelden nu om de ander stevig vast te houden.

Ben greep naar het hoofd van de man, greep een handvol van zijn haar, en sloeg het zo hard als hij kon op het asfalt. De man leek de aanval te voorzien en had zijn nek aangespannen, want Ben was niet in staat zijn hoofd hoog genoeg van de grond te tillen om veel schade aan te richten. Hij kreunde bij de klap, een spatje bloed spoot opzij, maar Ben wist dat het bij lange na niet genoeg was om genoeg schade aan te richten.

Hij probeerde het opnieuw, zijn andere hand voor het hoofd van de man, op zijn voorhoofd, trok zich toen hard en snel op, en duwde hem met zijn hele gewicht naar beneden. Deze keer hoorde - en voelde - Ben het kraken van de schedel van de man. Hij dacht dat hij de man onder zich voelde tegenstribbelen, dus probeerde hij het opnieuw.

En opnieuw.

"Ben!" riep Reggie. "Laten we gaan - nu!"

Reggie klonk nijdig, maar zelfs zijn schreeuw was niet genoeg om Ben los te maken van de vijand die hij had geveld. Hij voelde hoe Reggie en Joshua zijn armen omhoog trokken, hem onder zijn oksels vastpakten en hem letterlijk van de man af rukten. Derrick stond erbij, met een geschokte uitdrukking op zijn gezicht.

"Genoeg, Ben," zei Joshua. "Niet hier, niet nu."

Een schot van een pistool met geluiddemper ketste af op de bakstenen muur van het gebouw achter de yoghurtwinkel, en een ander schot viel in de zijkant van een vuilcontainer. Ben realiseerde zich wat er was gebeurd - de drie mannen die ze hadden aangevallen werden vergezeld door de rest van hun team - en hij vond plotseling zijn voeten terug. Het was ongeveer honderd passen naar het einde van de steeg, maar de mannen die op hen afkwamen, liepen snel in.

"Ik - het spijt me," zei hij. "Ik wilde niet..."

"Het is goed, Ben," zei Reggie, nog steeds zijn arm omhoog trekkend en in de veiligheid van de yoghurt winkel. "Je moet - je moet die onzin gewoon beter plannen."

"Plan wat?" Vroeg Ben. "Mijn humeur?"

"Ja," zeiden alle drie mannen eenstemmig.

Ze renden de achterkeuken in en vonden de Aziatische man nog steeds verschanst achter de toonbank, nu verplaatst naar de hoek, dicht bij een walk-in vriezer.

"Ga in de vriezer," zei Reggie toen ze passeerden. "Alstublieft. Het is voor je eigen veiligheid."

De winkelier knikte en stond op. Hij trok de deur open en rende naar binnen, de zware metalen deur viel met een diepe plof dicht.

Ben en Reggie keken toe hoe de man zich terugtrok in de vriezer terwijl Joshua de voorkant van de winkel in de gaten hield. Derrick rende naar de iPad die ze vooraan in de winkel hadden laten liggen, pakte hem op en stopte hem in zijn aktetas.

"Oké," zei Joshua. "Het lijkt erop dat het veilig is. Maar ze zullen over een paar seconden om de hoek of door de winkel rennen. Dus laten we gaan."

"Waar?" Vroeg Ben.

Joshua haalde zijn schouders op. "Maakt nu niet uit, echt. Blijf gewoon bij elkaar. Hoe zit het met die menigte mensen daar?"

Zeker genoeg stak een menigte jong uitziende mensen de straat over, het kruispunt van auto's en vrachtwagens achter hun respectieve lichten stilhoudend. In alle richtingen torende gebouwen boven hen uit, hun daken ver boven hun hoofden. Geen van de omringende gebouwen was zo hoog als het Rittenhouse, dat de onmiddellijke omgeving domineerde, maar het gaf Ben het gevoel dat hij ingesnoerd was, gedwongen in een kleine doos temidden van grotere dozen.

Hij hield niet van steden, vooral niet van de binnenstad. Julie had iets met rondkijken in de binnenstad en ze had hem meer dan eens meegesleept, kleine straatjes op en neer en tussen gebouwen door, op zoek naar dat perfecte café of koffietentje. Ze had zelfs gezegd dat ze het leuk zou vinden om in een van de kleine bungalows daarboven te wonen, met hun portiek met uitzicht op de drukke straat beneden.

Hij probeerde haar zoveel mogelijk weg te houden van zo'n fantasie, want hij wist niet hoe hij het zou redden als ze hem dwong op zo'n plek te gaan wonen. Er waren nu precies zulke appartementen aan de overkant van de straat, boven een stomerij op de hoek waar de yoghurtwinkel tegenover zat.

"Zelfs als ze onschuldige omstanders neerschieten, zijn we in die groep beter beschermd en kunnen ze ons moeilijk vinden. Joshua was al in beweging en rende de open deur uit. Ben, Reggie, en Derrick haastten zich om ons bij te houden.

Toen Ben de straat opging, kneep hij zijn ogen dicht, wachtend op de kogels die op hem af zouden komen. Maar die kwamen niet, en hij versnelde zijn weg door de wirwar van auto's naar de tegenoverliggende hoek, precies waar de groep jonge mannen en vrouwen stond. De groep was ongeveer van middelbare leeftijd, een gelijkmatige mix van mannen en vrouwen, en ze leken allemaal even verbijsterd als Ben zich voelde. Maar, het siert hen, ze bewogen niet.

"Blijf onder ze," zei Joshua, zijn stem bevelend maar kalm. "Steek je hoofd helemaal niet omhoog, we willen niet dat ze ons zien en op ons schieten."

"Moeten we *geen* mensen als menselijk schild gebruiken?" vroeg Derrick.

Twee van de jongens die het dichtst bij Ben stonden wierpen hem een blik toe en trokken zich een beetje terug.

"Dat doen we niet," zei Joshua. "We verstoppen ons gewoon. Als we de kans krijgen, duiken we hier in - *nu!*" Joshua schreeuwde het bevel meteen toen hij wegliep, weg van de groep mensen en de winkel op de hoek in. Ben probeerde snel te zijn, maar hij was de langzaamste van de mannen en kwam twee seconden na de rest de winkel binnen.

Hij draaide zich om, vond de groep, draaide zich toen om en keek uit het voorraam, in de richting van de yoghurtwinkel. Hij zag hun aanvallers, vijf mannen in totaal, langzaam de straat op lopen, naar de voorkant van de yoghurtwinkel.

"Denk je dat iemand de geweerschoten gehoord heeft?" vroeg Reggie.

"Als dat zo was, zou dit kruispunt nu een gekkenhuis zijn," zei Derrick. "Een wapen afvuren in een stedelijk gebied is de snelste weg naar absolute chaos en rellen, dus ik denk dat we wel zouden weten of iemand de schoten heeft gehoord."

"En er is nu een slechterik minder," zei Reggie. "Dankzij Ben."

"Sorry daarvoor," zei Ben. "Ik... het was gewoon..."

Reggie legde een hand op Bens schouder. "Niets om je voor te verontschuldigen, man, ik probeerde alleen je aandacht te krijgen."

Ben knikte, en ze draaiden zich om om naar hun omgeving te kijken. Ze stonden in de stomerij. Een toonbank strekte zich uit over de hele lengte van de kleine ruimte, en een enkele pezige stoel stond in de hoek naast een al te ambitieuze nepplant. Er was nauwelijks ruimte om rond de andere mannen te manoeuvreren die binnen stonden, en het meest ontmoedigende van alles was dat er maar één ingang was.

"We zitten hier vast," zei Ben. "Als ze besluiten in de gebouwen in de buurt te kijken, zien ze ons meteen."

"Er is waarschijnlijk een uitgang aan de achterkant, net als in de yoghurt winkel," zei Reggie. "Deze plaatsen zijn klein, maar ze hebben meestal een achteringang voor het laden en lossen van apparatuur."

"Laten we kijken of we het kunnen vinden," zei Derrick. "Ik hou er niet van hier langer vast te zitten dan absoluut noodzakelijk is."

De vier mannen gingen naar het gedeelte van de toonbank dat omhoog ging en toegang verschafte tot de achterkant van de winkel, en Joshua leidde hen erdoor. Een vrouw liep het achterste gedeelte van de toonbank binnen en stopte, met een geschrokken blik op haar gezicht.

"Ik - het spijt me," stamelde ze. "Kan ik u helpen?"

"We zijn op doorreis, mevrouw," zei Joshua. "Sorry dat we u tot last zijn."

"Maar je kunt niet zomaar -"

"FBI, mevrouw," zei Derrick, terwijl hij een portefeuille en een identiteitsbewijs tevoorschijn haalde.

Haar ogen verwijdden zich nog meer, maar ze stapte opzij. "Het is - het is aan de linkerkant, helemaal terug. De uitgang, bedoel ik."

Derrick knikte, en ze liepen door rijen lange, gebogen rekken met kleding, sommige bedekt met plastic en andere rijen wachtend op hun beurt om gereinigd te worden. De krappe ruimte vormde een soort doolhof, en de deur bij de uitgang van het gebouw was nauwelijks een rechte lijn. Ze doken en kronkelden rond de kledingrekken tot Joshua het verlichte uitgangsbord vond en de deur opende.

Ben bevond zich in een ander steegje, maar deze keer waren ze alleen. Ze keken in beide richtingen en vonden alleen toeristen en zakenmannen en -vrouwen die links van hen door de straten liepen.

"Het lijkt erop dat we veilig zijn, voor nu," zei Joshua.

"We gaan er waarschijnlijk recht op af, zodra we weten waar we heen gaan," zei Reggie.

"Daar kan ik mee helpen," zei Derrick. "Ik ben al een beetje opgeschoten in het eerste deel van het dagboek."

"Ja?" Vroeg Ben. "Waar brengt deze kleine excursie ons eerst heen?"

Derrick keek om zich heen naar ieder van hen. "Ik hoop dat jullie van vliegen houden."

HOOFDSTUK 48

BEN KEEK TOE HOE DERRICK DE KOFFER PAKTE DIE HIJ HAD MEEGENOMEN. Hij haalde er een andere wapenkluis uit, een die bijna identiek was aan een van de kleinere die Reggie eerder dat jaar aan Ben en Julie had gegeven. Duimafdruk-detectie, groot genoeg voor een wapen en een paar magazijnen, en sterk genoeg om tegen een stootje te kunnen.

Maar er lag geen pistool in de kluis; in plaats daarvan opende Derrick de koffer en haalde er een klein, versleten leren dagboek uit. Het leek op een Moleskin dagboek, zo groot als een handpalm, met een klein lint dat aan de onderkant hing.

Het dagboek was bruin, de kaft gebarsten en verschoten. Het lint was gescheurd, het bungelende deel bijna helemaal afgesleten, en Derrick pakte het stuk zo voorzichtig mogelijk aan. De eerste bladzijden van het dagboek hadden nog hun rechthoekige vorm, maar de rafelige randen van sommige van de overige bladzijden waren gescheurd en verfrommeld, waardoor kleine pieken en dalen ontstonden op de lange rand van het gesloten dagboek. Hij bracht het terug en legde het op dezelfde stoel als waar de iPad op had gezeten tijdens het gesprek met Mr.

"Dat ding ziet eruit alsof het na 200 jaar nog goed stand heeft gehouden," merkte Reggie op.

"En dan heb ik het nog niet over de klappen die het heeft gehad *tijdens* de expeditie," zei Derrick. "Het is gewikkeld in slagerpapier en cellofaan, strak genoeg om de lucht buiten te houden, en daarna opgeborgen in een kist onder nog meer plastic en papier."

"Sinds Lewis het af heeft?"

"Sinds hij het af had en het aan Thomas Jefferson probeerde te geven," antwoordde Derrick. "Jefferson huurde Lewis in - die vervolgens Clark vroeg als zijn gelijke voor de expeditie - om een doorgang naar de Stille Oceaan te vinden en in kaart te brengen, en door het pas verworven gebied."

"...dat is gekocht met Spaans goud," zei Ben.

"Naar verluidt, als je Daris gelooft."

"En jij gelooft haar niet."

Derrick schudde zijn hoofd. "Ik weet het niet. Ik *kan het niet*. Het is gewoon te..."

"Vergezocht?" vroeg Reggie.

"Nou, nee. Niet per se. Ik bedoel, de Spaanse schatvloot van 1715 *is* gezonken - dankzij een orkaan voor de kust van Florida - en sindsdien zijn er meldingen van goud en zilver dat aanspoelt op de kust. En de aankoop van Louisiana vond plaats met Napolean en Jefferson, met een aantal *twijfelachtige* overwegingen, en tenslotte -" hij pauzeerde voor het effect - "onze natie heeft een lange geschiedenis van achterklap en samenzwering, evenals de noodzaak om door te gaan met het opbouwen van de schatkist om haar imperialistische neigingen te financieren."

Ben luisterde en knikte mee. Hij wist niet zeker of hij er veel van geloofde - geschiedenis was meer Reggie's ding - maar het klonk allemaal redelijk. Hij kon zich niet herinneren hoe vaak iets wat hij op school had geleerd als *een absoluut, concreet feit* was ontkracht door later bewijs, nieuwe ontdekkingen, of een eenvoudige herschrijving van de bekende geschiedenis door iemand anders dan de overwinnaar.

Hij dacht aan de lagere school en het leren over de kleur van de lucht en herinnerde zich dat zijn leraren hem niet alleen geleerd hadden, maar ook echt *geloofden,* dat de lucht blauw was omdat hij de kleur van de oceaan op het oppervlak van de aardbol weerspiegelde.

Het was dan ook vreemd dat zijn familie door de Great Plains van het land was gereisd en dat de lucht nog blauw was, zoals de oceaan, maar dat er in de buurt geen oceaan te bekennen was en een overvloed aan groene, glooiende korenvelden en gele vlaktes.

Het was tien jaar later toen hij de waarheid leerde. Iets over diffuusheid en de lengte van de lichtgolven die de aarde en zijn oog bereikten. Hij kon zich de details niet herinneren - een ander kenmerk van openbaar onderwijs in de VS - maar hij wist drie dingen: één, de lucht was blauw; twee, het deed er niet veel toe waarom, en drie, zijn leraren waren niet de ultieme autoriteiten over alles wat zij onderwezen.

Het betekende ook dat kennis iets anders was dan wijsheid. Hij dacht aan het oude gezegde: "Kennis is weten dat een tomaat een vrucht is; wijsheid is weten dat je hem niet in een fruitsalade moet doen".

Tomaten en fruitsalades daargelaten, Ben wist dat kennis veranderde als, nou ja, kennis veranderde. De feiten waarmee hij was opgegroeid, waren niet per se 'feiten', maar 'dingen die we nu geloven, behoudens verder bewijs van het tegendeel'. Hij waardeerde de omarming door de wetenschappelijke gemeenschap van het idee dat een 'theorie' geen theorie werd genoemd omdat het een gissing was, maar het tegenovergestelde: een theorie werd beschouwd als de beste verklaring die een groep kon bedenken, en die was nog niet weerlegd. Zij waren intelligent, maar toch bereid toe te geven dat het leven steeds veranderde, en wisten dat informatie en nieuwe manieren om naar oude informatie te kijken altijd in het verschiet lagen.

Hij probeerde deze kijk op het leven te behouden, maar zijn koppigheid kreeg vaak de overhand. Hij was een eenvoudige man, bereid om nieuwe dingen te aanvaarden, maar niet actief op zoek naar hen. Hij hield van wat hij leuk vond, en dat was dat. Niet echt een citaat, maar Julie herinnerde hem graag aan die woorden als ze iets nieuws kookte of hem meenam naar een nieuw restaurant waar hij nog nooit was geweest.

Toen hij Roger Derrick zijn visie op de geschiedenis van het vroege Amerika hoorde uitleggen, moest hij toegeven dat het vergezocht klonk, maar toch aannemelijk. Maar waarom was het vergezocht? Was het gewoon dat hij was opgegroeid in een wereld die specifiek iets anders geloofde? Was het hem van jongs af aan ingeprent om te geloven dat de Verenigde Staten de 'good guy' waren, die in elke situatie de foutloze politieagent was en de rest van de wereld de waarheid en de rede bood?

Hij wilde het antwoord weten.

Hij wilde Julie vinden, maar er was ook een knagend gevoel in zijn hoofd, iets dat niet op emotie maar op rede berustte. Hij wilde het weten, waarschijnlijk alleen omdat de vraag was gesteld.

Ook Reggie leek geïntrigeerd. Zijn vriend leunde voorover, het begin van een grijns op zijn gezicht, terwijl hij luisterde naar Derrick.

"Dus Jefferson had misschien iets anders nodig - iets meer dan wat het Congres bereid was te bieden - om Napolean tot verkoop te verleiden. Iets dat later tegen de Spanjaarden gebruikt kon worden, of iets dat *voor* de Spanjaarden gebruikt kon worden. Het maakte hem niet uit, want Spanje was nauwelijks de bedreiging die de Britten in dat gebied vormden, maar hij wist dat wat hij had waardevol was."

"Het klinkt alsof *je* deze theorie gelooft," zei Joshua. Als één van hen niet onder de indruk was van Derricks monoloog, dan was het Joshua wel. Altijd de die-hard, stond hij zelden toe dat emoties in de weg van het werk kwamen. Zijn taak was nu om Daris te stoppen en Julie te vinden. Ben waardeerde dat, maar hij wist ook dat hoe meer ze begrepen van Derrick's en Daris' overtuigingen, hoe meer kans ze hadden om hen voor te zijn.

"Nee," zei Derrick. "Dat doe ik niet. Ik wijs er alleen maar op hoe *aannemelijk* het zou kunnen zijn. Het is geen vergezochte theorie, zoals dat buitenaardse wezens Stonehenge bouwden, of iets dergelijks. Het is gebaseerd op historische feiten, en er zouden sterke motieven voor geweest zijn."

"Dus wat *wil* je zeggen?" vroeg Joshua.

"Ik zeg dat het niet te ver gezocht is. Het is gewoon te... *gemakkelijk*. Dat al die stukjes zo op hun plaats vallen - dat Jefferson de Spaanse schat in handen heeft, Lewis bereid is aan een gevaarlijke, levensgevaarlijke expeditie mee te doen, en de jonge natie behoefte heeft aan een 'geheime' beurs. Het lijkt gewoon te gemakkelijk om waar te zijn."

"En toch kwam Jefferson als overwinnaar uit de strijd, en *hij* stuurde Lewis naar de Stille Oceaan en terug, en de natie kon zich veroorloven wat ze maar wilde, tot ze gewoon meer geld konden drukken wanneer ze het nodig hadden."

Derrick knikte. "Juist. Maar toch..."

"Kijk, we staan achter je, man. Dat hebben we je al gezegd. Misschien is wat we vinden niets. Misschien vinden we een wonderbaarlijke schat en worden we allemaal rijk. Het punt is, we zitten er nu tot het einde in, tot we Julie vinden."

Ben was het ermee eens. "Tot we Julie vinden."

Derrick keek naar hem.

"Ik doe mee," zei Ben. "Maar als we Julie krijgen, zijn we weg."

Reggie keek hem aan. "Ik dacht dat we het eens waren -"

"Dat hebben we gedaan," zei Ben. "En ik blijf bij die afspraak, dat we de schat van Daris zoeken, of op de een of andere manier ontkrachten dat die bestaat, en dat we dan Julie vinden. Maar als we Julie *eerst* vinden, neem ik haar mee naar huis. Dan zijn we klaar. Begrepen?

Reggie zuchtte en keek toen naar Derrick.

"Het is goed," zei Derrick. "Ik snap het." Hij wendde zich tot Ben. "Dat waardeer ik, Harvey. Dank je. Ik neem alle hulp aan die ik kan krijgen. En ik geloof echt dat als we Daris en haar team kunnen verslaan op hun bestemming, we Julie kort daarna zullen vinden. Ze werd ontvoerd dankzij mij en mijn zoektocht, en ik sta bij je in het krijt."

Ben knikte, plechtig. Hij had de fout gemaakt om in Derricks verhaal te trappen, om zich over dit alles op te winden. Het mysterie, de geschiedenis, de schat die naar hen riep.

Hij schudde dat gevoel van zich af. Julie was daarbuiten, bang en alleen, en waarschijnlijk...

Ook dat was een pijnlijke gedachte. Hij balde zijn vuisten en herinnerde zich wat hij zou doen met de mannen - en vrouwen - die haar hadden meegenomen.

Ze zullen boeten, dacht hij. *Ze zullen boeten met hun leven.*

Hij wist niet hoe, of wanneer, maar hij zou ze vinden.

HOOFDSTUK 49

"IK KAN NIET GELOVEN DAT JULLIE ME HIERHEEN LIETEN VLIEGEN MET EEN LIJNVLIEGTUIG," zei Reggie terwijl hij zijn benen strekte. "Ik dacht dat jullie onkostenrekeningen hadden."

Derrick glimlachte. "Dat doen we, ze dekken alleen niet onze onkosten. Bedankt voor dit, trouwens."

De groep van vier zat in een gecharterd vliegtuig en vloog over het hele land met een koers die hen in zeven en een half uur naar Portland International Airport zou brengen. Joshua had Mr. E gebeld en hun situatie uitgelegd, dat ze waren beschoten en nu op de vlucht waren voor meer van de Ravenshadow mannen, en dat ze - snel - naar Oregon moesten zien te komen.

Binnen een uur hadden ze het privé-chartergedeelte van de luchthaven van Philadelphia bereikt en stegen ze naar hun vlieghoogte.

Hoewel de accommodaties veel beter waren dan een commerciële jet of een piepkleine vijver-hopper, voelde Ben meer stress en angst dan hij in het afgelopen jaar had gehad. Julie was weg, vermoedelijk nog steeds in Philadelphia, en hij had bij haar willen blijven. Mr. E en de andere mannen hadden hem omgepraat, want hij zou haar toch niet kunnen vinden - of terughalen - in zijn eentje. En, zo argumenteerden ze, hij was een integraal deel van het team.

Hij was het ermee eens dat achterblijven hem alleen maar meer verdriet en ruzie zou opleveren, en het zou de groep een hoofd minder geven om te gebruiken voor het oplossen van problemen. Hij ging met tegenzin aan boord van het vliegtuig, ging zitten en maakte zich vast aan de riemen, en hield de armleuningen stevig vast tijdens het opstijgen.

Nu ze op kruishoogte waren, zette hij het scherm van zijn telefoon aan en bladerde door het verslag dat de anderen hadden gelezen. Hij was van plan het even door te nemen, maar de beknopte, eenvoudige uitleg trok hem al snel naar binnen. Hij las, terwijl de anderen bezig waren met een discussie over hoe ze het beste aan wapens konden komen als ze geland waren. Het huidige gesprek was het informeren naar een FBI safe house in Oregon, Derrick de hoeveelheid handwapens en munitie laten lenen die ze nodig zouden hebben zonder al te veel rode vlaggen tegelijk op te werpen.

Mr. E had een voertuig voor hen geregeld, en ze waren van plan om onmiddellijk na de landing naar het veilige huis in het zuiden te rijden, dat niet ver van de route naar hun *volgende* locatie lag: Fort Clatsop, het westelijke kamp van de Lewis en Clark expeditie, nu een nationaal historisch monument nabij Astoria, Oregon.

Ze zaten in hun stoelen, aan de overkant van het gangpad tegenover Ben, maar Derrick's stoel een gangpad hoger was omgedraaid zodat hij tegenover Reggie en Joshua zat. Tussen hen in hadden ze een klein uitklapbaar tafeltje neergezet dat Joshua had gevonden in een opbergkast achterin het vliegtuig, en Roger Derrick had er het voorwerp op gelegd dat hij uit zijn aktetas had gehaald. Ben stond op en liep naar het andere gangpad, in een poging een beter zicht te krijgen op het kleine boekje dat Derrick op het tafeltje had gelegd.

Derrick haalde toen een pincet uit een zak die hij uit zijn zak had gehaald, en een bril die nu aan het eind van zijn neus hing. Ben schatte de man ergens tussen de 40 en 45 jaar oud, oud genoeg om het nauwelijks grijzende haar dat hij droeg te rechtvaardigen, maar jong genoeg om een bril overbodig te vinden.

Maar toen Derrick de kaft van het dagboek opende, begreep Ben onmiddellijk waarom de bril nodig was. De handgeschreven tekst was lukraak en schuin schuin op de eerste bladzijde gekrabbeld.

Meriwether Lewis, kapitein.

Derrick las hardop de regel voor die onder het monogram was gekrabbeld. "Het dagboek dat de gebeurtenissen en bezienswaardigheden van de Expeditie beschrijft en vastlegt, bestemd voor T. Jefferson."

"Was dit *alleen* voor Jefferson bedoeld?" vroeg Reggie. "Was dat het geval met de andere journaals?"

"Nee," zei Derrick. "De rest van de dagboekverzameling begint allemaal met zijn naam en gaat dan in op de details, maar men neemt aan dat ze altijd bedoeld waren als een soort 'openbaar archief'. Bedoeld voor de rest van de wereld om te lezen en te bestuderen. Hij tekent foto's, schrijft verhandelingen over vogels en wilde dieren, en beschrijft tot in de kleinste details de planten en taferelen die ze op hun expeditie tegenkwamen."

"Dat klinkt als een behoorlijk indrukwekkende hoeveelheid werk," zei Joshua. "We lezen daar iets over in de brief."

Ben knikte, nu in staat om het eens te zijn met Joshua's verklaring. Hij was onder de indruk geweest toen hij had gezien hoeveel het expeditieteam van Lewis en Clark had geschreven tijdens hun tocht door het land en terug.

"Het was," zei Derrick, met een blik van eerbied op zijn gezicht. "Het was ongelooflijk indrukwekkend. De man schreef essays van 2000 woorden *nadat hij* 20 mijl per dag had gereisd en had gejaagd en gevist op - en gekookt voor - zijn voedsel. Hij was waanzinnig productief, en zijn oeuvre is tot op de dag van vandaag een betrouwbare gids voor het hoogland."

"Wow," zei Reggie.

"Wow is juist." Hij pauzeerde en sloeg de volgende bladzijde zo voorzichtig mogelijk om. "Deze man was, onder andere, een Amerikaanse held. Er werden liederen over hem geschreven, en het hele land kende zijn naam en zijn verhaal."

De bladzijde viel met een licht gekraak op de opengeslagen omslag en Ben kon de eerste bladzijde tekst zien - hetzelfde gekrabbelde, bijna onleesbare handschrift vulde de bladzijde. Het papier was vergeeld, maar nog stevig genoeg om een fatsoenlijke achtergrond te bieden voor het geschrift zelf.

Derrick vervolgde zijn uitleg. "Hij begint in december 1805, tegen het einde van hun expeditie en nadat ze de Stille Oceaan hadden bereikt en naar huis waren gegaan."

"Dus waar het dagboek voor bedoeld was, was niet iets waar hij aan dacht tot ze naar huis gingen?"

"Nou," legde Derrick uit. "Misschien. Of het is gewoon dat zijn 'geheime' missie niet mocht beginnen voordat hij zijn andere doelen had bereikt: de Pacific vinden, een soort handelsovereenkomst sluiten tussen Amerika en de Indianen van de vlakten, en niet sterven."

"Dus hij volbracht die dingen, en *dan* begint hij het dagboek?" vroeg Ben.

"Correct," zei Derrick, knikkend. "Hij wacht met eraan te beginnen tot ze goed en wel op de terugweg naar huis zijn. Maar deze eerste bladzijde bevindt zich midden in de gebeurtenissen, in Fort Clatsop, in het huidige Oregon, waar ze overwinterden gedurende de laatste maand van 1805 en de eerste maanden van 1806."

"Buiten Astoria?" vroeg Joshua. "Ik ben er wel eens geweest. Ik bedoel, ik heb het fort nooit gezien, maar ik herinner me dat ik er ooit een bord voor heb gezien."

"Een en dezelfde," zei Derrick. "Ze bouwden het fort in december 1805, in de hoop het op zijn plaats te krijgen voor de winter toesloeg. Het was regenachtig en ellendig, maar ze maakten het af en verhuisden half december. Het is sindsdien gerenoveerd en herbouwd door de National Parks Service."

"En Lewis begon toen met zijn *geheime* dagboek."

"Correct. Hij begon te schrijven op kerstavond, 1805, na het uitwisselen van geschenken."

"Waarom dan beginnen?"

Derrick haalde zijn schouders op. "Dat is een deel van het mysterie, omdat hij er nooit op ingaat. Er is een enkele dagboekaantekening op kerstavond, dan gaat het dagboek verder naar maart, de dag dat ze Fort Clatsop verlaten. Maar na de inscriptie begint het dagboek gewoon, alsof het iets is wat hij altijd al gedaan heeft. Het was ook een hele prestatie, want hij bleef schrijven in de *andere* journaals, de openbare journaals."

"Waar hij duizenden woorden per dag zou schrijven?"

"Ja, of op zijn minst iets. Hij had verhandelingen over planten, dieren en Indianen die ze onderweg tegenkwamen, en hij verzamelde, catalogiseerde en documenteerde ook ontelbare soorten wilde dieren."

"Drukke jongen."

"Nou, hij had geen mobieltje om hem af te leiden," zei Reggie. "Maar ja, dat is indrukwekkend."

"Het is verdomd indrukwekkend. Bijna niet te geloven. En Clark deed dit ook, om er zeker van te zijn dat ze altijd meerdere gezichtspunten zouden hebben, of overlap met andere mannen dagboeken die de meest accurate analyse zouden geven."

"Het is verbazingwekkend dat ze zelfs maar terug zijn gekomen," zei Joshua. "Ik las in de brief dat het krankzinnig was dat ze niet gedood of gescalpeerd waren door een stam."

"Het is wonderbaarlijk," zei Derrick. "Toch hebben ze het voor elkaar gekregen. Een opmerkelijke reis, die mede de reden is waarom ze vandaag de dag nog steeds gevierd worden."

Derrick stopte en keek neer op het dagboek dat voor hem lag, en Ben voelde het gewicht ervan, het moment van eerbied. Hij respecteerde dat, en wachtte tot Derrick klaar was.

Uiteindelijk sloeg Derrick de volgende bladzijde om en begon te lezen.

"Kerstavond, 1805. We zijn vermoeid, maar de stemming is goed. Men weet niet wat morgen brengt, maar toch is men optimistisch. Ze kunnen niet vrezen wat ze niet weten, en wat ik weet, vrees ik ook niet."

Ben sloeg zijn armen over elkaar. "Dat is een cryptische manier om een dagboek te beginnen."

"Op zijn zachtst gezegd," zei Reggie. "Man, dat is vreemd. Zijn zijn andere dagboeken ook zo geschreven?"

Derrick schudde zijn hoofd. "Nee, helemaal niet. Hij is meestal recht door zee, vrij to-the-point. De dagboeken moesten tenslotte gebaseerd zijn op feiten, gewoon observaties van wat hij zag, met weinig pontificaal en speculatief."

"Het is duidelijk dat hij geen veldnotities meer schrijft," zei Joshua.

"Daar lijkt het wel op," zei Derrick. "Daarom geloof ik dat Daris zo in dit dagboek geïnteresseerd was."

"Heeft ze het dan gelezen?"

"Ze heeft waarschijnlijk kopieën van elke individuele pagina, zowel handgeschreven als gescand. Ik neem aan dat ze ze persoonlijk heeft doorgenomen, en waarschijnlijk zelfs leden van de academische gemeenschap om hulp heeft gevraagd. Subtiel, natuurlijk, en zonder te vermelden waar de scans van waren."

"Ja," zei Reggie. "Dat is wat ik zou doen."

"Nou, dat *is* wat we gaan doen," antwoordde Derrick. Iedereen keek hem aan. "We gaan naar Oregon, maar we gaan niet naar Fort Clatsop. We gaan naar 's werelds grootste expert over Lewis en Clark. Ze heeft haar hele leven besteed aan het bestuderen van hun reis, en ze heeft haar huis omgebouwd tot een Lewis en Clark museum dat ze zelf heeft gebouwd nadat haar man haar had verlaten."

"Zij is 's werelds *grootste expert?*" vroeg Reggie.

Derrick schraapte zijn keel. "Nou... volgens haar."

Reggie grinnikte. "Geweldig. Ik wed dat ze ook makkelijk is om mee te praten. Haar man verliet haar, woont alleen in een museum, rare obsessie voor Lewis en Clark. Geen sociale onhandigheid of zo, toch?"

Derrick fronste zijn wenkbrauwen en richtte zich toen rechtstreeks tot Reggie. "Nou, ze is niet zonder haar eigenaardigheden. Ze zegt dat ze een afstammeling is van Sacagawea."

"Nog beter. Wat is haar naam? Misschien kunnen we een beetje onderzoek doen voordat we landen."

Derrick schudde zijn hoofd. "Nou, ze doet niet *aan* internetdingen, dat is een deel van de reden dat niemand van haar museumpje weet. Maar ik weet alles wat je over haar moet weten."

Ben merkte dat Joshua begon te grijnzen, en hij voelde dat hij wist waar dit heen ging.

"Waarom is dat?" Vroeg Reggie.

"Omdat ze mijn grootmoeder is. Cornelia Derrick."

Reggie kreunde, en Joshua's grijns veranderde in een brede glimlach.

HOOFDSTUK 50

IN DE LAATSTE DAG, had BEN twee keer door het land gereisd. Hij was geslagen en beschoten, en Julie was van hem afgenomen. Hij was nijdig, chagrijnig en moe. De vlucht, zo comfortabel als die was, bood weinig respijt. Ze hadden besloten om te proberen wat te rusten, en dan weer aan het dagboek te beginnen als ze wakker werden.

Tijdens de vlucht had hij in de vliegtuigstoel heen en weer geslingerd, en toen de 'omroepersstem' van de piloot, die de afdaling aankondigde, inbrak in zijn onrustige slaap en hen wakker maakte, besefte hij dat hij nu, bovenop al het andere, ook nog pijn had.

Hij kreunde en zette zijn stoel weer recht.

"Jij ook, broer?" vroeg Reggie, terwijl hij in zijn ogen wreef en hevig knipperde.

"Sliep als een roos," zei Ben. "Van een klif gevallen."

"En landen op een spijkerbed," voegde Joshua eraan toe. "Zijn we er al?"

"Ik denk het," zei Ben. "Helaas. Maar elk uur dat wij slapen, besteedt Julie aan..."

"Denk niet zo, maatje," zei Reggie. "We krijgen haar terug. Dat heb ik je beloofd."

Ben knikte. *Het maakt niet uit wat je belooft,* dacht hij. *Ik krijg haar hoe dan ook terug.*

Roger Derrick leek de enige man aan boord te zijn, op de piloot zelf na, die niet van streek was. "Zijn we klaar om te vertrekken?" vroeg hij. "De klok tikt door."

"Je kunt nergens heen tot deze vogel geland is, grote jongen,' zei Reggie.

"Nee, maar we kunnen onze volgende zet plannen. Ik denk dat we ongeveer een half uur hebben voor we op de grond zijn en binnen kunnen taxiën. Dat is een half uur plannen."

"Ik dacht dat het plan was, 'praat met je rare oma,'" zei Reggie.

Derrick keek hem boos aan.

"Sorry. Ik bedoelde, 'praat met je *volledig normale en evenwichtige* grootmoeder."

"Het is," zei Derrick. "Maar... ze kan ons misschien niet veel meer geven dan we al hebben."

"Ik dacht dat je zei dat ze 's werelds grootste expert was," zei Ben.

"Dat klopt, maar ook dat zij de *zelfverklaarde* expert was, weet je nog? Het is een paar jaar geleden dat we hierover hebben gepraat, en ze heeft... gezondheidsproblemen.

"Sorry dat te horen, vriend," zei Reggie.

Derrick schudde het van zich af. "Dank je. Het is goed, echt. Geheugenverlies, waarschijnlijk een vroege vorm van Alzheimer, maar ze nadert de negentig, dus ik mag niet echt klagen. Het hoort er een beetje bij."

Voor een kort moment herinnerde Ben zich zijn moeder, Diana Torres. Ze had haar meisjesnaam een paar jaar na het overlijden van zijn vader weer aangenomen, en Ben had altijd aangenomen dat dat vooral was omdat ze haar zoon de dood van haar man niet kon vergeven. Ze had geen Alzheimer, maar ze had wel regelmatig geheugenverlies, ook al had ze werk en een gezonde, actieve levensstijl gehad tot het einde toe.

Het einde dat ik veroorzaakte, dacht Ben. Hij had Juliette leren kennen door een virusdreiging in Yellowstone, waar hij werkte, en hij had zijn moeder, een chemisch analiste, een monster van de stam gestuurd.

Binnen een week was ze weg.

Het gat in zijn hart was gewoonlijk meer dan gevuld door Julie's aanwezigheid, maar aangezien Julie nu ook weg was...

"Hoe dan ook," zei Derrick. "Ik ben alleen bang dat ze hetzelfde zal zeggen als waar ze het altijd over heeft gehad. Dat er 'iets daarbuiten is, maar dat het verborgen is om ons te beschermen.' Het is altijd een vorm van dat gerucht. Maar als ik haar onder druk zet, slaat ze dicht, alsof het haar plicht is het geheim te houden."

Reggie knikte. "Weet ze van het dagboek?"

Derrick keek hem aan. "Nee, ik denk dat dat dingen kan veranderen."

"Als ze dit echt gelooft, en ze heeft er *bijna* met jou over gepraat, dan wed ik dat ze zich meteen openstelt als je dat oude stoffige boek voor haar gezicht neerlegt."

"Ja," zei Derrick. "Je hebt waarschijnlijk gelijk. Toch denk ik dat het het beste is als we onze volgende stap doornemen, kijken of we er niet achter kunnen komen waar dit dagboek ons naartoe probeert te wijzen."

Hij opende het dagboek opnieuw en bladerde naar de pagina na de eerste inscriptie, en begon toen te lezen.

"23 maart. In de richting van de Cottonwoods, waar de unieke drie lagen."

Hij keek op.

"Is dat alles?" Vroeg Reggie. "Op pagina één? Alleen maar een zin?"

Derrick glimlachte. "Waarom denk je dat we niet hebben kunnen achterhalen wat het ook is dat verborgen wordt gehouden?"

"Omdat het allemaal wartaal is," zei Reggie. "Het betekent niets, zoals je vermoedde. Het is gewoon gekrabbel."

Derrick schudde zijn hoofd. "Nee, dat kan ik niet geloven. *Logi-*

scherwijs is het logisch dat er geen 'groot complot' is, dat Daris voor niets op een fanatieke speurtocht is, maar zoals ik je al eerder vertelde, denk ik dat er *iets* aan de andere kant is. Ik denk dat Lewis iets *heeft* verstopt, ook al zijn het maar een paar planten - al zijn het een paar planten met de kracht om iemand voor een paar dagen inert te maken."

"Dus het is allemaal code?" Vroeg Ben. "Schreef hij een gecodeerde boodschap aan Jefferson?"

"Nou, dat is duidelijk," zei Derrick. "Hij moest een boodschap aan Jefferson overbrengen, dus schreef hij het op. Maar *wat* hij hem probeerde te vertellen is erg onduidelijk. Het is niet per se een code, want het is in gewoon Engels geschreven. Er staan talloze spelfouten in, maar dat was normaal voor alle mannen die tijdens de expeditie een dagboek bijhielden."

"Dus waar zijn die Cottonwoods?" vroeg Ben.

"We hebben geen idee," zei Derrick. "Er zijn *overal* Cottonwood bomen aan deze kant van de wereld."

"Nou dan, waar waren ze op 23 maart 1806? Fort Clatsop, toch?"

Hij schudde zijn hoofd. "Nee - ik bedoel, ja, ze waren in het fort in Oregon, klaar om te vertrekken. Maar ik heb dat gebied meerdere malen verkend. Het is nu een toeristische trekpleister, en zelfs het omliggende gebied is goed bereisd. Als daar iets was, zou het nu al gevonden zijn."

Joshua wreef over zijn kin, nadenkend.

Ben fronste zijn wenkbrauwen. "*Unieke* Cottonwoods. Drie stuks. Ja, hij heeft gelijk. Die zijn overal, en we moeten er maar *drie* van vinden."

"Wacht -" Zei Reggie. "Ben je pas met de *eerste aanwijzing bezig?*"

Derrick zuchtte, keek op van het dagboek en stelde zijn spiekbril bij. "Wel, ja - we moeten nog bepalen wat de eerste aanwijzing betekent - maar de andere aanwijzingen zijn lang niet zo cryptisch. Denk ik niet."

Joshua stond op en begon te ijsberen. "Oké, dan. Hoeveel aanwijzingen zijn er?"

"Drie."

Joshua stopte. "*Drie?* Er zijn er maar *drie*? Wat voor een schattenjacht is dit?"

Derrick knikte. "Maar drie. En zoals ik al zei, ik weet niet zeker of het een schattenjacht *is*, hoe graag Daris ook wil geloven dat het zo is. En de tweede lijkt nogal voor de hand liggend, alsof Lewis niet iets slims kon bedenken om te schrijven. Hij mag dan een groot natuuronderzoeker en landmeter zijn geweest, en zeker een bekwaam leider van mensen, maar een schatkaartenmaker was hij niet." Hij glimlachte, sloeg de bladzijde om met de pincet en liet hem zachtjes op de eerste twee vallen. "In de Grot der Schaduwen."

"In de Grot der Schaduwen," zei Reggie. "Ik snap het. Dus je hebt al gezocht naar deze 'Cave of Shadows' plek?"

"Zoveel we konden, ja," zei Derrick. "Het is een lang pad, en er waren genoeg plaatsen waar ze een grot hadden kunnen vinden."

"Dus er is vandaag niets dat 'Cave of Shadows' heet?"

Derrick schudde zijn hoofd.

"Hoe zit het met de derde aanwijzing?"

"In het zilver ligt het goud."

"Binnen de - *serieus*?" vroeg Reggie. "Is *dat* Lewis' laatste aanwijzing?"

"Ik zei toch dat het cryptisch was. Hij hield niet van bloemrijke proza, en ik wed dat hij niet super creatief was met zijn code. Hij had iets utilitairs nodig, iets pragmatisch - iets wat hij kon opschrijven dat de schat zou verbergen voor iedereen die er toevallig naar op zoek was. Alleen iemand met genoeg kennis van de expeditie, zoals Jefferson zelf, kon het ontcijferen. En het is een lineaire progressie, ook. Het heeft geen zin om te zoeken naar antwoorden op de tweede en derde aanwijzing totdat de eerste is opgelost.

"Daarom gaan we naar mijn grootmoeder. Zij kan ons helpen."

"Geweldig," zei Reggie, terwijl hij weer in zijn ogen wreef. Hij gaapte. "Niet alleen heb ik niet genoeg geslapen, maar nu hebben we ook geen beter idee dan je grootmoeder te bezoeken."

"Ze weet waar ze het over heeft," zei Derrick. "Je zult het zien."

"Ik kan niet wachten om haar te ontmoeten," zei Reggie.

HOOFDSTUK 51

VOELDE REGGIE ZICH VERSCHEURD. Aan de ene kant had hij nog nooit in zijn leven iemand ontmoet die zo excentriek was, zo ronduit *vreemd*. De vrouw voor hem leek een mengeling tussen Frans-Cajun en Jamaicaans, met haar dat ze hoog op haar hoofd droeg, a la Marge Simpson. Stukjes en snuisterijen die ze tijdens haar lange leven op reis had gevonden, waren erin gepropt, en Reggie kon niet anders dan staren.

Het was drie uur geleden dat ze in Astoria waren geland, wapens hadden opgehaald bij het FBI safe house waar Derrick ze naartoe had gebracht, en toen naar het kleine huis-museum van Derricks grootmoeder waren gereden. Hij vroeg zich af of hij gewoon aan het ijlen was, lijdend aan een gebrek aan slaap, en de vrouw die nu voor hem stond niets meer was dan een normale, evenwichtige, Oregonian.

Drie kammen, twee eetstokjes, zo'n honderd kralen, en - wat is dat? Is dat een nepvogel? Hij bleef naar Joshua en Ben kijken om te zien of zij het meer dan levensgrote haar en de persoonlijkheid van de vrouw hadden opgemerkt, en of zij erdoor werden beïnvloed, maar beide mannen leken beter dan hij in staat hun emoties binnen te houden.

Maar aan de andere kant was de moeder van Roger Derrick,

Cornelia Derrick, een van de beste koks die hij ooit had mogen ontmoeten. Haar eten zou de jambalaya van een Cajun restaurant nog overtreffen, en hij maakte geen grapje. Hij had *honderden* Cajun gerechten geprobeerd, rechtstreeks uit de bayou en van andere plaatsen in de wereld, en die van haar was de beste.

"Wonen dicht bij het water, mijn beste," had ze hem verteld met haar dikke, gehakte accent. "Je krijgt hier de beste zeevruchten van de wereld, maar niemand weet dat." De woorden gleden van de ene naar de andere lettergreep, stegen en daalden, maar stopten net toen de ene lettergreep ophield en de volgende begon.

"Nou," zei Reggie, terwijl hij probeerde te praten zonder zijn mondvol eten te verliezen. "Dit is absoluut fenomenaal. Ik - ik kan je niet eens vertellen -"

"Ik hoor dat van mijn jongen," zei ze, Derrick een duwtje gevend. "Maar ik zeg altijd dat hij me gewoon een plezier doet."

Derrick schudde zijn hoofd. "Ik heb geprobeerd mijn oma te vertellen een restaurant te openen, maar ze wil niet luisteren. Ze zegt dat ze het te druk heeft."

"Ik moet de planten water geven," legde ze uit. "Ze kunnen zichzelf geen water geven, of wel?"

Toen Reggie zijn eerste kom jambalaya op had, nog voor hij de kruidige bouillon kon drinken, had Cornelia nog een schep voor hem neergeplempt.

"Eet," zei ze. "Mijn jongen vertelt me dat je een avontuur hebt."

"Dat heb ik niet gezegd," zei Derrick. "Ik zei dat we iets zochten."

"En als u hier bent, betekent het dat u iets zoekt in verband met de Expeditie."

Reggie glimlachte. "Nou, waarom denkt u dat, mevrouw?"

Ze fronste haar wenkbrauwen. "Noem me geen 'mevrouw', jongen. Cornelia is de naam die mijn moeder me gaf, en die zou goed genoeg voor jou moeten zijn."

Reggie knikte, zijn glimlach groeide. De vrouw deed hem in

sommige opzichten aan zijn eigen grootmoeder denken, die al lang overleden was. Toen hij opgroeide was een bezoek aan 'Meemaw' een speciale traktatie - ze konden eten wat ze maar wilden, wanneer ze maar wilden, en er was niemand om te zeggen dat ze moesten ophouden. Zolang hij en zijn broers en zussen zich gedroegen en op hun manieren pasten, was Meemaw hun beste vriendin.

Maar als ze zich *niet gedroegen...*

Reggie huiverde bij de gedachte.

"Sorry, ja ma - Cornelia. Nogmaals bedankt dat u ons wilt ontvangen. Zoals Der - *Roger* zei, we *zijn* op zoek naar iets. Hij zegt dat je bekend bent met de, uh, *Expeditie.*"

"Bekend?"

De kleine vrouw met het enorme haar draaide zich om en keek Derrick aan met een uitdrukking die, ware het niet dat de vrouw zo klein van gestalte was, Reggie bang zou hebben gemaakt. Derrick barstte in lachen uit.

"Sorry, oma. Ik *heb* ze verteld dat jij de beste bent, maar..."

"Ik *ben* de beste," zei ze, terwijl ze zich omdraaide om de andere drie mannen aan de tafel aan te staren. "Ik weet *alles* over de expeditie van Lewis en Clark. Vertel me nu maar wat jullie zoeken, terwijl ik meer eten voor jullie haal."

Reggie keek naar zijn twee partners. Joshua's ogen keken hem uit, en zijn halfvolle kom stond voor hem, noch de man noch de kom wilde meer eten. Ben, zijn tegenpool, zat met zijn ellebogen op tafel, een lepel in de ene hand en een servet in de andere, angstig wachtend op meer van de soep. Reggie lachte, half verwachtend dat Ben zijn lippen zou beginnen af te likken.

"Nou, mevrouw - nou, Cornelia," zei Joshua. "We zijn op zoek naar een schat. Eentje waarvan we denken dat Meriwether Lewis hem misschien heeft meegenomen op het pad."

"Ah, ja," zei de oude vrouw. "De Jefferson schat."

"Jij - jij weet ervan?" vroeg Joshua.

"Ik zei je, ik weet *alles* over de Expeditie. En er wordt gezegd dat het verborgen was om ons allemaal te beschermen, weet je. Ik zou niet naar zoiets op zoek gaan."

Derrick rolde met zijn ogen. "Waar is het dan, oma?"

Ze keek naar elk van hen, één oog bijna dicht en elk van hen op zijn beurt onderzoekend. Alsof het een test was, en zij de leerling. "Ik weet het niet," snoof ze. "Maar al het *andere* weet ik wel."

Reggie glimlachte. Hij mocht deze vrouw, en niet alleen vanwege haar eten. Alles bij elkaar - de combinatie van haar persoonlijkheid en uiterlijk met haar kookkunsten, haar geen onzin houding, en haar gracieuze gastvrouw, die hen met z'n vieren in haar huis liet zonder ook maar iets te vragen.

"Wel, oma," zei Derrick. "Wist jij *hiervan?*"

Hij greep in zijn aktetas en haalde er het kleine, in leer gebonden dagboek uit en legde het voor hem op tafel.

Ze keek naar het dagboek, bestudeerde het, en greep er toen eindelijk naar. Derrick ving haar kleine, frêle pols en stak zijn pincet uit. "Hier, gebruik deze."

Ze nam de pincet en opende de kaft tot de eerste pagina. Reggie en de anderen wachtten tot ze klaar was met lezen. Ze keek op, haar ogen wijd open, haar mond iets open.

"Waar heb je dit vandaan, mijn jongen?" vroeg ze. En dan, na een moment, "is het *echt?*"

"Het is echt, oma. Het is echt zijn handschrift. Ik heb dat eerst gecontroleerd, en het leer is oud genoeg om uit die tijd te zijn."

Ze trok een wenkbrauw op, wachtend tot hij haar *eerste* vraag zou beantwoorden.

"Ik - ik heb het geleend," zei hij. "Van de Society."

"Je *hebt geleend -*" snoof ze, en gooide toen haar handen in de lucht, geërgerd. "Je *hebt* dit geleend? Je *hebt dit gestolen*, mijn jongen! Je *nam* het, van de Society zelf. Je weet wat dit betekent voor..."

Ze stopte, trok haar schouders wat op en liet haar hoofd zakken.

"Het is goed," zei Derrick. "Zij weten het. Ze weten alles."

"Weten ze dat je lid bent van de Society?"

"Dat doen ze, en ze weten ook dat ik van de FBI ben."

"Is dat hoe je aan het dagboek bent gekomen?" vroeg ze.

Hij knikte, zonder te zeggen of het zijn APS-banden of zijn FBI-carrière waren die tot zijn betrokkenheid bij het tijdschrift leidden.

"Nou, dit is... dit is gewoon..." ze reikte naar haar voorhoofd. "Ik heb een glas water nodig." Cornelia Derrick duwde zich terug van de tafel en begon te staan.

"Hier, oma," zei Derrick. "Laat me dat voor je pakken. Blijf jij maar lezen. We moeten uitzoeken wat dit boekje ons probeert te vertellen, en we moeten het snel doen."

Reggie wierp een blik op Ben, maar zijn gezicht verraadde niets. Het was een race tegen de klok, nu, en Julie's leven stond op het spel. Het ging niet langer om een dagboek, en de strijd van een man tegen een machtsgeile vrouw.

"Ik zag die vriend van je vanmorgen op de TV," zei ze.

"Wie?" vroeg Derrick.

"Je weet wie. Die leuke vrouw, van de organisatie."

Reggie keek naar Derrick, wachtend op enige bevestiging.

"Oma, ze is mijn vriendin niet. Ze is de nieuwe president van de APS, en ik heb een paar keer met haar gepraat. Dat is alles."

Cornelius' glimlach verraadde meer. "Nou, ze is schattig. Dat is alles wat ik wil zeggen."

Voor het eerst sinds ze elkaar hadden ontmoet, keek Reggie naar Derricks hand en herinnerde zich zijn eerdere opmerking over niet getrouwd zijn. *Geen trouwring.* Hij vroeg zich af wat het privé-leven van de man was, of hij al dan niet vaak afspraakjes had, en welke geschiedenis hij had met vrouwen.

Hopelijk geen vrouwen zoals Daris Johansson.

"Niet geïnteresseerd, oma. Kunnen we terug naar het dagboek?"

"Je bent bang voor haar, is het niet?" flapte Derrick's grootmoeder er plotseling uit.

Reggie voelde de spanning in de kamer oplopen. Hij keek links en rechts, wachtend.

"Wat bedoel je?"

"Ik bedoel wat ik net zei. Je bent *bang* voor die vrouw."

"Waarom zou ik bang zijn?"

"Vanwege de Shift."

HOOFDSTUK 52

DE VERSCHUIVING, DACHT BEN. *Daar is het weer.*

"Weet je daarvan?" vroeg hij.

"Ik weet *alles* over de Expeditie," was het onmiddellijke antwoord van de vrouw.

"Maar de Shift is onderdeel van de American Philosophical Society, was het niet? Dat had niet echt veel te maken met de Lewis en Clark expeditie. Of heb ik iets gemist in de brief?"

Derrick grinnikte, en zijn grootmoeder begon te giechelen.

"Oké," zei Reggie van naast Ben. "Wat missen we?"

"Nou, niets," zei Derrick. "Behalve dat de twee *nauw* verbonden zijn. Zeker, de APS dateert van voor de expeditie, en de expeditie was slechts een eenmalige reis, maar het was de APS die de reis ondersteunde."

"Wacht, echt?" vroeg Joshua. "Dat wist ik niet. Ik dacht dat het Thomas Jefferson was die de reis steunde."

Cornelia richtte zich op in haar stoel, haar ogen twinkelden. Ben kreeg de indruk dat hij terug was op school, een ongelukkig slachtoffer gedwongen om informatie in te ademen van een ijverige leraar.

Maar, hij moest toegeven, dit verhaal was intrigerend. Hij wilde meer weten, en hij wilde Julie vinden.

"De American Philosophical Society betaalde veel van de expeditie *omdat* Thomas Jefferson betaalde voor de expeditie."

"Jefferson was lid van de APS?"

"Dat was hij," zei Derrick. "Hij werd lid van de Society een paar jaar nadat het nieuw leven was ingeblazen. Benjamin Franklin's Junto, de voorloper van de Society, stierf een paar jaar uit en werd daarna opgefrist toen het fuseerde met een groep die de American Society for Promoting Useful Knowledge heette."

"ASPUK?" vroeg Reggie, terwijl hij het acroniem uitsprak. "Ja, geen wonder dat ze de naam veranderd hebben."

Derrick liep terug met het glas water van zijn grootmoeder. Ben keek toe hoe de vrouw het in één teug leegdronk, haar pezige handen verborgen een kracht waarvan hij wist dat die er was, een kracht verdiend door jaren van leven. Ze mocht dan wel een tachtigjarige zijn, maar de vrouw was nog even levendig als altijd.

Haar koken alleen al bewees dat.

Ben keek rond in haar kleine keuken en eetkamer terwijl hij wachtte tot ze haar glas water op had. Elke tafel, plank en hoek van de kamer was gevuld met memorabilia, en aan elke muur hingen foto's, soms zo vol dat de randen van de lijsten andere foto's en schilderijen raakten.

Alles had te maken met Lewis en Clark, maar er was een speciale nadruk op de beroemdste *vrouw* van de expeditie, Sacagawea. De Indiaanse bruid was zeker de belangrijkste persoon in het huis, en haar borstbeelden en portretten vulden hoeken en muren in het hele huis.

Blijkbaar was Cornelia Derrick op de een of andere manier verwant aan de beroemde squaw, wat de nadruk op haar kant van het verhaal in Cornelia's 'museumhuis' zou verklaren.

De kamer waar zij zich bevonden was waarschijnlijk de minst versierde kamer, en waarschijnlijk omdat die nooit voor toeristen bestemd was geweest. De eetkamer was voor familie, net als bij zijn eigen grootmoeder thuis. De vader van zijn vader had hij nooit ontmoet, en de ouders van zijn moeder waren gestorven toen hij nog jong was, dus was zijn grootmoeder van vaderskant 'oma' geworden, de enige echte.

Hij had dierbare herinneringen aan haar huis in Noord-Carolina, op een kleine split-level-hectare met twee geiten in de achtertuin. Hij en zijn broer, Zachary, voerden de geiten alles wat ze in de tuin vonden, om zo de geruchten te testen die ze hadden gehoord dat geiten alles aten - en om het lontje van oma's humeur te testen.

Hij glimlachte en kon niet anders dan zich getroost voelen bij die gedachte. Ze leefde nog, maar zijn moeder had haar twee jaar geleden naar een verpleeghuis overgebracht, en hij was er maar één keer geweest. Hij maakte een mentale notitie om Julie daarheen te brengen en zijn twee familieleden te ontmoeten.

De blijdschap sloeg snel om in angst, een zinkend gevoel in zijn maag, toen hij aan Julie dacht. Hij wilde - *had* - haar terug, en hier zitten genieten van het gezelschap en het eten maakte het alleen maar erger. Julie was daarbuiten, alleen, bang. Ze had hem nodig om haar te vinden, en hoewel ze een sterke vrouw was, wist hij dat haar kracht, net als die van ieder ander, uiteindelijk zou opraken.

"Nou," zei Cornelia. "Ik denk dat je op mij wacht om de rest te vertellen. Heel goed."

Derrick ging weer zitten nadat hij de anderen had gevraagd of ze nog iets nodig hadden. Ze schudden hun hoofd en Cornelia Derrick vervolgde de uitleg.

"Mr. Jefferson werd dus een langdurig lid van de APS, en hij was altijd geïnteresseerd in het uitbreiden van zijn - en andermans - kennis. Hij was gefascineerd door zo'n beetje alles, een feit dat waarschijnlijk nogal wat te maken had met zijn uiteindelijke presidentschap."

"Van de Verenigde Staten," zei Reggie, verduidelijkend.

"Nee, maar zijn liefde voor leren heeft zijn kansen daar ook niet geschaad," zei ze. "Ik had het over de APS."

"Jefferson was *President* van de APS?" vroeg Joshua.

"3 maart 1797," zei Derrick. "En een dag later werd hij vicepresident van de Verenigde Staten van Amerika."

"En al die tijd bleef hij kennis nastreven, precies zoals de organisatie was opgericht. Hij bracht ideeën naar voren, schreef verhandelingen en streefde ernaar de grootste geesten van de vroege natie bijeen te brengen. Hij werkte mee aan een expeditie naar het Westen, geleid door een botanicus genaamd Andre Michaux, maar de reis ging niet door.

"Dus in 1803 probeerde Jefferson het opnieuw en nodigde de APS uit om een reis te steunen, geleid door de jonge Meriwether Lewis, die Jefferson volledig steunde. De reis werd gefinancierd, plannen werden gemaakt, en ze gingen op weg."

Ben schudde zijn hoofd. "Dus Jefferson *was* intiem betrokken."

"Opmerkelijk, is het niet?" vroeg Derrick. "Het lijkt bijna te perfect."

Zijn grootmoeder grijnsde geniepig. "Niets past te perfect als de stukken zijn ontworpen om perfect te passen."

"Ik denk het niet," zei Joshua. "Dus de Shift is de macht die van eigenaar verandert. En deze 'schat' waar we achteraan zitten is iets dat Daris - de huidige leider van de organisatie - nodig heeft om het te laten gebeuren."

"Misschien wel," zei Cornelia. "Maar je zult het niet vinden."

Ben fronste zijn wenkbrauwen. "Waarom niet? We hebben het dagboek. We hoeven alleen maar de aanwijzingen te volgen, en..."

"De *aanwijzingen* brengen je erheen, maar de *aanwijzingen* wijzen naar iets dat niet gevonden kan worden."

"Waarom zeg je dat?"

"Omdat deze schat, dit ding dat zo krachtig is dat het de macht van de ene kant naar de andere kan 'verschuiven', niet in iemands handen kan worden gehouden. Het kan niet gestolen, verhandeld of ontdekt worden."

"Oma," zei Derrick. "Dat helpt niet. We moeten het vinden, voordat -"

"Het *is* nuttig, mijn jongen," zei Cornelia. "Dat zijn woorden van Mr. Jefferson zelf."

Ben bevroor.

Naast hem, stopte Reggie ook. Joshua schraapte zijn keel en sprak. "Jij - jij hebt reden om te geloven dat Jefferson zei dat de schat niet echt was?"

"Nee," zei ze. "Ik heb een *brief* van hem waarin staat dat de schat niet echt is."

HOOFDSTUK 53

REGGIE WAS GEËRGERD, op een zeer goede manier. Deze vrouw was precies zoals hij had gehoopt - een beetje gek, een geweldige kok, en *eigenlijk* net zo deskundig als Derrick had gesuggereerd. Hij had het zich afgevraagd tijdens de vlucht, omdat Derrick haar ophemelde, bevooroordeeld omdat ze familie was.

Maar ze leek echt te zijn. De inrichting van het huisje was echt, de memorabilia waar hij langs liep als hij naar het toilet moest waren echt, en de foto's aan de muur hadden elk een verhaal - een verhaal dat door de vrouw zelf was onderzocht en gedocumenteerd en vervolgens afgedrukt op een klein kaartje dat aan elk lijstje was geniet.

Ze kende haar Lewis en Clark, dat was zeker. Ze wist van de Shift, en de APS, en zo'n beetje alles waar ze het met haar over hadden. Nu ging ze hen blijkbaar vertellen over een geheime brief waar niemand van hen iets vanaf wist.

"Deze brief," zei Derrick. "Niemand anders weet ervan?"

Ze schudde haar hoofd terwijl ze terug waggelde naar de tafel, een drie-rings map onder haar arm. "Nee," zei ze. "Hoe zouden ze? Het werd doorgegeven door families dicht bij de president, maar het werd verborgen gehouden in een doos voor jaren. Mijn oudoom ontdekte het in een kast."

"Wow," zei Joshua.

"Wauw heeft gelijk, mijn jongen," zei ze. Ze tilde de ordner omhoog en op tafel en liet hem naast Lewis' dagboek vallen. "Maak het open," beval ze.

Derrick opende de ordner van een halve centimeter en Reggie was verbaasd te zien dat het ding vol zat met doorzichtige plastic paginascheiders, die elk een enkel stuk papier bevatten. Sommige waren snippers, terwijl andere volwaardige rechthoekige pagina's waren. Geen van de vergeelde stroken was groot genoeg om de plastic houders te vullen.

"Aan de achterkant, mijn jongen. Het is een van de grotere lakens, en er steekt een lipje uit aan de zijkant."

"Je - je *hebt* dit gewoon hier?" vroeg Reggie. "Het lijkt alsof het thuishoort in een -" hij hield zichzelf tegen.

"Dit *is* een museum," zei ze, lachend. "Het *beste* Lewis en Clark museum in de hele wereld."

"Daar moet ik het mee eens zijn," zei Joshua. "Deze plek is verbazingwekkend. Je hebt hier allerlei relikwieën, en ik zou er wel een dag doorheen kunnen lopen om alles te bekijken."

"Je zou hier een heel *leven* kunnen doorbrengen, mijn jongen," zei ze, haar glimlach breder wordend. "Dat heb ik gedaan." Ze wees met een magere vinger naar een lange, smalle stok die boven een piepkleine open haard aan de muur hing. "Weet je wat dat is?" vroeg ze.

Iedereen schudde zijn hoofd.

"Het is een roeispaan, of wat er van over was," zei ze. "Van een van de prauwen van de expeditie. Een smalle kano of zoiets, echt maf uitziend. Maar dat is het echte ding. Dat vind je nergens anders in de wereld."

Reggie was onder de indruk, en hij zei het. "Ik vind het prachtig, Cornelia. Het is een geweldige collectie. Bedankt dat je hem met ons wilde delen."

"Wel, natuurlijk! Mijn jongen Roger heeft zijn hele leven hier rondgesnuffeld, het wordt tijd dat hij me om hulp komt vragen om iets te vinden. Stop - precies daar."

Ze legde haar wijsvinger op de bladzijde die Derrick net had omgeslagen. Het papier was minder vergeeld dan de andere, maar er zaten scheuren langs de twee vouwlijnen die het papier doorkruisten. Bovenaan en in het midden van de achterkant van de bladzijde waren resten van een lakzegel te zien, dwars door het dunne perkament heen.

"Beste M. Lewis," zei zij, terwijl zij de brief las, "ik ben u zeer erkentelijk voor uw instemming met deelneming, hoewel ik u mijn bezorgdheid over uw veiligheid niet kan uitdrukken."

Reggie zag dat de ogen van de vrouw gesloten waren. *Ze zegt dit uit haar hoofd.*

"Ik verwacht veel succes voor uw reis, en ik ben overweldigd door dankbaarheid jegens u en Mr. Clark. Mogen uw geest en ogen gevuld zijn met passie voor de ontdekkingen die u zult aanschouwen. Mijn - om in staat te zijn u te vergezellen!"

Cornelia 'las' de brief met haar eigen passie, waarbij ze bepaalde woorden benadrukte en op andere momenten bijna zong. Ze was in haar element, en Reggie voelde de opwinding en uitbundigheid van de geschiedenis tot leven komen. Dit was het soort geschiedenis waar hij van hield - de verhalen, verteld door mannen en vrouwen die er een passie voor hadden, en ze door en door kenden.

Hij glimlachte toen ze verder ging.

"...naast je voorgeschreven taken, vraag ik nog een laatste gunst, die met niemand gedeeld mag worden. Deze expeditie is, zoals het is vastgelegd, bedoeld voor de ontdekking van de nieuwe landen die ik voor deze natie heb gekocht. Maar het is ook bedoeld voor iets anders, iets groters.

"Het is bedoeld voor de ontdekking van een schuilplaats, en uw discrete markeringen leiden naar zijn laatste rustplaats. Ik heb iets in mijn bezit dat verborgen moet worden, hoewel het niet vernietigd hoeft te worden. Dit 'ding' waarover ik schrijf, zal ik u beschrijven bij onze laatste ontmoeting voor u aan boord gaat, om geen ongerechtvaardigde aandacht te trekken.

"...dit ding, zo krachtig dat het de macht van de ene kant naar de andere kan verschuiven, kan niet in iemands handen worden gehouden. Het kan niet gestolen, verhandeld of ontdekt worden. Het is al in bezit, en het is nooit verhandeld. Het is al ontdekt, en dat mag nooit meer gebeuren."

Ze haalde diep adem met haar neus, haar ogen nog steeds gesloten en een tevreden glimlach nog steeds op haar lippen. Reggie voelde de waardering van de oude vrouw voor het verleden.

En wat een verleden was het, dacht hij. *Dit is het bewijs dat Jefferson iets probeerde te verbergen. Bewijs dat hij Meriwether Lewis door een onbekend land stuurde om zijn geheim te verbergen, en bewijs dat -*

"Daris had gelijk," zei Derrick, terwijl hij Reggie's gedachte hardop uitsprak. "Ze had al die tijd gelijk." Hij schudde zijn hoofd, zijn lippen een dunne streep.

"Maak je er geen zorgen over," zei Joshua. "Het betekent niets. Ze heeft gelijk, ze heeft geen gelijk - het maakt geen verschil. We moeten haar nog steeds verslaan naar wat ze ook op zoek is."

"De plant?" Vroeg Ben.

Cornelia schrok op. "Welke plant, mijn jongen?"

Reggie keek naar Derrick om te zien of hij Ben onuitgesproken signalen probeerde te geven. Misschien wilde hij hun hand niet onthullen, of misschien zou Cornelia hun missie niet goedkeuren.

Ze wendde zich tot haar kleinzoon. "Bedoel je de Borrachero?"

Reggie's ogen verwijdden zich. "Jij - jij weet daar ook van?"

Hierop gooide ze haar hoofd helemaal achterover en lachte, een werkelijk aanstekelijke lach die Reggie's glimlach breder maakte dan hij in het afgelopen jaar had gedaan.

"Je bent geen haar beter dan Roger," zei ze, haar stem gebroken door tranen van het lachen. "Wanneer zul je het leren? Ik weet *alles wat* er te weten valt over de expeditie."

"Behalve *waar* deze plant - de schat - echt is," zei Derrick.

"Nou, er is geen *schat*, mijn jongen. Dat heb ik je al eerder gezegd."

"Maar je hebt ons net de brief voorgelezen -"

"Ik heb je net *een* brief voorgelezen, en hij is echt. Van Thomas Jefferson zelf aan zijn jonge beschermeling, Meriwether Lewis. En hij is zo cryptisch als altijd, dat geef ik toe. Het lijkt erop dat hij iets verbergt, probeert de intrige te verkopen die hij met zijn woorden vangt. Maar zoals ik al eerder heb uitgelegd, is er niets anders dan valse hoop en leugens."

"Leg uit."

Ze zuchtte. "Lang geleden, toen Jefferson Meriwether deze 'schat' liet verstoppen, was er misschien wel iets dat het waard was om voor te sterven. Maar laten we zeggen dat het deze plant is, de 'Borrachero,' uit Zuid-Amerika. Hoe lang zou deze plant uit de grond overleefd hebben? Misschien een week? Een maand?

"Maar het heeft de Spaanse Vloot gehaald, nietwaar? Hoe lang duurde die reis?"

"Misschien niet lang genoeg dat de plant zou vergaan. Misschien hebben de chemicaliën in de plant het gehaald tot Jefferson zelf, zoals de legende zegt. Maar dat was meer dan tweehonderd jaar geleden - welke planten kunnen zo lang leven? "

Ben knikte. "Klinkt logisch. Maar misschien is het opnieuw geplant. Ergens in de grond gestopt op de Lewis en Clark route waar het kon overleven en gedijen."

Cornelia glimlachte naar Ben. "Ja, dat kan gewerkt hebben. Maar denk je niet dat we er al eerder van gehoord zouden hebben? Deze plant die mensen in zombies kan veranderen? Dit is Amerika, mijn jongen. Dat pad is bewandeld en bereisd sinds die expeditie, en er zijn steden langs de rivieren. Alles wat ze daar wilden verbergen is allang gevonden."

Joshua stond op en begon te ijsberen. "Ja, je hebt gelijk. Alles wat duidelijk op het pad verborgen was, zou al gevonden zijn, maar - misschien, ik gok hier maar wat - wat als het niet op het pad lag?"

"Wat bedoel je?" vroeg Reggie. "Wat als de schat ergens *buiten* het spoor van Lewis en Clark ligt?"

"Nou, ja," zei Joshua. "Waarom zou je iets verbergen dat bedoeld is om verborgen te blijven op een pad waarvan je weet dat het door duizenden mensen zal worden bereisd nadat jij weg bent?"

"Maar ze heeft gelijk," zei Reggie. "Alles wat organisch is, is nu niets meer dan stof. Het zou geen zin hebben iets als een plant of een bloem te verbergen, en dat zouden ze geweten hebben. Ik durf te wedden dat de helft van de specimens die Lewis en Clark naar Washington stuurden, al vergaan waren bij hun aankomst."

"Zelfs als ze hen hadden bewaard?"

"Ze zouden niet in staat zijn geweest om een enorme hoeveelheid van iets te bewaren, en als Jefferson's schat echt een soort plant is zoals dit Borrachero ding, zou hij niet de moeite hebben genomen om het te verbergen, tenzij er een heleboel van was."

Reggie keek rond naar de anderen in de groep. Hij kon voelen dat ze het allemaal eens begonnen te worden, en dat was gevaarlijk. Het eens zijn in een situatie betekende dat ze niet buiten de kaders dachten. Ze losten het probleem niet creatief op, maar gooiden alleen maar met voor de hand liggende redenen 'waarom het niet kan'. Het was de denkfout van een schatzoeker, de grootste bedreiging voor het beroep. Experts' vertelden hen dat iets onmogelijk was, en na een leven van mislukte expedities begon je hen te geloven.

Maar Reggie wilde de waarheid meer dan hij de schat wilde. De schat mag dan een leugen zijn, maar de waarheid was daarbuiten.

"Dus misschien was het geen plant," zei hij. "Misschien is het zo simpel als Derrick oorspronkelijk dacht: gewoon een lege doos, bedoeld om mensen op het verkeerde been te zetten, of om tijd te winnen. Het zou politiek gezien logisch zijn, voor die tijd."

"Maar het zou Jefferson niets uitmaken," zei Ben. "Alles wat deze twee ons over de man hebben verteld, zegt dat hij geen tijd - en geld - zou verspillen aan zoiets frivools als dat."

"Hoe zit het met Daris idee dat ze deelde op TV?" vroeg Reggie. "Dat het Spaans zilver en goud *is*, gedolven uit Zuid-Amerika en meegenomen door de conquistadores?"

"Zilver ontbindt niet," zei Ben.

"Nee, en als je er genoeg van had, zou het de moeite waard zijn om het te verbergen," zei Derrick. "En het met Lewis en Clark meesturen zou een briljante zet zijn geweest - uit het zicht, weg van de leiders van de nieuwe natie, en verborgen in het land dat jullie nu bezitten. Land dat niet bewoond wordt door veel mensen."

Cornelia's ogen twinkelden weer terwijl ze luisterde. "Zie je, *nu* denk je als een schatzoeker. Natuurlijk - waarom *zou* je het op het spoor verstoppen?"

"Omdat dat de enige manier is om te weten waar we het kunnen vinden," zei Reggie.

"Tenzij je de *kaart* hebt," antwoordde ze snel. "En het lijkt erop dat mijn jongen Roger de kaart inderdaad heeft.

"Maar we weten niet waar het heen wijst. We hebben geen idee hoe we het moeten lezen."

"Laten we het nog eens bekijken," zei ze, terwijl ze naar de eetkamertafel stootte. Reggie leunde dichterbij en keek hoe Derrick de bladzijde omsloeg naar de eerste aanwijzing. Hij las het hardop voor.

HOOFDSTUK 54

"KERSTAVOND, 1805. We zijn vermoeid, maar de stemming is goed. Men weet niet wat morgen brengt, maar toch is men optimistisch. Ze kunnen niet vrezen wat ze niet weten, en toch, wat ik weet, vrees ik ook niet."

De dunne, witte wenkbrauwen van Cornelia Derrick gingen op en neer toen haar kleinzoon de eerste inscriptie las. Haar enorme bos haar ging op en neer als een boei terwijl ze knikte. Toen hij klaar was, keek ze op.

"Dat is Fort Clatsop, aan het eind van de weg. Ben je van plan het park te bezoeken?"

Derrick schudde zijn hoofd. "Nee, oma. Ik denk niet dat het ons iets zal geven wat we nog niet hebben."

"Daar ben ik het mee eens," zei ze. "Ik ben er ongeveer veertig keer geweest, en ik heb het hele gebied bewandeld, inclusief -" ze liet haar hoofd zakken en grijnsde - "de verboden gebieden. "

Derrick grinnikte. "Zoals je al eerder hebt gezegd. Nee, ik denk niet dat er iets anders is dan toeristen en souvenirs."

"Die zouden er niet zijn," zei ze. "Als Lewis iets zou verbergen, zou dat nooit in of bij een fort zijn waar ze overwinterden. Het gevaar dat de andere mannen het zouden vinden zou te groot zijn, en de voor de hand liggende verstopplaats zou, nou ja, teleurstellend zijn."

"Dat is waar. Dus het is niet in Clatsop," zei Joshua. Toen, Cornelia aankijkend, voegde hij eraan toe, "als het echt is."

Ze glimlachte. "Ik kan geloven wat ik wil, en jij kunt geloven wat jij wilt. Wat voor mij belangrijk is, is dat jij *gelooft* wat je gelooft, en dat niemand je dat afneemt."

Derrick glimlachte opnieuw en legde zijn hand op die van zijn grootmoeder. "Dank u. Laten we zeggen dat je het *wel* geloofde. Waar denk je dat we moeten beginnen te zoeken?"

"Nou, je hebt de schatkaart hier voor je liggen, mijn jongen. Wat staat er op de volgende pagina?"

Derrick las het hardop voor nadat hij de bladzijde had omgeslagen. "23 maart. In de richting van de Cottonwoods, waar de unieke drie lagen."

"Dat is het?" vroeg ze.

"Dat is wat ik zei," zei Reggie. "Lijkt me een waardeloze aanwijzing."

Cornelia had een sluwe uitdrukking op haar gezicht, en haar ogen dwaalden af naar de drie-rings map die vlakbij op tafel lag.

"Wat is er?" Vroeg Reggie. "Ik ken die blik - weet jij iets dat wij niet weten?"

"Ik wel," zei ze, terwijl ze naar de ordner reikte, die nog open lag voor de brief van Jefferson. "Ik heb de *achterkant* van de brief nog steeds niet voorgelezen."

"Wacht - is er een achterkant?" Vroeg Derrick. "Waarom heb je - waarom heb je niets gezegd?"

"Ik hou van de spanning van dit alles, mijn jongen," zei ze. "Stop nu met jammeren en help me hiermee."

Ze schoof de ordner naar Derrick en hij sloeg de paginabeschermer om. Van de andere kant van de tafel kon Reggie een inscriptie bovenaan de bladzijde zien. Hij was geïntrigeerd, maar hij zweeg en wachtte ongeduldig tot Derrick het zou lezen.

"P.S.: laat me weten waar u de voorwerpen wilt opslaan die ik u bij onze volgende ontmoeting zal schenken. Ik wil dat u de locatie en de richting van de door u gekozen caches vastlegt, zo nauwkeurig dat latere ontdekkingsreizigers ze met succes kunnen volgen."

Derrick knipperde een paar keer met zijn ogen en las toen de laatste zin die Jefferson op de achterkant van de brief had geschreven. "Ik vertrouw erop dat deze informatie alleen tussen dit huis en uzelf blijft."

Ben leunde achterover. "Wow, dus Jefferson vroeg Lewis expliciet om de locaties van deze *caches op te schrijven,* ze geheim te houden, en het niemand behalve Jefferson te vertellen? Mevrouw - Cornelia - het spijt me, maar hoe kunt u niet geloven dat er een schat is?"

Ze lachte hierom. "Zie je, mijn jongen, er was altijd een vraag in mijn hoofd. Altijd. Maar ik had nooit dit dagboek voor me. Ik heb nooit enige informatie gehad die me deed geloven dat er een schat was, en ik kwam lang geleden tot de conclusie dat deze brief niet van Jefferson was, maar niets meer dan een hoax."

"Maar nu, met het dagboek?"

"Het is een intrigerende mogelijkheid," zei ze. "Al de andere tijdschriften zijn gecatalogiseerd en goed gedocumenteerd. Ze zijn vertaald, nagekeken, en in chronologische volgorde van ontstaan geplaatst. Er zijn geen gaten, geen hiaten in de tijd, waardoor iemand anders het idee zou kunnen inbrengen dat er een schat is - een vermist journaal."

"Klinkt logisch," zei Joshua. "En dat is hoe de APS *dit* dagboek zo lang geheim heeft gehouden. Toch heb je zelf toegegeven dat er niet alleen geen schat *was,* maar dat hij ook niet in de buurt van Fort Clatsop ligt. Maar de volgende aanwijzing *dwingt ons ertoe* in de buurt te zijn."

"Echt waar?" vroeg ze. "Hoe bedoel je?"

"Het gaat over Fort Clatsop, de dag dat ze vertrokken aan het begin van de lente, 1806."

Derrick knikte mee en las toen de volgende bladzijde. "23 maart. In de richting van de Cottonwoods, waar de unieke drie lagen."

Ze fronste haar wenkbrauwen en keek over de kleine bladzijde van het dagboek terwijl haar kleinzoon las. Ben was er tot op dat moment niet zeker van geweest hoe goed het gezichtsvermogen van de oude vrouw zich in de loop der tijd had gehouden, maar nu wel. Ze kon blijkbaar elk woord van het kippenschrift lezen zonder zelfs maar een paar centimeter voorover te leunen.

"Je hebt het niet goed gelezen," zei ze. "Je leest *'maart,'* maar er staat *'Mar.' Mar, punt. "*

"Juist. Een verkorte vorm van *March*, correct?" vroeg Derrick.

"Nee, niet in dit geval."

Ben staarde naar de vrouw. *Wat was ze van plan te onthullen?*

"Onthoud, Lewis was niet de beste speller. Geen van de mannen was dat, en we moesten teruggaan en veel van wat ze schreven in correct Engels vertalen. Ze waren inconsistent met hun spelling en beschrijvingen ook. Maar dit woord, *Mar.* is waarschijnlijk correct gespeld, maar inconsistent met wat we weten van de huidige volkstaal."

"Bedoel je dat het helemaal niet de bedoeling is dat het *maart wordt?*"

"Juist. Het woord *Mar.* in dit geval, als je het mij vraagt, is eigenlijk *Marias. "*

Ben keek naar Reggie en Joshua, de opwinding bouwde zich in hem op. Hij wist wat het betekende, en het verbaasde hem dat hij daar nog niet aan gedacht had. Toen hij besefte dat de andere drie mannen om hem heen nog steeds in het duister tastten, sprak hij. "Maria's? Zoals in Maria's Rivier?"

"Ja," zei ze. "Maria's - door Lewis genoemd naar zijn nichtje - is een heel belangrijke rivier voor de expeditie van Lewis en Clark.

"Het is een rivier in Montana," zei Ben. "In Blackfeet Indiaans gebied. Het ligt een eind ten noorden van Yellowstone, en ik heb er vroeger een paar keer gevist."

"Dat klopt," zei ze. "En het is belangrijk omdat het de locatie is van de 'Marias Expeditie' die Lewis leidde met een kleine groep mannen op hun *terugweg* van de Pacific."

"Een expeditie binnen een expeditie," zei Derrick. "Lijkt me passend."

"Het is perfect," zei ze. "Lewis en Clark splitsten zich begin juli 1806 op om 'meer land te bestrijken', zoals de geschiedenisboeken beschrijven. Ze namen elk een paar mannen mee en gingen hun eigen weg, Lewis reisde naar het noorden en Clark naar het zuiden. Lewis doorkruiste Montana om de Marias rivier te kruisen, waar hij een paar weken verbleef in midden tot eind juli. Hij was daar, naar men zegt, om te bepalen of de rivier al dan niet zo ver noordelijk stroomde als de 50ste breedtegraad, wat de hoeveelheid Amerikaans land zou hebben vergroot die Jefferson door de aankoop van Louisiana had gekregen".

"Het *is* perfect," zei Ben. "Het past, het past overal perfect bij. De Marias begint midden in de bergen, helemaal boven in de Rockies. Als je iets zou willen verbergen..."

"Dan zou ik het daar verstoppen," verklaarde Cornelia. "Neem zo weinig mogelijk mannen mee, ren naar een afgelegen punt dat nog niet helemaal verkend is, en laat dan aanwijzingen achter die alleen geïnterpreteerd kunnen worden als je op de juiste plek zoekt."

"En ik kan niet geloven dat ik het niet eerder besefte," zei Ben. Iedereen draaide zich om en keek hem afwachtend aan. "De aanwijzing - het gaat over de 'drie cottonwoods,' toch? De drie *unieke populieren*?"

"Ja," zei Reggie. "Weet je over welke drie Lewis het had?"

"Ik wel," zei Ben. "Het was de hele tijd recht voor me. Ik heb in Yellowstone gewerkt, dus ik had het moeten weten. Ik las een boek over Rocky Mountain planten eerder dit jaar, en -"

Reggie barstte in lachen uit. "Je leest een boek over *planten?*"

"Het ging ook een beetje over dieren," zei Ben. "Het punt is, dat er verschillende soorten Cottonwood bomen zijn. *Drie* verschillende soorten."

Cornelia begon mee te knikken, haar ogen twinkelden weer.

"Die drie soorten komen allemaal voor in de Verenigde Staten, maar ze groeien *alleen* op dezelfde geografische locatie... in *Montana.*"

"Een scherpzinnige realisatie," zei Cornelia. "Ik herinner me dat ik in een van de Lewis en Clark biografieën las dat zelfs Meriwether Lewis tot hetzelfde inzicht kwam. Hij schreef in een van de dagboeken dat alle drie de soorten samen groeiden in die uitlopers van de bergen, in tegenstelling tot elders."

"Dat is briljant," zei Joshua. "Dat is het precies. Dus ergens aan de Marias rivier, in de uitlopers, is waar de eerste aanwijzing naar wijst."

"Wacht eens even," zei Derrick. "Hoe zit het met de *23*? Er staat hier, *Mar. 23.* . Als 'Mar' 'Marias' betekent, wat betekent '23' dan, als het niet '23 maart' is?

"Het is de locatie," zei Reggie. "23... mijl?"

"23 mijl van de Marias?"

Cornelia haalde haar schouders op. "Zou kunnen. Lewis en zijn mannen kampeerden tussen de 20 en 30 mijl van de voet van de bergen," zei Cornelia. "Er staat geschreven dat ze in het land van de Blackfeet Indianen waren, de bergen zichtbaar in de verte."

"Dus ze waren op de Marias, aan het kamperen, ongeveer 23 mijl van de bergen." Ben zuchtte van opluchting. "Dat verkleint de mogelijkheden. Als dit klopt, en er is daar echt iets, dan zouden we bij de Marias rivier moeten beginnen. Ja?

Overal knikken. Cornelia's glimlach verlichtte de kamer. "Jullie zijn goed voor me geweest," zei ze. "Dat zal ik niet vergeten. Ik drink niet, maar mijn overleden echtgenoot heeft een soort drank achtergelaten, en dat staat al twintig jaar in de kast. Ik weet niet of dit spul bederft, maar wil iemand van jullie wat Scotch?"

Ben ving Reggie's blik toen de vrouw sprak. Hij lachte bijna hardop. Reggie nam, gelukkig, het woord. "U - u heeft *whisky* die meer dan twintig jaar oud is? Ja, ik zou wel eens willen proeven."

"Ja, en het was om te beginnen al vijfentwintig jaar oud. Ik ga er niets mee doen. Waarom neem je het niet gewoon?"

HOOFDSTUK 55

HET WAS AL BIJNA EEN DAG, voor zover ze kon zien. Julies benen en voeten waren gevoelloos, en haar handen volgden. Ze had urenlang in precies dezelfde houding gezeten, zonder zich ook maar een centimeter te kunnen bewegen. De duisternis van de gymzaal was in haar gekropen, verkilde haar, en zelfs haar ademhaling voelde traag en niet synchroon met de rest van haar lichaam, alsof ze de ademhaling van iemand anders afluisterde.

De ademhalingen konden niet van haar komen.

Er was geen manier...

Ze gilde, en voelde plotseling een hand over haar mond.

Het was niet *mijn ademhaling die ik hoorde,* besefte ze. Ontzet knipperde ze snel met haar ogen, tevergeefs proberend meer licht in de kamer te krijgen. In plaats daarvan, niets dan meer duisternis.

Ze was in paniek, en dat ging zijn tol eisen. Wat er ook stond te gebeuren, ze had kracht nodig. Wilskracht. Paniek putte die uit haar, en ze deed haar best om haar ademhaling te kalmeren, maar...

De stank van zweet en vlees vulde haar longen, en ze kokhalsde. Ze kon de hand proeven, de harde, gebarsten leerachtige hand van een soldaat.

De soldaat. Degene die haar eerder probeerde te betasten en aan te raken. Morrison.

"Hallo, kleine dame," fluisterde hij, zijn stem op de een of andere manier walgelijker dan zijn hand. Ze kokhalsde weer, stikte bijna in haar tong uit angst dat die in contact zou komen met de handpalm van de man.

Ze sprak niet - ze *kon niet* spreken. Zijn hand lag strak om haar open mond, bedekte die gemakkelijk en verhinderde haar te spreken. Ze kon ook bijna niet ademen, omdat de bovenkant van zijn monsterlijke hand naast haar neusgaten was geslagen.

Toch haalde ze adem, en toen nog een keer. En nog een. Langzaam sloeg ze de angst terug tot onderdanigheid. De afkeer, de woede - die zouden blijven. Maar de angst had hier geen plaats, niet nu. Deze man wilde maar één ding, en dat was niets te vrezen hebben.

Ze was bang voor de man die de leiding had, Morrisons baas, de man die ze De Havik noemden. *Wat was zijn naam ook alweer? Vincent?* Iets met 'Garza', wist ze. Ze kon hem vrezen - hij was een georganiseerd, doelgericht man, met een plan om haar vast te binden aan een stoel in het midden van een verlaten gymzaal, waar men haar niet kon horen schreeuwen, en mannen als Morrison haar in het donker konden besluipen, en...

Ze was bang voor de havik, maar niet voor Morrison. Deze man was een rat, een plaag, het soort onderkruiper dat elke organisatie in overvloed had. De Havik wist het waarschijnlijk ook, maar hij zou Morrison zijn spelletjes toestaan zolang de man resultaten leverde.

"Ik zei, *hallo, kleine dame,*" zei Morrison opnieuw.

Ze kneep haar ogen dicht in het donker en probeerde hem aan te staren. "Wat wil je?"

Een grinnik.

"Oh, ik denk dat je *precies* weet wat ik wil."

Julie voelde een andere hand op haar dij. Hij kneep, stevig. Het deed pijn.

"Stop en ik zal je niet doden," zei ze. Haar stem kraakte niet, en daar was ze trots op. *Ik weet niet wanneer ik gek word,* dacht ze.

Weer een lach, harder deze keer. "Mij *doden*? Jou? Nu meteen?"

"Nee," zei ze. "Niet nu. Misschien zelfs niet hier. Maar ik *zal* je doden, tenzij je mijn been loslaat."

Er was een pauze, alsof de man haar koopje overwoog. Toen was haar mond vrij, de koude lucht stroomde over haar gezicht en verkoelde het gebied waar de zweterige hand van de man net was geweest.

Toen ging de hand naar haar *andere* been.

"Je bedoelt, laat *die* benen los?"

Ze stootte haar bovenlichaam opzij in een poging de man los te maken en zijn handen van haar af te werpen, maar het bezorgde haar alleen maar een scherpe pijn in haar linkerzij. Ze slaakte een kreet van pijn en schreeuwde het uit.

"Denk je dat iemand je zal horen?" Morrison snauwde. "Eigenlijk, zullen ze je horen. Ieder van hen. Ze zijn daarbuiten."

Als hij aan het wijzen was, kon Julie het niet zien.

"Maar ze komen niet binnen. Dat was ons bevolen. Maar mijn baas - De Havik, ik denk dat je die al ontmoet hebt - en ik hebben een *speciale* regeling."

"Raak me aan en sterf, klootzak," fluisterde ze, door tanden te knarsen. "Ik waarschuw je. Ik ruk je hoofd van je lijf."

Zijn handen gleden omhoog, langzaam. "Ik ga mijn tijd met je nemen, kleine dame. We hebben een slechte start gemaakt, aan het eind van de straat in dat hotel. Weet je dat nog? Alleen jij en ik, in de kast. Moeilijk te vergeten, durf ik te wedden."

Julie draaide haar hoofd opzij, een lichte zucht ontsnapte aan haar lippen. *Stop,* wilde ze. *Geef hem niet de voldoening.*

"Weet je, ik vind het niet leuk dat hij ons je zo vast liet binden. Ik vind het leuk als je een beetje kan bewegen, het interessant maken. Vind je ook niet?

Julie voelde een traan uit haar rechteroog vallen en op haar schouder terechtkomen. *Het is over. Je bent klaar.* Haar stille woorden waren sterk, maar ze hielpen niet.

"Ik denk dat ik dat zal oplossen," zei hij. In de duisternis bewoog een van de handen van de man van haar been.

Ze hoorde het geluid van een klein mes dat openklapte en op zijn plaats sprong. Een lichte druk op haar linkerpols.

"Ik denk dat misschien een paar van deze bindingen weg kunnen, denk je niet? Geef je een beetje speelruimte."

De druk nam toe, meer en meer, en Julie wachtte angstig tot de binding zou breken. De ritssluitingen waren van het dikke, industriële soort, maar zelfs die zouden het uiteindelijk begeven door het mes. Ze overwoog het plan dat hij haar had gegeven - wachten tot hij haar een beetje had 'bevrijd', en dan klagen dat het niet genoeg was. Ze zou doodstil blijven zitten, onbeweeglijk.

Als hij haar wilde laten kronkelen, zou ze wachten tot hij meer van de ritsen had losgemaakt.

Eindelijk, met een *knip*, kwam de ritssluiting van haar linkerpols los en viel op de hardhouten vloer. Er was nog een band bij haar elleboog, en de twee aan haar andere arm.

"Daar gaan we," zei Morrison. "Wat vind je daarvan? Misschien de andere kant ook? Die mooie kleine handjes bevrijden?"

Ze wachtte, hopend dat hij door zou gaan.

Hij kwam bij haar rechterarm, een van zijn handen nog steeds strak tegen de bovenkant van haar dij gedrukt. De druk op haar pols begon, en het onzichtbare mes begon zijn werk. Een paar seconden tikten voorbij - Morrison trok het duidelijk zo lang mogelijk uit, genietend van het moment.

Zij hoorde een *klikkend* geluid en wachtte tot de druk op haar rechterpols werd opgeheven, maar dat gebeurde niet.

In plaats daarvan was de hele zaal plotseling badend in een stralend wit. De lampen aan het plafond van de gymzaal waren aangegaan, en Julie knipperde nu met haar ogen om de witte flits *uit* haar ogen te houden. Het duurde even voor ze zich hadden aangepast, maar toen ze dat deden zag Julie eindelijk haar aanvaller.

Morrison had geen shirt aan, droeg een lange zwarte cargo-broek en dezelfde zwarte laarzen die ze hem eerder had zien dragen.

Hij leek ook versuft en staarde over haar hoofd naar de deuropening.

"B - baas," zei hij. "Het spijt me. Ik had net een gesprek met onze kleine dame, hier."

Voetstappen op het hout.

De hand van een man landde op haar schouder, en ze sprong op.

"Het lijkt erop dat een van uw dassen is afgevallen, mevrouw Richardson. Morrison, zou je het erg vinden?"

Morrison stak zijn hand uit en Julie zag dat hij nog een ritssluiting vasthield. Hij deed die om haar bevrijde pols en bond die opnieuw aan de stoel vast. Toen hij klaar was, stond hij op en keek over Julies schouder naar zijn baas.

"Morrison, eruit."

Morrison knikte en liep toen snel weg.

De Havik stapte nooit voor Julie. Hij wachtte daar tot Morrison de kamer uit was, draaide zich toen om en volgde zijn ondergeschikte naar buiten.

Maar net voor hij de kamer verliet, deed hij het licht weer uit, en keerde Julie terug naar haar pikdonkere hel.

HOOFDSTUK 56

DE VLUCHT NAAR BROWNING, MONTANA, verliep zonder problemen. Ze landden laat, de zon begon al onder te gaan over de achtergrond van de Rocky Mountains. Ben voelde de aanwezigheid van de mannen die hen waren voorgegaan toen hij uitkeek over de desolate vlaktes. Dit deel van het land was nooit verder ontwikkeld dan een paar voorpost-stijl steden en dorpen. Het gebied waar ze waren geland, inclusief de stad, was de locatie van het Blackfeet Indianen Reservaat, en Derrick moest aan een paar touwtjes trekken om toestemming te krijgen voor hun vliegtuig om op reservaatsgrond te landen, onder het mom van een 'onderzoeksreis'.

Ben had de hele vlucht aan Julie gedacht, en de angst en vrees die hij voor haar voelde, maakten het vliegen nog angstiger. Hij haatte vliegtuigen - het gevoel geen controle te hebben - en Julie was de enige die hij ooit had ontmoet die deze angst enigszins had kunnen onderdrukken. Ze hield zijn hand vast, zelfs als hij hem in een ijskoude greep hield, terwijl ze opstegen en landden.

En deze keer was ze er niet geweest om hem te helpen. Hij schaamde zich dat *hij haar* nodig had, terwijl hij wist dat zij zich waarschijnlijk veel slechter voelde dan hij. Een simpele vliegangst was niets vergeleken met wat zij doormaakte, maar het had niets gedaan om zijn zenuwen te kalmeren.

Ze reden weg van de bergen, Joshua aan het stuur van de gehuurde SUV die meneer E had besteld en naar de kleine gemeentelijke luchthaven had gestuurd om samen te vallen met hun aankomst. Ben zat achterin, zijn benen krap tegen de stoel voor hem, maar omdat het veel beter was dan reizen per vliegtuig, klaagde hij niet. Het was een rit van dertig minuten naar de plek van het meest noordelijke kamp van de Lewis en Clark Expeditie, Camp Disappointment.

Roger Derrick zat voorin, en Reggie zat naast Ben achter Joshua. Ben had een snack gegeten uit een automaat op het vliegveld, maar hun vlucht, een last-minute ruil die hun weldoener had geregeld, was niet klaar geweest voor de voedseldienst. Hij hoopte dat ze bij de landing iets zouden vinden, maar omdat hij het achterland van Montana een beetje kende uit zijn tijd als parkwachter in Yellowstone, wist hij dat ze uren verwijderd waren van een cheeseburger.

Hij deed zijn best om zijn honger te stillen, maar ongeveer een kwartier na hun rit kronkelde zijn maag luid.

"Honger, grote jongen?" vroeg Reggie.

"Altijd."

"We stoppen in een klein stadje dat op het pad zou moeten liggen, nietwaar Joshua?"

Joshua knikte vanaf de bestuurdersplaats, maar Derrick antwoordde. "Ja, die verdomde tank was niet eens vol toen we hem kregen. Ik dacht dat dat een regel was? Hoe dan ook, ja, we stoppen vrij snel in een stadje dat nauwelijks op de kaart staat, maar het ligt vlak naast Camp Disappointment. Ongeveer 200 mensen, en niet eens een bezoekerscentrum voor het pad."

"Dat is waar we naar op zoek zijn," zei Reggie. "Elke plaats met een bezoekerscentrum zal worden schoongeplukt van schatten. Zoiets als dit - afgelegen, in het midden van nergens - dat is waar we dit ding zullen vinden. "

"Ik wil eigenlijk alleen maar een McDonald's vinden," zei Ben, terwijl hij zich in de zetel verschoof.

"Hé maatje," zei Reggie, "je zit in een auto met drie overlevingsexperts. We zijn allemaal getraind om van het land te leven. We kunnen elk moment stoppen en ik zal je laten zien welke insecten en planten je moet eten."

Ben staarde hem aan. "Ik wacht wel op de McDonald's, maar bedankt."

Een paar minuten later verscheen het stadje waar ze naar op weg waren in Bens blikveld, en hij wist meteen dat Derrick gelijk had. Het stadje was de titel nauwelijks waardig, want de enige gebouwen in zicht waren een benzinestation dat, van hieruit, volledig verstoken leek van menselijk leven en een piepklein hutje waarboven het woord *bar was* geschilderd, en het zag er nog troostelozer uit dan het station.

Hoe dan ook, Joshua reed het tankstation binnen en stopte om de GPS van zijn telefoon te controleren.

"Ik hoop dat dit echt de plek is," zei Reggie. "Zo niet, dan zijn we halverwege nergens en de snelste weg terug is helemaal niet snel."

"De groep van Daris zal ook op zoek zijn naar de schat," zei Derrick. "Maar je hebt gelijk. Als hij niet hier is, zijn ze ons voor."

En als ze het krijgen, dacht Ben, *sterft Julie.*

Hij schudde de gedachte uit zijn hoofd en probeerde zich weer op de honger te concentreren. De honger was tenminste grotendeels onder controle te houden.

"Ik ga me volproppen, maar als jullie willen uitzoeken waar Lewis' kamp was, kunnen we proberen tijd te winnen."

"Denk je echt dat het hier is?" vroeg Reggie. "Ik weet dat Camp Disappointment het noordelijkste punt op hun route was, maar waarom zou Lewis daar iets verbergen? Van wat ik gelezen heb, is het kamp vandaag niets meer dan een omheind historisch baken, met kampeerterreinen eromheen."

"Dat zou het nog makkelijker moeten maken om iets te vinden, zei Derrick, omdat het verder niet opvalt.

"Trouwens," zei Joshua, leunend in het open raam van de auto, "de eerste aanwijzing vertelt ons alleen dat het op de Marias Rivier is. 23 nog wat. Camp Disappointment ligt aan een van de zijrivieren van de rivier, maar het is waarschijnlijk dat Lewis daar was toen hij dat eerste bericht schreef."

"Dus we vinden het kamp, zoeken een soort '23,' of lopen 23 mijl in een bepaalde richting... of 23 passen? Welke richting? 23 graden? Serieus, als dat de enige aanwijzing is die we hebben, zijn we de klos.

"Kan veel simpeler dan dat," zei Ben. Joshua was klaar met tanken en hij stapte weer in de SUV en draaide de sleutel om.

Reggie staarde hem aan, en Derrick draaide zich om in zijn stoel om hem te zien.

"Ik bedoel, Lewis was een slimme vent en zo, maar hij komt nooit over als een intellectueel, weet je? Geen onnozelaar, maar zeker geen puzzelmakend genie."

"En?"

"Dus, ik vraag me af of het antwoord echt zo simpel is als het lijkt. We dachten dat '23 maart' een datum was, en dat is niet zo. Of, in ieder geval het 'Mar' gedeelte niet. Maar misschien *is* de '23' nog steeds een datum."

"Een afspraakje... voor wat?"

"Een datum voor wanneer ze aankwamen in het kamp, of wanneer Lewis de schat verborg. Derrick, je grootmoeder zei dat ze in Camp Disappointment waren van 20 tot 26 juli 1806, toch?"

Derrick knikte. "Ja, zoiets. Dan zijn ze precies waar we ze op 23 juli nodig hebben."

"Precies," zei Ben toen Joshua weg begon te rijden van het kleine benzinestation. "Tot nu toe klopt het allemaal. Maar dat is maar één aanwijzing, en het is niet te zeggen of die juist is of niet. Derrick, heb je dat dagboek bij de hand? Misschien kunnen we beginnen aan de volgende of twee?"

"Begin je je te voelen als een schatzoeker, Ben?" vroeg Joshua.

"Nee. Ik heb honger. En als ik honger heb, helpt het om mijn gedachten van de honger af te leiden door iets anders te doen."

"Eerlijk genoeg," zei hij. "Nou, blijf hongerig. Er is veel te doen."

HOOFDSTUK 57

HET GEBIED VAN HET LAND WAAR REGGIE NU STOND WAS HEILIG, in zekere zin. Het was al honderden - mogelijk duizenden - jaren bewoond door Indianen. Meriwether Lewis had op deze plek gestaan, kijkend naar de uitgestrektheid van de Rocky Mountains links en rechts, zo ver het oog reikte.

Wat dacht hij wel niet? vroeg Reggie zich af. *Waar was hij bezorgd over?*

Camp Disappointment, het meest noordelijke punt van de hele expeditie, was uit frustratie zo genoemd. Het stroomgebied van de Missouri-rivier reikte in feite niet tot aan de 50e breedtegraad, wat betekende dat het land dat Jefferson had gekocht niet veel groter was dan ze hadden gehoopt. Alvorens terug te keren naar het zuiden om Clark en de rest van de mannen weer te ontmoeten, kampeerde Lewis' kleine groep hier, 'teleurgesteld'.

Of was hij dat? Was er iets anders om teleurgesteld over te zijn? Of was er helemaal niets om teleurgesteld over te zijn, en was Lewis gewoon terughoudend?

Reggie had een achtergrond in geschiedenis en heeft zelfs enige tijd als parttime professor in Brazilië lesgegeven. Hij hield van het verhaal van hoe de mensen van de wereld met elkaar omgingen, en waarom. De lessen die in dit alles verborgen zitten. Hij had nog geen tijd besteed aan het bestuderen van de expeditie van Lewis en Clark, maar hij was nu in de modus van volwaardig historicus. Hij wilde het allemaal leren, hun geheimen en redenen ontdekken om te doen wat ze zoveel jaren geleden deden.

Maar er was een dringender zaak, en dat wist hij ook. Hij zuchtte. Julie was weg, uit hun groep gehaald door de man die hij lang geleden had gekend, de man die zijn ondergeschikten De Havik hadden genoemd. Vicente Garza, een grote en imposante figuur in de veiligheidswereld, en vroeger sergeant in het leger van de Verenigde Staten. Reggie had hem toen gekend, toen hij zelf opklom tot sluipschutter. Hij had met hem in een trainingskamp gediend, en was bijna overgehaald door Garza's belofte van vrijheid - en *een goed* salaris - toen hij het leger verliet om zijn bedrijf te beginnen.

Garza was vroeger geen slechte man geweest. Reggie had zelfs bewondering voor de man zijn leiderschap. Zijn charisma was ongeëvenaard, en veel van Reggie's eigen teamgenoten hadden het erover gehad te vertrekken om met Garza te werken.

Toen verdween de man. Hij verdween gewoon van de kaart, en diezelfde teamgenoten konden er maar niet achter komen wat er gebeurd was met de man die hen een vaste, goedbetaalde baan had beloofd, en die deed waarvoor ze waren opgeleid, *buiten* het leger om.

Reggie maakte zich er geen zorgen over - mensen deden vreemde dingen. Reggie was zelf ooit 'in het diepe gegaan' en had zijn leven en zijn jonge vrouw naar Brazilië verhuisd om een bedrijf te beginnen in overlevingsonderricht aan bedrijfsleiders die 'een ervaring' wilden. Hij had een schietbaan, een door hem ontworpen schuilkelder diende als hun huis, en hij had er - meestal gelukkig - jaren gewoond.

En toen ontmoette hij Juliette Richardson en Harvey Bennett. Hij was in hun leven terechtgekomen - letterlijk - nadat ze waren aangevallen door een huurlingengroep die niet veel leek op de groep die hen in Philadelphia had aangevallen.

Een groep geleid door niemand minder dan Joshua Jefferson. De man was misleid, bedrogen en voorgelogen, en hij was aan de macht gekomen in de organisatie waar zijn vader en broer deel van hadden uitgemaakt. Joshua's team was op Julie en Ben gericht en losgelaten, en ze zouden volledig zijn weggevaagd als Reggie niet had ingegrepen.

Toen Joshua was overgelopen naar de 'goede kant', zoals Reggie graag zei, waren ze allemaal vrienden geworden, en uiteindelijk hadden ze het Civilian Special Operations team opgericht waar ze nu deel van uitmaakten. Joshua kon met iedereen goed opschieten, en hij was een solide leider voor hun vrolijke groep van goede jongens.

Reggie vroeg zich af of Vicente Garza ook zo'n verhaal zou kunnen schrijven. Hij wilde de man doden voor wat hij Julie had aangedaan, wat hij Ben had aangedaan. Maar er was een deel van hem - zij het een *klein* deel - dat wilde zien of The Hawk echt zo slecht was als zijn mannen hem deden lijken.

Mensen deden gekke dingen voor geld, en Reggie zelf had dingen gedaan waar hij nog spijt van had in de belofte van een goed salaris. Dus vroeg hij zich af of er hoop was voor de man? Als ze hem oppakken, ondervragen, hem de kans geven het uit te leggen - kunnen zijn daden dan worden goedgemaakt?

Reggie keek naar de andere leden van zijn groep: Roger Derrick, de FBI-agent-die-schattenjager werd, die niets liever wilde dan Daris Johansson neerhalen en iets voorkomen waarin hij geloofde, 'De Verschuiving' genaamd.

Joshua Jefferson, de nieuwe vriend en bondgenoot die hem al meer dan eens uit de problemen had geholpen.

En tenslotte Harvey Bennett zelf, de bescheiden parkwachter wiens veerkracht en koppigheid de groep meer hadden geholpen dan welke getrainde wapens ook.

Deze mannen waren nu zijn team, in goede en slechte tijden. Zij waren het. Goed of slecht, de Havik was nu de vijand, net zoals Joshua hun vijand was geweest in het Amazone regenwoud. Reggie was een man van zijn woord, en op dit moment was zijn woord aan Ben dat hij alles zou doen wat nodig was om Julie terug te krijgen.

En dat betekende het uitzoeken van dit mysterie.

"Laat dat dagboek eens zien," zei Ben.

Reggie draaide zich om en kwam uit zijn meditatie. Na dit alles zou hij nog genoeg tijd hebben om de geschiedenis, waar hij zo van hield, te onderzoeken en te bestuderen.

Derrick liep erheen en hield het dagboek open voor Ben. Blijkbaar was hij nog niet klaar om het onbetaalbare artefact zomaar in iemand anders handen te geven.

Derrick en Ben keken naar de pagina waarop hij hem had opengeslagen, de pagina met hun eerste 'aanwijzing'. Fronsend spraken geen van beide mannen.

"Nog iets anders daar?" vroeg Reggie.

"Niet sinds de laatste keer dat we keken," zei Ben. "Ik dacht gewoon dat ik geïnspireerd zou zijn om -"

Reggie wachtte.

Ben hield zijn hoofd schuin.

"Wat? Iets vinden?"

"Ik - ik denk..."

Ben pakte het dagboek uit Derricks hand, die hem aankeek met een uitdrukking die het midden hield tussen geschokt en woedend. Hij stapte dichter naar Ben toe en stak zijn hand uit om het dagboek te pakken, maar Ben sloeg zijn hand weg.

"Wacht even, ik denk dat er..."

Ben kantelde het dagboek, zodat de lange kant van de pagina waar ze naar hadden zitten staren nu evenwijdig aan de grond lag. Ben hield de bladzijde vast en liet het dagboek openvallen, de twee omslagen hingen nu onder de ene bladzijde.

De enkele *breekbare* pagina.

Reggie's hart ging tekeer. Hij kende de onschatbare waarde van het artefact, en hij kon niet anders dan bezorgd zijn over Ben's roekeloze behandeling van het boek.

Derrick deed nog slechter zijn best om zijn emoties te verbergen.

"Harvey, geef me dat verdomde dagboek," zei hij, zijn stem strak. "Je gaat het te scheuren in de helft. Je doet dat en ik klop je op je -"

"Kijk," zei Ben, de man de mond snoerend. "Precies daar."

Nu hij de bladzijde - en de rest van het dagboek - met één hand vasthield, wees hij met de andere naar de bergen. "Zie je dat?" vroeg Ben.

"Wat?" vroeg Joshua. Hij was naar Bens andere kant gestapt en probeerde alle ophef te begrijpen. Ook Reggie was in de war, dus liep hij om de andere drie mannen heen en probeerde te zien waar Ben vanuit zijn perspectief naar wees.

Hij keek naar de bladzijde, horizontaal naar de kleine heuvel waarop ze stonden, een heuvelrug die de naam 'Camp Disappointment' had gekregen, en toen keek hij omhoog en richtte zijn blik op de bergketen net in de verte.

En toen zag hij het.

De bergketen.

En de gescheurde rand van de pagina.

Ze stonden perfect op één lijn. Reggie schoof naar rechts en stond nu bijna direct achter Ben. Hij ging op zijn tenen staan en draaide zijn nek om een beter zicht te krijgen, dat beter aansloot bij Ben's eigen zicht.

De gescheurde rand had precies dezelfde vorm als die van de bergketen voor hen. Het was met opzet gescheurd, waarschijnlijk door Lewis zelf, om voor altijd overeen te komen met het landschap dat hij iemand wilde laten zien.

Iemand die zijn schat zou kunnen vinden.

"Het is een kaart," zei Derrick, zijn stem vervuld van ontzag. Ook Reggie's ongerustheid was weggesmolten, maar zijn hart klopte nog sneller.

"Het is een schatkaart," zei Joshua. "Ben, je hebt het gevonden. Dit is de *exacte plek* waar we moeten zijn om dit te zien en het zinvol te laten zijn."

"Hij heeft gelijk," fluisterde Reggie. "We zijn er."

HOOFDSTUK 58

BENS KORTSTONDIGE GEVOEL VAN TROTS DAT HIJ DE 'KAART' op de bladzijden van het dagboek had ontdekt, vervaagde snel. Julie was nog steeds weg, ze hadden nog steeds een bende schietgrage schurken ergens achter hen, en ze hadden niet veel tijd meer.

"Hoe lang gaat het duren om daar te komen?" vroeg hij.

"Waar?"

Ben wees weer. Hij had het dagboek teruggegeven aan Roger Derrick, die het had geïnspecteerd, het voorzichtig in een plastic zak had gedaan en het daarna weer in zijn aktetas had gestopt.

"De bergen. De kaart wijst ons de weg, maar we moeten er nog steeds heen. Er zijn meer aanwijzingen, weet je nog?"

"Ah, juist," zei Reggie. "Ik hoopte dat de anderen alleen voor de lol waren, en dat deze plek het was."

"Je mag gerust beginnen met graven," zei Derrick, "maar ik denk dat Ben gelijk heeft. De schat - als die er nog is - is die kant op."

"Naar het westen, de bergen in. Maar hoe ver?" vroeg Joshua.

Ben keek rond naar de rest van hen. Hij was goed op dreef, dus hij dacht dat hij niets te verliezen had. "Nou, daar heb ik ook over nagedacht."

"Ja?" Vroeg Reggie. "Heb je de volgende aanwijzing al?"

"Nope," zei hij. "Nog steeds een deel van deze. Ik durf te wedden dat we langs de Marias rivier moeten lopen, vanaf hier, recht omhoog de bergen in."

"Maar voor hoe lang?"

"23 mijl," zei Ben snel. "En ik durf er verder om te wedden dat we op een plek staan precies 23 mijl stroomopwaarts van waar de Marias de Missouri ontmoet."

"In het midden van waar de 'drie unieke Cottonwoods' samen groeien," voegde Derrick er met een glimlach op zijn gezicht aan toe.

"Wel verdomme, Ben," zei Reggie, die de lach van Derrick evenaarde. "Dat moet het slimste zijn wat je ooit hebt gezegd."

"Daarom praat ik ook niet zo veel," antwoordde Ben. "Maar om terug te komen op mijn eerste vraag: hoe lang doen we erover om daarheen te lopen? Er zijn geen wegen, dus ik zie geen andere weg naar boven." Hij wendde zich tot Derrick. "Tenzij je baas ons een helikopter wil lenen."

Derrick fronste zijn wenkbrauwen. "De dag dat de FBI alleen maar helikopters uitdeelt, zou ik wel eens willen meemaken. Ik had het al moeilijk genoeg om mijn baas te overtuigen dat ik een groter wapenarsenaal nodig had."

"Dus we lopen?"

"Nee," zei Joshua. "Er zijn een paar steden in de bergen. Een beetje een omweg, maar we kunnen er met de auto veel sneller zijn."

"Plus, we zullen niet 23 mijl in de bergen zijn zonder een manier om terug te komen."

"Werkt voor mij," zei Joshua. "Laten we gaan."

HOOFDSTUK 59

"OKÉ BAAS," ZEI MORRISON. "We zijn klaar voor je."

De havik knikte en stapte weg van zijn plek aan het eind van de gymzaal. Juliette Richardson zat nog steeds in het midden, armen en benen gebonden, haar hoofd naar beneden.

Ze begint te breken, dacht hij. *Ze beginnen altijd te breken.*

Meestal was er een schrik of een dreigement voor nodig, maar soms - zoals in Julie's geval - was er iets meer *psychologisch voor* nodig. In haar geval was dat duisternis. Pikzwarte duisternis voor een bepaald aantal uren werkte, zelfs als al het andere had gefaald.

Hij hoefde ze nooit aan te raken, of een geweer op ze te richten, of iets anders drastisch te doen. Deze zaken waren eenvoudiger, veel eenvoudiger dan de overgecompliceerde dingen die zijn mannen hem zouden laten doen.

Morrison, bijvoorbeeld, zou elke kans om informatie uit de vrouw te krijgen hebben verpest. Zijn idiotie had de plannen van de Havik bijna doen ontsporen, maar gelukkig was hij in de buurt van de sportzaal geweest en had hij Morrisons avances gehoord.

Er was geen reden om te straffen, nog niet. Morrison was nog steeds een goede soldaat, en hij had alle goede soldaten nodig die hij kon krijgen. Het team van rekruten dat hij had gestuurd om de FBI agent en zijn vrienden terug te halen had gefaald, althans in het begin. Ze hadden talrijke fouten gemaakt, maar het kleine team was nu op weg naar Montana. De Havik wist dat ze fouten zouden maken; hij had het gepland. Alleen door fouten te maken kon men leren te slagen. Hij had geen probleem met mislukking, alleen met mislukking als er daarna geen disciplinaire maatregelen werden genomen.

De rekruten zouden gestraft worden, hun fouten leren begrijpen en wat ze in plaats daarvan hadden moeten doen. Daardoor zouden ze sterker worden, en pas dan zouden ze hun plaats in The Hawk's team verdienen. Ravenshadow zou er sterker door worden, en The Hawk zou dan meer kunnen vragen voor zijn beveiliging.

Het was een win-win voor hen, ook al beseften ze dat niet toen ze gestraft werden.

Maar de discipline kon later komen. Op dit moment had hij werk te doen, en dat was Daris de informatie te geven die ze nodig had.

De havik bereikte het midden van de kamer en keek op Julie neer. Ze keek naar hem, onder die warrige bos zwart haar, keek naar hem op, maar leunde haar hoofd niet achterover. Haar ogen schoten tevoorschijn uit haar neergeslagen gezicht, alleen de onderste helft ervan was zichtbaar.

Als ze niet aan een stoel gebonden was, midden in een kamer omringd door soldaten, zou De Havik haar er angstaanjagend hebben gevonden.

In plaats daarvan wist hij dat ze doodsbang was. Ze acteerde, speelde het spel, en speelde het goed. Ze was bijna gebroken, en als ze brak zou ze hem geven wat hij wilde.

Hij gebaarde een van de soldaten hem het karretje te brengen dat Morrison eerder had neergezet. Het karretje rolde over de grond, de glazen potten en de doos die erop stond, kletterden tegen elkaar. De man liep er rustig mee naar Julie's zijde en The Hawk keek naar haar reactie.

Ze kon op geen enkele manier weten wat het was, maar dat deed er niet toe. Ze hoefde het niet te weten. Het niet weten zou haar nog banger maken, waardoor het sneller zou werken. Het zou haar sneller laten breken.

Hij liep langzaam naar het karretje en lette erop dat Julie's ogen hem volgden. Hij bukte zich en opende de bovenkant van het doosje dat in het midden van de potjes stond. Hij opende het deksel en haalde er een van de spuitjes uit die aan de binnenkant zaten, en pakte toen een van de potjes.

Hij kiepte het potje om en stak de naald door het deksel. Hij trok de schacht van de spuit naar achteren en vulde de kamer met de zilverachtige, doorschijnende vloeistof.

Julie's hoofd schoot omhoog.

Goed, dacht hij. *Ze begint al te breken.*

Het serum was nog in de testfase, maar hij had ontdekt dat een veel kleinere dosis nodig was dan wat de chemici van Daris hem hadden verteld. Een deel van het effect van elk medicijn was een placebo, en daar moest rekening mee gehouden worden. Dubbelblind onderzoek had aangetoond dat het placebo-effect in sommige gevallen net zo sterk kon zijn als het medicijn zelf.

Hij had nu het placebo ingecalculeerd, wetende dat alleen al de *gedachte* aan het injecteren van een onbekende vreemde vloeistof in Julie's arm pure terreur en paniek zou veroorzaken. Het zou de basis leggen voor het medicijn om zijn *eigenlijke* werk te doen.

"Juliette," zei de Havik. "Ik ga dit in je arm steken, en dan ga je me alles vertellen wat je weet over je team."

Ze staarde hem aan. "Waarheidsserum? Werkelijk? Dat is science fiction."

"Correct," zei hij. "Maar een dosis scopolamine op de neurale receptoren in de hersenen, waardoor ze tijdelijk worden uitgeschakeld en vrijwillige gedachten grotendeels worden vervangen door onwillekeurige reacties, is *geen* science fiction. Het is wetenschap - en ik heb het nu in mijn hand."

Ze verkrampte, en The Hawk schepte hier een beetje plezier in.

Hij leunde voorover en stak de spuit in Julie's arm. Hij had wat onderzoek gedaan op internet, en hoewel hij geen verpleger of dokter was, dacht hij het basisconcept te kennen: zoek een ader, steek de naald erin, en pomp langzaam.

De bedmanieren en precisie waren voor de *echte* dokters. Hij moest alleen het spul in haar krijgen.

Ze hijgde, duidelijk geschrokken van de pijnlijke naald en de nonchalante manier waarop The Hawk het had gedaan, maar hij leunde verder voorover, zich nu concentrerend op het niet laten buigen van de naald. Recht, voorzichtig en langzaam - dat was het doel. Hij duwde de spuit dicht en keek toe hoe de vloeistof zich in haar bloedbaan perste.

"Waarom doe je dit?" vroeg Juliette.

"Het is mijn werk, Juliette," zei The Hawk. "En ik hou van mijn werk."

"Ik weet niets over -"

Ze hijgde, schokte in haar stoel en gooide haar hoofd achterover. Haar ogen glinsterden even wit toen ze achterwaarts in haar hoofd rolden, en haar mond sperde zich open. Ze schommelde een paar keer, de krampen namen toe tot een opgewonden intensiteit en zakten toen weg.

De Hawk wachtte, wetende dat deze fase het ergst was voor de patiënt. Deze eerste inname was de lichamelijk pijnlijkste fase van het proces, maar het eindigde snel. Met zo'n lage dosis zouden er niet veel bijwerkingen zijn, en geen ervan zou blijvend zijn.

Hoopte hij.

Daris had hem verteld dat haar chemici nog steeds probeerden te begrijpen hoe de vloeistof reageerde op verschillende bloedtypes, want er waren verschillen. Geringe en grotendeels onmerkbare verschillen, op de bijwerkingen na. Zij hadden The Hawk verteld dat zij uiteindelijk het actieve bestanddeel konden isoleren en concentreren, naast de scopolamine, maar dat was voor een latere testronde, nadat The Hawk's team had geleverd wat zij zocht.

Dus Juliette Richardson werd testpersoon voor de bètaversie van het medicijn. Het serum was effectief, maar hij moest de potentie verdunnen om hartstilstand of nierfalen te voorkomen. Hij zou deze vrouw nog eens nodig kunnen hebben, dus hij moest voorzichtig zijn.

Eindelijk kwam Julies hoofd weer omhoog, en haar ogen stopten met zweven. Ze knipperde een paar keer, haar ogen probeerden zich automatisch aan te passen. Haar handen gingen open en dicht, en ze rolde haar hoofd een paar keer opzij, waarbij haar nek kraakte.

De Hawk dacht graag dat de proefpersoon zich aan het 'resetten' was, hun geest aan het voorbereiden op zijn insluitsels. Het serum werkte veel beter dan de rookmethode voor een gecontroleerde, evenwichtige test, maar het effect zou niet zo uitgesproken zijn bij deze lage dosering.

"Juliette," zei hij.

"Ik heb liever Julie," antwoordde ze.

"Natuurlijk. Mijn verontschuldigingen. Hoe voel je je?"

"Ik voel me - ik voel me oke, denk ik. Wat heb je met me gedaan?"

"Ik heb je geïnjecteerd met het serum dat mijn baas aan het ontwikkelen is. Het maakt de proefpersoon 'bewusteloos'. Je bent in staat om te reageren, en te bewegen, maar niet uit eigen wil."

Julie staarde terug naar hem. "Dat is mooi."

"Het is leuk, Julie. Verder zul je je over vijftien minuten niets meer herinneren van dit gesprek als je 'wakker' wordt. Er zal een lichte tot zware hoofdpijn zijn, maar afgezien daarvan, verwachten we geen bijwerkingen."

"Geweldig," zei ze. Haar stem was kalm, onverstoorbaar, alsof ze net te horen had gekregen dat er een kortingsbon was die een bediende net op haar boodschappenrekening had toegepast.

De Hawk hield van dit deel. Hij kon het niet helpen een beetje plezier te hebben met de onderwerpen.

"Julie," zei hij. "Wie is je verloofde?"

"Harvey Bennett," zei ze. "Ben."

"Ben, juist. Maar van wie hou je *echt*?"

"Ik hou van Ben."

"Dat is geweldig, Julie. Loyaal tot het einde. Hoe zit het met Gareth Red?"

"Reggie?" vroeg ze.

"Ja, Reggie. Hij is een knappe man, vind je niet? Hou je van hem?"

"Dat doe ik," zei ze, "maar op een andere manier. Ik zag hem altijd als een soort oudere broer."

"Ah, ik begrijp het," zei de havik. "Wel, laten we ter zake komen. Wie is Roger Derrick?"

"Hij is een FBI agent."

"En wat wil hij?"

"Hij... hij wil Daris Johansson vinden, denk ik."

"Jij denkt"

"Ik bedoel, dat is wat hij ons vertelde. Ik heb geen reden om iets anders te vermoeden."

"Ik begrijp het. Waarom wil hij Daris Johansson vinden?"

"Hij wil haar tegenhouden. Ze probeert iets te vinden dat gevaarlijk is, althans in haar handen."

"Correct."

Ze keek hem nieuwsgierig aan, als een muis die naar een kat kijkt. Onbewust van het gevaar.

Onbewust dat ze werd gecontroleerd.

"Julie," zei de havik, "ik ga de dassen van je af doen. Is dat goed?"

"Tuurlijk," zei ze. "Dat is goed."

Morrison liep erheen en begon de ritssluitingen van Julie's armen en benen door te knippen. De Hawk keek aandachtig toe, maar zijn man probeerde deze keer geen domme dingen. Toen hij klaar was, raapte hij de gebroken touwen op en liep terug achter de kar.

"Dank je, Morrison. Julie, kun je je rechterarm bewegen?"

Ze hief haar rechterarm op, zwaaide er een keer mee en legde hem toen weer neer.

"Heel goed, Julie. Nu, dat was een van mijn mannen, Morrison. Wat vind je van Morrison? Ik geloof dat je de kans had hem eerder te ontmoeten.

Julie's gezicht bleef uitdrukkingsloos. "Ik heb hem ontmoet. Ik ga hem vermoorden."

Een van de mannen grinnikte op de achtergrond, maar The Hawk stapte dichter naar Julie's stoel. "Julie, je bent niet langer vastgebonden. Wil je *nu opstaan* en Morrison vermoorden?"

"Ja, dat doe ik."

"Oké."

"Oké."

Julie bewoog niet. Ze zat in de stoel, gefixeerd, alsof de banden nog steeds vast zaten.

"Julie, wil je dat ik Morrison met mijn mes vermoord?"

"Dat zou werken, ja."

"Hier, Julie." De Havik deed de laatste stap naar Julie's stoel en stak een enorm gevechtsmes uit, het vlijmscherpe lemmet in zijn hand met het handvat naar Julie uitgestrekt. "Neem het mes, Julie."

Ze nam het. Het bewoog niet. Ze hield het gewoon in haar hand, haar ogen wijd, onbeweeglijk.

"Morrison," zei de Havik. "Kom hier."

Morrison deed een paar stappen naar voren.

"Dichterbij, Morrison."

Hij volgde het bevel op, en stond nu direct rechts van Julie, met zijn buik tegen de schouder van de vrouw.

"Julie, wil je Morrison nog steeds vermoorden?"

"Ja."

De Havik wachtte, en keek naar zijn ongehoorzame soldaat en Julie. Geen van beiden bewoog, maar Morrison was bevroren van angst, niet van de drug.

Na een minuut ontsloeg de havik Morrison met een zwaai van zijn hand.

"Julie, je hebt Morrison niet vermoord, ook al wilde je dat wel. Is dat juist ?"

"Ja," zei ze. "Dat is juist."

"Ik begrijp het. Julie, we hebben niet veel tijd voor je medicijn uitgewerkt is. Je zult dan een lekker lang dutje willen doen, en ik kan het je niet kwalijk nemen. Dat betekent dat ik *nu* alles moet weten wat je weet over de rest van je team. Kun je me dat vertellen?"

"Wat wil je weten?" vroeg Julie.

"Laten we beginnen met jullie leider, Joshua Jefferson. Vertel me over hem."

HOOFDSTUK 60

HET TELEFOONTJE KWAM BINNEN OP REGGIE'S TELEFOON, ongeveer halverwege een steile bergpas. Ben zat achterin, weer eens achter hun FBI-teamgenoot, toen Reggie de telefoon uit zijn zak haalde en naar het scherm keek.

"Onbekende beller," zei Reggie. "Waarschijnlijk een telemarketeer."

"Op voicemail laten zetten?" vroeg Ben.

"Laat mij antwoorden," zei Derrick. "Het is geen telemarketeer."

Ben wist dat hij gelijk had, maar hij wilde er niet aan denken wat het betekende. Mr. E, als hij de beller was geweest, zou het gesprek via een lokaal Alaskaans netnummer hebben geleid. En gezien hun huidige situatie wist Ben dat het veel te toevallig was dat een telemarketeer op dit moment naar Reggie's telefoon belde.

Reggie zuchtte. Hij tikte op de knop aan de voorkant van de telefoon en daarna nog een om de luidspreker aan te zetten. "Gareth Red."

Een lage, rommelende stem kwam uit de blikken luidspreker. *De Havik.*

"Reggie. Hoe gaat het met je? Hoe gaat het met die bende buitenbeentjes?"

Ben's kaak verstrakte. Hij keek van Reggie naar Derrick, toen naar Joshua. Joshua draaide zich naar de anderen en mompelde de woorden, *moet ik aan de kant gaan?* Derrick schudde zijn hoofd en draaide met zijn wijsvinger in een cirkel. *Hou hem aan de praat.*

Joshua gaf gas en profiteerde van een lange rechte weg. Volgens Bens schatting waren ze maar tien minuten of zo verwijderd van de eerste van de 'kleine stadjes' die Joshua had genoemd, en dat betekende dat ze nog maar een paar minuten verwijderd waren van parkeren en te voet op pad gaan. Waar ze naar op zoek waren, wisten ze niet. Maar Joshua had een paar locaties op de kaart van zijn telefoon gemarkeerd, in de hoop dat hun zoekgebied relatief dichtbij lag binnen het vierkant van twee mijl dat hij had uitgestippeld.

Hun technologie was beter dan die van Lewis, wist Ben, maar dat betekende niets. Zelfs voor een volleerd navigator als Lewis, kan een kleine fout aan zijn kant betekenen dat Ben's groep, 200 jaar later, met behulp van haarfijne technologie, helemaal op de verkeerde plek zou zoeken.

Het was een moment van buikgevoel voor Ben. Hij wist dat ze geluk, timing en veel zoekwerk op de juiste plaats en het juiste moment nodig hadden. Ze hadden nog niet eens besloten of ze op zoek waren naar een grot, zoals de aanwijzing hen aanvankelijk had doen geloven, of naar iets heel anders.

Was de 'grot' waarnaar in de aanwijzing wordt verwezen een echte *grot, of was het een metafoor voor iets anders?*

Ze zochten naar een naald in een hooiberg, maar de hooiberg was zo groot als een land.

Ben wendde zijn hoofd achterover om naar de telefoon in Reggie's schoot te staren toen zijn vriend antwoordde.

"Waar is Julie in godsnaam?"

"Ze staat hier naast me. En ze heeft me de afgelopen tien minuten alles over *jullie groepje verteld. Over een minuutje of zo wil ze niet meer praten, dus ik hoopte dat jij me iets meer zou willen vertellen."*

Ben snakte, zijn vuisten balden zich. Hij kon niet langer zwijgen.

"Luister, jij kleine lul," zei hij, bijna schreeuwend. "Als je haar ook maar met één vinger aanraakt, weet je wat? De pot op met dat. Je bent al dood."

De diepe stem lachte. *"Ik ben blij dat je bezorgd bent, Harvey. Dat betekent dat je om me geeft. Julie sprak daarnet vol lof over je, en je zult tevreden zijn te horen dat ze niets dan goeds over je te zeggen heeft."*

Ben sloot zijn ogen en dwong zichzelf te ademen. Derrick zat bijna helemaal omgedraaid op de voorstoel, zijn linkerhand om de andere kant van de hoofdsteun en op Bens schouder. "Het is goed," fluisterde hij. "Het komt wel goed."

"Hoe dan ook, terug naar het punt: Julie was bereid - met wat aandringen van onze kant - om alles te onthullen wat ze wist over jullie kleine bende strijders. De 'CSO?' Dat is een geweldig idee!" Garza lachte, harder deze keer, en kwam toen weer aan de telefoon. *"Ze vertelde me over jullie tocht door Antartica nog niet zo lang geleden, en ze vertelde ons alles over jullie teruggetrokken weldoener. Mr. E? Is dat echt zijn naam? En je weet niets anders over hem?"*

"Waarom vertelt ze je dit allemaal?" Snauwde Reggie. "Wat heb je met haar gedaan?"

"Niets, echt. Tenminste niets dat niet snel zal verdwijnen. Ze zal moe zijn, maar onaangedaan. Ik wilde het serum testen waar mijn weldoener mee heeft gespeeld. Er zijn soms wat bijwerkingen... van het blijvende *soort, als de dosis hoog genoeg is. Maar Julie had net genoeg om mee te willen werken, en niet meer."*

Ben had het gevoel dat hij zijn verstand ging verliezen. Hij voelde zich plotseling claustrofobisch. Hij wilde Joshua zeggen aan de kant te gaan, de auto te stoppen en hem eruit te laten. Zijn vuisten waren nu wit, maar toch hield hij ze nog steeds gebald, en opende en sloot ze keer op keer, steeds strakker.

"Laat me even eerlijk zijn, Gareth. En de rest van jullie. Mijn werkgever wil dit avontuurtje graag zo snel mogelijk beëindigen. Om de zaken te bespoedigen, heb ik een paar van mijn rekruten jullie kant

op gestuurd. Ze zullen jullie over een paar minuten ontmoeten. Ik geloof dat jullie elkaar al ontmoet hebben, in Philadelphia.

"Je zult meewerken, of je zult sterven. Als je hen ook maar een beetje verdriet doet, sterft Ms. Richardson. Ben ik duidelijk?"

Ben staarde recht voor zich uit in de zetel. Zijn rug was recht, zijn benen stijf. Hij wilde schreeuwen, maar hij kon het niet opbrengen zijn mond open te doen om te spreken.

Van ergens achter de man aan de andere kant van de telefoon, schreeuwde een vrouwenstem plotseling.

Julie.

"We zijn hier, in Philly. In een gymzaal recht tegenover de Ritten -
"

Julie's stem werd onderbroken, en er klonk een smakkend geluid en een klein gilletje.

Ben verkrampte nog meer en hij schoot zijn hand opzij, die hij tegen het raam drukte. Het harde geluid deed Reggie schrikken, maar Bens uitbarsting had geen effect op De Havik. Met dezelfde kalme, geoefende stem, keerde hij terug naar de telefoon.

"Ik hoop dat dit bewijst hoe serieus ik deze zaak neem, Harvey. Er staat hier veel op het spel, zoon. Ik hoop dat je me niet zult teleurstellen."

"Ik vermoord je, jij vuile..."

"Maak ik mezelf duidelijk?" vroeg de havik opnieuw.

Reggie's karakteristieke glimlach was vervaagd. Hij haalde langzaam adem. "Helder, Garza. Zo helder als glas."

De Hawk hing op, en het telefoonscherm ging op zwart.

HOOFDSTUK 61

"HIJ IS DAARBUITEN," zei BEN, bijna schreeuwend. "Hij is daarbuiten, in Philadelphia, precies waar we waren."

"Dat weten we niet, Ben," zei Derrick. "Garza zei dat ze gedrogeerd was, dat hij haar een soort serum had gegeven."

"Ze is daar," zei Ben. "Ik weet dat ze daar is."

"Wat als ze dat wel is, Ben?" vroeg Reggie. "Ik wil haar net zo graag vinden als jij, maar we kunnen niet zomaar omdraaien..."

"We kunnen, en we zullen. Nu meteen."

"Ben, we kunnen niet..."

"*Draai je om,* Joshua," zei Ben. Hij trok zich op tegen zijn veiligheidsgordel, alsof hij wilde opstaan. Hij zou het ding van zijn bouten rukken als het moest.

Joshua reed nog steeds, nu in een andere bocht van de weg. "Ben, het spijt me, we..."

Bens neusvleugels wapperden. Hij trok aan de veiligheidsgordel, vechtend tegen de dwang. "Ik ga terug."

"Nee, Ben."

"Dat doe ik. Probeer me maar tegen te houden." Ben klikte het slot op zijn deur open en maakte toen zijn veiligheidsgordel los.

"Ben! Stop!" Zei Derricks stem. "Ik ben het met je eens."

Ben stond op het punt de deur open te duwen en naar buiten te glijden - hij had geen idee wat hij *daarna* zou doen, maar *dat kon hem niet schelen.* Hij gaf om Julie, en hij wist nu waar ze was.

Ze zou niet tegen hem liegen. Ze was misschien voorgelogen, maar voor zover zij wist, werd ze vastgehouden in Philadelphia, bij het Rittenhouse.

In een gymzaal.

Het was iets vreemds om te zeggen, daarom was het in Bens gedachten blijven hangen. Als ze 'kamer' of 'gebouw' had gezegd, zou dat niet geholpen hebben - er waren er duizenden in de buurt van het hotel in Philadelphia.

Maar ze had 'gym' gezegd. Luid en duidelijk, net voor ze werd geslagen door een van The Hawk's mannen. Of The Hawk zelf.

Ben keek naar Derrick.

"Ik ben het met je eens, Ben," zei hij weer. "Ik denk dat ze in Philadelphia is, en ik denk dat het zinvol is om haar te gaan zoeken. Als je haar vindt, vind je ook de mannen die dit doen."

"Alleen?" vroeg Reggie.

"Nee, één van ons gaat mee. We splitsen ons op, twee van ons blijven hier, proberen de volgende aanwijzing te vinden, en twee van ons gaan terug naar Philly. Het duurt uren om daar te komen, maar het kan net zo lang duren om de schat te vinden.

Voor het eerst sinds hij in de auto zat, voelde Ben zijn geest weer normaal worden. Hij was niet 'in orde' - verre van dat - maar hij was beter. Hij kon helder denken.

Dit werkt, dacht hij. *Twee van ons gaan terug naar Philly, twee van ons blijven hier om de schat te vinden.*

"Hoe zit het met Garza's handlangers?" vroeg Reggie. "Hij zei dat ze 'ons gaan ontmoeten', weet je nog? "

"Ze komen hoe dan ook," zei Derrick. "En Garza heeft Julie, hoe dan ook."

"Hij zal weten dat we haar komen halen."

"Dat doet hij al. Hij is het waarschijnlijk al aan het plannen nadat hij de telefoon ophing. Julie nam een risico door dat te zeggen - hoe ze het ook wist - maar het is nuttige informatie, en dat weet hij. Hij zal er klaar voor zijn."

Joshua knikte mee. "Hij heeft gelijk. Het verandert niets aan onze situatie, echt niet. We hebben gewoon geluk gehad, dankzij Julie, en daar moeten we gebruik van maken."

Reggie leek de enige te zijn die het er niet mee eens was, maar hij knikte toch. "Ik vind het maar niks - het verzwakt ons aanzienlijk. Maar als we onze kaarten goed spelen, kunnen we ze inruilen voor een betere hand. Op deze manier hebben we twee routes om dat te doen - de schat vinden voordat Daris hem krijgt, of Julie vinden voordat..."

"Goed," zei Ben. "En daarvoor ga ik Julie zoeken."

"Wie gaat er dan met hem mee?" vroeg Joshua. "Derrick moet hier zijn, want het is afgelopen als The Hawk hem in handen krijgt. Een FBI-agent met het dagboek in zijn bezit is alles wat hij nodig heeft. En ik neem aan dat je nog niet klaar bent om ons dat boek toe te vertrouwen?"

Derrick schudde zijn hoofd. "Het gaat niet om vertrouwen. Ik blijf hier in Montana, tot ik het gevonden heb."

"Dus dan blijf ik over of Reggie," zei Joshua. "Eerlijk gezegd kan ik het niet verantwoorden om Reggie terug te sturen - we hebben hem hier nodig, om af te weren wat Garza ons ook voor de voeten werpt. En zijn kennis van de geschiedenis kan hier van groter nut zijn."

"Dus het is ik en jij, vriend," zei Ben, terwijl hij de verklaring aan Joshua richtte. "Laten we een plan maken als we in deze stad zijn."

"Je hebt het, maatje. We krijgen haar wel terug. Ik beloof het."

HOOFDSTUK 62

REGGIE LIET BEN NIET GRAAG AAN ZIJN LOT OVER, ook al was Joshua er. Joshua Jefferson was een goede man, en een bekwaam leider, maar hij had niet de vriendschap met Ben die Reggie had. Reggie had een manier om tot Ben door te dringen wanneer niemand anders - zelfs Julie niet - dat kon.

Ze hadden een kameraadschap, een begrip, een broederschap die alleen in de strijd gesmeed kon worden. Joshua was wat meer gesloten, persoonlijker, dus hij was altijd wat afstandelijker geweest. Door hun gedeelde liefde voor bourbon en hun gedwongen samenwerking in ruwe situaties, waren Reggie en Ben snelle vrienden geworden.

Het had dus een beetje pijn gedaan toen Ben en Joshua naar Philadelphia vertrokken, maar hij wist dat het een wijs besluit was geweest. Roger Derrick was net zo'n goede vechter als Ben zou zijn geweest, en op dit moment had Reggie vechters nodig.

Hij kon er nog wel een paar meer gebruiken, maar als ze er twee hadden - alleen gewapend met 9mm handwapens - dan moest dat maar genoeg zijn.

Derrick reed nu, en ze reden rechtdoor over een onverharde weg die in een bergachtige vallei uitkwam. Het landschap was adembenemend mooi, maar Reggie voelde zich verre van romantisch gezien hun situatie en zijn huidige partner.

Ze hadden weinig gesproken, en dan nog alleen om ideeën uit te wisselen over welke kant ze op zouden gaan, en wanneer ze dachten dat ze de Ravenshadow-mannen weer zouden tegenkomen. Nadat ze Ben en Joshua hadden afgezet bij de enige autoverhuur in de stad, hadden ze de auto verder de heuvels in gereden, op weg naar het plein dat Joshua op de kaart van zijn telefoon had aangegeven.

Ben en Joshua zouden zo snel mogelijk terugrijden naar Browning, en dan naar het vliegveld om een commerciële vlucht naar Philadelphia te nemen. Ze dachten dat de hele reis drie uur zou duren als ze geluk hadden, dus Reggie en Derrick moesten de Ravenshadow jongens voor die tijd bezig houden, totdat ze de aanvallen aan beide kanten konden coördineren.

Plannen, wist Reggie, waren kneedbaar. Ze veranderden, vaak snel, en vaak zonder toestemming van de planner. Hij hoopte dat ze ergens in de buurt zouden komen van wat ze gepland hadden, maar hij wist dat het een vrome wens was dat hun plan vlekkeloos zou worden uitgevoerd.

Derrick wist het ook, en hij was er zeker van dat Joshua en Ben het ook wisten. Maar er was geen beter plan. De vrouw van Mr. E kon hen pas de volgende dag weer ontmoeten, en het daglicht was deze dag al bijna op.

In tegenstelling tot Vicente Garza, had Reggie geen team van rekruten die hij eenvoudig in actie kon roepen, waar dan ook in het land. Het was een van de raadselachtige kenmerken van de man; zijn charisma en inspirerend leiderschap waren groot genoeg om roemrijke jonge mannen over te halen zich aan te sluiten, klaar om zijn bevelen op te volgen.

Verder had Derrick Reggie verteld dat de FBI ook geen hulp kon sturen. Ze hadden Derrick verteld dat ze de situatie begrepen - dat was niet zo - en dat ze hen in de gaten hielden - dat was niet zo. Derrick legde uit dat aangezien dit geen 'goedgekeurde' missie was -

hij had enkel de opdracht gekregen om Daris' daden te observeren en op te nemen - het te veel bureaucratie en administratieve rompslomp zou vergen om de zaken op tijd in beweging te krijgen. Derricks opvatting over het gesprek met zijn baas was, zoals hij Reggie had verteld, een 'typisch FBI-balkingmanoeuvre'. Ze erkenden misschien dat er gevaar dreigde, maar ze waren niet geïnteresseerd in te snel toezeggen.

Toch verzekerde hij Reggie dat de FBI aan het mobiliseren was, zij het langzaam. Ze waren er niet op voorbereid dat de zaak Daris zo zou ontploffen, en ze vonden de waarschuwingen van Roger Derrick op zijn zachtst gezegd misplaatst. Hoezeer hij ze ook bestreed, ze zouden alleen meer middelen toekennen als hij kon bewijzen - in een rapport - dat het nodig was. Derrick vermoedde dat wat er ook zou gebeuren, alles al voorbij zou zijn tegen de tijd dat nog meer van zijn collega's op het feest zouden aankomen.

Reggie had gevraagd wat het beleid was voor het melden van actieve schietsituaties, en Derrick lachte. Hij had Reggie verteld dat ze zeker op hun hoede waren, maar dat er op dit moment geen plan was om deze specifieke situatie aan te pakken. Ze zouden alleen een team sturen om te helpen als ze mannen en vrouwen konden vinden die ze van andere task forces konden afhalen, en dat was op dit moment een kleine kans.

Het zat Reggie niet lekker, wetende dat een grote acroniemorganisatie in zijn vaderland, ogenschijnlijk in het leven geroepen om dat land te dienen, moeilijk versterking kon sturen naar een van hun eigen mensen zonder dat hij 'een rapport indiende'.

Maar dat was hun situatie, en Reggie moest voorbereid zijn om met twee man tegen een leger te vechten. Hij had het eerder gedaan, en hij had het gevoel dat hij het vandaag weer zou doen.

Hij maakte een aantekening dat hij zijn eigen rapport zou indienen als ze terugkwamen en eiste dat meneer E hen niet meer op 'ontdekkingsmissies' zou sturen zonder volledig bewapend te zijn en voorbereid op een gevecht.

De onverharde weg eindigde bij een kleine parkeerplaats, en een houten bord vlakbij vertelde Reggie dat ze op weg waren naar een gebied van het Lewis and Clark National Forest. Zij waren de enige auto op de parkeerplaats.

"Dat is een goed teken," mompelde Reggie. Ze stapten uit de auto en pakten hun spullen - gewapende 9mm handwapens, elk twee, en genoeg munitie om hen hopelijk de komende uren door te helpen. Derrick pakte ook een rugzak die hij in de kofferbak had gepropt. Een 'BOB,' of 'Bug-Out Bag,' een voorverpakte tas vol overlevingsspullen die bedoeld was om te 'vluchten' als de nood aan de man zou komen. Reggie verkocht ze in zijn overlevingskamp in Brazilië, en hij had er nog een paar in verschillende maten.

Hij was onder de indruk toen Derrick het uit het safe house pakte, en hij wilde het dolgraag open maken om de inhoud te bekijken. Als zelfverklaard 'overlever', waren kamperen en overlevingsuitrusting als speelgoed voor hem. Hij kon uren doorbrengen in een legerwinkel, ook al wist hij vaak meer over elk artikel dan de eigenaar, en de meeste spullen die daar verkocht werden waren zo versleten dat ze op de grens van nutteloos lagen.

"Dit hele gebied is National Forest," zei Derrick. "Inclusief Glacier National Park. Alles bij elkaar is er zo'n 2.000 vierkante kilometer open wildernis om te verkennen. Dus als we hier niemand zien, betekent dat waarschijnlijk dat we op de verkeerde plek zoeken."

"Laten we bij het begin beginnen, met de eerste aanwijzing. We vonden dit gebied dat Joshua voor ons in kaart bracht, en we denken dat dit het juiste kwadrant is om in te zoeken, want het is ongeveer 23 mijl van waar we waren, terug in Camp Disappointment?"

"Juist," zei Derrick. "Dus we zijn waarschijnlijk dicht bij deze 'Grot der Schaduwen', maar dat zal het niet gemakkelijk maken om hem te vinden."

"Garza's team is blijkbaar ook op weg hierheen, hoewel ik niet zeker weet waar ze zijn. Maar als ik naar Garza luister, lijkt het erop dat ze weten waar ze heen moeten."

"Ze kunnen ons volgen," zei Derrick.

"Hoe?" antwoordde Reggie. "Ik weet net zo goed als jij dat ze daar het technische netwerk niet voor hebben. En alle apparaten die we hebben... zouden we die al gezien hebben?"

Reggie voelde een moment van onbehagen over zich heen komen. *Wat als ze een klein zendertje op een van hen hadden geplaatst?*

Derrick schudde zijn hoofd. "Nee, dat deden ze niet. We gingen door een veiligheidscontrole van TSA-kwaliteit op het vliegveld, en ze zouden me apart hebben genomen en me erover hebben verteld."

"Of misschien ook *niet, want* het is TSA-kwaliteit."

"Hun scansysteem is beter dan je denkt," zei Derrick.

"Mijn lat ligt vrij laag voor die jongens, dus 'beter dan ik denk' betekent gewoon dat je me zegt dat het scansysteem beter is dan tussen twee stukken aluminiumfolie lopen."

"Ja," zei Derrick. "Het is zeker beter dan je denkt."

Hoewel ze dwars door de luchthaven naar de landingsbaan waren gegaan, waren ze door een snelle veiligheidsstraat gegaan, omdat dat toevallig de snelste route door de luchthaven was. Reggie was niet verbaasd toen Derrick hem vertelde dat de luchthaven een zendertje op hun kleren zou hebben gevonden, maar hij zou ook niet verbaasd zijn geweest als de TSA hen gewoon had doorgelaten zonder er zelfs maar naar te vragen.

Hij controleerde zijn zakken en de plooien van zijn broek. Niets. Hij was schoon.

"Hoe hebben ze ons gevonden?" vroeg hij.

"Misschien deden ze dat niet," zei Derrick.

"Leg uit."

"Ze hebben een kopie van het dagboek, toch? Daris heeft mensen die dezelfde codes kraken als wij, dus misschien heeft zij de tweede aanwijzing ook al."

"En de havik gaat ervan uit dat wij er ook bijna achter zijn."

"Wat betekent dat hij wacht tot *wij hem* vinden. Of zijn mannen, tenminste."

"Precies. En hij heeft Julie, dus hij weet dat we niet stoppen om te hergroeperen of de missie te verlaten."

"Hij heeft een val opgezet waar wij in moeten lopen. Bewust." Reggie schudde zijn hoofd. "Dat klinkt als de man die ik gekend heb."

Derrick keek hem aan terwijl ze liepen. "Ja, vertel me daar eens meer over. Hoe hebben jullie elkaar ontmoet?"

"Trainingskamp, vroeger. Ik had zin in actie, en als scherpschutter wilde ik laten weten dat hij me nodig had voor een nieuw beveiligingsteam."

"Hij was in actieve dienst?"

"We overlapten elkaar maar een paar maanden, dus toen was hij al op weg naar buiten, maar ja. Diende in Storm en Shield, denk ik, en waarschijnlijk ook een paar black ops missies. Hij lijkt gemaakt voor leiderschap op zwart niveau."

"Waarom zeg je dat?"

"Hij is meedogenloos. Bereid om elke regel te breken die voor hem staat, alleen maar om te zien hoe zijn mannen ermee worstelen. Het soort man dat je door een hel laat gaan om te zien hoe je erop reageert."

"Zoals SEALS training?"

"Nee, zoals entertainment. Door zijn trainingsoefeningen raakten een paar mannen ernstig gewond en ik hoorde geruchten dat meer dan één man stierf."

"Christus," zei Derrick.

"Geen grapje. Hij is een monster, maar niemand heeft ooit precies kunnen zeggen waarom. Hij zou nooit op heterdaad betrapt worden, denk ik, en het soort infanteristen dat zich tot zijn stijl van leiderschap aangetrokken voelt, lijkt het type te zijn dat hem aanbidt. Ze denken, net als hij, dat het allemaal nodig is."

"Klinkt als georganiseerde misdaad," zei Derrick. "Het verbaast me dat we nog nooit van Ravenshadow gehoord hebben."

"Misschien niet," antwoordde Reggie. "Maar ik durf te wedden dat er een dik dossier ligt op iemands bureau in je kantoor. Graaf maar wat rond als dit allemaal voorbij is, ik durf te wedden dat je er heel wat over zult vinden."

"Doen we," zei Derrick. "Als we ze nu niet kunnen uitschakelen, kun je er zeker van zijn dat ik mijn onderzoek zal doen."

Reggie en Derrick vonden een pad dat dieper het bos in leidde, de richting waar ze al naar op weg waren. Hij begon het te volgen en ze liepen een halve mijl tot ze bij de boomgrens kwamen, uitkijkend over een diepe kom die in de vallei was uitgesneden.

De bergkam waar ze op stonden was steil, maar het zou niet onmogelijk zijn om hem over te steken als het moest.

"Mooi uitzicht," zei Derrick. "Ik wou dat we een picknick hadden meegenomen."

Reggie glimlachte. "Ik wist dat ik je mocht. Blij te zien dat je een beetje vrolijker wordt." Hij draaide zich terug naar de kom en spande zijn ogen om er overheen te kijken. "Enig idee waar we naar zoeken? Soldaatjes die in een rij naar een grot marcheren?"

"Dat zou handig zijn."

"Dit is het vierkant, denk ik. Joshua's coördinaten plaatsen deze kom precies in het midden van het raster, dus misschien beginnen we aan de randen, cirkelen onze weg - "

Reggie stopte, en hurkte toen. Derrick deed hetzelfde.

"Hoor je dat?"

Derrick wachtte een paar seconden voor hij antwoordde. "Bedoel je het geluid van een helikopter?"

Terwijl Reggie knikte, keek hij naar de tegenoverliggende rand van de kom. Twee bergtoppen staken boven alles uit, en tussen die twee pieken, aan de rand van de kom, kwam een kleine zwarte helikopter in zicht. De rotor weerkaatste en echode tegen de wanden van de kom, recht in Reggie's oren.

"Nou, ik denk dat we gevonden hebben wat we zochten."

HOOFDSTUK 63

"DENK JE DAT ZE ONS GEZIEN HEBBEN?" vroeg Derrick.

"Geen denken aan," antwoordde Reggie. "Ze komen er aan, recht naar beneden waar de rivier is. Geen denken aan dat ze hier kijken."

"Toch..." Roger Derrick schoof achter een boom, voorzichtig en soepel bewegend om geen ongegronde aandacht te trekken voor het geval de mannen in de helikopter hun kant op keken. Reggie glipte de andere kant op, wetend dat er niets mis mee was om wat extra voorzichtig te zijn.

"Hoeveel zijn er daarbinnen?" Zei Derrick.

"Er kunnen er acht in, misschien negen, als ze licht bepakt zijn. Ik denk dat ze dat doen - de helikopter wacht tot ze klaar zijn, en haalt ze dan terug naar de bewoonde wereld. Geen reden om iets extra's mee te nemen."

"Dus ze blijven niet om te kamperen."

Reggie glimlachte. "Ik betwijfel het."

De helikopter landde in het enige stuk bos dat Reggie kon zien, en hij was onder de indruk van het vermogen van de piloot om perfect door de bomen en hun uitgestrekte takken te navigeren met slechts een paar meter speling aan elke kant. Het zou nergens anders een legale landing zijn geweest, maar Reggie had het gevoel dat de mannen die op het punt stonden uit te stappen zich niet erg aan de wet hielden.

"Laten we ze volgen," zei Reggie.

"Wil je niet wachten tot ze weg zijn, kijken waar ze heen gaan?"

Reggie schudde zijn hoofd. "De bomen zijn veel te dik. We raken ze meteen kwijt. Maar als we hier de helling afgaan en deze rotsverschuiving een beetje volgen, denk ik dat we ze in de gaten kunnen houden en grotendeels uit het zicht blijven."

Derrick bestudeerde Reggie's plan, en knikte toen. "Werkt voor mij. Ben je er klaar voor?"

Reggie controleerde het magazijn in beide pistolen, en stond toen op. "Klaar."

Reggie ging voorop, half glijdend over de berghelling in de kom waarin de helikopter was geland. Hij had gelijk; ze konden de mannen zien - duidelijk dezelfde soldaten die hen achter de yoghurtwinkel in Philadelphia hadden geconfronteerd - die de helikopter verlieten en zich in een kleine kring vlak bij de helikopter verzamelden, onder de rotors.

Een andere reden waarom Reggie snel wilde zijn, was dat zolang de helikopter nog omlaag draaide, ze zich zouden kunnen verplaatsen zonder gehoord te worden. Alleen een gelukkige blik in hun richting en een glinstering van iets metaals in het vervagende zonlicht zou Reggie en Derrick in gevaar brengen om gezien te worden. De dekking was perfect - genoeg om achter te schuilen als ze naar beneden gingen, maar niet genoeg dat ze niet nog steeds hun hoogtevoordeel konden gebruiken om in de kom en The Hawk's eenheid te kijken.

De mannen controleerden hun wapens - aanvalsgeweren - en toen stak een van hen een hand op en wees in de richting van de bomen.

"Ze gaan bij ons weg," zei Derrick. "Dat is goed."

"Ja, tenzij we ze kwijtraken. Kom op, laten we opschieten. De piloot blijft achter, dus we moeten ook om de helikopter heen. en ik durf te wedden dat de havik een extra paar ogen heeft gestuurd om hun vogel in de gaten te houden, dus de piloot heeft ook een schutter daarbinnen."

Derrick knikte, maar zei niets. Ze hadden naast elkaar gelopen, maar Derrick deed een paar passen terug toen de route smaller werd en liep nu direct achter Reggie. Geen van beide mannen ademde zwaar, en Reggie was blij een partner te hebben die bijna net zo in vorm was als hij.

Ze bereikten de bodem van de kom net toen de andere groep - vier mannen - de bomen inging. Reggie begon te joggen, bleef ongeveer tien of vijftien meter binnen het dichte bos en rende rond de omtrek van het open stuk om er zeker van te zijn dat de mannen in de helikopter hen niet zouden zien. Derrick hield vol, en binnen nog eens tien minuten waren ze aan de andere kant van de open plek.

"Zie je ze?" vroeg Derrick.

"Nee, maar ik zie hun sporen."

Reggie was geen groot spoorzoeker, maar hij had genoeg geleerd om nuttig te zijn in situaties als deze. Bovendien waren de mannen niet geïnteresseerd geweest in voorzichtig bewegen - er waren gebroken stokken om de vijf voet, en laarsafdrukken in de zachte bosgrond.

Ze volgden, weer vertragend tot een redelijk tempo. De helikopter was stil, dus Reggie wilde niet het risico nemen om gehoord te worden terwijl ze door het bos stampten.

Het pad van de soldaten was bijna recht, alleen bochten om bomen en grote rotsblokken heen. Het begon weer bergopwaarts na ongeveer honderd voet, en Reggie en Derrick volgden tot ze verderop stemmen hoorden.

"Daar," zei Reggie, wijzend. "Er is een man rechts van ons. Zie je hem?"

"Ja," zei Derrick. "Maar hij praat. Tegen wie praat hij?"

De man was zich aan het ontlasten en praatte de hele tijd. Reggie tuurde door de bomen en probeerde iemand anders te zien die in de buurt van de soldaat was, maar hij zag niets.

Eindelijk zag hij de kleine zender in de nek van de man.

"Ze hebben een korte golf radio comm," zei Reggie. "Hij praat waarschijnlijk met de rest van zijn team, wat overal kan zijn op dit moment."

"Ze zouden niet veel uit elkaar zijn gegaan, of wel?"

"Waarschijnlijk niet," zei Reggie. "Maar laten we even wachten, kijken of hij zich weer bij hen aansluit."

De man ritste zijn broek weer dicht en draaide zich om, nog steeds pratend. Reggie kon de woorden van de man niet verstaan, maar hij dacht het woord 'schaduw' te horen.

"We zijn op zoek naar een grot, toch?" vroeg hij.

"De Grot der Schaduwen, ja," zei Derrick.

"Ik denk dat hij gewoon 'schaduw' zei."

"Dus ze weten *wel* waar het is."

"Daar lijkt het wel op. Ze verwachten waarschijnlijk dat we er al zijn, of dat we komen als zij er zijn, wat ons een voordeel geeft."

"Is dat zo?"

"Dat is zo. We zijn er nog *niet*, maar dat weten ze niet. Of ze gaan kijken of wij er zijn, of ze splitsen zich op en laten twee man bij de ingang om te bewaken terwijl twee anderen naar binnen gaan om te kijken."

"Ik snap het. Dus we moeten opschieten en zorgen dat we vlak achter ze zijn, als ze daar voor het eerst zijn."

"Precies."

Reggie ging weer vooruit, tevreden dat de man net een minuutje was achtergelaten bij de rest van zijn groep. Ze haalden hem in toen de heuvel steiler werd tot een bijna verticale klif.

Reggie stak zijn hand uit om Derrick te stoppen, en de man die ze volgden draaide zich om.

Reggie en Derrick vielen op de grond en landden op hun handen om lawaai te voorkomen.

"Denk je dat hij ons zag?" vroeg Derrick.

"Nee, maar ik denk dat hij weet dat we hier zijn. Dat is maar goed ook. Hij is bang. Hij weet niet uit welke richting we komen."

"En hij denkt dat we met z'n vieren zijn," voegde Derrick eraan toe.

Dat is waar, dacht Reggie. *Ze zouden geen reden hebben om te vermoeden dat Ben en Joshua nu terug naar Philadelphia zouden gaan.*

Hij rekende uit of ze hun plan moesten aanpassen om rekening te houden met de extra 'fantoom'-leden van hun groep. Ze zouden al het element van verrassing hebben, maar Reggie wilde daar zoveel mogelijk van profiteren.

"Herinner je je de eerste vechtscène in Patriot?"

"De film?"

"Ja, met Mel Gibson."

Derrick trok een walgend gezicht.

"Maar je hebt het tenminste gezien. Hoe dan ook, weet je nog hoe hij doet alsof hij meer dan één persoon is door rond te rennen en zo veel mogelijk verborgen te blijven? Zelfs wapens op verschillende plekken op het pad neerzette, zodat hij naar een ander geweer kon rennen en snel weer kon vuren?"

"Ja, ik herinner me hoe Hollywood dat realistisch liet lijken."

Reggie grinnikte. "Het punt is, dat is wat we gaan doen. Omdat ze vier mensen *verwachten*, stel ik voor dat we schietend naar binnen rennen, maar blijven bewegen in verschillende richtingen zodat ze nooit echt weten met hoeveel we zijn."

"Heb het."

Derrick pauzeerde en kantelde toen zijn hoofd naar Reggie. "De Patriot was het *beste* voorbeeld dat je kon bedenken?"

Reggie haalde zijn schouders op. "Wat? Ik vond het leuk."

HOOFDSTUK 64

ER WAS WEER EEN OPENING AAN DE TOP VAN DE KLEINE KLIF, en er staken genoeg rotsblokken uit zodat het geen probleem was om de klif te beklimmen. De man die Reggie en Derrick volgden, sprong van de ene rotsblok naar de andere tot hij de top bereikt had, en Reggie volgde hem.

Boven wachtte hij op Derrick, stak toen zijn hoofd omhoog en over de rand om goed te kunnen kijken. De vier mannen stonden samen, allemaal weg van Reggie.

Gezicht op de mond van een kleine grot.

De Grot van de Schaduwen.

"Dat moet het zijn," fluisterde Reggie.

"Het is veel te klein," zei Derrick. "Er is geen manier waarop een man zou kunnen -"

Een van de mannen, degene die hen had geleid, bukte plotseling en liep de mond van de grot in. Hij verdween uit het zicht, toen hoorde Reggie hem schreeuwen.

"Het is een stuk groter van binnen," zei de man. "Ik sta rechtop. En het lijkt alsof het nog een tijdje doorgaat."

De grot bevond zich op de flank van een andere heuvel, deze was hoger en steiler dan de heuvel die Reggie en Derrick zojuist hadden beklommen. Hij vroeg zich af of Lewis had geweten over de grot van de lokale indianenstammen of dat hij het op zijn eigen had ontdekt.

"Kijk," zei Derrick terwijl hij wees. "Daarom noemde Lewis het Cave of Shadows."

Reggie keek toe, eerst onzeker over waar Derrick het over had. Toen, nadat hij een paar seconden naar de mond van de grot had gekeken en naar de mannen die er vlakbij stonden, zag hij het.

De schaduwen van de bomen aan weerszijden van de open plek leken te vechten. Ze leunden naar beneden, hun toppen raakten bijna de zijkanten van de kleine opening van de grot.

"De schaduwen wijzen naar de grot," zei Derrick.

"En ik durf te wedden dat ze er de meeste dagen van het jaar zo uitzien. Fascinerend." Opnieuw was Reggie teleurgesteld dat hij geen tijd had om de unieke geologische kenmerken van deze plek te verkennen en te onderzoeken. En weer was hij teleurgesteld dat hij hier was om tegen deze mannen te vechten, en niet om een wandelingetje door het bos te maken.

"Ik had geoloog moeten worden," fluisterde hij.

De leider kwam terug uit de grot, met een zaklamp in zijn hand. Hij deed hem uit en wuifde naar de anderen om zich bij hem te voegen.

"Het gaat maar door, zoals ik al zei," zei de man. "En ze kunnen daar binnen zijn, nog verder naar beneden."

Reggie keek naar Derrick en trok een wenkbrauw op.

"Johnny, Evans, jullie blijven hier," zei de man. "Kalib, jij gaat met mij mee."

Reggie knikte en prees de soldaat in stilte voor zijn beslissing om de grootste man van de groep mee de grot in te nemen. Hij wilde waarschijnlijk het enorme beest van een man bij zich houden voor bescherming, maar Reggie was gewoon blij dat hij niet met hem hoefde te vechten.

Kalib knikte, een langzaam, boogvormig ding dat zijn hoofd

bijna tot aan zijn borst naar beneden deed zwaaien en toen weer omhoog. Hij greep zijn geweer en volgde zijn leider de grot in.

"Nu is onze kans," zei Reggie. "Denk eraan, roep je innerlijke Mel Gibson op."

Derrick glimlachte en schudde zijn hoofd. "Wil je dit gevecht verliezen?"

Reggie grinnikte en controleerde zijn wapens nog eens, en maakte zich toen klaar om op te staan. Hij gleed op zijn tenen naar achteren en liet zijn voeten toen op een van de keien onder hem vallen. Derrick deed hetzelfde, en bereidde zich voor op hun verrassingsaanval.

Net toen de mannen zich van de rots wilden afduwen en de heuvel op en over wilden, keek Reggie naar zijn partner.

"Hier gaat niets," zei hij.

Derrick schudde zijn hoofd. "Nee. Hier gaat *alles*."

Reggie werd er weer eens aan herinnerd dat voor de man naast hem, deze strijd alles was. Deze missie was alles.

Reggie knikte, en hurkte nog een paar centimeter, klaar om toe te slaan.

En toen voelde hij het pistool tegen zijn rug.

HOOFDSTUK 65

"AAN DE KANT," ZEI DE MAN.

REGGIE waagde een blik over zijn schouder. De man droeg een zwart vliegpak en droeg een grote radio aan zijn riem.

De piloot.

Het was een van de mannen uit de helikopter - ze moeten zijn gezien toen ze voorbij sloopten, en deze man was hen de hele weg hierheen gevolgd, wachtend tot het perfecte moment om in actie te komen.

En hij had het, naar Reggie's professionele mening, voor elkaar.

Noch hij, noch Derrick waren voorbereid op een hinderlaag.

Maar we kunnen ons aanpassen.

Reggie maakte de balans op. Derrick stond rechts van hem, en de twee sukkels van The Hawk's team stonden nog steeds voor de grot en keken toe hoe hun leider en de man die Kalib heette in de mond van de grot verdwenen.

Dat betekende dat Reggie en Derrick nog steeds in het voordeel konden zijn. Er was maar *één* man met een pistool in Reggie's rug, en hoewel dat een kogel door zijn ruggengraat kon betekenen, was Derrick een kans geven om aan te vallen nu het ultieme doel.

Hij ontmoette Derricks ogen en knikte. *Begrijp me alsjeblieft,* dacht hij. *Ik wil het niet hoeven spellen voor je.*

Hij wilde dat Derrick de piloot zou slaan, hem van de heuvel zou stoten, of op zijn minst de piloot zou aanvallen en hem duidelijk zou maken dat zij geen gemakkelijke prooi waren.

Hij zag Derrick zich spannen, wetend dat de man het begreep. Hij ademde uit, een zucht, en voelde dat een plan vorm begon te krijgen.

"Hierheen, Evans!" schreeuwde de piloot plotseling. "Johnny, help me een handje."

De twee mannen bij de grot draaiden zich om en zagen hun piloot achter twee nieuwe gezichten staan.

Of liever, gezichten die ze niet meer gezien hadden sinds Philadelphia.

"Ze glipten langs de helikopter in de vallei. Ik ben ze hierheen gevolgd. Rodriguez en Swartz zijn nog steeds daar, de vogel aan het bewaken."

Geweldig, dacht Reggie. *Er zijn er nog* twee *bij de helikopter.*

Dat maakte zeven man totaal, volgens Reggie's telling. Genoeg ruimte in de helikopter met nog een beetje over.

Evans en Johnny, de jongere rekruut die ze eerder hadden zien aflossen, liepen naar hun plek net over de rand van de steile heuvel. Evans hield zijn geweer direct gericht op Derricks buik, terwijl Johnny grijnzend naar Reggie keek.

Reggie herkende hem van het steegje in Philadelphia.

"Hoe gaat ie, jongen," zei Reggie.

"Hou jezelf in de hand. Kom hier, klootzak."

"Woah, hey, ik heb je niets aangedaan. Nog niet."

Johnny's grijns werd alleen maar groter. "De Havik zal *erg* opgewonden zijn om je weer te zien, Red. Hij heeft het over je gehad, hij heeft ons alles verteld over jullie escapades samen."

"Nou, dan lult hij uit z'n nek," zei Reggie, terwijl hij over de rand van de klif op vaste grond stapte. "We hebben nooit echt samen gediend."

"Dat is niet wat hij zei," antwoordde Johnny. "Hij zei dat je een van ons was, een van de rekruten. Zei dat je er tussenuit geknepen was."

De herinnering kwam in een flits terug bij Reggie. De jongen had natuurlijk gelijk dat hij deel wilde uitmaken van The Hawk's nieuwste onderneming. Dat was jaren geleden, en Reggie had er geen moment spijt van gehad dat hij was weggelopen. Hij had gezien wat deze groep inhield en waar ze waarde aan hechtten, en hij wilde er niets van weten.

Derrick wierp hem een blik toe.

Reggie haalde zijn schouders op. "Ik zei toch dat ik hem kende, vroeger."

"Dat verhaal moet ik nog eens horen," zei Derrick.

"Ja," antwoordde Reggie. "Je zult wel moeten."

Johnny's schurende stem onderbrak het. "Opschieten. Andrews en Kalib zijn al naar je op zoek, dus we moeten ze vertellen wat we hebben gevonden."

Hij stopte, en bestudeerde Reggie een moment. "Jammer dat je het niet aankon, kerel. Je zou een goede soldaat zijn geweest, maar de havik zei dat je het niet aankon."

"Waarom gaan jij en ik niet de confrontatie aan, dan zie je precies wat ik wel en niet kan hacken?" vroeg Reggie.

Johnny draaide zich om en Evans en de piloot duwden hun prooi in de richting van de kleine grot.

"Hoe heb je deze plek gevonden?" vroeg Reggie, oprecht geïntrigeerd. "Je lijkt me niet het, uh, *intelligente* type."

Johnny antwoordde niet. De rest van de wandeling was stil, behalve de stem van de piloot die door de schemerige lucht sneed en zijn vogel op de hoogte bracht van hun ontdekking. Hij legde uit dat alles in orde was, en dat ze binnen het uur terug zouden zijn.

De piloot klonk Reggie gezaghebbend in de oren, en als hij moest raden, vermoedde hij dat de piloot een van de echte teamleden van The Hawk was, terwijl de rest van deze mannen, waaronder de zelfverklaarde leider die al met Kalib de grot was binnengegaan, rekruten waren.

Hetzelfde wat ik ooit dacht te willen zijn, dacht Reggie. Hij schudde huiverend zijn hoofd. Hij had toen een kogel ontweken, en hij was nu blijer dat hij uit het moordpeloton van The Hawk was 'gewassen' dan hij ooit was geweest.

Reggie's telefoon ging. *Klote.* De huurlingen hadden geen van beide telefoons verwijderd, en nu werden ze luid herinnerd aan dat feit.

"Neem op," zei de piloot. "Zet hem op de luidspreker. Vertel ze niets over waar we zijn. Begrepen?"

Reggie knikte. "En als ik je bevelen niet opvolg?"

De piloot draaide zijn pistool naar de grond - naar Derrick's voeten - en vuurde.

Het schot was luid, luider zelfs dan Reggie zou hebben verwacht, en hij hoorde het schot echoën in de ronde kom van de canyon.

"Er is hier niemand om je te horen sterven," zei de piloot.

Het was waar, Reggie wist het. Dit was het niemandsland, de grens tussen het Glacier National Park in het westen en het Indianenreservaat. Hij wist niet zeker waar ze precies stonden, en ze konden aan weerszijden van die lijn gestaan hebben. Hoe dan ook, tenzij er een overijverige parkwachter of een verdwaalde Blackfeet indiaan ergens in de buurt was, waren ze net zo afgelegen als waar Reggie ooit was geweest.

De telefoon ging weer, voor de vijfde keer. Hij haalde hem uit zijn zak, spitste zijn oren, en nam op.

"Hé Ben," zei hij.

HOOFDSTUK 66

"WE FIGURED IT OUT, REGGIE," zei Ben vanuit de auto waarin hij en Joshua zaten. Joshua reed weer, en hoewel Ben meestal liever reed als hij bij Julie was, was hij blij met het uitstel.

Hij was van plan wat te slapen, nieuws van Mr. E te vernemen als dat er was, en zijn gedachten op een rijtje te zetten voor hun plan als ze uiteindelijk in Philadelphia zouden landen.

"- wat uit?" Reggie's stem kraakte door de luidspreker van de telefoon. Joshua was er niet zeker van of hij en Ben een gsm-verbinding zouden hebben in het achterland van Montana, en hij dacht dat Reggie en Derrick er geen zouden hebben in de bergen. Het doel was om snel te praten, om zo veel mogelijk informatie naar Reggie te krijgen, wetende dat het mobiele signaal verschrikkelijk zou zijn.

"De aanwijzing, Reggie. We hebben de aanwijzing gevonden."

Reggie zei iets onverstaanbaars.

"Het is een grot, net zoals we dachten. Maar waarschijnlijk niet erg groot. Zoeken levert niets op, maar we denken dat we een kruisverwijzing hebben gevonden."

Weer iets onverstaanbaars.

"Oké, luister goed," zei Ben. "Meneer E heeft een database geraadpleegd en een contactpersoon gevonden in het Blackfeet Indian

Reservation, die bereid was een telefonisch consult te doen. Hij was niet zo blij om te horen dat meneer E al een team ter plaatse had, maar... wat maakt het uit.

"Hoe dan ook, hij belde net en vertelde ons dat de Blackfeet al eeuwen in dit gebied zijn, en dat er hier drie verschillende stammen samenleven, net als de Cottonwoods. De eerste aanwijzing was een verwijzing naar de tweede, denk ik."

Joshua wierp Ben een blik toe en trok zijn wenkbrauwen op. *Juist,* dacht Ben, hij had geen tijd meer. Hij wist dat de verbinding van de telefoon aan beide kanten op het punt kon staan om te verbreken.

"Sorry. Dus er is een woord dat Lewis gebruikte in een van zijn dagboeken - een van de bekende dagboeken. Het is een Blackfeet woord, maar het was duidelijk verkeerd gespeld en niemand wist echt waar het naar verwees. Maar toen Mr. E de man vroeg naar de 'Cave of Shadows,' zei hij dat hij het niet wist. Maar hij kende *wel* het woord dat Lewis had geschreven. Het betekent 'Schaduw' in zijn moedertaal.

"Blijkbaar waren de Blackfeet Indianen niet helemaal vijandig tegenover Lewis, zoals de geschiedenis suggereert. Een van hen heeft Lewis misschien naar de grot begeleid. Het is in een vallei, en ze noemen de vallei 'Bowl of Shadows'."

Ben wachtte, wilde er zeker van zijn dat Reggie nog aan de andere kant van de lijn was en wilde het belang van zijn ontdekking een beetje terugschroeven. Toen Mr. E hen had gebeld om zijn gesprek te herhalen, had hij Ben en Joshua verzekerd dat zijn contact in het reservaat geen idee had waar ze naar zochten, en geen idee dat er nog een ander, gevaarlijker, team rondliep dat ook zocht.

Zij hadden er geen belang bij een reservaat, een lange geschiedenis van vreedzaam in Montana levende Amerikanen, te verstoren, want dat zou een politieke en media nachtmerrie zijn, zelfs als zij iets in die heuvels zouden vinden.

Ben waardeerde dit, net als Joshua. Hoe minder belanghebbende partijen, hoe beter.

De telefoon kraakte.

"Hallo?" Vroeg Ben. "Reggie, kun je horen..."

"- haar. Zoek Julie, Ben. Haal..."

Het signaal viel weg. De telefoon stierf in Ben's hand.

Joshua keek naar Ben. "Denk je dat hij de boodschap begrepen heeft?"

"Geen idee. Maar dat was een raar ding om te zeggen, toch? Ik weet al wat we moeten doen, waarom ons er nog eens aan herinneren?"

Joshua haalde zijn schouders op. "Geen idee. Misschien zitten ze ergens vast en verwachten ze niet eruit te komen. Of..."

Hij keek naar Ben.

"Denk je dat ze Ravenshadow zijn tegengekomen?"

HOOFDSTUK 67

DE GROT WAS KOEL, EN net zoals de man had gezegd, opende het zich tot een verrassend grote grot toen ze eenmaal binnen waren. Reggie knipperde een paar keer met zijn ogen totdat ze zich hadden aangepast.

Kalib en zijn leider stonden daar op hen te wachten. Ze droegen elk een hoofdlamp, en Kalib had ofwel nooit de etiquette geleerd om niet direct in iemands ogen te schijnen, ofwel hij nam aan dat het hem niet kon schelen.

"Wil je het licht uit doen, vriend?" vroeg Reggie.

Kalib staarde hem aan. Of hij deed het niet - Reggie kon zijn gezicht niet zien. Het licht bleef echter in zijn ogen.

"Jij bent de grote Gareth Red," zei de leider. "Mijn naam is Phillip Mance. Welkom in Ravenshadow."

"Ik zit niet in jouw klote club, klootzak," zei Reggie. "En mijn vriend hier ook niet."

"Juist. Maak je geen zorgen - ik heb gehoord dat je het de eerste keer niet hebt kunnen redden, dus we gaan je niet nog een keer rekruteren. Maar jullie *zijn* voorlopig te gast bij ons, dus we moeten elkaar leren kennen."

"Ik ben een open boek."

"Bedankt, maar ik ben echt geïnteresseerd in die laatste aanwijzing. 'In het zilver ligt het goud?' Weet jij daar iets van?"

"Ik weet dat het een waardeloze aanwijzing is," zei Reggie. "Ik dacht dat schatzoeken leuker zou zijn."

"Ik ook," zei Mance. "Maar hier zijn we dan. Hoe zit het met je FBI vriend? Roger Derrick, correct?"

Derrick knikte. "Jouw gok is net zo goed als de mijne."

"Is dat zo? De Hawk vertelde me dat je mevrouw Johansson al een tijdje bespioneert. Hij zegt dat je geobsedeerd bent door deze schat, zelfs meer dan zij."

"Nou, ik ben niet degene die liegt op de nationale televisie en de media manipuleert om mijn boodschap naar buiten te brengen, of wel?"

Mance glimlachte, alsof hij zijn lachen inhield. Reggie voelde zich een beetje meer ontspannen toen hij dit zag. *Blijkbaar zijn ze niet zo blindelings loyaal aan hun weldoener als aan hun baas.*

"Ze is een mafkees, dat moet ik toegeven," zei Mance. "Maar we hebben nog steeds werk te doen. Ze zegt dat er hier iets is. Iets wat we nodig hebben, en het is onze taak het te vinden."

"Nou, laten we eens rondkijken. Ik weet zeker dat Meriwether Lewis niet erg creatief zou zijn over zijn laatste schuilplaats."

"We hebben al *rondgekeken,*" zei Kalib. Weer met de hoofdlamp.

"Christus, jij lummel. Haal dat uit mijn ogen."

Kalib zwaaide de koplamp naar beneden en Reggie voelde een kort gevoel van overwinning.

"Het is niet hier. Er is hier niets. Het is gewoon een grot die die kant opgaat -" hij wees achter Kalib "- voor ongeveer 30 voet. Het loopt tot een kruipruimte aan het einde, en dan niets meer. Het stopt gewoon."

"Uitlopers?" vroeg de piloot, die zijn geweer nog steeds tegen Reggie's rug hield.

Mance schudde zijn hoofd. "Nope, niets. Het is gewoon een kromme buis. Helemaal leeg."

Reggie keek om zich heen, nu zijn ogen zich - weer - hadden aangepast. Mance leek de waarheid te spreken. Er was niets anders te zien dan gebogen rotsen, zelfs geen interessante formaties op de vloer of het plafond van de grot. Het zou een goede schuilplaats zijn voor iemand die over de bergen reisde, maar verder was er niets opmerkelijks aan.

"Nou, je kunt niet met lege handen teruggaan," zei Reggie. "Wat is het plan? Denk je dat de Havik je zomaar in Ravenshadow laat zonder de schat van Daris?"

"Nee," zei de piloot. "Maar we hebben jou. Dat zal genoeg prijs zijn."

"Zal het, hoewel?"

Mance leek verontrust door deze suggestie, gefrustreerd. Reggie had gelijk. Ze waren nutteloos voor de havik als ze niet leverden, en een paar schurkenjagers oppakken zou hem geen goed doen.

Kalib's licht kaatste rond op zijn hoofd terwijl hij een snelle draai maakte en de grot rondkeek. Reggie volgde de heldere straal en keek waar het op de wanden en de vloer van de grot landde. Hij moest toegeven, de plaats leek volledig verstoken van alles. Inclusief schatten. Hij volgde Kalib's licht in een volledige cirkel, keek toe hoe het terugkwam op zijn vorige locatie, recht wijzend -

Hij stopte. Draaide zijn hoofd een beetje.

Toen richtte hij zijn ogen op Mance. Had de man Reggie gezien? Hij kon er niet zeker van zijn.

"Het ziet er niet naar uit dat je een andere keuze hebt," zei Reggie. Hij draaide zich om naar de piloot en zijn geweer. "Zullen we allemaal een stukje gaan vliegen? Terug naar Philly?"

"Wacht," zei Mance. Reggie sloot zijn ogen. "Je weet iets. Wat heb je net gezien?"

Hij schudde zijn hoofd. "Waar heb je het in godsnaam over -" de kolf van Kalib's geweer sloeg in Reggie's maag. Hij viel op de grond, hijgde van de pijn. Kalib had nauwelijks bewogen. Hij gebruikte alleen de kracht in zijn armen en handen om het geweer naar Reggie te stoten. Als hij meer opgewonden was geweest, of had besloten er echt zijn schouders onder te zetten, had Reggie nu misschien een ernstig probleem.

Ik had gelijk om niet met deze bruut te willen vechten, dacht hij.

Hij wankelde even, maar hervond toen zijn evenwicht. Hij stond op en marcheerde naar de langere man. "Doe dat nog eens, en je zult merken dat je -"

"Genoeg," zei Mance. "Kalib, stap terug. Laat de man praten."

Reggie knikte naar Mance.

"Tijd om te praten, of het is tijd voor ons om te gaan schieten. Vergeet je plaats hier niet, Red. We hebben geen gevangenen nodig, en we hebben *er* zeker geen *twee* nodig.

"Juist," zei Reggie. "Oké, ja, het is niets. Ik zag alleen iets hier." Hij wees naar links, naast Kalib's rechterarm. "Op de muur. Frankenstein, vind je het erg?"

Kalib hield het licht een seconde lang recht in Reggie's ogen, zwaaide het toen naar rechts en richtte het op de muur. De wand van de grot lichtte op in wit licht, en Reggie zag het weer.

"Ziet eruit als een kleine zilverader," zei Reggie. "Dat is alles."

Mance liep er naar toe. "Ja, ik denk het wel. "In het zilver ligt het goud. Evans, breng me dat..."

Evans was al in beweging, en hij zwaaide nu met een gigantische voorhamer. Reggie moest bukken om de zwaaiende hamer te ontwijken toen Evans hem op de wand van de grot liet neerkomen.

Krak! De hamer brak een groot stuk rots van de muur.

"Stop!" schreeuwde Reggie. "Wat denk je dat je gaat doen?"

Evans hief de hamer weer.

"Serieus," zei Derrick. "Denk je dat het *in* de muur zit?"

"Dat is de aanwijzing, is het niet?" vroeg Mance. "Dat is wat er staat."

"Echt waar?" vroeg de piloot. "De schat zit *in* de muur?" Ik kan me niet herinneren dat gelezen te hebben."

Reggie keek naar de piloot. *We hebben tenminste een man aan onze kant. Min of meer.*

De piloot ging verder. "Hoe zou Lewis het daar krijgen? *In* de wand van de grot? In een gat in de muur steken en het dan bepleisteren met meer rots?"

Mance staarde de piloot voor een lang moment aan, en Kalib en de anderen keken elkaar aan.

Zijn die idioten echt zo dom? Of geloven ze hem niet?

Reggie wachtte, en probeerde de herkenning in hun ogen te zien opkomen. Lewis alleen, of zelfs met de hulp van de andere drie mannen met wie hij reisde, zou niet in staat zijn geweest om iets achter een stevige muur van rotsen te krijgen.

"Ja," zei Mance. "Je hebt gelijk."

"No shit, Sherlock," zei Reggie.

Kalib bewoog weer naar Reggie toe en hief de kolf van zijn geweer, maar Mance kwam tussenbeide. "Nee," zei hij. "We hebben hem misschien nodig. De Hawk wilde dat we ze terugbrachten, weet je nog?"

Kalib snoof, de reus van een man duidelijk walgend. Reggie luisterde naar Mance's woorden en probeerde erachter te komen waarom ze hem zo vreemd overkwamen.

Toen drong het tot hem door.

Hij dacht aan de helikopter. De helikopter was geschikt voor niet meer dan 8-9 mensen, afhankelijk van de uitrusting, en het team van The Hawk bestond alleen al uit zeven man.

Zeven man... plus onze vier.

Reggie, Derrick, Ben, en Joshua.

Dat is te veel.

Reggie's ogen verwijdden zich een beetje toen hij naar Kalib staarde en merkte dat de ogen van de man donker werden toen ze dichtvielen.

In al Reggie's jaren van training, had niets anders dan ervaring hem zijn meest gewaardeerde vaardigheid geleerd: de vaardigheid om te anticiperen, met bijna-dode-nauwkeurigheid, wat een andere man op het punt stond te doen.

Kalib's geweer begon te bewegen, in de richting van de andere hand van de man. Hij veranderde zijn greep, zodat het in plaats van de knots die het eerder was geweest, nu weer het type wapen was waarvoor het was ontworpen.

Hij gaat Derrick neerschieten, besefte Reggie.

Er was niet genoeg ruimte in de helikopter voor de mannen, de schat die ze zouden vinden of een klein monster ervan, *en* het team van vier man dat ze moesten onderscheppen.

Twee van hen zouden gedood moeten worden.

Reggie wist niet zeker waarom, maar Mance had Kalib verteld dat de havik *hem* wilde. Vicente Garza had hem levend nodig.

"Ja, baas," zei Kalib. "Maar we hebben *hem niet* nodig."

Het geweer zwaaide in een snelle boog rond en kwam recht op Derrick gericht te rusten. Hij haalde de trekker over.

HOOFDSTUK 68

REGGIE WAS AL IN BEWEGING, en hij bereikte de enorme man net voor de explosie. Hij wierp zich recht in zijn borst, mikkend 'op de cijfers' net zoals zijn middelbare school voetbaltrainer hem geleerd had. Zijn voorhoofd sloeg in op hetzelfde moment dat hij het schot hoorde.

Het was absoluut oorverdovend, en Reggie realiseerde zich plotseling dat een geweervuur in een gesloten, galmende ruimte als deze hem misschien wel doof zou maken, maar dat was een vluchtige gedachte. Hij ging nog steeds vooruit, Kalib's dikke lichaam met hem mee. Hij wist niet of de tackle genoeg zou zijn om het schot af te weren, maar dat kon hem niet schelen.

Hij zou deze man neerhalen en *dan* uitzoeken wat te doen.

De fout die hij had gemaakt was dat hij zich niet volledig bewust was van zijn omgeving.

De man achter hem, Evans, was nonchalant naar Reggie toegelopen en had het uiteinde van zijn geweer in zijn rug gestoken. Reggie voelde de koude, harde stalen loop en stak onmiddellijk zijn handen omhoog.

Kalib verschoof zich, duwde Reggie van hem af alsof hij niet meer was dan een vervelende puppy, en stond op. Hij rukte aan

Reggie's uitgestrekte arm en trok hem overeind, en Reggie draaide zich om om te zien wat er gebeurd was tijdens zijn gevecht met de beer.

Alle vijf de soldaten hadden hun wapens getrokken, drie op Reggie en twee op Derrick.

Derrick had ook zijn handen omhoog.

Reggie keek naar de FBI-agent en haalde zijn schouders op. "Sorry, man. Heb mijn best gedaan."

"Het was genoeg om me niet te laten neerschieten," zei hij.

"Daar is nog tijd voor," zei Mance. "Maar niet hier. We hebben genoeg ruimte in de vogel voor jullie beiden, gezien het feit dat je vrienden nu waarschijnlijk al op weg zijn naar Philadelphia."

Reggie en Derrick wisselden blikken uit.

"Ja, de havik heeft ons er alles over verteld," zei Mance. "Zei dat jullie vier waarschijnlijk uit elkaar zouden gaan, maar zo niet, ontdoe je dan van de bagage." Hij keek naar Derrick. "Deze kerel en jullie leider, de Jefferson kerel."

Joshua en Derrick, dacht Reggie. *Dat zijn de twee 'losse eindjes', volgens Garza.*

"Maar hij werkt aan interessante technologie in Philly," ging Mance verder. "Ik wed dat hij wel wat meer proefpersonen kan gebruiken."

"Er is hier niets, Mance," zei de piloot. "We verspillen tijd. Laten we teruggaan."

Mance knikte. "Ja, klinkt goed. Breng deze jongens terug naar de helikopter. De vogel vertrekt over tien minuten."

De piloot rolde met zijn ogen, duidelijk geïrriteerd door de grove misinterpretatie van de minder ervaren leider over hoe snel ze in staat zouden zijn om terug te keren naar de vallei en hoe snel de piloot in staat zou zijn om de helikopter op te starten.

Reggie keek nog eens naar de dunne, zilverkleurige ader die over de hele lengte van de kleine grot liep. Hij wist niet zeker waarom, maar hij wist dat er meer aan de hand was dan de huurlingen geloofden.

Niet nu, herinnerde hij zichzelf. *We hebben informatie die we kunnen gebruiken, als het nodig is. Niet het juiste moment om dat te verspillen.*

Derrick keek naar Reggie's gezicht, en Reggie knikte naar hem. De mannen begrepen elkaar, en Reggie was blij dat Derrick er net zo over dacht. Ze moesten terug naar Philadelphia en proberen Ben en Joshua te bereiken voor ze Julie vonden.

Ze liepen in een val.

HOOFDSTUK 69

"WE ZIJN ER," zei BEN in de mobiele telefoon. "Heb je aanwijzingen?"

Mr. E's stem sprak terug door de verbinding. *"Misschien. Er zijn een heleboel gebouwen groot genoeg om als 'gymnastieklokaal' te worden beschouwd, maar zonder meer tijd om een kruisverwijzing te doen tussen met bestaande gebouwen en bekende adressen, zal het de vraag zijn of deze vier überhaupt de moeite van het onderzoeken waard zijn."*

"Natuurlijk zijn ze het onderzoeken waard," zei Ben. "Julie zit in een van hen."

Maar hij wist wat zijn weldoener bedoelde. *Julie is in één van hen, en als we geen* solide *spoor hebben, is er misschien niet genoeg tijd om ze allemaal te doorzoeken.*

Joshua keek naar Ben, zijn ogen vragend.

Ben knikte. "Vier."

Joshua bleef stoïcijns, maar Ben wist wat hij dacht. Precies hetzelfde wat Ben dacht.

"We moeten het beperken," zei Ben. "Is er nog iets dat je ons kunt vertellen?"

"Nee, helaas," zei Mr. E. *"Er is niet meer informatie om mee*

verder te gaan. Maar als u me nog iets kunt vertellen, kan ik misschien —"

"Nee, je weet het allemaal al. Ze flapte het er gewoon uit, 'we zijn hier, recht tegenover het Rittenhouse.

Behalve het Rittenhouse Square waar het hotel aan lag, was het hotel het enige in Philadelphia dat de naam 'Rittenhouse' droeg. Er was niets anders dat Julie had kunnen bedoelen.

Ze waren een uur geleden geland, maar het had zo lang geduurd om van het vliegveld naar de auto te komen die ze hadden gehuurd en dan door het verkeer naar het Rittenhouse. Joshua en Ben zaten opnieuw in de lobby, maar deze keer bewonderde Ben niet het charmante decor.

Hij keek niet eens naar de bar. Hij wilde een drankje, maar hij wist dat een drankje een beloning was. Het was iets om van te genieten na een overwinning, en behalve het uitzoeken van de aanwijzingen in Montana, had hij al een hele tijd geen overwinningen meer gehad.

"Ze moet in de buurt zijn, Ben," zei Joshua.

Ben zuchtte en hield de telefoon aan zijn oor. "Geef ons dan een volgorde van meest waarschijnlijke gissingen," zei hij. "Top kandidaat eerst."

De man aan de andere kant pauzeerde, en sprak toen. *"Oké, ik zal het proberen. Ten eerste, er is een wit gebouw op de hoek van Rittenhouse Square en 18th."*

Joshua luisterde mee, zijn eigen telefoon stond aan en opende naar een kaartweergave van het plein. Hij schudde zijn hoofd. "Nee, dat is het niet. Er is geen uitzicht vanaf hier. Julie zei 'hier, aan de overkant...' Ik denk dat ze bedoelde dat ze het Rittenhouse op de een of andere manier zag, zoals misschien uit een raam. Er zijn te veel hoge gebouwen die alles blokkeren op die hoek."

Ben wachtte op Mr. E om zijn volgende optie te geven. *'Oké, misschien is de volgende in Locust Street, vlakbij de 20e.'*

Joshua scrolde op de kaart en vond deze locatie. "Zou kunnen.

Het ziet er niet naar uit dat deze kaart is bijgewerkt, maar er zou een uitzicht op het hotel zijn vanaf daar. Ik zal het markeren, en dan kunnen we het controleren. Nog iets anders?

"De laatste twee zijn op 19th Street. Een op Sansom Street en een op Chestnut."

"Ik heb het," zei Ben. "Blijf in de buurt, we zullen het controleren." Hij wilde ophangen, maar zei toen: "Hoe is het met je vrouw?"

"Het gaat goed met haar. Ze is hersteld van haar reis naar Australië, en ze wou dat ze zich nu bij jullie kon voegen. Ik heb haar op de hoogte gehouden van de situatie, en ze doet wat ze kan van hieruit."

Ben knikte. Mevrouw E was net zo raadselachtig als haar man, maar toch leken de twee vreemd genoeg verschillend voor een man-vrouwpaar. Waar meneer E broos leek, bijna ziekelijk, was mevrouw E een grote, zelfverzekerde vrouw, even goed getraind in vechtsporten als in wapens. Ze was een waardevolle aanwinst geweest in Antarctica, en Ben was teleurgesteld dat ze niet met hen mee had kunnen gaan op deze excursie. Meneer E kon echter niet weten waar ze aan begonnen, dus zijn vrouw naar Australië sturen om een pandjesbaas op te sporen was nauwelijks een vreemde opdracht.

Ze zou haar haren uit haar hoofd trekken om te helpen, wist Ben. Waarschijnlijk prutsen met elektronica en communicatieapparatuur die ze niet begreep, de aannemers in de weg zitten als ze hun project in Ben's hut probeerden af te maken. Ze was nuttiger in het veld, maar het was waarschijnlijk te laat om haar naar Philadelphia te sturen - ze zou de volgende dag aankomen, lang nadat de actie was afgelopen.

Hoopte hij.

Als er actie komt, wil hij dat het snel gebeurt, en in zijn voordeel. Julie had hem nodig, en hij was van plan haar te vinden en recht te doen geschieden aan de mannen die haar hadden ontvoerd. Er waren geen uitzonderingen, en er was niets dat hem van gedachten kon doen veranderen. Ze waren allemaal wandelende doden.

"Ben je klaar?" vroeg Joshua.

Ben knikte en stond op. Hij voelde naar het pistool dat hij in zijn riem droeg, verstopt onder zijn overhemd. Hij was niet zeker van het wapenbeleid van het hotel - of van de stad in het algemeen, maar hoe dan ook, hij hoefde geen tijd te verspillen aan het beantwoorden van vragen en het tevoorschijn halen van zijn vergunning. Er was al genoeg aandacht voor het gebied, met de schietpartij en de 'overval' die eerder die dag bij de yoghurtwinkel hadden plaatsgevonden.

Zelfs nu waren de straten in twee richtingen geblokkeerd, en verkeer en omstanders hadden zich opgestapeld waar de politie en SWAT-teams rondzwierven, met knipperende lichten. Hij keek uit de ramen van de hotellobby en zag de weerspiegelingen van de felle poli-tielichten van de omliggende huizenblokken.

"Denk je dat ze er achter komen?" vroeg Ben.

"De schietpartij?" vroeg Joshua. "Ja, dat doen ze meestal. Dan komen ze er in ieder geval achter dat het niet om de overval op een yoghurtsalon ging. Maar ze doen er weken - misschien maanden - over om tot die conclusie te komen."

"Laten we hopen dat de man van de yoghurtwinkel de zaak niet versnelt," zei Ben, wetende dat hoe langer de politie bezig bleef met de schietpartij, hoe meer tijd hij en Joshua hadden om Julie te vinden.

"Hij is in shock," zei Joshua. "Het eerste wat hij zal doen als hij over een paar dagen bijkomt, is zijn verzekeringspolis opvragen. Dan zit hij de komende jaren *echt vast*."

Ben glimlachte en knikte toen ze de voorkant van het hotel uitlie-pen, aan de overkant van de straat nu Rittenhouse Square. Hij keek in beide richtingen, noord en zuid, en sloeg rechtsaf. De stad was nog springlevend, ook al was de nacht gevallen over de historische stad. Het plein en de grote gebouwen die erboven stonden waren verlicht, duizenden veelkleurige twinkelingen verlichtten de nachtelijke hemel.

"Locust Street, toch?" vroeg hij.

"Ja, net voorbij de 20e. Laten we opschieten, het wordt al later."

HOOFDSTUK 70

"WE GAAN DE VERKEERDE KANT OP," zei Ben, terwijl hij midden op de stoep stopte.

"Ben, waar heb je het over?" vroeg Joshua. Hij draaide zich om, duidelijk niet van plan om langzamer te gaan. "We zijn er bijna. Locust Street is recht omhoog -"

"Nee," zei Ben, terwijl hij zijn hoofd schudde. "Het is niet - dat is niet de plaats."

"Hoe weet je dat?"

"Luister naar me," antwoordde hij. "Hij zei dat er een was op *Chestnut* Street, toch?"

Joshua knikte.

"Chestnut Street is dezelfde straat waar het APS gebouw staat."

"Nou, dat blok in ieder geval."

"Ja, maar het is eigenlijk Chestnut Street. En Independence Hall, *en* de Liberty Bell, *en* het oude stadhuis."

"Je klinkt als Reggie. Wanneer heb je al die geschiedenis weetjes opgepikt?"

"Ik heb de brief gelezen."

Joshua's wenkbrauwen gingen omhoog.

"Wat? Ik weet hoe ik moet *lezen,* Jefferson."

Joshua grijnsde, slechts een mondhoek trok op, daarna keerde het terug naar zijn comfortabele plaats als een enkele, onleesbare lijn. "Nou en? Al die historische monumenten, maar we zijn op zoek naar een sportschool."

"Nee, we zijn op zoek naar waar Julie wordt vastgehouden. Ze *zei dat* het een gymzaal was, maar ik denk dat ze die niet veel heeft kunnen verkennen."

"Dus je denkt dat ze wordt vastgehouden in een bezienswaardigheid? Een historische plaats?"

"Nee, niet per se, maar -" Ben begon de andere kant op te lopen, terug in de richting van het Rittenhouse hotel dat zich links boven hen uitstrekte. "Laten we lopen en praten. Of joggen. We moeten opschieten."

"Ben..."

"Ik ben hier serieus over. Ik denk dat ik iets op het spoor ben, luister gewoon naar me."

"Goed," zei Joshua, terwijl hij Ben begon in te halen. "Maar haast je."

"Daris Johansson huurde The Hawk, dus het is redelijk om aan te nemen dat hij vanuit haar faciliteiten werkt. Het is in de eerste plaats een beveiligingsbedrijf, toch?"

"Juist."

Ben sloeg de hoek om en begon aan West Rittenhouse Square, in noordelijke richting, de weg terug volgend die ze een kwartier eerder hadden afgelegd.

"Dus als hij in *haar* faciliteiten is, moeten we denken zoals *zij*. Misschien zei hij haar hem wat ruimte te geven om te werken, ruimte voor zijn mannen. Maar *zij is* degene die de rekening betaalt. De organisatie."

"Dus de American Philosophical Society is waarschijnlijk de eigenaar van het gebouw?"

"*Precies.* En als ik Daris was, en ik hield net zoveel van geschiedenis en samenzweringstheorieën als zij, zou ik het waarschijnlijk *geweldig vinden dat* mijn gebouw in dezelfde straat ligt als al die andere nationale monumenten."

Joshua stapte nu naast Ben naar voren en knikte mee. "Hmm," zei hij. "Klinkt logisch."

"Het zal nog logischer zijn als we het zien," zei Ben.

"Je hebt er vertrouwen in."

"Het is *goed*, Joshua. Ik zeg het je." Toch haalde Ben zijn telefoon weer tevoorschijn en draaide naar de beveiligde lijn van meneer E. De man antwoordde na twee keer overgaan.

"Wat heb je gevonden?" vroeg Mr. E.

"Kun je een zoekopdracht voor me uitvoeren?"

"Dat ben ik nog steeds. Op dit moment heb ik de lijst samengesteld tot achttien locaties, allemaal gebouwen met de kenmerken die u hebt gevraagd, en -"

"Die zijn het niet," zei Ben, onderbrekend. "Het is die op Chestnut Street."

"Harvey, weet je het zeker? Hoe weet je..."

"Welke informatie over het gebouw kun je zien?"

"Nou, ik... laat me eens kijken. Er is niet veel, echt. Eigendom veranderde van eigenaar een paar keer in de afgelopen tien jaar, en - Harvey, dit zijn openbare registers, dus ik betwijfel ten zeerste - "

Mr. E's stem viel weg.

"Ben je daar?" vroeg Ben.

"Een momentje. Ik haal een stadsplattegrond tevoorschijn, en zet de Google kaart er bovenop, en..."

"Wat?" Vroeg Ben. Hij begon opgewonden te raken, zijn hartslag ging omhoog. *Dit is het,* dacht hij. *Ik* weet *het.*

Links van hen doemde het Rittenhouse op, de ingang van het grote hotel in de schaduw van het gebouw erboven, en rechts van hen lag het Rittenhouse Square uitgestrekt. Ben en Joshua gingen verder naar het noorden, West Rittenhouse Street volgend in de richting van Chestnut.

Overal om hem heen rezen gebouwen de hoogte in. Hij had even het gevoel van nostalgie en vroeg zich af hoe de skyline van deze grote oude Amerikaanse stad er vroeger had uitgezien, toen de straten nog door paardenkarren werden bevolkt in plaats van door forensenvoertuigen en taxi's. De 'grote' gebouwen zouden minuscuul zijn geweest in vergelijking met de architectonische kolossen van vandaag, maar ze zouden een geheel eigen schoonheid hebben gehad, hun handgemaakte ontwerpen die elk het leven van hun ontwerpers aannamen.

Hij wilde stoppen, zijn ogen sluiten en het zich inbeelden, maar hij deed het niet. In plaats daarvan richtte hij zijn ogen op het doel, wetende dat elke verspilde tijd het aftikken van een onzichtbare klok was.

En als de klok op nul staat...

"Oké," zei de stem van meneer E, die de nachtlucht doorkliefde terwijl ze liepen. Ben verhoogde onwillekeurig zijn tempo, en Joshua volgde hem. *"Ik heb de gegevens hier. Het lijkt erop dat dit gebouw vele jaren verlaten heeft gestaan, want het was oorspronkelijk een woonhuis dat nu op een stuk grond staat dat nu bestemd is voor commerciële doeleinden. Drie jaar geleden werd het gekocht door een DJ Holdings, Inc."*

"Daris Johansson," zei Joshua.

"Het moet wel," zei Mr. E. *"Maar daar is hier geen bewijs van. Het gebouw schijnt echter* wel *enige historische betekenis te hebben, want het is nooit afgebroken en nooit verkocht voor minder dan een kwart miljoen dollar."*

"Dat klinkt niet als veel in deze stad," zei Ben.

"Nou, ik neem de hele verkoopgeschiedenis op die is vastgelegd," zei Mr. E. *"Beginnend rond de* vorige *eeuwwisseling."*

Joshua floot. "Oké, dat verandert de zaak. Was deze plek zoveel waard in de jaren *1900?"*

"Daar lijkt het wel op. *Verder is het huis meteen herbestemd en zijn er bouwvergunningen afgegeven bij de aankoop. Een uitgebreide renovatie, te oordelen naar het aantal verleende vergunningen."*

"Vraag informatie over die vergunningen," zei Joshua.

"Ja, mevrouw E is daar al mee bezig," zei de man. *"Maar ik denk niet dat het nodig zal zijn."*

"Jij niet?" Vroeg Ben.

"Nee. Ik zie dat er nog een bod is gedaan op het pand, net voordat DJ Holdings, Inc. het verkocht."

"Populaire plek."

"Nee, ik geloof niet dat het eigendom zelf de reden was. Het bod dat werd uitgebracht was een half miljoen meer *dan de verkoopprijs, en het werd geplaatst door de APS."*

Ben keek naar Joshua, die hem al aanstaarde, en beide mannen zetten het op een lopen.

HOOFDSTUK 71

"DAT IS DE PLEK," FLUISTERDE JOSHUA. "Een beetje terug, van de straat af."

Beide mannen zaten gehurkt achter een lage, afbrokkelende bakstenen muur en gluurden over de rand naar het steegje dat naar het gebouw leidde.

Joshua controleerde zijn telefoon drie keer, en knikte toen. "Ja, dat is het, zeker."

"Heb je slechteriken gezien?" vroeg Ben.

"Nee, maar dat doen we niet vanaf hier. Als ze de plaats aan de buitenkant bewaken, moeten we de steeg in en de omgeving controleren."

"Daar hebben we geen tijd voor," zei Ben. "Julie is daar, en -"

"We *denken dat* Julie daar is. Vergeet niet dat we nog genoeg andere plaatsen op de kaart hebben die we moeten controleren."

"Ze is daar binnen," zei Ben weer. "Kom op."

Ben nam een aanloop en rende rechtdoor de steeg in, in de richting van het korte, witachtige gebouw dat aan het eind ervan stond. Als het gebouw ooit van historisch belang was geweest, dan was dat nu niet meer te zien.

Het 'huis', zoals meneer E het had genoemd, leek in niets op iets waar Ben ooit in zou willen wonen. Een rij verduisterde rechthoekige ramen strekte zich uit over de hele lengte van de muur, maar de rest van de muur was geheel ontdaan van waarneembare kenmerken. De gewone, saaie witkalk was allang vervaagd, en samen met de schemerige tint van het nabijgelegen straatlicht leek de muur vervallen, vergeeld van ouderdom.

Ben bereikte het einde van de steeg en zag dat er nog een steeg was - een smalle straat eigenlijk - die zich links en rechts uitstrekte en Chestnut Street in het zuiden verbond met welke straat er ook in het noorden lag.

Joshua haalde ons in. "Hé man, geef me op zijn minst een waarschuwing als je zo gaat lopen. Als we gezien worden door The Hawk's groep, zijn we dood."

"Goed," zei Ben. "Waarschuwing."

Hij dook weer naar buiten, dit keer naar rechts - naar het zuiden - richting Chestnut Street. Hij hoorde Joshua kreunen ergens achter hem, maar de voetstappen van de man weerkaatsten tegen de oude muur en in Bens oren.

Toen hij Chestnut Street bereikte, minderde hij vaart en liet de adrenaline zakken. Hoewel hij uit eigen ervaring wist dat de Ravenshadow-mannen niet bang waren om in het openbaar te schieten - op klaarlichte dag nota bene - stond hij nu temidden van een menigte late-avond-toeristen en voetgangers. Honden werden aangelijnd uitgelaten en gezinnen liepen in beide richtingen door de grote oude laan.

"Dit is het," zei Ben. "De voorkant van het 'huis'."

De voorkant van het huis zag er precies hetzelfde uit als de zijkant, behalve dat het erg smal was en er een deur op zat.

"Een beetje een doorn in het oog," zei Joshua.

"Ja, geen grapje."

Het huis, onopvallend als het was, was zeker groot genoeg om een gymnastiekzaal te bevatten. De breedte zou perfect geweest zijn, en de lengte was zelfs langer dan een typische schoolbasketbalzaal.

"Dit zou het kunnen zijn," zei Joshua.

"Dit *is* het," antwoordde Ben. "Moeten we kloppen?"

Joshua gunde Ben niet eens een antwoord. In plaats daarvan bleef hij rond de faciliteit lopen, precies zoals hij Ben had verteld dat ze moesten doen.

Ben werd ongerust, had sterk het gevoel dat ze tijd aan het verspillen waren, maar hij volgde Joshua toch. De man wist *wel* wat hij deed, besefte Ben. Joshua Jefferson was ooit lid geweest van een beveiligingsteam dat niet veel leek op Ravenshadow. Ze hadden elkaar ontmoet in het Amazone regenwoud, maar Ben stelde zich voor dat Joshua ook niet onbekend was met stadsverkenning.

Joshua, nu uit de nieuwsgierige ogen van de voorbijgangers in Chestnut Street, hield zijn pistool voor zich uit, twee handen, in de aanslag. Hij liep langzaam, doelgericht, niet toestaand dat zijn stappen gehoord werden door zelfs Ben, die er vlak achter liep.

"Ga naar de hoek," fluisterde Joshua. "Laten we eens kijken of er een achterdeur is."

Ben knikte, wetend dat Joshua hem niet kon zien, maar liep langs zijn leider in de richting van de hoek van het gebouw. Hij wachtte aan de rand ervan, onzeker over wat hij nu moest doen.

Het gebeurde niet vaak dat Ben zich niet in zijn element voelde. Hij genoot van het buitenleven en de natuur, en had lang geleden al besloten om er zoveel mogelijk tijd in door te brengen. Hij had de hut en het land gekocht in Alaska, wetende dat het iets zou zijn waar hij voor altijd zou blijven, een persoonlijk toevluchtsoord waar hij altijd naar terug kon keren om op te laden en te verjongen.

En toen kwam Julie en belandde hij in een totaal andere wereld. Het was niet haar schuld, maar er was een aspect aan dit alles waardoor Ben zich afvroeg of het anders zou zijn als ze elkaar nooit hadden ontmoet. Hij was niet van plan haar op te geven, maar er waren momenten in hun relatie waarop de spanning tussen houden van de vrouw die haar leven aan hem had beloofd en zijn verlangen om zich voor altijd in de hut te verstoppen, tot een hoogtepunt kwam.

Nu voelde hij de druk van het blootgesteld zijn en in een omgeving die hij niet begreep en waar hij zich niet op zijn gemak voelde, en wetende dat het allemaal was om Julie terug te krijgen.

Hij zoog adem in, liet zijn longen vollopen en zijn borst naar buiten stuwen. Hij had nu kracht nodig, vooral als ze het team van Ravenshadow onderbemand zouden bestrijden.

"Zie je iets?" fluisterde Joshua.

Ben schudde zijn hoofd. "Niet zonder er uit te springen, maar ik denk wel dat er een deur is." Een enkele trede lag halverwege het steegje, grenzend aan de achterkant van het gebouw.

"Daar lijkt het wel op."

Ben bevroor. "Dit is het, Joshua. Ik ben er zeker van."

"Hoe weet je dat?"

Ben wees naar de overkant van het steegje, naar het gebouw tegenover het gebouw waar ze nu achter stonden. Hij wachtte tot Joshua zijn uitgestrekte arm zou volgen, om te zien wat Ben had gezien.

Een meter of acht hoog, op de hoek van het gebouw, zat een bewakingscamera.

Rechtstreeks op hen gericht.

HOOFDSTUK 72

JULIE'S ARMEN BLOEDDEN BIJNA WAAR DE RITSEN WEER OP HAAR HUID WAREN GEDRUKT. De tweede keer dat haar handen waren vastgebonden was erger dan de eerste keer - de banden waren veel strakker, hadden een paar klikken meer dan voorheen, en de man had zelfs de moeite genomen om precies te vinden waar de vorige ritsen hadden gezeten en de nieuwe er precies bovenop gelegd. De dieprode lijnen op haar polsen maakten dit een makkie om te doen.

Ze was moe, en tegelijkertijd voelde ze zich net zo als toen ze zich verslapen had. Ze was hier nu bijna twee dagen, of zoiets, maar ze wist niet zeker hoelang het echt was.

Of hoe laat het was. De verduisterde ramen gaven geen informatie. Geen zonlicht - of maanlicht - wierp er zijn gloed doorheen, en als de verblindende lichten aan het plafond van de gymzaal niet al een uur of wat aan waren geweest, zou ze nog steeds in het donker zitten.

Er liepen mannen rond, bezig met taken die zij niet begreep en ook niet wilde begrijpen. Zij had al lang geleden haar pogingen om informatie te verzamelen opgegeven, omdat zij niet langer geloofde dat zij een voorsprong kon krijgen op de Havik en zijn team.

Als ze hier levend uit zou komen, zou dat dankzij Ben en de rest van de groep zijn.

Zij hoorde rumoer achter zich. Plotseling riepen een paar mannenstemmen, en er klonk een bonkend geluid - een deur, ver weg - die dichtsloeg.

Ze probeerde haar hoofd te draaien, maar haar nek gaf haar geen bewegingsvrijheid. Alles voelde strak aan, en zelfs haar tenen leken los te staan van de rest van haar lichaam.

Ze dacht aan schreeuwen, maar wist dat dat zinloos was. *Wat zou je ermee bereiken? Niemand daarbuiten zal hier binnen kunnen komen tenzij ze alle mannen van Vicente Garza uitschakelen.*

En er waren veel mannen.

In de tijd dat Julie aan de stoel vastgebonden was geweest, was het enige wat ze te weten *was* gekomen, dat er tussen de tien en vijftien mannen waren. Sommigen leken op elkaar, of het waren dezelfde mannen en zij had ze gewoon niet herkend. Sommigen waren misschien helemaal niet naar de sportschool gekomen, maar verbleven ergens anders op het terrein. Ze had gehoord dat sommige mannen niet echt Ravenshadow waren, maar rekruten die hoopten gekozen te worden.

Haar team bestond uit vier personen, haarzelf niet meegerekend, en ook al wist zij dat Joshua en Reggie meer dan capabele schutters waren, toen de kogels begonnen te vliegen was niet te zeggen wat de uitkomst zou zijn.

Het was zeer waarschijnlijk dat een gevecht tussen de troepen vreselijk zou aflopen voor Julie's kant.

Hadden ze op een of andere manier versterkingen gekregen?

Mevrouw E bleef, voor zover zij wist, in Alaska om te helpen met communicatie en onderzoek, en om haar man te steunen. Derrick, de FBI-man, kon misschien iets doorgeven, maar hij leek de hele tijd dat ze samen waren alleen te zijn en ze had het gevoel dat het sturen van een team agenten een gok was.

De commotie eindigde, en zij bleef stil zitten, wachtend, proberend meer te horen.

Voetstappen.

Meerdere mensen - misschien vijf?

De deur van de sportzaal ging achter haar open, en ze verkrampte.

Ze komen hier naar binnen.

Ze wachtte, luisterde. De voetstappen begonnen inderdaad aan hun gestage opmars in de kamer. Luider met elke stap. Een van de reeksen leek een beetje te slepen. Een ander leek onsamenhangend, het ritme kwam niet overeen met dat van de anderen.

"Ms. Richardson," zei een mannenstem. *De Hawk.* "Er is hier iemand voor u."

HOOFDSTUK 73

DAAR IS ZE, DACHT BEN. *Ze is daar. Zittend in de stoel. In het midden van de -*

"Ms. Richardson," kondigde de man aan toen hij de kamer binnenkwam. "Er is hier iemand voor u."

"Luister, klootzak," gromde Ben. "Laat haar gaan en ik zal niet -"

Een geweerkolf stootte tegen zijn heup, en hij voelde de brandende pijnscheut in zijn rechterzij. Het geweer had bot geraakt, en dat zou een lelijke blauwe plek achterlaten.

Maar hij was niet dood, en hij had nog steeds een missie. Hij schoof opzij en duwde zijn grote gestalte tegen de man die hem had geslagen. Hij overviel hem, en de soldaat vloog achterover, tegen een andere man aan waarmee hij was binnengekomen.

Een andere geweerkolf verbrijzelde zijn linkerknie, en hij ging neer. Maar voordat hij helemaal op de grond kon vallen, voelde hij dat hij van achteren werd opgetild. Hij balanceerde op één voet en liet de man achter hem helpen.

Toen sloeg de man achter hem met een harde vuist op zijn oor, en Ben viel weer.

Deze keer bood niemand zijn hulp aan. Joshua werd stevig vastgehouden door drie andere mannen, en een vierde richtte zijn geweer op zijn buik.

Ben keek met een grijns naar de man die hem geslagen had, en hij lag op de grond en keek omhoog.

"B - Ben? Ben jij dat?" Julie's stem, gebroken en gespannen, bereikte zijn oren.

Het gaf hem kracht. Zijn knie was niet gebroken, en hij trok zichzelf op. Hij zou een tijdje mank lopen, en zijn heup zou een flinke zak ijs nodig hebben, maar nogmaals - hij leefde.

Zolang ik leef.

Hij aarzelde niet. Zodra hij de hand van de man weer op zijn schouder voelde, hurkte hij met zijn goede been en sloeg zo hard als hij kon naar boven en naar achteren. De soldaat achter hem schreeuwde van de pijn, maar zijn stem in Ben's oren werd overstemd door het geluid van zijn neus die werd verbrijzeld.

En dan te bedenken, dat was maar met één been.

De man viel, maar er zaten er nog twee op hem.

"Genoeg!" schreeuwde de havik. "Ze zal hier snel zijn, en we moeten klaar staan."

Daris Johansson, dacht Ben. *Dat is degene over wie hij het heeft.*

Hij keek naar Joshua, maar de uitdrukking van de man was onleesbaar.

We hebben een plan nodig. We hebben iets *nodig.*

Hij vroeg zich af waar Reggie en Derrick waren, en of ze geluk hadden met het vinden van de schat.

"Baas, ik heb de helikopter in aankomst."

"We hebben toestemming, toch?" Vroeg de Hawk.

"Ja meneer, het is geklokt en goedgekeurd. Privé helikopter, landt voor 'nood bijtanken' in het ziekenhuis hiernaast."

Dus dat is *wat Daris wilde met deze plek,* dacht hij. Hij vroeg zich af wat het oorspronkelijke 'huis' was, en hoe het eruit had gezien voordat Daris het had gesloopt. Ze had het vervangen door dit wangedrocht, en als ze geen andere misdaden had begaan, zou Ben haar er nog steeds om haten.

De 'sportzaal' waar ze nu waren, was niet echt een sportzaal, maar het had wel een aantal van dezelfde kenmerken. Hoge, bakstenen muren aan vier kanten en een houten vloer. Het had gemakkelijk een magazijn of een opslagplaats kunnen zijn, maar de grote vierkante fluorescerende lampen aan het plafond gaven de hele ruimte veel weg van een 'gymzaal'.

Hij hoorde het geluid van een helikopter, ongetwijfeld dezelfde helikopter waar de man voor Vicente Garza het over had gehad.

De mannen leken het ook te horen, en ze stopten allemaal en luisterden een ogenblik.

"Het zal niet lang meer duren," zei de havik. Hij klapte. "Iedereen aan het werk. Ik wil klaar zijn als ze door die deur komt."

Ben baalde. Ze waren hier iets aan het ensceneren, daarom zat Julie in het midden van de kamer.

En Ben werd verondersteld een van de publieksleden te zijn voor deze show.

HOOFDSTUK 74

REGGIE KON NIETS ZIEN. Een dikke zwarte bedekking was over zijn hoofd geschoven zodra hij in de helikopter was, en die was er nog steeds niet af. Behalve dat hij wist dat ze ergens in Philadelphia waren, had hij geen idee waar hij en Derrick precies naar toe werden gebracht.

De helikopter daalde, en nog voor de steunen neerkwamen werd hij door een open deur naar buiten geduwd, met aan weerszijden van hem een man die zijn armen naar beneden hield. Hij kon alleen maar aannemen dat Derrick van dezelfde behandeling genoot, maar hij maakte zich op dit moment geen zorgen over de andere man.

Deze hele missie was mislukt. Een complete mislukking. Hij wist niet of ze er nog iets van konden redden, maar als er iets te redden viel, dan was het wel het deel over de redding van Julie.

"Trap," zei een van de mannen, en het duurde niet lang of Reggie voelde dat de vloer het begaf en de eerste van een trap onder zijn voeten begon. Hij volgde ze naar beneden, de mannen rukten hem heen en weer terwijl ze in het trappenhuis rondliepen, en hij hoorde Derrick grommen toen hij vlak achter hem tegen een muur knalde.

Goed, dacht hij. *Ze houden ons tenminste bij elkaar.*

De trap eindigde en hij voelde de beweging van lucht buiten zijn hete, benauwde hoofdbedekking. *We zijn buiten.*

Het gevoel was van korte duur, en al gauw werd hij door een open deur geduwd en weer een korte trap op.

Hij hoorde mensen binnen, lopen en praten. De kamer voelde groot, spelonkachtig zelfs. Derrick kwam achter hem binnen, en Reggie hoorde de rest van het team dat hem gevangen had genomen ook de kamer binnenstappen.

Zijn bedekking werd met geweld van zijn hoofd getrokken, en de schok daarvan deed zijn hoofd tollen. Het felle licht was de volgende verrassing, en hij knipperde met zijn ogen, terwijl hij ze stevig dicht-kneep. Toen hij ze opende, zonk zijn hart.

Julie was daar, in het midden van de zaal. De houten vloer en de felle lichten vertelden hem meteen waar hij was: *dit is de sportzaal,* dacht hij. *Dit is de faciliteit van The Hawk.*

Maar er was meer. Ben en Joshua waren hier ook.

Ben zag eruit alsof hij al in een gevecht had gezeten - en verloren - want hij was gekrabd, gekneusd, en zijn oor droop van het bloed. Hij werd vastgehouden door twee mannen die zowel boos waren dat ze de wacht hadden gehouden als een beetje bang dat hun ongeleid projectiel van een gevangene elk moment kon ontploffen.

Wees bang, dacht Reggie. *Wees heel bang.* Hij keek naar de mannen die Ben vasthielden en schudde toen zijn hoofd.

Joshua werd ook vastgehouden, maar het was onder schot. Twee mannen hadden geweren op hem gericht, en hij leek in orde, maar was zichtbaar radeloos.

Reggie kende het gevoel. *Ja, maatje. We hebben gefaald.*

Vicente Garza's armen wijd. "Gareth, aardig van je om je bij ons aan te sluiten! Ik moet toegeven, ik had je niet zo vroeg verwacht. We dachten dat we ons aan het voorbereiden waren op de komst van onze huidige weldoener."

"Ja? " Reggie schoot terug. "Ik ben opgewonden om te zien dat b -"

"Hou op, Rooie. Jij en ik weten allebei dat je mond veel groter was dan je vaardigheden. Als dat niet waar was, zou je hier niet staan, op dit moment. Zou je?

Reggie reageerde niet. Zijn neusvleugels wapperden, zijn ogen schoten heen en weer van de ene man naar de andere. Veel te veel om mee te nemen, en zeker zonder hun wapens.

Hij zag de handvuurwapens, twee stuks, op een krat liggen die met een industriële vorkheftruck was binnengereden. De lift stond in de hoek van de kamer, de kist rustte op de vorken zelf.

Mance verscheen aan Reggie's zijde, toen liep hij naar de kist en legde zijn en Derrick's 9mm er bovenop. "Is dit de levering, baas?"

De havik draaide zich om en staarde Mance aan. "Je zult me 'De Havik' noemen, of Garza, totdat je officieel bent aangenomen."

Reggie voelde de intensiteit in de kamer toenemen. *Dit is bekend,* dacht hij. *Dit is hoe de man zijn team leidt.* Reggie herkende de scherpe, puntige manier waarop Garza de man had neergehaald, met slechts een paar woorden. Mance's houding veranderde onmiddellijk, hij leek zich plotseling te realiseren wat Reggie al wist.

Je hebt de schat niet gevonden, idioot, dacht Reggie.

De havik liep naar Mance en de krat en de vorkheftruck. "Zoon, ik verwachtte dat je me iets zou bezorgen. *Niet* deze twee mannen."

"We - we konden het niet vinden, meneer - ik bedoel de Havik."

Garza staarde Mance aan. "Je hebt gefaald. Falen in deze organisatie is onaanvaardbaar. Je zult gestraft worden, maar ik heb jou en de rest van de rekruten nodig tot na de presentatie."

Mance gulpte, de angst in zijn ogen bijna komisch voor Reggie. *Bijna.*

De havik wuifde naar twee van zijn mannen en met z'n drieën - inclusief Mance - begonnen ze de planken hout van de zijkanten van de kist te halen. Reggie keek geïnteresseerd toe hoe het pakje in de kist tevoorschijn kwam. Een van de mannen schoof het triplex deksel eraf, balanceerde de vier handvuurwapens erop en droeg het naar een andere kant van de kamer.

Reggie keek toe hoe hij het deksel van de kist en de wapens op de grond bij een rollend karretje legde. Behalve het karretje, de vorkheftruck en het pakje, stonden er geen meubels in de kamer.

En de stoel.

Reggie huiverde toen hij besefte dat hij Julie bijna vergeten was. Hij draaide zich om naar haar te kijken, en was geschokt te zien dat ze hem al aan het aanstaren was. Ze had geen interesse in de poging van Mance en de twee soldaten om het pakje te bevrijden.

Hij sloot de ogen met haar.

Alstublieft.

Hij wist wat ze vroeg.

Help alstublieft.

Hij wist dat ze zou willen dat hij haar niet zou helpen, maar Ben. Ze zou smeken om zijn leven voor haar eigen.

Hij voelde zijn hart verscheuren. Hij had ooit van zo iemand gehouden, en dat was de pijnlijkste ervaring van zijn leven geweest.

Dit, vergeleken met dat, was niets.

Het besef drong tot hem door.

Wat er nu ook met me gebeurt, het kan niet zo erg zijn als dat.

Reggie voelde dat de vreemde gedachte hem kracht gaf. Hij liet het in zich opbouwen tot een intensiteit, een *woede,* die hij kon gebruiken. Hij had diezelfde woede gebruikt in Antarctica, een man doden met niets meer dan zijn blote handen en het kleine slotje van zijn horloge.

Hij wist het nu.

Wat er hier vandaag ook gebeurt, er zullen mannen sterven.

HOOFDSTUK 75

VOOR DE EERSTE KEER IN BIJNA TWEE DAGEN, waren ze weer allemaal samen. Maar Julie voelde geen geluk, geen voldoening. Ze was niet opgewonden, en ze was niet blij met hun reünie.

Dit was *erg,* en het werd snel erger. De Havik had ze - allemaal - waar hij ze hebben wilde, en zij wist, vaag, hoe het zou aflopen. Zij was een proefkonijn, en wat er ook in die kist zat, het zou een deel van haar experiment worden.

Ze keek naar The Hawk. De rest van zijn mannen waren druk bezig in de gymzaal, sommigen bewaakten Julie's team nog.

Julie zelf was onbewaakt - het had geen zin een man aan haar te verspillen - en vreemd genoeg voelde ze zich daardoor nog eenzamer. Niemand bemoeide zich met haar, alsof ze niet eens in de kamer was.

Alsof ze al dood was.

De twee mannen en degene die Mance heette, liepen naar haar toe met de doos die ze uit de krat hadden gepakt. Ze zetten het een meter of tien bij haar vandaan neer en lieten het een paar centimeter op de houten vloer vallen.

"Voorzichtig!" schreeuwde Morrison. "De spullen daarin zijn meer waard dan jullie drie miserabele levens, samen."

Een van de mannen knikte, maar Mance en de andere soldaat deden niets om Morrison's woorden te erkennen.

De Havik was bezig drie stoelen klaar te zetten aan de zijkant van de kamer. Julie zou een bijzaak worden, een attractie op een privé kermis.

Een voor de havik, dacht ze. *Voor wie zijn de andere twee stoelen?*

De rest van de mannen zou de wacht houden, uiteraard, hun enorme aanvalsgeweren veel meer dan nodig zou zijn om haar en de andere vier leden van haar team op hun plaats te houden.

Er werd geklopt op de deur achter Julie.

De havik richtte zich op, beval een paar van zijn mannen door te gaan met een of andere taak die zij niet kon horen, en toen draaide hij zich om en marcheerde naar de deur.

Ze hoorde hem opengaan, hoorde het kraken van de hakken op de hardhouten vloer.

Zij is het.

Daris Johansson verscheen rechts van haar, achter The Hawk aan.

"Welkom, mevrouw Johansson," zei de havik.

"Garza. Bedankt dat je dit geregeld hebt." Ze keek op haar horloge, toen naar Julie, en toen weer naar Vicente Garza. "Ik dacht dat we die FBI kerel gingen gebruiken?"

Julie verstijfde en keek naar Roger Derrick, die bij de muur stond en een kop groter was dan de man die hem bewaakte. *Ik ben maar een invaller voor het* echte *doelwit. Een test.*

"Mevrouw Richardson hier was, uh, *beschikbaar.* Ze is meer dan bereid om mee te werken tot nu toe, en ik denk niet dat ze van gedachten zal veranderen. "

Daris knikte. Ze keek koel naar Julie.

Kom maar op, teef, dacht Julie. *Jij en ik. Hier, rechts -*

"Ik kan zien hoe Derricks vervangster een geschikt proefpersoon zou zijn. Ze leek een beetje 'op het randje' toen we elkaar voor het eerst ontmoetten. Ze zal het goed doen."

"Goed," zei de havik en strekte zijn arm uit naar de stoelen. "Alstublieft, gaat u zitten. We zijn bijna klaar."

De mannen leken te versnellen bij het horen van dit, en binnen een minuut hadden de soldaten die Julie's team niet bewaakten zich allemaal opgesteld bij de muur, naast de vorkheftruck en de stukken van de kist. Morrison nam plaats naast The Hawk, en Johansson zat aan de andere kant van de Ravenshadow leider.

De kist naast Julie en het rollend karretje aan de andere kant van haar bleven voor het ogenblik onbemand.

De Havik stond op, liep erheen en draaide zich om naar Johansson. "Ons scheikundig werk is voltooid, en we hebben het scopolamine-achtige residu uit het zilver kunnen halen."

Julie's gedachten gingen tekeer. *Zilver? De chemische stof extraheren?*

Ze dacht terug aan het allereerste gesprek dat zij en het team hadden gehad over deze missie, in de hut. Mr. E had hen verteld over de diefstal in het pandjeshuis, en daarna over de moord op de oude weduwe. Beide hadden te maken met een klein flesje van een soort steen, of mineraal.

Zilver.

"Mijn team kon de rest van het zilver helaas niet vinden, maar zoals u voorspelde, mevrouw Johansson, hebben we een alternatief voor het echte kunnen maken. Het synthetische materiaal, verzekeren wij u, zal een perfecte vervanging zijn."

Johansson verschoof in haar stoel. Als ze boos was over Ravenshadow's mislukte poging om Meriwether Lewis' schat te vinden, liet ze dat niet merken. Ze hield Garza in de gaten en volgde elke beweging die hij maakte.

Ze is zo scherp als Roger Derrick zei dat ze was, realiseerde ze zich. *Ze neemt alles in zich op, onthoudt elk detail.*

Zodat ze het later kan gebruiken.

Julie was nog steeds geschrokken van de hele beproeving, maar ze besefte dat er een grote kans was dat ze hier *niet* zou sterven. Tenminste, niet door de 'test' van dit materiaal. Ze was al geïnjecteerd met een monster van de drug en had het overleefd. Het was een pijnloze ervaring geweest, en hoewel ze zich niets herinnerde van wat ze had gedaan, of tegen Garza had gezegd, terwijl ze onder invloed was, was ze ervan overtuigd dat deze test niet anders zou zijn.

Ze moest gewoon haar tijd afwachten. Er was geen ontsnappen aan, niet nu. Zelfs als ze op de een of andere manier haar ritsen los kon krijgen, en naar de deur kon gaan, en die openen en naar buiten rennen zonder ingehaald te worden door de mannen in de kamer, waren Reggie, Derrick, Joshua, en Ben nog steeds daarbinnen.

Het was het risico niet waard.

Nee, Garza zou haar kunnen doden, maar het zou erna komen. Hij zou haar niet achterlaten in de stoel in het midden van de kamer. Het zou ergens anders zijn, waar de schoonmaak niet zo smerig zou zijn.

Dus wachtte ze. Ze probeerde het spel van Daris mee te spelen, de informatie in zich op te nemen. Ze had geen plan, noch dacht ze dat er een manier was om er een te maken zonder enige controle te hebben, maar ze keek en observeerde toch.

De havik reikte weer naar het karretje, en opende weer het doosje dat er bovenop stond. Hij haalde er nog een spuit uit, maar in plaats van naar het potje vloeistof ernaast te reiken, liep hij naar het pakje aan de andere kant van Julie.

"Dit is nog maar de eerste partij," legde de Havik uit. "We zijn klaar om te verschepen na onze test vandaag, als je nog steeds de kopers hebt."

Daris knikte.

"Prachtig. In dat geval, is mijn team ook klaar om met de productie op schaal te beginnen."

De havik opende het pakje en scheurde het karton van de bovenkant. Hij reikte naar binnen en haalde er een potje uit dat identiek was aan de potjes die op de rolkar stonden. Hij vulde de spuit opnieuw, vanaf de bovenkant van het potje.

"Dat zal niet nodig zijn," zei Daris. "Er zijn nog wat controles die eerst moeten plaatsvinden. We kunnen niet toestaan dat dit spul de markt overspoelt, als het... als het doet wat jij zegt dat het doet."

De Havik lachte. "Oh, dat doet het, dat verzeker ik je. Wacht maar af."

De Hawk liep naar Julie en stak de naald in haar bovenarm.

HOOFDSTUK 76

BEN SCHREEUWT VOORUIT, TESTSEN DE bereidheid van de soldaat om aan te vallen.

Het leek erop dat de soldaat *meer* dan gewillig was. Hij draaide de onderkant van het geweer dat hij vasthield, de kolf ervan zwaaide naar Ben's darmen. Toen zette hij de beweging voort, dit keer draaide hij het wapen horizontaal om zijn as, en sloeg met een hamer op de zijkant van Bens hoofd.

Ben ging naar beneden. Hij zag sterren, twee Julie's, en twee van al het andere.

"Jij - jij -"

De zin die hij in zijn hoofd had gevormd kwam er niet uit. De woorden waren er, maar zijn geest weigerde mee te doen. Hij rolde met zijn ogen in het rond, in de hoop de traagheid in zijn hoofd te verdrijven.

Het werkte niet. Hij voelde zich nog steeds duizelig, en nu ook misselijk.

"Probeer het nog eens, jongen," zei de oudere man. De Ravenshadow-soldaat was kleiner dan Ben, maar hij leek achter in de veertig te zijn. Een stoppelige, donkere kin stak uit een gebeitelde kaak, en Ben kon vlekken grijs zien zweven in het gezichtshaar.

407

Ben stond weer op, het geweer van de man, nu rechtop, elke beweging van hem volgend.

"Ik zou dat ding hier echt wel eens willen horen afgaan," zei de man. "Probeer het nog eens."

Ben staarde hem aan, zijn kaak verstijfde. Hij stak zijn handen omhoog, zich overgevend.

Toen keek hij over de schouder van de man, in de richting van het midden van de kamer.

Julie.

Hij wilde naar haar roepen, om te zien of zijn woorden waren teruggekeerd. Hij opende zijn mond en voelde de duizeligheid weer toenemen.

Julie.

Zij was daar, de man genaamd The Hawk stond naast haar. Hij had net een naald in haar arm gestoken, en hij en de vrouw, Daris Johansson, leken geobsedeerd door Julie's reactie.

Ben werd gespannen, ook nieuwsgierig naar de drug die Vicente Garza in haar had gestopt. *Wat zou het doen? Hoe lang zou het duren?*

En, het belangrijkste, *wat zijn de bijwerkingen?*

Julie's hoofd viel achterover, haar ogen wijd open. Ze begon te mompelen, luid, en Ben kon het horen vanuit zijn positie tegen de achterwand.

De soldaat voor hem bewoog niet, wendde zijn blik niet van Ben af. *Hij denkt dat ik weer iets ga proberen,* dacht Ben.

En hij realiseerde zich dat hij dat misschien wel zou doen. Julie had hem nodig, en ze had hem *nu* nodig.

Welke 'test' dit ook was, hij zou uiteindelijk eindigen. En wat dan? Wat zou de Havik met Julie doen? Wat zou Daris met haar doen?

Hij had gezien hoe Daris Johansson naar Julie keek. Minachting, afkeer, haat. Ze haatte Julie, en wel vanaf het moment dat ze haar ontmoette. Ben begreep nooit de kattigheid van vrouwen, en waarom ze altijd stiekem elkaar probeerden te verslaan, maar dit ging verder dan simpel hiërarchisch gemanoeuvreer. Dit zat dieper, iets wat Johansson met zich meedroeg.

Zelfs nu leunde Daris voorover, letterlijk op het puntje van haar stoel. Ze had een vreemde blik op haar gezicht, een combinatie van pure, kinderlijke nieuwsgierigheid, en woede. Haar ogen brandden van haat, maar haar lichte glimlach leek te impliceren dat ze hiervan genoot.

Julie's hoofd schoot weer naar voren, en ze keek Ben recht aan.

Hij keek naar haar gezicht, probeerde te bepalen of de vrouw van wie ze hield wist wie hij op dat moment was. Of ze hem kon zien. Haar ogen flitsten een keer heen en weer en namen snel de rest van de kamer in zich op. Op dit moment was er niemand achter Julie. Ze zat in het midden van de gymzaal, met haar rug naar de tegenoverliggende deuren, en alle Ravenshadow-mannen en ook The Hawk en Daris Johansson stonden of zaten in een wijde boog om Julie heen.

Hij, Reggie, Joshua en Derrick stonden allen met hun rug tegen de muur voor Julie, maar ze hadden elk een soldaat, met getrokken wapen, die hen bewaakte.

Julies gezicht scande dat van Ben, maar er kwam geen reactie. Ze was leeg, leeg.

"Ms. Richardson," zei de havik. Zijn stem was veranderd. Hij was niet langer de zelfverzekerde leider, de intimiderende machtsfiguur voor zijn mannen. Zijn stem was kalm, bijna zacht, en toen hij Julie aansprak vroeg Ben zich af of de stem van de man deel uitmaakte van de test - misschien had de toon van de stem van de man Julie op een of andere manier beïnvloed.

Ze draaide zich om naar de havik te kijken.

"Nogmaals hallo, Ms. Richardson. Ik ben blij dat we konden praten in het bijzijn van de rest van deze mensen. Ms. Richardson, ziet u deze mensen?"

De Havik maakte er een punt van om met zijn open handpalm een wijde halve cirkel te trekken, die Julie de kamer liet zien.

"Ik wel," zei Julie.

Ben's hart ging tekeer. Hij had Julie's stem niet meer gehoord sinds...

Sinds voor het telefoontje.

Hij had haar horen schreeuwen, roepen, smeken, maar hij had *haar* al zo lang niet meer gehoord. Haar normale, dagelijkse stem.

Hij hoorde het nu.

Wat er ook met Julie aan de hand was, ze was volledig kalm en op haar gemak. Ze voelde geen strijd, geen pijn, en ze trok zich niets aan van de vier mannen - vier vrienden - die haar onder schot hielden.

"Goed, mevrouw Richardson." De havik keek naar Daris, die hem een goedkeurend knikje gaf. "We gaan direct over tot de procedure."

Hij liep naar Julie's zij en knielde neer. "Mevrouw Richardson, kunt u alstublieft uw verloofde aanwijzen?"

Julie's arm ging onmiddellijk omhoog, en ze wees.

Bij Ben.

Hij verschoof, maar dat deed de soldaat voor hem ook. *Probeer het,* dacht hij, terwijl hij zich de woorden van de soldaat herinnerde.

"Heel goed. En hoe zit het met de rest van je team. Kun je de FBI agent Roger Derrick aanwijzen?"

Ze wees.

"En kun je -"

"Kom ter zake, meneer Garza," riep Daris' stem plotseling, de sportzaal binnenstormend. "Ik moet weten of dit medicijn werkt, of dat we terug moeten naar de tekentafel."

De havik leek geërgerd, maar hij richtte zich op en stond op. "Natuurlijk, mevrouw Johansson. Ik weet dat we krap in de tijd zitten."

Garza haalde een mes uit zijn zak en begon Julie los te snijden van haar boeien. Ben keek naar haar gezicht, maar er was geen grimas van pijn, geen enkele bevestiging dat ze zelfs maar voelde dat de bindingen werden losgemaakt.

Toen liep hij naar Daris en Morrison die aan de zijkant van de gymzaal zaten en stak zijn hand uit. Morrison reikte achter zijn rug en haalde een pistool tevoorschijn, een grote 9mm, dat hij in zijn holster had gestoken.

Ben slikte.

De Hawk keerde terug naar Julie's zijde en stak het wapen uit. "Ms. Richardson, neem dit wapen alstublieft."

Julie reikte omhoog en pakte het wapen.

"Ms. Richardson, je weet hoe je met dit wapen moet omgaan, correct?"

Ben wist dat ze dat deed. Het was een Glock, een standaard 9mm die je overal ter wereld kon vinden. Makkelijk in gebruik en schoon te maken, en makkelijk uit elkaar te halen voor opslag en transport. Reggie had haar er zelf mee opgeleid, en Ben en Julie daagden elkaar vaak uit op de kleine schietbaan - een bosje bomen achter de hut - een of twee keer per week.

Ze knikte. "Dat doe ik."

"Goed."

De havik liep een paar passen naar voren, in de richting van Bens muur.

"Ms. Richardson, volgt u mij alstublieft.

Julie stond op en liep achter de havik aan. Toen Garza de zijkant van de gymzaal had bereikt waar Ben stond, stopte hij. Hij bewoog zich zijwaarts naar de soldaat die voor Joshua stond, en stopte toen weer. Julie volgde, en stond nu naast Garza.

"Ms. Richardson, wie is deze man?"

"Joshua Jefferson."

"En ken je hem goed."

"Redelijk goed. We zijn vrienden."

"Ik begrijp het. En hoe lang kent u Mr. Jefferson?"

Julie dacht even na. "Waarschijnlijk zes, zeven maanden."

"En hou je van deze man?"

Ze knikte. "Ik mag hem. Hij is een goede vriend, en een goede leider."

De Havik grinnikte. Hij draaide zijn hoofd om en keek naar Daris, die in haar stoel was gedraaid, zodat zij de gebeurtenissen aan de zijkant van de kamer beter kon zien. Ben zag haar gezicht en zag dezelfde uitdrukking. De combinatie van woede en tevredenheid.

Zijn hart zonk.

Hij wist wat er gebeurde. Hij had te lang gewacht om een zet te doen, en nu -

Reggie, die naast Ben stond, trok zijn aandacht. De soldaten voor hen keken naar hun baas en Julie, niet in staat zichzelf te helpen. Reggie bewoog opnieuw, en Ben keek hem aan.

Reggie mompelde iets tegen hem, maar hij kon het niet verstaan.

Reggie herhaalde het, deze keer knikkend in de richting van Julie. *Haal Julie.*

Ben wist dat hij dat probeerde te zeggen, en toch begreep hij het niet. *Wat is het plan? Wat ga je doen?*

Reggie schudde gefrustreerd zijn hoofd, draaide zich om en ging weer recht staan, tegenover de soldaat die voor hem stond.

De havik leunde een beetje voorover om er zeker van te zijn dat Julie hem kon verstaan, maar Ben kon de woorden die hij sprak nog steeds horen.

"Ms. Richardson, schiet alstublieft Joshua Jefferson in het hoofd."

Julie voldeed onmiddellijk, haar arm kwam snel omhoog. Ze richtte, en Ben zag hoe Reggie voorover deinsde en zijn soldaat verraste. Julie stond nu achter Reggie en de soldaat, en Ben kon haar of Joshua niet zien.

Maar hij hoorde het geweerschot.

HOOFDSTUK 77

DE GYM BARSTTE UIT IN EEN ABSOLUTE CHAOS.

Ben reageerde snel op het schot, maar de soldaat die voor hem stond niet. Ben haastte zich naar hem toe, bracht hem naar de grond en griste het geweer uit de handen van de man.

Voordat hij een schot kon lossen, hoestte de man een spat bloed op en zijn ogen bevroren op hun plaats, open terwijl hij stierf op de vloer van de gymzaal.

Ben keek op. Reggie was er, plotseling en verrassend, en had een mes - een dat hij uit zijn *eigen* soldatenriem had gehaald - in de nek van Ben's soldaat gestoken.

Toen was Reggie weg. Een snelle uitbarsting van geweervuur weerklonk luid in de sportzaal, maar de schoten klonken ver weg. Luid, maar niet in de buurt van Ben's locatie.

Hij richtte zich op de volgende bedreiging. Twee van de Ravenshadow mannen maakten zich klaar om zijn kant op te richten.

Hij dook neer, plat op de hardhouten vloer van de gymzaal, en probeerde zijn grote gestalte zo veel mogelijk naar beneden te slaan. Boven zijn hoofd barstte een nieuwe uitbarsting van geweervuur los, en een tweede klonk, een van de kogels landde in de soldaat waarachter hij zich verschool, het menselijk schild deed zijn werk.

Ben greep naar het geweer van de man en vond het dicht genoeg bij zijn linkerhand. Hij trok het omhoog, controleerde het snel - hij had nog nooit met dit geweer geschoten, maar het mechanisme was vertrouwd genoeg - en rolde het om en legde de loop ervan op de rug van de dode soldaat.

Hij richtte, vuurde. Twee keer. Een van de mannen ging neer, maar de andere liep nog steeds op hem af.

Hij vuurde opnieuw, en de man viel.

Ben aarzelde niet. *Twee neer, twee al dood*, dacht hij bij zichzelf, terwijl hij de mannen telde die hij zojuist had neergeschoten en zijn en Reggie's soldaten.

Het probleem was dat hij niet zeker wist hoeveel soldaten er waren geweest *voordat* het gevecht begon.

"Ben! De deur!"

Reggie's stem sneed door het vuurgevecht, en hij keek op om Daris en twee andere Ravenshadow-mannen naar de uitgang te zien rennen, dezelfde deuren waar hij en Joshua vandaan kwamen. Hij draaide zijn geweer en vuurde drie keer drie kogels af.

Het deed de truc. Geen van de lopers verwachtte de schoten, en de eerste twee schoten schakelden de benen van de dichtstbijzijnde man uit, terwijl de laatste schoten Daris in de schouder raakten. Ze viel op de grond en greep naar haar arm.

De man aan de andere kant van haar stond bloot, in het open veld, zonder een wapen klaar. Reggie vuurde van naast Ben, nadat hij het wapen van zijn soldaat had opgepakt, en de man ging neer.

"Gaat het?" riep Reggie.

"Niet nu," zei Ben. "Waar is..."

Toen zag hij haar. Ze liep verdwaasd in een cirkel, vlak bij de stoelen waar Morrison en Daris hadden gezeten.

"Julie!" schreeuwde hij. "Hierheen," schreeuwde hij. "Loop hierheen!"

Julie keek hem aan, nog steeds geen herkenning op haar gezicht, maar ze voldeed. Ze begon naar Ben toe te lopen.

Ben kon Joshua of Roger Derrick niet zien, maar hij zag wel een groep van drie soldaten door de sportzaal rennen, op weg naar de deuren die naar de rest van het gebouw leidden. Hij overwoog te vuren, maar besefte dat Julie op het punt stond in zijn pad te lopen.

Twee schoten klonken, en een van de soldaten viel. Nog een uitbarsting, en de andere twee werden geraakt.

Hoeveel zijn er nog over? Ben dacht na. *Hoeveel moet ik er nog doden?*

Julie was nu dichtbij, ongeveer halverwege Ben's locatie. Hij wilde naar buiten rennen en haar grijpen, maar hij wist dat het risico om neergeschoten te worden - door de ene of de andere kant - astronomisch hoog was.

De schermutseling was nog maar dertig seconden aan de gang, en nu al nam het tempo af. Ben zag vijf mannen op de grond liggen, dood, en hij realiseerde zich snel dat het allemaal Ravenshadow mannen waren.

Kom op, Julie. Haast je.

Julie liep nog steeds, pijnlijk langzaam, maar ze maakte vorderingen. Hij gebaarde haar op te schieten, maar ze begreep het niet of weigerde op het handgebaar te reageren.

Toen was Morrison daar, achter Julie. Ben zag niet waar hij vandaan kwam, maar hij was daar, aan de zijkant van de gymzaal.

Met een pistool op haar rug gericht.

Ben hief het geweer weer op en begon te richten.

Morrison keek op van zijn doel en glimlachte naar Ben, en vuurde toen.

Julie ging naar beneden.

Ben voelde de lucht uit zijn longen ontsnappen. Hij kon niet ademen. Kon niet schieten, kon zich niet bewegen. Hij rolde zich om, probeerde naar voren te glijden -

De havik stond toen over Ben heen, ook lachend. Als een vogel die naar een worm kijkt.

Ben draaide zich snel om, probeerde het geweer snel genoeg te trekken om een schot te lossen, maar...

De Hawk vuurde zijn pistool af, dezelfde 9mm die Julie had gebruikt...

Vuur schoot door Bens lichaam, allemaal rond zijn maag. Ondraaglijke pijn vertelde hem alles wat hij moest weten.

Nog een schot, en deze keer voelde Ben zijn ogen zwaar worden. Zijn dij bloedde hevig en hij voelde elk beetje bloed wegvloeien door de twee gaten in zijn lichaam.

Nee...

Hij wilde huilen, schreeuwen. Maar er waren nog steeds geen woorden.

Hij zag Reggie de sportzaal uitrennen, achter een soldaat aan die weer was opgestaan en naar de deur liep. Roger Derrick was nog steeds vermist. Daris Johansson lag met haar gezicht naar beneden op de grond, maar ze bewoog, ze probeerde langzaam op haar zij te rollen.

Maar The Hawk en Morrison waren er nog. Julie was ook nog ergens, maar Ben kon haar niet zien. Hij probeerde zijn nek op te draaien, maar elke beweging leek meer pijn te doen dan de schotwonden zelf.

Ben keek toe, de kamer donker en snel vervagend, terwijl De Havik zich omdraaide en zich bij Morrison voegde, en toen naar de uitgang liep.

Hij voelde woede, meer dan hij ooit gevoeld had, maar het werd tegengesproken door de pijn. De brandende pijn die hem onbeweeglijk maakte.

De havik stopte naast Daris. Zij had zich met succes omgedraaid, en hij zag haar goede arm omhoog gaan, wenkend naar een van haar mannen om haar te helpen.

De Hawk aarzelde niet, sprak zelfs niet. Hij hief het pistool en richtte.

Toen haalde hij de trekker over, en de arm van Daris viel op de grond, net toen Ben's wereld donker werd.

HOOFDSTUK 78

REGGIE HUGGED DE TWEE VROUWEN DIE VOOR HEM STONDEN.

"Het is geweldig om je weer te zien, mevrouw -"

"Je kunt me beter Cornelia noemen, mijn jongen," zei de pittige grootmoeder. Ze glimlachte echter en omhelsde de nieuwe vriend van haar kleinzoon.

Roger Derrick glimlachte ook en stak zijn hand uit naar de vrouw die naast zijn grootmoeder stond. "Roger Derrick, FBI."

"Mevrouw E," zei de vrouw. "Aangenaam u te ontmoeten. Ik waardeer uw hulp in deze zaak, en voor de veiligheid van ons team."

Reggie keek naar de grond.

"En gecondoleerd met je verlies," zei Cornelia.

Noch Reggie noch Derrick spraken. *Wat viel er te zeggen?* Dacht Reggie. Hun missie was mislukt, jammerlijk. Ze waren niet in staat geweest om Daris te stoppen, en De Havik - Garza - was er vandoor gegaan met het medicijn dat ze probeerde te verbeteren. De test had gewerkt - Reggie had het met zijn eigen ogen gezien, gebruikt op Julie. Ze hadden de Jefferson schat helemaal niet nodig gehad.

Vicente Garza's team was weg, maar Reggie wist beter dan de

meesten dat een vervangend team slechts een telefoontje en wat training verwijderd was. Garza zou wat tijd nodig hebben om hen te trainen, maar tijd was iets waar ze niet veel van hadden.

Hoe langer ze wachtten, hoe beter Ravenshadow in staat zou zijn terug te vechten. Reggie moest ze vinden en hun leider berechten voor hij kon herbouwen.

En Joshua...

Reggie voelde de golf van emotie. Hij was een goede man, een zelfverzekerde en gekwalificeerde leider, en hij was tevergeefs gestorven.

Hij kon nog steeds de zwarte lijkzak op de vloer van de sportzaal zien, de drukke menigte van FBI en plaatselijke SWAT, en stromen van de politie van Philadelphia, die zich in de spelonkachtige ruimte bewogen. De hardhouten vloer kraakte onder het gewicht van de mensen, en bloedde met het echte bloed dat door beide partijen was vergoten.

Er zou een begrafenis zijn, maar omdat Joshua Jefferson geen levende familie had, zou het klein zijn. Reggie, Ben, Julie, Mr. en Mrs. E, en Roger Derrick. Mogelijk een paar vrienden die hij in Brazilië had gemaakt.

Reggie wist niet welke godsdienst Joshua had aangehangen, als hij dat al wist, dus hun plannen voor de begrafenis en de dienst van de man waren vanaf het begin een uitdaging. Mr. E was er momenteel mee bezig, en hij had hen allen meegedeeld dat het een eenvoudige, gemakkelijke dienst zou worden die de man en zijn werk zou eren.

Maar er was *ander* werk te doen, en meneer E had zijn vrouw naar Montana gestuurd om Reggie en Roger Derrick te ontmoeten, die ook zijn grootmoeder had uitgenodigd. Ze zou dit niet willen missen, zei hij tegen Reggie, en Reggie stemde snel toe.

Ze hadden de snelle excursie gepland, een gecharterde helikopter geboekt om hen naar dezelfde kom te vliegen waar ze de Ravenshadow groep hadden zien landen, en stonden nu voor dezelfde kleine grot waar hij en Derrick twee dagen eerder onder schot naar binnen waren geleid.

Maar vandaag waren ze de enige mensen in een straal van 20 mijl. Geen soldaten, geen mannen die hen wilden doden, en geen vijandige helikopterpiloten.

"Is dit het?" vroeg Cornelia. "Ik hoop dat jullie me naar binnen dragen, ik ga daar echt niet zelf naar binnen kruipen."

Derrick lachte. "Nee, oma, we hebben een scan van de hele berghelling laten maken. Er is een veel grotere grot daarboven." Hij wees naar de helling van de berg, bijna direct ten westen van waar ze nu stonden.

"Waarom zijn we dan niet *daarboven geland*?" vroeg Cornelia.

Derrick pakte haar hand en trok haar mee, erop lettend dat ze haar evenwicht niet verloor. De oude vrouw was robuust en kon de matige wandeling gemakkelijk aan. Maar met het tempo dat ze aanhield, zou het een half uur duren om de top van de heuvel te bereiken en de ingang van de grot te vinden.

De GPR-scan had inderdaad een grote kamer in de berg aan het licht gebracht, verborgen onder de rotsen. Het bleek verbonden te zijn met de kleinere grot die ze al hadden verkend, en als ze geluk hadden, zou het gat dat ze hadden gezien breed genoeg zijn om hen toegang te verschaffen door in de grot af te dalen.

Reggie wilde het onderzoeken, en hij beweerde dat de zilverader die ze eerder in de grot hadden gezien, misschien een aanwijzing was voor een grotere zilvermijn.

Roger Derrick was blij hem te kunnen helpen, want het FBI-team dat eindelijk was komen opdagen had zijn hulp op dit moment niet nodig. Ze waren hard aan het werk om The Hawk en Morrison op te sporen, en Derricks baas verwachtte dat hij een paar weken vrij zou nemen om te herstellen.

Een speleologie avontuur was precies het soort 'vrije tijd' dat hij nodig had.

Ze bereikten de top van de heuvel in slechts vijftien minuten, maar ze stopten daar om Cornelia Derrick op adem te laten komen.

"Dus je was in Australië?" vroeg Derrick aan mevrouw E.

Ze knikte. "Een verkenningsmissie, eigenlijk. Als we hadden geweten wat *jullie* allemaal zouden moeten doorstaan, was ik nooit helemaal daarheen gevlogen."

"Heb je tenminste iets bruikbaars gevonden?"

"Niet echt. Ik heb de pandjesbaas opgespoord van de vernielingen in haar winkel, maar zij wist niets van de moord op de weduwe.

"Wist ze wat het voorwerp was dat ze van de weduwe kocht?"

"Dat kan. Ik denk niet dat zij erbij betrokken was, zoals Daris Johansson dat was, maar gewoon een goede vriendin van de weduwe, die met de oude dame meevoelde en ervoor wilde zorgen dat ze geen honger zou lijden."

"Dat verklaart waarom ze haar zoveel geld gaf voor het artefact," zei Reggie.

"En waarom het de aandacht van Daris trok. Ze moet het team van The Hawk de weduwe hebben laten vermoorden."

"Ik geloof dat dat het geval was, ja," zei Mevr. E. "De weduwe had banden met de APS, van vele jaren geleden, en dit voorwerp werd waarschijnlijk doorgegeven in haar familie door de generaties heen, waarbij elk van hen uitlegde aan de volgende in de lijn hoe waardevol dit steentje was."

"Pech gehad," zei Derrick. "Ze had *geen idee* hoe waardevol het was. Of dat mensen bereid waren ervoor te doden."

"Weten we wat het was?" vroeg Reggie. "Daris dacht dat het zilver was, van de Spaanse schatvloot van 1715 die schipbreuk leed."

"Het is waarschijnlijk," zei Mevr. E, "hoewel we niet zeker kunnen zijn. Het zilver zou inderdaad waardevol zijn, al was het alleen maar uit historisch oogpunt. De enige schat die uit het wrak is gevonden, en het was al die tijd in Meriwether Lewis' bezit."

"Aan hem gegeven door Thomas Jefferson."

Reggie verheugde zich op de historische betekenis van zo'n ontdekking, als het waar was. Maar het stuk zilver was weg - het team van Daris had het gestolen, en of ze het ooit nog zouden terugzien was iets waar Reggie niet op wilde wedden.

Ze begonnen weer te lopen, dit keer niet gehinderd door heuvels of moeilijk begaanbare rotsen. Het pad voor hen was vlak, gemakkelijk begaanbaar, en zelfs Cornelia scheen er plezier in te hebben. Ze liepen nog tien minuten totdat Derrick stopte en wees.

"Daar," zei hij. "Kijk."

Reggie kneep zijn ogen dicht, maar kon niets zien. Hij wachtte tot Derrick naar de plek liep waar hij naar had gewezen, en pas toen de grote man er recht voor stond, kon hij het zien.

Een gat, in de grond, op een lichte helling. Ongeveer een meter breed, en maar een meter hoog.

"Dat kleine spleetje?" Zei Cornelia. "Nogmaals, ik hoop dat je me daar naar binnen draagt."

"Dat zal ik doen, oma. Maar we gaan naar beneden met een touw."

Haar ogen werden groot. "Ik zal je eens wat zeggen. Zal ik hier blijven, veilig op de grond, en op de uitkijk staan?"

Reggie en Derrick lachten. "Klinkt goed, oma. Ik wil niet dat je een nagel breekt."

"Of het verliezen van een van uw, uh, *haarstukjes,*" voegde Reggie eraan toe.

Ze glimlachte naar hem en ging toen vlak naast de grot zitten. "Ik kan op zijn minst een touw vasthouden of zoiets."

Derrick was al bezig met het klimtouw rond een boom tegenover de ingang van de grot. Hij had genoeg materiaal meegebracht, en Reggie pakte een karabijnhaak en begon aan zijn vanglijn te werken.

"De laatste keer dat ik geklommen heb was op Antarctica."

"Ja?" Vroeg Derrick. "Daar moet je me ook eens over vertellen."

"Je zult me eerst dronken moeten voeren," schoot Reggie terug. "En er is niet genoeg bourbon in de wereld."

Derrick lachte en gooide toen een touw naar mevrouw E. "Hier, waarom leid jij niet? Je hebt al het goede tot nu toe gemist."

Ze grijnsde, wikkelde het touw om een been en maakte er een geïmproviseerd 'zitje' van. Ze liep achteruit naar de splinter, ging op de grond liggen en gleed achteruit naar het gat. Ze ging er met haar voeten eerst in en testte de lijn terwijl Derrick haar vasthield.

Reggie begeleidde haar met een zaklamp, en hij zag dat de bodem van de grot nog maar een meter of drie verwijderd was. Ze landde, maakte zich los, en liet Derrick het touw omhoog trekken voor de volgende speleoloog.

Derrick hielp Reggie naar beneden en sprong vervolgens met een karabijnhaak en een gezekerde lijn het gat in. Reggie begeleidde hem naar de grond, en toen hij klaar was en ze met z'n drieën veilig in de grot waren, deed mevrouw E haar eigen zaklamp aan en draaide in een langzame cirkel.

Reggie volgde haar straal en voegde de zijne eraan toe. De grot was bijna een perfecte halve cirkel, uitgesneden in de berg door een ondergrondse bron gevoede rivier die lang geleden was opgedroogd. De wanden waren glad, en net als in de vorige grot die ze hadden verkend, waren er geen stalagmieten of stalactieten op de vloer of het plafond.

"Daar," zei hij, terwijl hij naar rechts wees. De spelonk versmalde zich tot een kruipruimte, en uiteindelijk tot een klein puntje, niets dan een zwart gat in de wand. Maar uit dit gat kwam een dunne strook van zilver en kwarts te voorschijn, die over de lengte van de wand tot aan het plafond liep.

"Dat kleine gat is waarschijnlijk alles wat deze grot verbindt met de grot waar we in waren," zei hij. "En dat is de kleine zilverader die we zagen. Voornamelijk kwarts, denk ik, maar er zitten wat spikkels in."

"Ja," zei Derrick. "Geen wonder dat de Ravenshadow-bemanning niets heeft gevonden. Er is geen manier om van daaruit hier te komen."

"Jongens - en meisje - schiet op daar beneden!" riep Cornelia, haar stem bijna onhoorbaar van buiten de grot. "Ik krijg honger, en ik heb nergens een Burger King in de buurt gezien."

Reggie glimlachte en volgde toen verder de strook fonkelende rots naar de andere kant van de grot.

"Er is hier ook niets," zei Derrick. "Maar de bemanning van Lewis had het kunnen gebruiken voor een goede schuilplaats."

"Natuurlijk," zei mevrouw E. "Totdat het begint te regenen."

Reggie besefte dat ze gelijk had - ook al zou het water bergafwaarts stromen, de eerste grot in, het zou worden afgeremd wanneer het het smalle gat zou raken dat de twee grotten verbond en deze zou beginnen te vullen, zoals een meer dat stroomafwaarts was afgedamd, zich zou vullen totdat de dam werd geopend.

"Het lijkt erop dat onze splinter omhoog gaat en dan weer naar beneden," zei Reggie. "Omhoog. En er is nog een smalle spleet, maar ik denk dat het hoog genoeg is om er tenminste doorheen te kruipen."

De grot waarin zij zich bevonden had meer de vorm van een vetgemeste halve maan dan van een kom, met taps toelopende uiteinden aan de oost- en westkant. Hij liep omhoog, naar de westkant van de grot, en scheen met een licht in het gat.

"Ja, daarachter is het zeker weer open," zei hij, terwijl hij de punt van zijn licht rond liet kaatsen op de muren in de kamer aan de andere kant van de tunnel. "Ik ga doorduwen om te zien of er -"

Hij stopte. Ging een stukje achteruit, scheen met zijn zaklamp waar die net nog stond.

"Wat is er?" Vroeg Derrick.

"Ik - ik denk dat er..."

Reggie onderbrak zichzelf. De zaklamp kaatste links en rechts op een voorwerp, maar hij concentreerde zich op de vergrote schaduw die het op de achterwand van de volgende kamer creëerde. Hij schoof op handen en knieën nog een paar centimeter naar voren en concentreerde zich nog steeds op de schaduw.

Zonder twijfel was het een door mensen gemaakt voorwerp. De schaduw op de muur was van een rechte hoek. De hoek van iets.

Iets dat op een doos leek.

HOOFDSTUK 79

REGGIE'S HANDEN TRILDEN TOEN HIJ DE SLUITING VAN HET VERWEERDE KISTJE LOSMAAKTE. Het kistje zelf was in goede staat, alsof het de hele tijd in de grot vrij van regen en bronwater was geweest. Maar de leren riemen die stevig om het kistje waren bevestigd begonnen te verslechteren, de droge banden trokken op sommige plaatsen bijna uit elkaar.

Reggie had de leren riemen makkelijk kunnen verwijderen door er hard aan te trekken, maar hij had te maken met antiek. Een artefact van historisch belang, dat nog jaren het gespreksonderwerp van de Amerikaanse geschiedenis zou zijn.

De Jefferson schat is echt, dacht hij. *Deze hele tijd, had Daris gelijk.*

Meriwether Lewis had deze kist hierheen gebracht, de enige kist die het haalde na een tocht door het hele land en halverwege terug, voordat hij tot rust kwam, tot op dit moment, in deze spelonk.

En Reggie ging het openen.

Hij had het verzoek afgewezen, maar Derrick zei hem dat het gepast was dat Reggie de eer zou krijgen. Hij had een goede man verloren, een teamgenoot, twee dagen eerder, en de nagedachtenis van Joshua Jefferson verdiende het om op deze manier geëerd te worden. Ze hadden het samen gevonden, en ze verdienden het samen te openen.

Toch kon Roger Derrick niet helemaal uit de weg staan. Hij stond vlak naast Reggie, de langere man hurkte neer en keek over Reggie's schouder mee, terwijl een video-opname op zijn telefoon rolde terwijl Reggie voorzichtig de riemen losmaakte.

De eerste riem viel op de grond, een poederig stof dreef omhoog van waar het de rots had geraakt.

"Oeps," zei Reggie. "Ik zal voorzichtiger moeten zijn met de volgende. Ik wil dit ding openen zonder iets te beschadigen, zodat we het tenminste aan de wereld kunnen geven zoals we het gevonden hebben."

"Dus we gaan het niet plunderen, en de schat voor onszelf stelen?" vroeg Derrick.

Reggie grijnsde. "Nu je het zegt, zeker. Wat dacht je van een 80/20 verdeling?"

Derrick knipoogde. "Natuurlijk - ik heb het meeste werk gedaan, dus 80% op mijn manier is waarschijnlijk eerlijk."

Reggie maakte de tweede leren band los van de voorkant van de borstkas en legde de leren band deze keer voorzichtig op de vloer van de grot.

"Oké," zei hij. "Hier gaat niets."

Mevrouw E hield de zaklamp vast zodat Reggie het kon zien, maar ze haalde ook een telefoon uit haar zak en begon op te nemen.

Hij tilde de hoeken van de kist langzaam op, om er zeker van te zijn dat de kist structureel gezond was. Tevreden trok hij de kist omhoog, zodat de scharnieren aan de achterkant hun werk konden doen. Het deksel kraakte, en ging toen verder omhoog in Reggie's handen.

Hij opende het helemaal en mevrouw E bewoog de zaklamp zodat ze konden zien.

"Mijn God," fluisterde Reggie.

Derrick floot. "Is - is dat een menselijke schedel?"

In de kist, die in het midden van de grote kist lag, lag een enkele schedel. Versleten en verbleekt, leek de schedel van een volwassen mens te zijn. Hij had niet het gebleekte, schone uiterlijk van schedels die Reggie eerder had gezien, maar in plaats daarvan had hij een bijna bezoedeld uiterlijk, alsof hij snel van zijn vlees was ontdaan en met haast in de kist was gegooid.

Reggie knikte. "Dat moet wel. En kijk - er staat iets op geschreven."

Reggie pakte Mevr. E's zaklamp toen ze allemaal voorover leunden om beter te kunnen kijken, en inderdaad, op de achterkant van de schedel stonden twee woorden gekrabbeld:

Uw kapitein.

"Uw kapitein?" vroeg Reggie. "Wat in hemelsnaam?"

"Geen idee," antwoordde Derrick, "maar kijk eens waar het op zit."

Reggie merkte toen pas op dat de schedel op een dun, pezig laken rustte, en dat noch de schedel noch het laken op de vloer van de kist lagen.

"Het... bedekt iets."

"En ik denk niet dat het alleen een dekmantel is," zei Reggie. "Hier, hou deze jongen vast."

Zonder aarzelen reikte hij in de kist en trok de schedel eruit. Derrick hijgde, maar hield de schedel in zijn armen alsof het een voetbal was en hij elk moment getackeld kon worden.

"Kijk hier eens naar," zei Reggie. Hij had een hoekje van het dunne strookje leerachtig papier opgetild en scheen met het licht op de onderkant ervan.

"Wat - wat is het?" vroeg Derrick.

"Het is een kaart."

"Een kaart?"

"Ja, het heeft tekeningen en markeringen aan de andere kant, in verschillende kleuren."

Derrick floot weer. "En wat zit daaronder? Het spul waar het op zit?"

Reggie grijnsde een enorme glimlach die zijn hele gezicht overnam. Hij plofte een hand neer in de spullen onder de opgetilde hoek van het laken en haalde er een paar spullen uit.

Kleine, rondachtige munten vielen door zijn vingers. Sommige waren wat bobbeliger, alsof ze uit een andere mal waren gegoten, of gewoon slecht gegoten, terwijl andere rechte zijden hadden en een meer veelhoekige vorm hadden.

"Munten. Zilver en een paar gouden," zei Reggie. Hij liet ze op één na vallen en hield ze voor zijn gezicht. "Van de Spaanse Schattenvloot."

HOOFDSTUK 80

JULIE ZAT BOVEN HET BED VAN BEN, luisterend naar het geluid van de man van wie ze hield, die normaal ademde.

Zo'n klein ding, dacht ze. *Om te genieten van niets meer dan het geluid van de ademhaling van een man.*

Maar het *was* geen kleinigheid; Ben was bijna bezweken aan zijn schotwonden. Hij had zoveel bloed verloren, zo snel, dat de hulpverleners die kort na de FBI-mannen en -vrouwen arriveerden, klaar waren geweest om hem dood te verklaren.

Maar ze zou het niet toelaten. En Reggie ook niet. Hij leefde nog, en dat zou zo blijven. Ze zouden het beter oplossen, of ze zou...

Ze was daarna flauwgevallen door haar eigen buikwond, en blijkbaar had Roger Derrick haar opgevangen voordat ze was gevallen. Ze werd wakker in het ziekenhuis, drie kamers verder dan Harvey Bennett, een verpleegster en een dokter stonden bij haar bed. Reggie en Derrick waren op bezoek geweest, evenals mevrouw E. Meneer E was zelfs te zien op de kleine tv boven haar bed. Ze hadden allemaal het verhaal verteld - de grot met de schat van Lewis, de schedel, de kaart, en de munten.

In het zilver ligt het goud.

En het goud zat in het zilver. De meeste zilveren munten waren, zoals verwacht, geslagen van puur zilver, waarschijnlijk ergens uit Zuid-Amerika. Maar sommige munten waren helemaal geen munten, maar een soort poederachtige substantie die gedroogd, gebakken en gestempeld was tot de ronde voorwerpen die op de rest van de munten leken.

Ze waren vals, maar ze waren niet alleen bedoeld als valse munten.

In plaats daarvan waren ze bedoeld als vervoermiddel voor de plant die het veiligheidsteam van Daris had geïdentificeerd: de plant die verwant is aan de Borrachero die in Zuid-Amerika wordt aangetroffen, maar deze specifieke soort is veel krachtiger - en veel bruikbaarder als drug.

Mr. E liet de munten naar een laboratorium sturen, dat snel het geslacht en de soort van de plant had gevonden en een strenge waarschuwing terugstuurde over de gevaren van het ongereglementeerde gebruik ervan. Het was zeker een interessant concept: een drug verbergen in een andere schat. Maar het team kende de echte waarheid:

De Jefferson schat was helemaal niet de echte schat.

Het was gewoon de kaart.

Thomas Jefferson had Meriwether Lewis betaald om de kaart te verbergen, om de locatie ervan bij te houden maar niet aan de wereld te onthullen wat de tweede president in zijn bezit had. Het geheim stierf met hem, verbannen naar een grot in Montana en een zeer select aantal mensen in zijn lijn van opvolging bij de American Philosophical Society.

Maar Lewis voelde zich niet op zijn gemak om het spel mee te spelen. Hij wist dat een wapen van dit kaliber, met deze immense kracht, geen geheim was dat hij wilde bewaren. Dus reisde hij terug naar Washington DC om zijn kennis te documenteren met de machthebbers van die tijd.

Hij was nog maar halverwege.

Meriwether Lewis, vijfendertig jaar oud, was in zijn slaap

vermoord in een kleine herberg op de Natchez Trace, vanwege zijn kennis van de Jefferson schat. Het gewicht ervan maakte het moeilijk te geloven, maar Julie wist dat het de waarheid was. Ze had gezien wat mensen zouden doen om dit vreemde medicijn te bezitten, om het te kunnen testen en verfijnen.

en de havik had het. Ergens daarbuiten, had hij het, en hij was er mee bezig.

Het perfectioneren.

Na drie dagen van herstel, had ze gevraagd om haar verloofde te zien. Ze hadden zich verzet, maar ze hadden nog nooit zo'n koppigheid als zij ontmoet. Ze maakten een afspraak: laat hem een dag na de bloedtransfusie wakker worden en ze zouden haar in zijn kamer laten.

Ben, natuurlijk, werd wakker.

Ze stond daar nu, staarde op hem neer, keek en luisterde naar het stijgen en dalen van zijn borstkas. Een machine piepte op een standaard vlakbij, terwijl een verpleegster in en uit liep, metalen klemborden controleerde en *tikte* op een of ander medicijn. Julie negeerde de man en richtte zich in plaats daarvan op Ben.

Ik ben hier, Ben, dacht ze. *En ik ga nergens heen.*

Bens ogen fladderden, en hij kreunde. Een diepe, zachte kreun.

"Ben je aan het jammeren?" vroeg ze, grijnzend. "Als een gewond berenjong?"

Hij kneep zijn ogen dicht. "Wie - wie bent u?"

"Kom op, Ben. Niet doen..."

"Dame, ik ben serieus. U kunt beter beginnen met het uitleggen van uzelf voordat ... "

Bens gezicht smolt in een glimlach, hoewel het pijnlijk leek. Hij kreunde opnieuw, hoestte toen, wat een nog diepere kreun veroorzaakte.

Julie sloeg hem tegen zijn arm.

"Hé," zei hij. "Sla me niet, ik ben *echt* gewond."

"Ik heb je op een plek geraakt die niet gewond *is.*"

"Hoe weet je dat ik niet ook in mijn arm geschoten ben? Je was de helft van de tijd weg, rondzwervend met die scheve-neus vent."

"Rondtrekken?" Julie spotte. "Je weet niet eens wat dat *betekent*."

"Het... het is alsof... je weet wel, bewegen en... rondgaan en zo."

Julie barstte in lachen uit. "Je bent belachelijk, weet je dat? Ben, je bent *twee keer* neergeschoten. "

Ben gaf haar zijn beste onschuldige blik en probeerde zijn schouders op te halen. "Het was niets. Jij bent ook neergeschoten, en ik heb ergere dingen meegemaakt."

"Ik heb het gevoel dat je dat elke keer zegt als we klaar zijn met een missie of avontuur of zoiets."

"Misschien wordt elke missie of avontuur erger."

Julie leunde glimlachend achterover. Ze voelde zich weer zichzelf. Het medicijn was helemaal uitgewerkt, ze had geen enkele bijwerking meer, en de bijwerkingen van misselijkheid en hoofdpijn waren grotendeels verdwenen. Ben was terug, en ze waren samen. Er was niets anders dat ze op dat moment wilde of nodig had.

Behalve één ding.

"Nou misschien is het tijd voor een nog *zwaardere* missie. "

Hij trok een wenkbrauw naar haar op. "Bedoel je dat we gaan uitzoeken wat die schatkaart is die Derrick en Reggie hebben gevonden?"

Julie's kaak viel open. "H - hoe weet je dat nu al?"

Ben kreunde, luider deze keer, en de badkamerdeur achter haar ging open. Ze draaide zich om, haar hart ging tekeer...

En Reggie stapte uit. Gevolgd door Roger Derrick.

"*Jij!*"

Reggie's grote glimlach stond op zijn gezicht geplakt, en zijn handen waren omhoog, bij zijn hoofd. "Het spijt me, Julie... we waren toevallig in de buurt, en..."

Derricks hoofd viel. "Het is mijn schuld. We weten dat jullie hem eerst wilden zien, maar ik heb het ziekenhuis gebeld. Vanuit mijn kantoor."

Julie wist wat dat betekende. *De FBI heeft het ziekenhuis gebeld.*

Geen wonder dat het personeel hen binnenliet.

Hoe hard ze ook probeerde, ze kon niet boos zijn. "Ik ben blij dat er al drie een beetje zijn bijgekomen," zei ze. "Maar pas de volgende keer op of ik *stop* je echt in het ziekenhuis."

Reggie bleef grijnzen en liep naar de stoelen aan de zijkant van de kamer, vlak voor een groot raam.

"Ik vind de roze gordijnen mooi, Ben. Heb je die zelf uitgekozen?"

Ben snoof, terwijl hij naar de juiste woorden zocht. "Nee."

Reggie keek heen en weer naar de drie anderen in de kamer. "Echt, Ben, we moeten werken aan je comebacks. *Nadat* we aan je *verdedigende* vaardigheden hebben gewerkt."

"Hé, ik was tenminste *in* actie. Jullie twee mooie jongens zijn er zonder kleerscheuren vanaf gekomen. Wat was je aan het doen, je in de hoek aan het verstoppen?"

"Hoe dan ook," zei Julie, "ik vertelde Ben net over die *nieuwe* missie waar we aan moeten beginnen."

"Oh?" Vroeg Derrick. "Mijn grootmoeder blijft er maar naar vragen, ze zegt dat ze er op de een of andere manier deel van wil uitmaken, en -"

"Ik had het niet over *die* missie," zei Julie, haar glimlach en ogen volledig op Ben gericht. "Ik had het over iets anders. Iets nog beters."

Bens ogen gingen van de ene persoon naar de andere, en uiteindelijk weer terug naar Julie.

"Ik heb het over onze bruiloft, Ben."

Hij glimlachte een beetje en keek toen naar Reggie en Derrick. "Ik heb haar gezegd dat elke missie moeilijker wordt. En ze wil nog steeds doorgaan."

"Ze is gek, man," zei Reggie. En toen stond hij op en liep naar Bens zijde en sloeg zijn hand om diens schouder. "En als je het ooit verpest met haar sla ik je verrot."

Julie schraapte haar keel. "Bedankt, Reggie. Maar ik verzeker je, als hij dat doet heb ik je hulp niet meer nodig."

Nick Thacker is een thrillerauteur uit Texas die in Hawaii en Colorado woont. In zijn vrije tijd leest hij graag in een hangmat op het strand, skiet hij, drinkt hij whisky en trekt hij op met zijn mooie vrouw, twee honden en twee dochters.

Voor meer informatie en een lijst van Nick's andere werk, bezoek Nick online: www.nickthacker.com

www.ingramcontent.com/pod-product-compliance
Lightning Source LLC
Chambersburg PA
CBHW050849210726
48290CB00004B/1148